蛇吻

张学东 著

作家出版社

张学东，生于 1972 年。大学本科学历。中国作协会员。国家一级作家。宁夏文坛新"三棵树"之一。在《人民文学》《中国作家》《十月》《当代》等刊发表作品，小说被《新华文摘》《小说选刊》《小说月报》《中篇小说选刊》《作品与争鸣》大量转载，入选中国年度优秀小说选本百余种，其中短篇《获奖照片》、中篇《坚硬的夏麦》连续入围第三、第四届鲁迅文学奖终评，四度荣登中国小说学会等权威小说排行榜，曾获《中国作家》《上海文学》《北京文学·中篇小说月报》《小说选刊》等优秀小说奖、宁夏文学艺术评奖一等奖等，省区级优秀文艺图书一等奖。作品被译介到俄罗斯、美国、加拿大、日本及中国台湾地区。长篇小说《尾》被改编为同名电影。个人先后入选"国家百千万人才工程""四个一批人才工程""塞上文化名家"、宁夏政府特殊津贴享受者。已出版中短篇小说集八部、长篇小说六部。现为宁夏作家协会副主席、宁夏政协委员、《朔方》副主编。

文学是这块土地上最好的庄稼

崔晓华

塞上金秋，天高云淡，风清月明，"稻花香里说丰年，听取蛙声一片"。在这诗情画意的美好季节，我们满怀喜悦的心情，迎来宁夏回族自治区成立六十周年。

宁夏地处祖国西部，是中华远古文明发祥地之一、丝绸之路重要节点，优秀传统文化遗存丰厚，自然历史内蕴丰富多样，历朝历代文人墨客留下数以千计的诗词文赋，譬如人们耳熟能详的"大漠孤烟直，长河落日圆""蝉鸣空桑林，八月萧关道"等，表达了诗人或豪迈或忧伤的爱国情怀；宁夏是革命老区，1936年，红军长征途经这里，留下灿烂的革命文化，毛泽东书写了脍炙人口的光辉诗篇《清平乐·六盘山》。古往今来，文学的特质、精神的象征、家园的意识，深刻地嵌入其中，并且流传至今，仍在流传。"长风破浪会有时，直挂云帆济沧海。"岁月蹉跎，沧桑巨变，伴着九曲黄河悠远的涛声，我们回顾自治区走过的历程，一幅幅画面徐徐展开：艰辛、曲折、繁荣、辉煌。"思理为妙，神与物游"。宁夏大地半个多世纪所发生的翻天覆地的变化，回汉各族人民日新月异的生活，以及改革开放四十年，特别是党的十八大以来取得的新成就，让我们感慨、激动、振奋。对于宁夏文学，对于宁夏作家，这既是记忆，也是现实，更是根植人民、观照时代、承接历史、面向未来，而"出人才出作品"是最丰盛最具正能量的"活性因素"。

文艺的春天阳光普照。二十世纪八十年代之初，宁夏文学事业步入繁荣发展的快车道，宁夏文坛开始呈现人才辈出的可喜局面，其显著标志便是——"宁夏出了个张贤亮"（著名评论家阎纲语），脱毛之隼搏击长空，成为享誉中国和世界文坛的著名作家。与此同时，以张贤亮为代表的一代作家，用自己的成就和影响有力地带动和促进了宁夏的文学创作，以及宁夏作家群的形成，这是一支颇为壮观的、以青年作家为主力军的队伍，并且呈现出良好的势头；他们的作品给文学界增添了异彩，给广大读者留下了深刻印象；他们突破地域的局限，向全国文坛迈进，终于实现了宁夏当代文学的跨越式发展。

2016年5月，中国作协主席铁凝以《文学照亮生活》为题，将公益大讲堂的首课放在宁夏西吉县。原因是宁夏西吉县是中华文学基金会命名的全国首个"文学之乡"。宁夏的作家，有相当部分出自西吉，形成密集之势。西吉的作家们有这样一句话：文学就是西吉这块土地上生长得最好的庄稼。铁凝主席掷地有声地补充了一句：文学不仅是西吉这块土地上生长得最好的庄稼，西吉也应该是中国文学最宝贵的一个粮仓！表明了中国作协对宁夏文学的高度关注和重视。

生活滋养文学，文学照亮生活。

关于宁夏作家的成长，很有必要进行一次简要的回顾。宁夏作家大多数来自基层，出生于二十世纪六十至八十年代。众所周知，那时的农村和乡镇偏远落后、艰苦寂寞，长期生活在这样的环境中，经历的困苦和磨难充满了他们的记忆，在这样的记忆里，似乎是苦难多于欢乐，乃至重叠着父辈们流浪、迁徙的背影和脚印。但是，他们也有独特的优势，脚下是历史文化积淀深厚的塞北大地，这样的地气会潜移默化地影响他们的性格和气质，后来伴随着解放思想、改革开放的步伐，他们又接受了良好的文化教育，强烈地产生了精神生活的基本需要和诉求，而这种需要和诉求必须通过心灵劳作得以实现，他们因此怀有宗教般神圣和虔诚的文学梦想。于是，从二十世纪九十年代开始，宁夏青年作家经过多年的艰苦跋涉和磨砺，终于营造出一道亮丽的文学景观——以其朴实的生活经验和历史记忆、独特的生命感悟和言说方式，发出本真的、诗性的、充满灵智的声音，显露出文学突围的意义和价值。改革开放以来，宁夏的中青年作家，一方面由于长期浸淫于西部的人文气候和特殊的历史文化环境，另一方面本着对传统文学资源的信仰和坚守，使得他们的作品在书写和表达上，继续保持着古典文学特有的诗意，以及民族语言特殊的美质。尤其重要的是，在全球化语境下，宁夏作家不跟风、不时尚、不焦躁，内心安静，他们通过带有浓厚的地域性、本土化的写作，以及对西部整体的文化关怀和持续不断的挖掘，呈现出来的是西部大地上的传统与现代、历史与现实、敏感与顽固、苦难与信念、理想与追求，是西部人的宽厚、隐忍、执著、抗争、牺牲，等等。同时，他们的作品由于客观、真实的叙写，因此又有着社会学、历史学、民俗学的意义和价值。正是他们对传统文学资源的坚守和继承，从而取得了令人瞩目的文学成就。宁夏作家群的形成和崛起，以及他们的人文立场、精神向度、情感因素和创作风格，不仅预示着西部文学的广阔前景，也不断丰富着当代中国文学的意义系统。

概括地讲，这六十年是宁夏经济社会发展取得辉煌成就的六十年，也是宁夏文学不断繁荣兴盛的六十年。作家队伍生机勃勃，新人不断涌现；文学创作空前活跃，高潮迭现；文学作品硕果累累，产生了一大批记载历史、见证变迁、叙写西部、反映时代、宣传宁夏的独具特色的优秀作品。

庆祝宁夏回族自治区成立六十周年之际，我们编辑了这套二十卷本的"文学宁夏"丛书。这套丛书的出版，是宁夏文学事业的一件大事。宁夏文联高度重视，几经酝酿，广泛征求意见，本着好中选优的原则，给予确定。入选该丛书的作家系"60后""70后"和"80后"，既有作家、诗人，也有评论家，他们创作的优秀作品情厚境美、韵味深长，具有浓郁的生活气息、地域特色和时代特征，有的荣获鲁迅文学奖、少数民族文学创作"骏马奖"、庄重文文学奖、茅盾文学新人奖、《人民文学》奖、《诗刊》奖、《小说选刊》奖、《十月》文学奖等重要奖项，有的多次荣登中国小说学会年度排行榜；有九名作家作品集入选中国作协"21世纪文学之星丛书"；大量优秀作品被国内有影响力的期刊和选本发表、转载和选入，还有相当部分作品被翻译成多种文字推介到国外。这套丛书的出版，是宁夏中青年作家的又一次集体亮相，也是对宁夏文学成就的进一步展示，旨在精要地反映宁夏文学的优秀成果，以便读者能够比较全面地了解宁夏文学创作的基本面貌，为研究者提供较好的选本。这套丛书的出版，也是给宁夏回族自治区成立六十周年的献礼。总之，这套丛书的出版，意义重大。

"好雨知时节，当春乃发生。"宁夏地处西部，西部是中国文学的广阔沃壤。人民是大树，作家是小鸟，小鸟只有栖息在大树上，才能够自由地歌唱。在此，真诚地祝愿宁夏作家们以社会主义核心价值观为统领，秉持以人民为中心的创作导向，绽放更加绚烂的文学之花；真诚地祝愿宁夏文学沐浴着古老黄河的神韵，乘着新时代的强劲东风，向着中国文学乃至世界文学的浩瀚大洋奔流而去……

（作者系宁夏文联党组书记、副主席）

目录 CONTENTS

蛇吻

受了伤害的爱情常常以憎恨的形式表现出来。

——米兰·昆德拉

一

　　要去的那个河湾水库，始建于上世纪六七十年代，恰是战天斗地的火红年月，人心齐泰山移嘛，那时候好像就是这么任性，所以，拦河大坝至今还岿然屹立在那片几乎被急流和险滩所掩藏起来的河湾深处，放眼望去，仿佛长长一排青铜器时代的巨鼎那般齐整巍峨。我们来此纯粹是心血来潮，不过这边风光还算秀丽，水库三面环着山峦，盛夏里林木葱郁，小燕鸥和野鸭子时常出没，水里的鲫鱼草鱼鲢鱼也按捺不住性子，老往上蹿跃蹦跳。我们几个人开了辆越野车，拉着装备齐全的钓具阳伞，还有烧烤的家什和整箱整件的啤酒就来了。大伙丑话在先，谁也不准带老婆孩子，而且，一上车都得关闭各自的手机，难得这样安安生生过个舒心假期嘛。男人一旦混到了四十啷当岁，就开始莫名地怀起旧了，不会轻易把私人时光奉献给那些无关紧要的人，多半会选择跟发小或要好的老同学聚那么一下，好处是彼此心照不宣，不必瞻前顾后，荤素玩笑都开得起。

哪知赵剑偏偏又来迟了，害得我们至少在路边多等了半个来钟头，他才双手捧着个比八个月的孕妇还大的腹迟迟露了面。再一瞧，在他肥硕的胯骨边上竟橡皮糖似的粘着个漂亮妞。那妞走路时总把胸一挺一挺的，好像是来给什么丰胸产品做户外推广的。两人就这么腻了吧唧地一前一后挤进车来，车厢里顿时被狗日的香水味灌得满满当当，叫人浑身不自在。那妞乍看长得还成，可瞧久了总觉得她脸一边大一边小，尤其两只爱卖弄风情的蜜桃眼，离鼻梁也忒远了点儿，好像一不留神，眼珠子就会从她眼角两边滑溜出去。

周枪这时便老大的不痛快，冲车窗撇着紫黑的嘴唇说，老磨磨蹭蹭的，数你自由散漫，早知道你会来这手，我们俩也一人搞一个。没等赵剑开口，那个一脸大一脸小的妞就嗔笑着接茬道，哥不会是嫌人家碍事吧，你们三个大男人在一起多没劲，过会儿你们就知道本姑娘的好处了。此话一出口，连周枪也惊住了，现在的小年轻就是这么口无遮拦，他嗫嚅半晌才打哈哈说，姑娘莫多心，哪里是说你，他这人不呲的两句老没长进。赵剑听了，马上在周枪的后脖子那里狠狠地抓捏了一把，人家美女说得多在理，今天要没她咱们一准玩不起来，真是狗咬吕洞宾——不识好人心！说着，便扭过头旁若无人地冲身边的妞又挤眉又弄眼的，那女人也努着红得要燃烧起来的嘴唇，娇滴滴地问他，我口红是不是涂得太浓了点。赵剑就觑着肉脸小声嘀嘀，说她只要动动嘴皮子，就可以帮她擦得干干净净。对方佯装恼羞，跷着兰花指骂了句，讨什么厌。说实话，这两人熟络的程度叫我们心里都有些痒痒的不忿。车上平白地多出了一个女人，好多话题就拉扯不开，我呢只顾开车，周枪像空乘那样最后一次督促我们关闭手机后，就百无聊赖地坐在副驾位置上半眯缝着眼睛，也许他真的不太喜欢那个妞。有时男人们的聚会最好不要有女人掺和进来。

那天上午，河湾水库碧波无痕，远远望去犹如镶嵌在山峦之间的一块巨大而闪亮的翡翠玉坠。老天爷格外开恩，寡蓝寡蓝的晴空几乎剔透无垠。一下车，几个人只顾贪婪地大口大口呼吸，这样清洁舒爽的空气，如今在城里可真是久违了的。我们成天自以为是地开着车呼啸往来，也许只有可怜的肺知道我们多么自欺又欺人。周枪似乎已经忘了刚才车上的些许不快，冲着山谷干号了几嗓子，还噢噢地学狼叫，那古怪的回音就莽撞地振荡开来，连水面都被震得颤巍巍的了。他说自己就是嘎巴一下死在这里也值了。赵剑忙打趣道，幸亏我还在你临终前招来了这么如花似玉的"美眉"，老兄你真若倒在鲜花下，也算是风流快活了。那妞就拿那双分得格外开的大眼睛白睐他俩，呸呸呸，都是乌鸦嘴，死呀活呀的，多不吉利！于是，几个人边谈笑打诨，边在水库边的树林里挑了片相对平整的草地，忙活着搭帐篷、挂吊床，又支起了烧烤炉架，万事俱备了，只等水库里的鱼儿咬钩，便可以美餐一顿了。

钓鱼这事周枪最拿手，他能坐得住，一顶白色耐克太阳帽，一副雷朋蛤蟆镜，外加一盒香烟，一整天都稳如泰山不带挪一下屁股的；赵剑可不行，天生多情花哨，一有风吹草动自己先咋呼起来，鱼早被他唬跑了，所以，钓鱼的重任每次都由周枪一肩挑的。周枪扛起鱼竿临走时又对赵剑说，喂，你别光顾着拈花惹草了，也到林子里拾些柴火待会儿用。赵剑很不服气地撇着嘴，说他今天只做护花使者，砍柴烧火的事还是另请高明吧。我知道这家伙满肚子花花肠子，带了小妞来哪还有心思干这干那，索性让他俩留下照看营地好了，自己到旁边的林子里捡干树枝去。

这里干树枝自然是现成的，不一会儿工夫就捡了一大捆，我抱着它们往回走的时候，老远瞧见了立在水边的那个黑影，久久地，一动不动，起初我以为那就是正在钓鱼的周枪，他似乎是这寂静天地间的唯一的活物。但当我走回营地的时候，发现周枪正在汽车后备箱里翻找什么，我急忙扔下柴火过去询问。真他妈倒霉，早上出门太急，咋就忘了买鱼饵！我瞧他闷闷不乐的样子。看车上有没有铁锹之类的工具，我得去挖些蚯蚓。周枪属于那种做事比较有谱的人，任何情况下他都会有自己的主意。我们念大学那会儿，几个人就在同一间宿舍厮磨了四年，那时大家的家庭条件都不大好，每月饭菜票基本不够吃。好在宿舍楼的外墙下面就是大片大片的农田，从夏到秋总会有庄稼长在那里，等着我们这群饿死鬼，蚕豆、黄瓜、玉米、大豆、萝卜、土豆还有白菜和雪里蕻，这些东西都是我们的最爱。晚上饿得睡不着的时候，但凡能有一样两样，我们就会想方设法吃得稀里哗啦。那时，周枪总是身先士卒，常带着我们去翻校园那道挂了两道铁丝网的高墙，再摸黑到外面的地里去搞些吃的，像玉米大豆这些玩意真没少弄，回来后就用电热杯煮着吃。那时宿舍已经熄了灯，电热杯在黑暗中咕嘟咕嘟响着，几只眼珠子诡秘地盯着那一柱不断升腾的热气，光闻闻那种味道哈喇子就会流出一尺来长。别看如今赵剑大腹便便人模狗样，那阵子他就是个饿死鬼转世，成天价跟在周枪屁股后面，小跟班似的唯命是从，因为他肚子大，吃得最多，把周枪哄高兴了，往往会多分给他几口。

以前车上确实备有一把工兵式短柄铁锹，那是我特意在一家户外装备店置办的，以防不时之需，可啥时间丢哪去了却不得而知。周枪皱着眉头说，真叫寸，你想用它就没影了。不过，活人不会叫尿憋死，他总算在工具箱里翻出一把大号的改锥，就它了。我自告奋勇跟他一块去挖蚯蚓，他似乎合计了一下，下意识地扭过头朝我们搭起的帐篷方向扫了一眼，喉咙咕噜响了一声，像是在极力吞咽什么。就在这时，那个穿戴比花蝴蝶还艳的妞儿已翩然而至，她大概是想吓唬吓唬我俩的，果然，先哇地在我们背后大叫了一声。可她的声音实在有些嗲，两个男人当然纹丝不动。你俩鬼鬼祟祟的，一定没干好事吧，还不从实招来！周枪玩杂耍般晃动着手里的改锥，他那张古板的脸被长长的帽檐和蛤蟆镜片遮得阴黑阴黑毫无表情，他开始上下打量着这个有几分调皮的小女人。嘘——他故作神秘地把改锥尖竖在自己黑而厚的嘴唇之间，真想知道的话就跟我走，你敢不敢啊？很明显，他的口气带着某种挑衅和不屑的味道。哼，你又不是老虎，能吃了我呀，走就走！对方咬了咬鲜红欲滴的下嘴唇，一副好斗且满不在乎的模样。我觉得周枪从人家一上车就阴阳怪气的，这阵恐怕不仅仅是心血来潮，他这个人有时直爽得叫人难堪，有时又有点让对方摸不着头脑。不过，既然这妞乐意跟他去挖蚯蚓，我也就懒得同去了，其实，这样挺好，我倒是希望这妞能跟周枪搞好关系，毕竟大家一块出来玩的，老那么互相戗戗着总不是个事。再说了，我也想趁这个空当提桶水来好好擦擦车，来的路上那些小咬和蜻蜓拼命往前挡玻璃上撞，昆虫的尸体密密麻麻粘了一层，还有那种或绿或黄的黏液，看着就叫人恶心，好歹得清理一下。

　　赵剑大概是听到了脚步声，才从帐篷里懒懒散散地伸出肉囊囊的大脑袋，他问我，张戈你看见那妞没有？这丫头片子说是去方便一下，怎么老半天也不见回来。我见他衬衫都已经扒掉了，只光着个白花花的膀子，满身赘肉下沉，实属不雅，就佯装不晓得摇摇头，你连自己的妞都守不住，还有脸问我？赵剑不以为然地撇着嘴，张戈你今天咋也跟周枪穿了一条裤子，还是吃不着葡萄嫌葡萄酸！说着，就跟狗熊似的从帐篷里爬了出来。我发现他裤子前面的拉链口张着大嘴，透出底裤的一团紫红色来。

今年是赵剑的本命年，早在春节时大伙一起聚餐，他就从头到脚挂了一身红色，就连袜子也不除外。当时，周枪还拿话戏谑他，说赵剑这家伙早晚得坏在女人身上。因为他喜欢女人是有目共睹的，每回只要出去K歌什么的，他总是第一个跳出来点小姐，他的口头禅是，身边没个妞陪着，就像是出门没穿内裤。其实，去那种地方哪个男人心里不痒痒呢，只是我们都比他更善于伪装，每次他那么一嚷嚷，我们也好借坡下驴，大伙心里都跟明镜似的。不过，约好今天来水库，不光是单纯地休闲一下，更重要的是，这个地方深藏着我们大学时期的一段美好回忆。多年以前，我们一班同学头一次来这里，那时还没有什么旅游概念，又都是穷学生，去外地玩不太现实，也没有什么交通工具搭乘，所以一班男生骑自行车捎着女生，几十号人闹哄哄骑了大半天车子，才找到这个难得的秘境。爬山，下水库游泳，在林中野炊，搞篝火晚会，露宿……也正是那一次，班上几对情窦初开的男女都以身相许了，这里面就包括周枪和我，当然赵剑肯定也没闲着，他若闲着狗都不吃屎了，只是这家伙不像我们那么傻，都把生米做成熟饭，到如今每天还在味同嚼蜡地往下吞咽。赵剑是永远不会吊死在一棵树上的。还记得毕业时，跟他好过的女生哭得死去活来，而他私下里却跟我们说，天涯何处无芳草，关键时刻男人可不能心太软。当时，我们都被这小子说得一愣一愣的。

你跟这妞到底算怎么回事？我趁机多问了一句。人家有没有成年我看都是个问题。男人和女人在一起还能有啥屁事，真是明知故问！赵剑见我盯着他的那个地方，才不以为然地将拉链敷衍地拉上了，然后伸了个长长的懒腰，胖子伸懒腰的样子很容易叫人想到狗熊。天气不赖，不干点啥简直辜负了这好天气。他这样说话的时候，眼光正在四处趔摸。我本来想告诉他那妞跟周枪挖蚯蚓去了，但不知为何话到嘴边又咽了。我问他要不要一起到水库边兜一圈，看看风景，他淡淡地说免了吧，难得休一天假，还是到帐篷里美美地补上一觉才是正经。我当然能猜透他心里的真实动机，睡觉是假，干坏事才是真的。

于是，我便丢下这家伙，径直拎着那只可折叠的水桶，朝不远处的水库走去。水库里的水多半来自山洪，有时遇上旱年基本就能看见底了，今年入夏以来雨水还算稠密，所以才有眼前这浩渺的景象。水库最里面靠近山腰的地方，矗立着一块巨石，大约是很久以前由于地震从山上翻滚下来的，现在仅仅露出个头来，远远看去极像一只大石龟在水面上抬头凝望。我好不容易歪斜着身体在水边舀了大半桶水，这时我才留意到水边的那块巨石上有个人影，准确地说，那人是面朝水面盘腿而坐的，跟寺里的僧侣入定了一般，半天一动不动，又恰似跟那石头融为一体。心里不由得一阵纳罕，这人真够古怪的，大老远跑这里念经打坐来了，但看背影又绝非和尚道士之流。又想，人各有志，此地难得如此清静安逸。其实，我们跋山涉水驱车而来，何尝不是图这份安闲自在。

空闲下来的时候，我是喜欢动手擦擦车的。有人说现在城里男人的体力劳动只剩下最后两件：做爱和擦车。前者不消细说，而车就是坐骑，是人的另外两条腿，每天要靠它与生活周旋打拼；更重要的是，车还是人的一张面子，既然关乎脸面，总得收拾得体面些为好。我刚把抹布投湿，还没擦完一整块车窗，猛不丁不知从哪里传来一声很凄厉的尖叫声，那声音来得突兀而又迅疾，穿透力极强，我不由得停下手里的活朝四处张望。过了一会儿，那个妞就出现在我的视线当中，她像一头逃出丛林的母鹿跑得慌慌张张，两只手惊恐地举起并在胸前胡乱摆晃。她的乳房高耸而弹跳着，伴随着奔跑的激烈程度，它们好像随时会被甩出体外。还有那鲜花般绚丽的裙裾，更是飘飘扇扇，如蝴蝶展翅，这也使得她那两条白腿看上去很刺眼。正当她跑得上气不接下气，大概又被路边的树枝什么的划到腿脚了，她再次带着哭腔尖叫起来，然后气急败坏地俯下身去抚弄自己，这种时候她的长发完全倾泻下去，黑纱一样遮没惊慌失措的身体。我朝帐篷方向扫了一眼，赵剑这小子八成是真睡着了，连刚刚那声尖叫也压根没惊扰到他。我想了想才搁下手里的湿抹布，大步朝那妞蹲着的地方走去。

她八成是崴了脚。我想蹲下身帮她瞧瞧，哪知手指刚一触到她的左脚踝，她就吱啊吱啊地呻吟起来，简直像个懵懂胆怯的女学生似的趴在杂草丛中。我问她还能不能走路，她冲我摇了摇头，那表情说不出是痛苦还是难堪。我其实很想问她先前为什么要喊叫，那种歇斯底里的声音怪吓人的，但我什么也没说，只是自作主张地把她从地上扶了起来。我想回去，她有些倔强地冲我说。我知道，可得有人背你走。她一只手扶住我的肩膀头，用另一只手不停地整理散乱的长发，洗发水的香味便隐约传来，应该是海飞丝之类的。我真想回家，你能送我吗？她突然把脸从那堆散发中凸现出来，脸色显得有些苍白，正用那双彼此分得很开的蜜桃眼盯着我。现在？可是我们还没……马上！没等我说完，她就直横横冒出这两个字来，像是一道命令，刻不容缓的样子。她还使劲咬了咬下嘴唇，好像已打定了主意，那里的口红看上去没有刚上车时那么浓艳了，似乎被什么东西给吸附掉了。她眼里突然起了泪雾，水蒙蒙的，眼皮倏忽一闪，红了，大概马上就要哭。这种时候，反倒平添了她的妩媚和柔弱，叫人不由得暗生怜恤之情。我不明白她为何如此急迫，也许是疼痛让她突然想家了吧，像她这种90后，做事总是随着自己性子来的。还是让我先背你到帐篷那边休息一下。说完，我就转过身并很主动地弯下腰去。迟疑了小片刻，那双饱满的乳房终于实实在在压住了我的后背，还有那种香艳的发腻的气息，也一股脑地包袭了我，她的双臂也柔若无骨地缠住了我的脖子。我觉得自己矮了很多，竟有些莫名地紧张，呼吸变得短促，忽然记不得有多少年没这样放肆地背过一个女人了。

他想非礼我！我刚往前走出没几步，就被她这句没头没尾的话给怔住了。谁？还有谁，就是你那个狗屁朋友呗。你是说周枪？这怎么可能？杀了我我也不信，周枪根本不是这种人！就是他，他用那把破改锥挑起一条蚯蚓非让我看，我根本不敢看那玩意，简直太恶心了，他就使坏猛地一甩手，那玩意不知怎么就爬到我脖子上了，我就大声叫了起来。他嘿嘿笑着说别怕别怕，我来帮你弄掉，然后……然后他就……姑奶奶你快说，然后他就怎么了？他一下子把手伸到我领口那里，我以为他真要帮我抓走那条恶心的虫子，可他忽然用力捏住了我的……胸，还想把我摁在地上……你快住嘴，我可不想听这些！这有啥不好意思说的，你那狗屁朋友就是这么干的，他十足就是个恶棍，把我当什么人啦？！

我忽然无言以对，开始有些相信我背上女人说的话了，她没有道理跟我撒谎，还有我先头听到的那声刺耳的尖叫完全可以佐证此事。周枪这家伙一定是吃错药了，光天化日做出这种龌龊的事来，真让人替他脸红。关键还有，这妞毕竟是赵剑带来的人，俗话说朋友妻不可欺，这是底线啊，他怎能冒天下之大不韪！这事你先别乱嚷嚷好不好，我会给你讨个公道的。记住，一定不要跟赵剑讲，那样对谁都没好处，听明白没有？我想了半天，才一本正经地跟我背上的女人说。她的胸在我背上起伏得很欢实，好像两只重锤在不停敲击我，我以为她还要继续蛮不讲理地闹下去，可她终究闭了嘴，好像很享受我的劳动。忽然，一种凉森森的东西爬到我后脖子上，我快喘不过气来了，那是她的眼泪，还是她项链上的玉坠？

事情就是如此荒诞。等我把这女人背回帐篷，赵剑竟瞪着牛样的眼珠子斜睐我，她这是咋了，你到底怎么着她啦？听听，他问的这叫什么屁话，好心全当成了驴肝肺，我还没来得及跟他解释什么，那个小姑奶奶已经装模作样地哼哟开了，好像真的是我非礼过她。我没好气地冲赵剑嚷了一句，最好问她去，我懒得搭理你！随后，我忿忿地离开帐篷朝水库边走去。我不知道那妞会不会跟赵剑和盘托出，或者添油加醋，但愿她没有那么愚蠢，否则我刚才的话纯属对牛弹琴。接着，在一处坡度稍缓的岸边，我找到了周枪，他正稳坐钓鱼台，红绿相间的小浮标直溜溜插在水中央，他嘴里叼着半拉香烟，火头一闪一灭，鼻孔冒出淡淡的烟气，尽管他鼻梁上架着副墨镜，可一样能感觉到他目光深远，一副志在必得的从容模样，这架势确实很容易让人想起一个男人如日中天的事业啦职位啦。

我心想，妈的干了那种事，还装得跟没事人似的。我刚要张嘴质问，他突然嘘了一声，说有了，便直起腰来用力扯那黝黑的鱼竿，平静的水面立刻抖晃起来，圈圈涟漪无限制地推向远方。够分量，少说在两斤以上，我得先好好遛遛它。于是，他就来来回回轻轻扯动钓线，上钩的鱼儿已清晰可见，挣扎变得毫无意义，猎者和

猎物之间的对话永远是残酷的。喂，你最好去帮我折根柳条儿，待
会儿好提溜它。这辈子我还从来没有像此刻这样逆反不想服从他。
你为啥要那样？这世上女人又没死绝，你偏偏搞她！话一出口，连
我自己也愣住了，二十年的同学关系，我和周枪几乎没红过脸，我
干吗为了一个刚认识没两小时的女人说这些没轻重的屁话。周枪慢
慢转过身，很诧异地盯着我，就像我看着他，我说张戈，你脑子发
昏了，都胡咧咧什么呢？他的表情很有点儿无辜的意思，但这越发
地让人鄙视，好汉做事好汉当，他若实话实说，我兴许能当场原谅
他，大家都是男人嘛。你心里比谁都清楚！开弓没有回头箭，此时
我的嘴巴完全不由自己做主了。你真让我感到恶心！说完，我就撇
下他拂袖而去，我听见他在身后愤然地嘟囔着，嘿，今儿都他妈怎
么了，一个个跟吃错了药似的，出门没看皇历吧……

　　我始终没再回头。我所在乎的不仅仅是事情本身，而是在这
片曾经留下最最美好记忆的地方发生了那种龌龊的勾当。我开始在
心里埋怨赵剑，这家伙才是始作俑者，好端端的，偏弄个妞来瞎掺
和，红颜祸水，真是吃饱了撑的！我一面胡思乱想，一面沿着漫长
的水库岸堤不停地往前走。我和爱人当初就是在水库这里私订终身
的。二十年前的那个晚上，水库边弥漫着淡淡的雾气，她就像一簇
璀璨的花火，始终在我眼前闪耀。后来的篝火晚会使那天的活动达
到了高潮，那台被大伙轮流提了一路的燕舞牌录音机，不停地播放
着变了调的迪斯科音乐，大伙围着火堆发疯般地扭来蹦去，空气中
飘荡着荷尔蒙的气味。青年男女成双成对，笑着，唱着，叫着，闹
着；一张张年轻懵懂的脸庞被熊熊火焰炙得滚烫滚烫。磁带走到了
尽头没人理睬，音乐什么时间结束的，大伙谁也不清楚。

　　我至今忘不了的，是爱人那张红彤彤的面颊，带着娇羞和懵

懂，带着憧憬和胆怯，我们彼此笨拙地用手臂揽住对方，体验异性间的拥抱所带来的一阵阵火热的压力，同时又做贼似的一步步退出篝火现场，欲盖弥彰地躲进身后黑黝黝的树林里；有那么一刻，彼此一声不吭，任凭急促的呼吸和起伏的心跳把两个人拉进树影婆娑的黑暗中，我发现她的两只眼睛悄然闭合了，嘴唇却微微开启，露出雪白的齿尖，我嗅到了她口腔里一股甜甜的气息，我就再也忍不住了，开始不得要领地跟她亲嘴，好像在品尝世上最不可思议的柔软果实，那么一发不可收，好像再也没有比这更值得倾心缠绵的好事了。直到那一刻为止，我还从来没有跟一个姑娘单独相处，更没有如此放肆和动手动脚，当然最重要的是，就在那一刻我下定了决心，今后要永远和这个迷人的好姑娘在一起。与此同时，周枪也跟自己心仪的姑娘在林中的一片草丛里不停翻滚呢喃。我在结束了漫长的亲吻之后拉着心上人散步时正好撞上了他俩，没想到他边整理衣服边恶人先告状，说是抓到了我俩的现行，非要去给系主任反映不可，当时我嘴硬着说，好啊，最好咱们一起去，看谁怕谁……

　　时间过得真快，那晚摇滚味十足的磁带音乐和青春气息分明还依稀可辨，可我们却很滑稽地走到了今天，也许，这注定是一次糟糕透顶的聚会。

二

　　如果不是心中有怨气，差点就错过了这个神秘的男人。当老谭从水中的那块乌龟壳般的石头上一跃而起跳到岸上的时候，我正闷闷不乐地打那里经过。其实，我已经留意到在石头上盘腿打坐的人了，只是做梦也未料到竟会是他。这之前，我们谁也没跟他谋过面，都知道那几年他遇到了些事，人变得越来越黯然颓靡，老是深居简出，想找他也难。至于电话，从来都打不通，时间久了大伙跟他关系也就淡了。

许久不见，真的，几乎快认不出他来了。可以说他模样大变，变得简直有些惊世骇俗：早先一丝不苟的大背头没了，取而代之的是光滑圆润的和尚头，尽管头皮上附着一层薄薄的发楂儿，但也难得再见黑发迹象，那种苍老的灰白色，很容易让人想到"灯枯油尽"一词。他上身是一件中式立领带扣襻的灰麻布衫，裤子是黑棉绸的灯笼裤，脚下是地道的青布鞋，鞋底也是千针万线手工纳出来的那种。当这样的一个老谭活生生出现在水库岸边时，我不光感到十分惊讶，更是不敢轻易相认。我一连叫了好几声老谭，怎么是你啊，天哪，真的是你啊老谭！与我大相径庭的是，老谭甚至连嘴巴也没动，只是在片刻的沉默中微微点了一下头，他的目光似乎沾染了薄薄的水汽，苍苍茫茫地瞟了我一眼，随即，又越过我朝着远处眺望，仿佛，那目光轻易是不会被世俗拉扯回来的。而我还在上上下下不停地打量他，想要竭力从他的相貌衣着和举止中，找出一点儿老谭当年的气息。

怎么说呢，虽然在我们眼中周枪始终是个方向性的重要人物，可当初他却不是宿舍里的老大。那个年纪最长者，正是此刻站在我们面前的老谭，然后依次是周枪、我，赵剑最碎。那时候四个人里，数人家老谭最有派头。老谭本名谭冬，在大学里他总翻看一些算命方面的书籍，说什么冬天里的潭不过是一洼死水，这个名字十分凶险，暗藏不祥，所以，他就按谐音给自己改了名，谭盾，他说这个新名字正好可以克刀枪剑戟。我们都觉得他有点儿神道，不过谁让我们几个名字里都夹枪带剑的，反正名字就是个符号，只要他爹娘老子不怪罪，爱叫什么名字完全是他的自由。后来我们才知道，好像有个首席音乐指挥家也叫谭盾，名气大得很。而在那些只顾填饱肚子的漫长日子里，老谭成天把头发梳得一根不落地背在脑后，活像个衙门里的小官僚似的，说话做事也是拿捏得恰到好处，即便肚子饿得咕咕叫，他也绝不失了儒雅风度，跟我们几个哄抢东西吃。每每都是周枪或我端着饭盆走到他床前，喂，你要不要也来一口，他才大秀才似的放下手里的书本，款款坐起身来，用多少有些鄙夷的目光扫一眼还冒热气的食物，半晌才说声好吧，尝尝。感觉倒像是在施舍我们，若是他不给面子尝上一口，别人简直无地自容了。

不过，老谭也算是个地道的爱情专家。那时他好像已经通读过《红楼梦》《安娜·卡列尼娜》《日瓦戈医生》《娜拉》，还有那本炙手可热的《查泰莱夫人的情人》，那方面确实比其他人懂得多些，说起高深理论来一套一套的，班上好多男生都正儿八经来请教过他。唯小人与女子难养也！时不时他嘴里就会冒出很突兀的一句，哼，世上再美好的爱情，也禁不起时间的叩问，否则离婚二字将会永远消失。诸如此类。因为那时学校阅览室里有本小刊物《半月谈》，而老谭每每又是在夜间熄灯后给室友们高谈阔论答疑释惑的，于是，我们又都冠之以"半夜谭"的雅号。老谭也欣然接受了，似乎这个命名对他很重要。

或许，我还没有从先前的那种坏情绪中挣脱出来，以至于根本无法将面前暮气沉沉的老谭，同记忆中的那个能说会道的"半夜谭"联系在一起。所谓的寒暄，不过是我在唱独角戏，尽量表现得情绪激动，怀旧感十足，生怕让老同学挑了礼；老谭却自始至终静得像水库中的那块石头，偶尔，目光跟我对视一下，此外他不做任何的补充或解释，只是不声不响地听我一个人絮叨，这让我越发惊奇于他如今的生活状态。对了老谭，你想不想见见他们两个？我在简单地提及了今天来此的目的后，实在觉得无话可说了，就用这样干巴巴的问句作为自己的结束语。老谭默然地用手掌摩挲了一下头发，准确地说是摸了摸他的和尚头，也许他是在思考我的问题，可他把头发弄成这样实在让人觉得有些怪诞。我还清晰地记得，当年在学校时，每次上课之前，老谭都要把揣在上衣暗袋里的一把褐色的短木梳迅速取出来，象征性地梳理一下本来就非常整齐的背头，最后再习惯性地用力把脑壳往后侧仰 35 度，整个过程一气呵成滴水不漏。而眼前这个抚摸着近似光头的中年男人，让我所有的青春记忆像是突然遭遇了一场无情的寒流，冻得瓷瓷实实，半天都毫无生气。

也好。老谭嘴里总算是像当初那样，习惯性地吐出了两个寡淡无味的字，否则，我会觉得非常尴尬。但他随后又说，这样吧，你先指给我你们的方位，过一会儿我自己去吧。我想，他也许只是想搪塞一下，并不打算去跟我们晤面，他的神情和口气没有一丝兴奋，毕竟他脱离我们这个组织太久了。所以，我有些狐疑地朝帐篷和汽车所在的地方伸了伸手，生怕他找不到，又很详细告诉了他那辆汽车的牌号和帐篷的颜色。最后我说，他们见到你一定会激动坏的。老谭不再言语，而是冲我微微点头，随即便默默转身，飘然而去了，那感觉就跟庙里的僧人跟施主作别似的。

事实上，这天老谭给我最初的印象就是像个出家人的样子，他的沉默寡言和异常安静几乎超过了我的忍耐程度。但谁让他是老谭呢，谁让他是我们当年的舍友和老大呢，而遇见他的这种意外之喜，不知不觉间已覆盖了之前的所有不快，我们四个人能在多年之后再度重逢，才是至关重要的。

有关老谭的情况，其实我知道的并不比别人多。他应该是同学中最早结婚也是最早离婚的人，他的女人看上去花枝招展性格张扬，见过她的人都觉得那是个标准的交际花，后来那个女人和一个长相酷似港商的南方人打得火热，没多久便跟着对方南下经商了，有一阵子那女人杳无音讯，搞得老谭在单位里连头也抬不起来，大伙私下里说他那方面不行，老婆才跟人跑了，他活活做了王八。忽然有一天，那女人跑回来非要跟他打离婚，条件是房子还有存折全归老谭，当然儿子也归他了，那女人几乎把自己扫地出门，尽管这样，外人都认为老谭还是被女人给无情地蹬掉的；那以后老谭几乎就不再参加我们的任何聚会，大伙都知晓他要照顾儿子，既当爹又当娘实属不易，也就渐渐忽略他了。毕竟同学聚会都讲各自如何风光，如何过五关斩六将，谁愿意没事老提败走麦城那一截呢？对于我们这样的群居动物来说，时时刻刻都在互相觊觎暗中比较，早年比成绩比学历，后来比位子比房子比车子，比谁关系更硬门路更广，得意者洋洋，失意者沮丧。

等老谭好不容易把儿子拉扯大一点儿了，那女人又死灰复燃般现身了，穿金戴银吃五喝六，俨然富婆的派头，这回非要跟他争儿子，开出的条件是给老谭一笔钱，足够老谭下半辈子吃喝花销了。也许是女人的任性妄为终于激怒了老谭，这次他可是当仁不让了，信誓旦旦非要去对簿公堂。可就在这个节骨眼上，儿子悄然失踪。一开始那女人认定老谭故意把儿子藏了起来，老谭也怀疑是对方耍的卑劣伎俩，就在双方相持不下的时候，忽然接到一个陌生电话，儿子在坏人手上，叫火速筹足二十万，一手交钱，一手放人。再后来，那件可怕的事情发生了，因二人意见不能统一，耽误了交易时机，又不得已报了案，绑匪狗急跳墙撕票了……这些年我们只要提起老谭，大伙无不叹息摇头，觉得简直不可思议，他也算是满腹经纶出口成章，怎么就降服不了一个女人？

很多时候，碰见一个人看似毫不经意，但事后细想，好像那天所发生的一切就是为了这场奇特的重逢。此刻我脑子里塞满了新旧两个老谭的影子，神情有些恍惚地再次回到营地，我原本打算把这个喜讯告诉他们的，可忽然发现那辆汽车没了，帐篷里空无一人，唯独之前我捡回来的那捆树枝，歪歪扭扭散落在帐篷旁边，像是被谁没好气地踹了几脚。不用猜是赵剑这小子干的，刚才擦车我又忘了拔掉车钥匙，一定是他气急败坏地驾上车把那妞拉跑了。这样最好不过，原本就不该把她弄上车来。一想到待会儿老谭就要来跟我们见面了，如果那个妞还在场的话，气氛肯定别别扭扭的，现在已无后顾之忧了。树林里静悄悄的，正午的阳光穿过枝叶间隙，斑斑点点洒落在帐篷顶上。我枕着双手躺在里面，感觉眼前似有万千灯火在闪烁，倏忽之间，那些久远的校园生活场景又清晰地浮现出来。

那时候宿舍熄灯以后，男生们只要躺在床上，话题总是会围绕着某个女生聒噪地展开来，就像外科大夫那样，肆无忌惮地把人家从头到脚谈论一遍，比如具体到眼睛、鼻子、嘴唇、下颌、乳房和屁股蛋，等等。其实，更多时候我们都是靠想象完成的，因为谁也不可能把一个女生看得清清楚楚。当大伙七嘴八舌极尽想象之能事的时候，老谭总是显得棋高一筹又语出惊人。你们这帮俗人什么也不懂，看一个女人最重要的是看她的姿态，也就是仪容，要端庄优雅，要不卑不亢，要有礼有节，你们那样品头论足，无异于在市场上挑选牲口，简直俗不可耐！每当谈兴正酣的时候，老谭就会兜头盖脸泼一盆凉水，我们在黑暗中不得不俯首帖耳沦为他的忠实听众，而接下来他要扮演的，正是入睡前知心广播节目的男主播，即我们称之为"半夜谭"的时间到了。

通常这个时候，赵剑会很调皮地用他的公鸭嗓学一下中央电台的整点报时，嘟，嘟，嘟——刚才最后一响，是"半夜谭"时间22点整！于是，老谭也跟着煞有介事地清一清嗓子。他说女人的外表固然重要，女为悦己者容，苏姐已美若天仙，可心肠堪比蛇蝎，这样的女人就像毒花毒草毒酒，一旦染指男人必死无疑；他说，《红楼梦》通篇没有一处描写过林黛玉的乳房大腿屁股如何如何，但谁也不能否认她才是世上最凄美绝伦的尤物，可谓美女中的极品，不过这样的女人根本就不是人，她是神，既然是神，凡夫俗子当然望尘莫及；他还说，爱玛之所以能成为世界文学的女性经典形象，她最动人的时刻就是一次次背着丈夫包法利医生，去跟自己心仪的男子偷欢纵欲，因为那时的她冲破了世俗的一切束缚，只为一个女人最真实的内心和爱情而活着，甚至不惜飞蛾扑火……那些年，我们的确听老谭讲过太多太多的东西，他本来读书驳杂，记忆力又好，讲起这些总是滔滔不绝，所以，我们都毫不怀疑地认定，像老谭这样一个男人，将来一定能获得世上最圆满的爱情。

不久，钓鱼的人便满载而归了。周枪瓮声瓮气走到我面前，二话不说就将那些用柳条串在一起的鱼呼啦一下扔过来。我明白他的意思，每次洗鱼的任务都落在我头上。太阳帽遮着脸，又戴了墨镜，我看不出周枪的表情，也许他还在生我的气，我何尝不如此，大伙来这里是图自在和快活的，无端地弄成这样，谁心里也别想太畅快。但我还是跟他讲了遇见老谭的事，周枪马上兴奋起来，连连说那可太好了，又怪我怎么没留住他呢。我解释说他答应一会儿过来跟大伙见面。这时，周枪好像才想起赵剑，问人呢，我照直说了，他不屑地摇了摇头，嘴里咕哝道，没出息的玩意，就知道围着女人屁股打转转。此时，我的情绪已经开始好转，心里多少觉得刚才对他的态度有点过火，甚至觉得也可能真是污蔑了他，可是那妞又有什么理由骗我呢，撒什么谎不好，非得拿自己的清白胡说八道？不过，我真的不想再提先前的事了，就像醉汉一觉醒来，实在不想知道自己此前的荒唐行径。我随手从地上拎起那串鱼，它们居然都还活着，柳条穿过鱼嘴的豁口，简直如上大刑，再被柳条猛地一勒紧，可怜的家伙个个奋力挣扎，在我手里集体抖晃起来。鱼不会叫，否则，它们这时一定会歇斯底里地哀号起来。人注定是做不了鱼的，哪里有压迫，哪里就会有抗争和呐喊。忽然又记起来刀具什么的都搁在车上，赵剑这小子真是成事不足败事有余，只好拎着这些鱼去想别的法子了，活人不能让尿憋死，好在只是几条尺把长的活鱼，我还是能对付得了的。

等我腥乎乎地在水边一一开剥干净那些鱼，匆匆走回营地的时候，老谭话复前言，竟然真的来了，没让大伙失望。赵剑这小子也及时赶回来了，倒是没再见那妞的影子。兴许是老谭出现在大伙中间的缘故，我们每个人都尽量保持心平气和，没人再提不愉快的事，我们众星捧月般围拢了久违了的老谭，都在不停地打量他，像是要从他的外貌和言谈举止间，找到一些跟他以往经历相关的蛛丝马迹。作为曾经的同窗舍友，我们惊讶地发现老谭身上确实蒙上了一层古怪而又神秘的气息，他不再亢奋，不再夸夸其谈，也不再以什么"半夜谭"自居。现在的他，更像是从遥远的戈壁或大漠深处独自跋涉而来，浑身透着沧桑之气，或者，是那种早已将曾经的磨难转化成人生智慧的样子了。

　　我们都太想知道这些年他是怎么熬过来的，当然，还有那个让他陷入半生困厄几乎一蹶不振的女人。我们的问题显得遮遮掩掩又迫不及待，起初，老谭只是一味地沉默，像一块刚被挖掘出土的化石，除了不得不敞露表面那层年久日深的厚厚泥土，对于自己内心的秘密始终守口如瓶。这种时候，我们三个人不得不你一言我一语，问这问那，穷追不舍。表面上看，都很关心他似的，但也许更像蹩脚的新闻记者，总算是逮住了一次绝好的采访机会，非要来它个打破砂锅问到底。后来大概禁不住大伙的一再追问，老谭很不经意地吱了一声，嗯，你们见过两条蛇是怎么拥吻的吗？我们互相对视然后不约而同地摇头。老谭的面容显得清亮而单薄，像是为了配合接下来的讲述，微微闭上了眼睛，似要精心酝酿什么，随即才又慢慢睁开，但那目光再度瞟向前方灰蒙蒙的山峦。

　　时光仿佛开始倒转了，一种似曾相识燕归来的感觉弥漫周围，我们都暗暗屏住了气息，一眨不眨地盯着宿舍里的那个梳着光亮背头的"半夜谭"。老谭说，几年前的深秋，他一个人闷得慌想来水库散散心。当时正值秋雨绵绵，气温骤降，山里潮湿阴冷，他想找个避雨的地方，后来在山里转来绕去，无意间发现了一个隐秘的坑洞。若是夏天这个洞口是很难被人寻到的，因为深秋时节草木变得萧瑟，又连天降雨，山洪哗哗啦啦往下冲击，把那洞口冲得若隐若现。当时他为了躲雨，没多想便拨开杂草探身钻了进去，尽管洞口很窄，可一旦进入其中却是别有洞天的，再往里摸索几步便豁然开阔了，如同葫芦的大肚子似的，两个成年人挤坐在一起的空间是足够的。就在老谭喜出望外时，他忽然听到不远处一片咝咝咝咝的鸣响，那声音听起来就叫人不寒而栗。他马上意识到情况不妙，忙摸出火机小心翼翼地打着了，借着微弱的火光，去寻那种古怪的咝咝声。终于，在靠近最里面的土壁下，发现了一摊白花花的东西正在扭动。

——蛇！没等老谭讲下去，我们仨便异口同声叫道。老谭冲我们轻轻点头，说当时他简直快被吓蒙了，下意识地边往后退边偷眼观察，竟然有两条，都有小孩的手臂那么粗细，尾部在地上盘成一圈一圈的草绳状，颈部则高高抬起，在半空中彼此交替缠绕着，两只蛇头在最高处唇齿相交，活像一对热恋中的情人正在忘情地狂吻。诸如牛羊骡马猫狗的交配，老谭说他都曾目睹过，可这种景象平生还是头一回见得。最让人感到奇怪的是，尽管火光在摇曳，土壁上人影幢幢，那两条蛇却并未被入侵者惊扰，更没有蓄势扑将过来的意思。相反地，它们丝毫不为外界所动，依然故我地死命绞缠在一起，似在不停地交换毒液，嘴巴咝咝作响。那一刻，老谭彻底被毒蛇忘我的激吻所吸引，他静静地待在原地，心想这两条蛇一定是过于激情澎湃而一时难分难解了。此刻，我们几个彻底被老谭的讲述镇住了，一个个张大了嘴，表情惊恐而怪异。而这时的老谭却像是在自言自语，像是生怕自己声音大了，会惊动那一双蛇的好事。他说后来亲眼看见其中一条蛇真的不动了，奄奄一息，一定是僵死在对方的毒吻下，另一条则迅速挣脱了对方的纠缠和束缚，跃跃欲试吐着芯子，随时将要冲人直扑过来。老谭说他当时吓得半死，拔脚就逃出洞外。

有很长时间，我们眼前总是扭曲着那么一双可怕的毒蛇，心里无不在揣测老谭到底想拿蛇的事说点什么，或者，仅仅是无话找话地寻开心呢，但这些话无论如何问不出口。好在那时，周枪已经麻利地烤好了几条鱼，鲜美的孜然味烤鱼叫人垂涎欲滴，我们理所当然该把头一份美食让给老谭享用。可他马上摆摆手，鼻翼微微抽动了两下，说自己吃素已经好多年了，还是请大伙自便吧。不吃荤腥的老谭，始终盘腿坐在那里闭目养神，一副清心寡欲不食人间烟火的飘逸模样，这让我们都有些自惭形秽，而这看起来还算美味的野餐，突然就变得有几分怪诞了。

三

打那之后，我们仨聚会的次数明显少了。即便是偶尔照了面，又总是绕不开老谭这个话题。而且，每个人的心里都存有一个谜，那谜面当然是老谭那天信口铺设的，而我们都无法猜穿最终的那个谜底。对于大伙来说，老谭本身就是一个谜。像谜一样难测的老谭，这些年完全生活在我们的世界之外，尽管他也会像我们那样去水库边逗留，可显然又是不同于我们那种任性的游山玩水，他去那里更像是一位隐士要与世隔绝，图的是在天地自然间潜心修行不染尘埃与世无争。这样没过多长时间，我们便都忘却了他，就像谁也不愿提及那次不太愉快的聚会。人们总是善于选择性地遗忘一些重要的事物，而对另外一些生不带来死不带去的东西又近乎执拗地追来逐去。再说这年头，哪一个人不在拼命为自己的职位啦和钱袋啦打拼。就拿我们仨来说，周枪的单位正在搞什么处级干部竞聘上岗，他算是梯队干部，成天摩拳擦掌地准备着演讲材料；赵剑所在的那家地产公司刚拿下一块最好的地皮，他作为企划部主管正大刀阔斧地进行广告攻势；我虽说只是个一般公务员，可杂七杂八的事情一点儿也不少。所以，我们都注定不会把别人的闲事放在心上的。

这中间，周枪和赵剑又不可避免地龁龁了一次。起因是我家的那套经适房装修完毕，按照惯例，得请大伙来家里热闹热闹，我们当地俗称"洗泥"，也就是亲友来家中小宴，图个乔迁的喜庆和吉利。一百几十平方米的房子里，到处都塞满了客人，我和妻子里里外外张罗招呼，不时地沏茶递烟斟饮料，忙得不亦乐乎。周枪来得很早，特意送来两盆意趣盎然的盆景，看上去碧翠欲滴，他吭哧吭哧帮我们搬进阳台里去了。礼多人不怪，他向来是这样。直到开饭前两三分钟，赵剑才气喘吁吁赶过来，这小子总是拖拖拉拉，真是拿他一点儿脾气也没有。周枪见他空着两手迟来，便有意拿话刺他，说有些人真会赶钟点儿，肯定是拿鼻子一路嗅着就过来了。赵剑说，你干脆说我是属狗的不就得了。周枪哼了一声笑道，别往自己脸上贴金，我说的可是二师兄。当着好多人的面，赵剑显然有些挂不住了，他人本来就胖，脸皮一阵红一阵紫的，但他还是极力隐忍着，也许他还知道今天是个好日子。我生怕他俩又不可开交地掐起来，坏了别人的兴致，忙招呼客人都到餐桌边就座。妻子已经把凉菜布置妥了，我趁机开了白酒，给每个人满满斟了一口杯。大家正准备举杯时，电子门铃却不合时宜地奏起《致爱丽丝》来，听着干巴巴的，着实有些烦人。

我跑去开门，站在外面的竟是两个着装规范不苟言笑的警察，银色的警徽在藏蓝色的帽檐上方闪闪发亮。这是怎么说的，闲来无事嗑瓜子都能嗑出个虫子来，心情顿感郁闷。起初以为他们找错了地方，但对方很肯定地问这里是不是张戈的家，我茫然地点头称是，警察始终上下打量着我，那种职业性很强的目光叫人有些躲闪不及。我们是来了解点儿情况的，麻烦配合一下。他们倒是言简意赅，你认识谭盾吧？我迟疑着再次点头，心里未免有几分紧张了。他是我大学同学，到底有啥事？他倒没什么，只是他前妻失踪了。

听警察这么说，我才舒了口气，对于那个跋扈的女人，我才懒得去关心。能进去聊聊吗？警察边说边把目光探伸进我家客厅里。我吞吞吐吐地解释，说家里有一堆客人不方便，心里十万分地不乐意此刻有人打搅，可警察说不会耽误太多时间的，希望我能理解。说是理解，他们已不由分说公事公办地迈进房内。

客厅连着餐厅，所有人都瞧到了，一时间欢乐的气氛消失殆尽，好像我犯了啥事似的，都拿奇怪的眼光死死盯着警察，就连一直忙活的妻子也举着一把油乎乎的锅铲，僵在厨房门口。我故作镇定地请大家先动筷子，妻子很慌张地跟了过来，我低声对她说，快忙你的去吧，没事。然后，把警察领进了书房，其中一个人立刻翻开随身带来的笔录本，主人似的端坐在书桌前准备记录；另一个继续跟我谈话，口气透着不容置疑的味道，无非是想让我评价一下老谭这个人，他在大学时的表现，工作后的状况，以及他和前妻的婚姻家庭关系等。我没必要隐瞒什么，就把自己知道的尽可能简单地讲了讲。最后，多少有些节外生枝，我告诉他们，正在家里吃饭的还有谭盾的另外两个同学，不信也可以去问问他们。警察一听喜出望外，赶紧把周枪和赵剑也叫了过来问话。数赵剑嘴快，一股脑地将上次遇见老谭的事说了，还说他总觉得老谭有些古里古怪的。周枪大概听不下去了，抢过话头质问道，人家老谭怎么怪了，你满身净是猴毛，还笑话别人是妖怪！赵剑不甘示弱，反唇相讥道，就你好，你是正人君子，那你怎么还干强奸的勾当？没想到他俩这么没轻没重，当着警察的面互相揭起短来。我忙在中间打圆场说，你俩胡扯什么，别影响人家调查嘛。那个负责问话的警察立刻皱起眉头，锋利的目光来回扫视着周枪他俩，好像冷不丁抓住了嫌犯，嘴脸冷硬地喝道，什么强奸？到底怎么一回事？不等他俩答话，我继续解围说，那是我们几个同学聚会时开了个小玩笑，多年的男女同学混在一起，喝点酒难免瞎闹腾的，同志您千万别当真。我一边说一边使劲给他俩递眼色。对方这才不再追问下去。

有关老谭前妻失踪的话题，后来成为饭桌上最新的谈资，大伙普遍认为，像那样一个花里胡哨的女人死了都活该，根本不值得警察满世界去找。我们不知道这女人失踪的消息对老谭意味着什么，只要一联想到老谭现今的种种状况，大伙都替他感到解气得很。于是，我提议说，这就叫善有善报，恶有恶报，不是不报，时候未到，来吧，咱们也为老谭同学下半辈子的彻底解脱干一杯。周枪叹口气道，可怜啊老谭，聪明一世，糊涂一时，摊上那么个倒霉娘们。赵剑却不以为然，撇着嘴说，这一切还不怪他自己，没有那个金刚钻，别揽瓷器活啊。周枪一脸愤然，你小子怎么这么阴，听你的意思巴不得人家出事才好啊。赵剑一副得理不饶人的样子，我说的是事实嘛，当初他光顾贪图女人生得风流标致了，哪里会想到日后的凄凉，这就叫武大郎娶了潘金莲——祸根早早就埋下了。话不投机，周枪噌地从座位上跳起，差些把一桌子酒菜撞翻，他二话不说就要往出走。我拦住他说你们俩何苦呢，真是卖面的见不得卖石灰的，又批评赵剑让他闭嘴少说两句。好好的一桌餐饭，全让他俩给搅黄了。妻子后来一个劲埋怨我，说这俩都属骡子的，根本拴不到一个槽头上，叫我以后少招惹他们为妙。我也一直暗暗生闷气，他们一见面准闹得人仰马翻不欢而散，都快把那点儿可怜的同学情谊折腾光了。

很偶然的机会，我又遇到了上次去水库的那个妞。她穿着时尚而暴露，小裙子短得几乎苫不住屁股蛋，上身只穿了件类似抹胸样的紧身衣，头发狂野地披散开来，走路的姿势跟模特上台走秀没啥两样。我之所以还能认出她，主要是因为她那双彼此分得很开的标志性的大蜜桃眼。那是在万达广场内的一个特卖场里，我正百无聊赖地陪妻子闲逛，这妞猛不丁就蹿到我面前。嗨，帅哥，不认识我啦？她先跟我打了招呼，眼皮涂得银光熠熠，活像电视里孙行者的那双火眼金睛，所以，她才一眼就把我认出来了。怎么，真忘了？那天在水库，你还背过人家呢。我在被对方极浓的香水味熏倒之前，总算勉强记起这个姑娘来。我回头朝四周看看，好在妻子还在试衣间里忙活，女人对试穿新衣总有用不完的精力。我忙指着她的腿脚说，看来，已经没事了。她稍稍愣了一下，继而，咧开红唇就花枝乱颤地笑了起来，哈哈，你是说崴脚的事，差点儿都忘了，我不过是跟你开个玩笑！她几乎用揭开所有恶作剧时的那类轻松口吻说着。我顿时诧异了，怎么可能？那天自己明明看见她坐在地上动弹不得。对方显然还在继续嘲笑我那迷惑的神情，她的笑声简直有些夸张，咯咯咯咯，小母鸡刚下完头一窝蛋似的，边热气腾腾地笑边说，真有你的，没想到你还真信了？然后，不等我开口说话，她忽然凑到我耳边说，不过，我还是要好好谢谢你哦，在你们三个男人里，数你最有绅士风度！最差劲的就是那个姓周的。说着，她冲我晃了晃大拇指，指甲老长老长，均涂成茄紫色。我被她说得一阵迷惑，又一阵飘飘然，难道说根本没有发生你说的那件事？她听我这样发问，跟岔气似的笑得都弯下了腰，哥，你可真逗，其实是我突然接到朋友的电话让我赶回去，又怕赵剑他缠着我不放，你知道他那个人总是磨磨叽叽的。还有，姓周的那天一见面就鼻子不是鼻子脸不是脸的，我就临时想了那个法子，也算是教训一下他，谁让他对年轻女士不够尊重呢。没想到你一听到我在树林叫，就颠颠地跑来了……

　　尼玛。我几乎快要气晕了，看来那天自己被这个妞玩得滴溜溜转，却又浑然不觉。正想冲她发作，忽然听见妻子在试衣镜那边大声唤我的名字，张戈，快过来帮我瞅瞅，你在那边跟谁说话呢。那妞听了立刻坏笑着，冲我眨了眨那双蜜桃眼，哥，别愣着啦，要不你会有苦头吃的哦。我一点儿也不想跟她开这种玩笑，便头也不回地撇开她走了，心里别提有多郁闷，这叫什么人，玩笑也开得忒离谱了！转念又想，人家快小自己二十岁了，整个一个新新人类，代沟太宽了，世界上最棒的三级跳远选手也跨不过去。而自己已过不惑之年，面对那么一个有些刁钻古怪的丫头片子，智商几乎一下子就降到了零，竟不分青红皂白就去冤枉一个好人，差点把多年的同学之情都葬送掉了，看来，自己还真是白活了。哪知还真让那妞言中了，等我走过去的时候，妻子俨然一副审贼的架势，眼睛瞪得如铜铃一般大，不停问我那个女的是谁干什么的，说我竟敢在她眼皮子底下打情骂俏，背地里还不知怎么样呢。我哪里还敢说实话，只好撒谎称是陌生人跟我问路来的，妻子显然对我的回答表示极度狐疑，哪有问人嘴巴凑得那么近的，那浪笑声隔着半里地都能听得真真的，你别在这给我装神弄鬼！我敢有吗，心里这样想着，嘴里只得打哈哈装糊涂，老半天总算是蒙混过关了。忽然明白了一个道理，如今这世道，凡事宁可信其有，不能信其无。妻子就深谙此道，她总是用怀疑一切的眼光看男人，哪怕是冤枉好人呢，我算是彻底服了。不禁又想起那天在水库边发生的事，只怪自己听信了一面之词，便把周枪骂了个狗血淋头，好在人家没太介意，要不真的连老同学也没得做了。

　　仿佛心有灵犀，就在天将擦黑的时候，周枪猛不丁打来一个电话，说他想约我出去一趟。妻子最近总是很敏感，像是更年期已经提前了，盯我跟盯贼似的，嘴里的埋怨一日甚过一日。她说我整天魂不守舍的，就不能好好在家陪老婆孩子待着，外面到底有什么值得留恋的。我知道她怕什么，只说放心吧，不过是跟周枪在一起。妻子还是不依不饶，又是那几个同学，真不知道你们成天瞎混个什么劲，当心哪天一起栽个大跟头。这种感觉很奇怪，我自己也说不清楚，其实每次我们在一起都不会比想象的更愉快，节外生枝的事屡有发生，不欢而散的局面又似乎是必然的，可等到下一次，又好了伤疤忘了痛，颠颠地赶去。周枪的车就泊在马路边，我刚钻进去坐到副驾位置上，他就开足马力往前疾驶而去。

咱们这是去哪，我好奇地问着。起初，周枪一言不发，只顾把车开得飞快，黑暗中的街道显得寂寥而又陌生，如果没有灯光映照，这座城市立刻会变得一派死寂，坟墓一般荒凉，叫人心生恐惧。周枪不想说话的时候，也是那么死板板的，脸孔铁皮色，模样有些瘆人。人不说话跟夜晚的城市缺少灯光一样。人和人之间不交流，即便面对面坐着内心也是一片荒芜。我犹豫了一会儿，终于低沉地说，去水库那天，实在有点犯浑，真不该轻信那妞的话，对不住了，老兄……从来没有觉得跟老同学说话这么费劲，几乎每一个字都像是被胶水死死粘在喉头里吐不出来。周枪匆匆瞥我一眼，吊儿郎当中带着与生俱来的自负，也许他根本没有瞧我的意思，只是在扫视右手边的那面后视镜，因为他始终不置可否。这没关系，反正我说出了自己的心里话，老同学间原本不该有什么隔膜。

还记得警察那天的表情吗？周枪终于开口了，语气里多少有点儿心事重重的。什么？我完全没听懂他的话。我是说老谭，不知为什么，这两天我总是梦见他。我心里咯噔了一下，其实那天被警察问询之后，我确实替老谭捏着一把汗呢，可我不愿意往那方面去想，哪怕是只想一点点，都觉得那样会对老谭很不公平。你是说，那女人失踪跟老谭有关？我这样发问的时候，其实完全不需要对方回答什么了。周枪终于转过脸，留意了一下我的表情，难道你不这么认为吗？不然的话，人家警察好端端找咱们做什么？于是，我们忽然都沉默起来，也许我们真不该这样去想。约莫过了一根烟的工夫，周枪再次开口说话。其实，我并不讨厌那妞，就是想给赵剑长点记性，那天趁着去树林挖蚯蚓的时候，我打趣她，说她长得如花似玉的，陪赵剑玩有意思吗，那身肥膘想想都让人恶心。没想到那妞一下子就急眼了，嘿嘿……他的笑声听起来多少有些无耻。不过，我再也懒得去管这种破事了，我觉得我们其实都有点儿无耻，大学时代的那份纯真友谊早已荡然无存，每次聚会只不过是又增添了一些乏味和无聊罢了。汽车路过赵剑家的方位时，我想了想问道，咱们要不要也叫上赵剑？哼，叫他做啥，腰来腿不来的，满嘴没一句人话。看来，周枪对赵剑已经反感透了，这实在有点儿悲哀。

我们就差把那脏兮兮的门板敲碎，对面邻居家的狗始终在猖猖狂吠，那种声音有些穷凶极恶的味道。于是，我打退堂鼓说，算了吧，这些年老谭飘忽不定，不大可能待在家的。周枪再次举起拳头，准备最后一通敲砸，身后的防盗门却豁然打开，一条灰褐色的沙皮狗猛地蹿将出来，若不是它脖颈套着黑皮绳索，又被主人牵拽，我们俩八成是要挂彩了。沙皮狗的黑眼珠被皱巴巴的面皮所包裹，连龇牙的样子也老气横秋，可狗仗人势，主人越是用力牵拉，这畜生越是叫得任性凶悍，让人心惊胆寒，好像随时会扑来撕碎眼前的陌生人似的。我早吓得缩退在周枪身后抖颤不停，他倒是不十分惧狗，反而咋呼着呵斥道，叫啥叫，再敢叫一个？！主人的眼神似乎也受狗的感染，凶巴巴上下乱射，半天，冒出一句很莫名其妙的话，这家人都死光了，还敲什么敲！我们顿时怔住。沙皮狗在主人的牵引下，一路汪汪着冲下楼梯。周枪忙从身上摸出一张名片塞进门缝，他解释说这样老谭回家的话，至少知道咱们来过。随即，我俩也跟着跑下楼去。

狗在外面获得了短暂的自由，黑亮的鼻尖触着地面和草丛一通狂嗅，间或，滑稽地举起一条后腿，抖颤着冲那些树坑或墙角尽情撒尿。狗这样做似乎是另有所图，好像并不是为了方便，而是急匆匆地要为这个世界留下点什么。这时，主人也在一边悠闲地甩手蹬脚活动起来，好像只有趁着狗撒尿的工夫，才能抽空爱惜一下身体。我们讨好似的靠近这个遛狗的妇人时，对方立刻警觉地收束了锻炼招式，双手紧紧搂抱在胸前，宽松的睡衣领口被拘出一个很大的空当，显示出妇人松散异常的身体现状。于是，周枪觍着脸叫声大姐，并说明我们是老谭大学时的同学，希望能从她这里打问一下他的情况。妇人这才正眼瞧了瞧我们，但神情依旧阴郁而抵触着，好像跟老谭这样一家人做邻居，真是倒霉透顶了，连张嘴说说他们都觉得难以忍受。

人善被人欺，马善被人骑，老谭也是太窝囊了，把女人惯得没个样子。不是我说，那娘们一看就不是啥正经货，走路三道弯，一日几打扮，脸上涂得就跟那唱大戏的一样。过去隔三岔五，总有些不三不四的男人上家里招骚她，晚上只要一出门，不到半夜三更不回来，夜夜都去外面赶什么五（舞）会六会的，那家伙鞋跟子把个楼道敲得咚咚响，一楼人的瞌睡全让她吵没了。有一阵子，老谭老是在单位加夜班，八成是躲起来图耳根子清净。再后来，有了儿子（依我看不一定是谁的种呢），老谭倒好，屁颠屁颠守在家里带儿子，辅导功课，由着那女人三天两头不着家门。我劝过他几回，对媳妇就得像和面，得用擀面杖可劲地捶压，她才能服服帖帖的！这个老谭，好赖话听不进去，还说什么两口子得相互谦让，不能上纲上线的。屁！我看他是脑子有病。

遛狗的妇人跟我们说起来就没完，好像终于逮住了一次批倒批臭对方的绝好机会。——你们想想看啊，好端端一个刚念初中的儿子，养那么大容易吗？要说，那孩子真是聪明懂事，见了生人都有礼貌，学习上从没让老谭费神，一考稳拿双百。我真是纳了闷了，你说这么好的一个儿子，咋偏偏摊上那么个不要脸的娘们子？老天不长眼啊，可我看这关键责任还在老谭身上，他当初要是肯听人劝，早点跟那女人断了，再好好找一个会过日子的，也不至于后来落得那个结局。终归一句话，女人你不能太由着她的性子胡逞。你们知道老谭那时咋跟我说的？他说世上的夫妻都要相互包容，不然这日子一天也过不下去。哼，这哪是包容，根本是宽容过头，纵容！我们觉得这妇人的话虽然啰里啰唆，却不无道理，看来一个人不能读太多的书，有时书读多了人就傻了。老谭就是一个再生动不过的例子。妇人临了还告诉我们，其实老谭是真疼老婆，那些年家里大大小小的活他全都包了，买米买面换煤气接送孩子，邻里们几乎很少看见那女人手里拎过一根葱或一瓶子醋，老谭可真是个模范……

回去的路上，我俩不禁又聊起了当年老谭结婚时的事情。说起来，老谭的婚事还是我们几个同学前后帮忙张罗的呢。那阵子大伙真是羡慕死老谭了，眼看着他率先脱离了单身群体，娶到了一个漂亮得让人惊艳的女人。记得那晚几个同学去闹洞房，老谭异乎寻常地腼腆起来，这一点大大出乎意料，他一改往日无所不晓的爱情专家的嘴脸，对于大伙提出的那些稀奇古怪的玩闹要求，比如让新人合啃一只悬挂在屋子中央的苹果，再比如把一只鸡蛋塞进女人的胸罩里，非让他从衣襟下面伸进手去摸了出来，等等，老谭简直忸怩得让人恼火，好像眼前的这个女人是只母老虎，碰一碰会要了他的命。倒是那女人一副看透一切来者不拒的表情，哪怕大伙提出更过分的要求，她都痛痛快快接受，还一个劲拿白眼球斜睖老谭，那感觉好像在说，你别娘们兮兮好不好，不就是让两个人搂一下亲个嘴么，这又有什么所谓呢。

事实上，十多年前的那个夜晚就是如此。老谭的消极怠工和不予配合，最终惹得我们动了手，大伙就用巴掌一下一下抽他的后脖子，打得那里一片赤红，他嘴里咝咝乱叫，如挨酷刑。后来还强行给他架了土飞机，像对待又臭又硬的阶级敌人，而他则表现得像个宁折不弯的革命者，死活不肯妥协。新娘子自始至终不为所动，表情慵懒地跷着二郎腿，坐在红艳艳的席梦思婚床上，只顾吧唧吧唧嗑着一把五香瓜子——这也许是个不好的苗头，我们都觉得这女人心硬，不管怎么说，眼睁睁看着自己的爱人被别人折腾，总该有点儿心疼吧，可她好像一点儿都不。老谭后来大概是不堪忍受那番嬉闹，竟趁机溜了出去，一道金光跑得没影了，害得我们几个黑灯瞎火夜猫子似的四处寻他。

现在看来，新婚之夜的仓皇逃离，实在是个不祥之兆。想想看，一个做丈夫的，怎能在这样重要的时刻，丢下自己的娇妻落荒而逃呢？或许，正是打他缺席的一刻起，老谭在那女人心目中的形象就大打折扣。我们可以稍稍设想一下，一个男人被自己的女人瞧不起，这种感觉一定糟透了吧。后来，我们几个大约是在凌晨两点左右撤退的，因为待在新房里实在无聊，老谭始终没有回来的迹象，唯独新娘子不停地打着哈欠，惺忪的睡眼里有种既厌烦又羞愤的味道，好像受了什么奇耻大辱。大伙离开时，她甚至连眼皮也懒得抬一下。也许真闹得有些过分了，但当时我们只图痛快了，谁也没有多想。

四

这年秋天的同学聚会，最终还是敲定在河湾水库举行。毕竟二十年是个大日子，大伙还是想在老地方重温一下昔日情谊，三四十号人浩浩荡荡结伴驱车从四面八方赶来，花花绿绿的帐篷搭起来了，男男女女的身影在树荫下不停晃动，打情骂俏的嬉闹声此起彼伏。尽管之前我们仨已经预热过一次，可一下子能见到这么多张熟悉的笑脸，还是激动得跟孩子一样嗷嗷乱叫，不分男女一律逮住动作夸张地拥抱了一通。这次我自然是要带上妻子的，周枪也不例外，按理说这种聚会是不能带家属的，但我们几个情况有点特殊，既是早年的同班同学，后来又做了夫妻。赵剑一个劲拿话戏谑，你们这种人智商普遍不高，做情种倒是再合适不过，所以老早就在学校里不思进取，整天忙着搞对象。我们不忿，说哪像有些人饿死鬼转世，成天就惦记着吃了，硬生生把自己喂成屁哥（pig，猪）。赵剑自豪地拍拍他的肚子说，这叫宰相腹里能撑船。周枪不以为然地哼了一声，说有时草包的肚子也能。于是，众人都嘿嘿起来。就这样，经过一番热热闹闹的叙旧、拍照、野餐、猜拳行令，直到把好几个同学灌得酩酊大醉，扔进帐篷里昏睡不醒，大伙还意犹未尽呢。这时有人又提起了老谭，说这次聚会班上所有同学都通知到了，唯独缺了他一个，真叫人遗憾。话题突然就变得有些沉重，刚才的欢声笑语一下子销声匿迹了，在场的人几乎同一时间陷入沉默。这个老谭总是在我们不经意时冒了出来，让人心里咯噔一下。妻子大概不想再掺进有关老谭的话题，她悄悄地用指甲抠了一下我的手心，又递来一个眼神。说心里话，我也不愿意在这种时候去谈论老谭，于是便会意地跟她离开了。

我们在林中漫步的时候，竟然一路手拉着手，这种感觉似乎久违了，好像我俩并不是多年的夫妻，而是一对相识不久的恋人。妻子冷不丁问我，还记得当年你在水库边跟我说过的话吗？我有些茫然，女人总是喜欢问一些叫人摸不着头脑的问题，都二十年过去了，我哪能事事记得清楚。她低头不语慢慢走着，好像非要等我说点什么才肯罢休。我在她身后支吾道，一定是些难以启齿的海誓山盟吧。妻子立刻掐了一下我的手，讨厌！她口气带着娇嗔，咱们去找找那棵树吧。什么？我再次疑惑地问她，什么树？妻子不再言声了，只顾拉着我的手往密林中走去。上回跟周枪他们来，同样是在这片林子里，我稀里糊涂背过那个妞，说实话当时确实动了恻隐之心，此刻跟妻子一同走进这个地方，心里多少有些异样，感觉妻子好像早已明察秋毫，专门带我来这里接受一次再教育的。现在，我不情不愿地跟着她，在这茂密的树林中走来走去，几乎每见到一棵粗壮些的大树，妻子都要停下脚步，然后围着树身转过来复转过去，把脖颈高高地仰起来，细细打量着什么，好像是，那些斑驳的树皮上镶嵌着一颗美丽的钻石等着她去发现。我不耐烦地说，咱们还是回去吧，这些破树有什么可瞧的。妻子突然冲我板起面孔，她一严肃，下颌那里的青血管就依稀可见了。哼，忘记过去就意味着背叛，难道你真的都忘了？！说完，她几乎气冲冲地丢下我，头也不回地往前去了。我觉得她今天多少有点儿神经质，或许，同学聚会的气氛让这个女人有些伤感，我只能耐着性子一路跟随。

　　这里林深草密，光线也变得十分暗淡，鸟的啁啾声时远时近，仿如谁在梦中窃窃呓语。倏忽，眼前又闪出多年前的一幅幅画面，那回我和她就是这样拉着手，钻进枝叶婆娑的树林里，当时她的两只眼睛闭上了，红红的嘴唇微微开启，我正是嗅到了那迷人少女的气息，就再也无法控制自己……一旦想到这些，我便忽然有些意乱情迷起来，内心深处有个奇怪的类似开关样的东西嘎巴一响，喉头猛地收紧，我艰难地咽下一口唾沫。喂，你等等我，别走那么快啊！我嘴里这样喊着，早三步并作两步飞奔过去，从后面一把将妻子紧紧抱住了。她完全没有反应过来，甚至还被吓了一跳，她张开口嘟囔着，大白天犯啥神经呢你……我已经准确无误吻住了她的嘴，她奇怪地瞪着眼睛，在我怀里呢喃着挣扎了两下，随即，就被男人突如其来的拥吻淹没了……

　　说来真是奇妙，许多年以来我和她习惯了那种不咸不淡的夫妻生活，好像起早贪黑养育女儿才是唯一的要务，其余的似乎都可以忽略不计。尤其是对彼此的那种需求，熟视无睹又近乎麻木，更多的时候只是为了礼貌性地应付一下，偶尔在床上完事以后，彼此立刻背转过身匆匆睡去，没有浪漫的前奏，也没有柔情的后续，而像今天这样激情澎湃的纵情欢愉还是头一回。此刻我俩双双躺在一层潮湿松软的落叶上，那些正穿透树叶罅隙的斑斑点点的阳光映在脸上身上，恰似调皮的孩子用碎镜片反射来的光，故意一抖一晃地眯人的眼，感觉煞是惬意。快看，快看，那是什么？妻子突然用手指着一棵树，压抑不住地叫唤起来。我眯着眼向上瞅了瞅，不就是棵普普通通的钻天杨吗，也值得你大惊小怪的。我话音未落，她已经迫不及待地从地上爬起来，径直走向眼前的那棵树，她激动地指着斑驳如鳞的树皮说，快看呀，这些字，天哪，还能认得出来，张戈，小敏，永，远，相，爱！她几乎一字一顿地念着，快乐得活像个小姑娘。

随后，我也不无诧异地站起身去察看，那刻在树皮上的笔画，粗粝如刀痕一般，因年深月久不断生长乃至变形，感觉根本不是出自人手，而倒是像大自然的神工鬼斧。我简直不敢相信自己的眼睛，没错，真的是我和妻子的名字！我不禁恍惚起来，记忆有点儿断断续续，穿过时光的层层迷雾，往事如一条细丝被慢慢抽出并垂悬下来，我竟差点忘了当年的一个细节：那是在激情过后，妻子让我对天发誓，我说会永远永远爱她，她却任性地说空口无凭，非要我立个字据。于是，我便突发奇想，掏出身上的一把钥匙，在一棵碗口粗的杨树上深深刻下了这两行歪歪扭扭的字，没想到时隔那么多年，它们又鬼使神差般地出现在我俩眼前了，况且，还是在这种情形下，这不能不说是一种缘分吧。此时此刻，妻子就依偎在我身旁，她轻轻挽住我的胳膊，尽管是老夫老妻，但她的神情却洋溢着一股青春的懵懂和羞涩。这可是当年的誓言，你得牢牢记住，这辈子休想变卦！她嘴里煞有介事地说着，整个人已小鸟依人般变得轻盈而快活起来。接下来，她就掏出手机，仔仔细细拍下了这两行字，像是警察在犯罪现场拍摄有力证据。她还建议我俩卿卿我我地跟这棵树合了几张大头照，说是要发到同学圈里去，也秀秀恩爱。我觉得自己像极了一个蹩脚的模特，被她这个任性的摄影师一通摆弄，却又毫无怨言。

等我俩双双走回去的时候，大伙正三三两两围坐在一起，吹牛的海阔天空，打牌的吵吵嚷嚷，简直就是一群聒噪的老家雀落在空地上。周枪抬头没好气地瞥了我一眼，这半天跑哪去了，就等你俩一起去爬山呢。他是这次聚会的发起人之一。我还没来得及张口，赵剑便一针见血道，他俩一定没干好事，瞧小脸还红扑扑的，八成是重温旧情去了。妻子被他说得不好意思，脸蛋子越发地红得没了边际。这胖子嘴巴总是那么损。我只好语带双关地说，爬山好啊，正好可以减减肥嘛。赵剑马上嘟着嘴皮说，要去你们去，我非得眯一会儿。说着还张了个大大的哈欠。大伙便异口同声，你那么胖，还敢睡？周枪更是阴阳怪气地哼了一声，这叫本性难移。他说完，就把手里的扑克牌合拢啪嗒摞在报纸上，然后起身拍拍屁股，想爬山的同学都跟我走！果然，一呼百应，大多数人跟着周枪向山里进发了，只有极个别像赵剑这样的懒汉赖在帐篷里睡大觉。

这里山势虽然说不上陡峭，可由于环抱着巨大的水库，空气湿度自然就大，形成了潮湿多雨的小气候，树木植被可谓葳蕤丰茂，越往山里走，道旁的虬枝丫杈就越发长得疯野，斜刺横生，勾连缠绕，尤其是那种叫作野酸枣刺的矮乔木，个头不高，却张牙舞爪到处都是，人一不小心，腿杆和胳膊就被利刺扎一下，疼得人龇牙咧嘴。这样爬了半个来钟头，不少人就叫苦不迭，开始打退堂鼓了。我们这些人全在城里给窝懒了，出门汽车，进门电梯，要的就是一个舒服，多一步路都不想走，我们长将军肚，我们长脂肪肝，我们的血压嗖嗖往上蹿，可我们就是不长记性。想当年一群同学结伴爬山，个个生龙活虎的，唯恐落后叫别人笑话，而且，男生往往为了捞表现，会主动背起柔弱点儿的女生爬上一段，以显示自己的男子汉气魄，这种事我就干过不止一次，要不怎能轻易俘获姑娘的芳心呢。周枪正用他捡来的一截粗木棍左右开弓，奋力劈砍那些恼人的拦路虎，他说再坚持一下吧，翻过眼前这道梁，前面应该是古长城遗址，好像还有烽火台，不到长城非好汉嘛，咱们到那里还可以照照相，留个纪念。听他这么说，大伙才稍稍振作起来，又吭哧吭哧跟在他屁股后面继续挺进。

妻子跟几个女同学走走歇歇，倒是打得火热了，女人们在一起总爱嘀嘀咕咕的。我趁机撵上了前面的周枪，他正可劲地挥动手里的木棍，面前的那些灌木枝杈被打得七零八落，泛黄的叶片纷纷散落，他似乎跟这些植物有深仇大恨似的。我劝他悠着点，差不多咱们也该原路返回了。他不置可否，依旧很卖力地抡着棍子。他这人向来是这么拗的，认准的道会一路走下去。对了，你上次说的单位竞聘的事有没有下文？我可还等着去赴你的升官喜宴呢。我也是临时想起这档子事来。而他像是根本没听见似的，棍子在手里使得呼呼生风，妈的，该死，滚开。我依稀听见他嘴里这样嘟哝着。这么多年了他的性格我还是了解的，从来有什么心事他是不会主动跟老同学讲的，更多时候都是我来关心和打问。他的声气已经很明显摆在那了，难怪最近他总是闷闷不乐的，有事没事老跟赵剑瞎饧饧，看来一准是竞聘失利了。我自觉多嘴，可话头已跑到嘴边了。我又说眼下就这世道，什么竞聘，不过是走个形式，你别太当真了。他始终不接我的话茬，但我能感觉到他满腔的郁闷和愤愤难平。

于是，我接着说下去。我们单位也搞过类似的竞聘，正处副处的岗位老早就内定好了，不过是临时找几个陪标的，在众目睽睽下装装样子，感觉好像竞争很激烈，什么能者上庸者下，其实都是他娘骗鬼的。我还想说点什么宽慰的话，突然听见他噢地吼了一嗓子，声音大得惊人，他手里的那根棍子早飞了出去，他用右手死死攥着左手，整个人霎时被一种巨大的苦痛攫住了，他痉挛似的佝偻着腰，嘴里咝咝有声，脸色涨得茄紫。他还从来没这么狼狈过。我上前察看，估计他是不慎打到自己的手了，血水已经顺着指缝往下滴开了。我忙从裤兜里掏出几片纸巾准备给他擦擦血，哪知刚一碰到他的手，他猛地将我甩开了，你能不能离我远点，别碍手碍脚的好不好！他冲我嚷完，便猛地转过身去，大步流星顺着山路下去了。我彻底被他晾在半山腰上。怪自己多嘴，哪壶不开提哪壶，惹得周枪牛脾气上来了。也许，男人到了我们这个年纪，会把官帽子看得更当紧，想想看马上就奔五了，再不时来运转，再不努把力，恐怕黄瓜菜都要凉了。可我实在是太了解周枪了，性子执拗不说，眼里又进不得一粒沙子，跟自己的老同学尚且处不好关系，在单位也就可想而知，像竞聘这种事，他不被别人当枪使才怪。

离开周屠夫照吃无毛肉。我心里这样想着，就扭过头冲大伙说，老周同学临时有点内急，大概是刚才吃坏了肚子，现在由我来带领大伙完成未竟的革命事业。尽管同学们已经累得腰来腿不来的，可在我的再三忽悠下，还是咬着牙翻过了周枪说的那道山梁。原来，所谓的古长城，不过是一截黄土夯起来的矮墙，风化得圆咕隆咚的，更像一只塌了气的包子，没有一丝棱角，就那么前不着村后不着店地趴在杂草和乱树中间。不管怎么说，来都来了，总得留下点什么吧，于是，二三十人轮番以大土包为背景，手机相机噼噼啪啪闪了半天，还不过瘾，有人提出来大伙应该全都爬到那个土包子上，拍一张有纪念意义的集体合影，也算不虚此行。提议不错，得到一致响应，问题是这个土包远远看并不太起眼，可真的要打算爬上去却非易事，四周光秃秃的，连个蹬脚的地方也寻不到。

几个征服欲很强的男士已经跃跃欲试了，他们都像顽劣的小男生那样，七手八脚顺着土包的底座开始往上爬，显然那夯土年头太久了，经不起这番折腾，脚下力气过猛，黄土渣子便稀里哗啦往下砸落，让人看着有些担心。女人们天生胆小，纷纷叫唤起来，劝他们算了吧，爬上去意义不大。可男人们根本听不进去，似乎逮住了一次绝好的免费的攀爬机会，又当着一群女生的面，权当一次户外拓展吧，非要试试身手不可。远远望着他们矫健的身影，我不禁暗想，也许大伙爬上去的第一件事，就是要在那浑圆的土包上刻下谁谁到此一游。没办法，我们的基因里一直潜藏着这种奇怪的东西，就像我当初在那棵杨树上刻字如出一辙，我们走到哪里，就把这种基因带到哪里。我之所以没敢轻举妄动，并非自己清高，主要是妻子在旁边一个劲拽着我的胳膊，否则我也不甘示弱的。她低声在我耳边说，可别学他们犯傻，瞧着挺危险的，万一……我真是佩服她的预见性，她话音刚落，就见爬在最高处的那个男生突然身体往后歪斜，整个人失去了平衡，一声怪叫，就一跟头骨碌地翻滚下去了。女人们顿时大呼小叫起来，我见势不妙急忙撇开妻子，朝那男生栽下去的地方冲去。

那个男同学的身体被折叠成 V 字形，屁股朝下死死卡在沿着土包壁面生长的几株胳膊粗细的酸枣树中间，衬衣裤子都剐开了花，血迹一道一道的，正疼得呜哇怪叫。我费了好大工夫，小心翼翼地拨开那些讨厌的酸枣刺，一步一步靠近了救援目标。这时，妻子跟另外几名女生也慢慢摸索着走来，她们有的说，天哪怎么会这样，有的喊张戈你快用力拉他呀！我已经满头大汗了。喂，姑奶奶你们别光站在后面瞎起哄好不好，快来给我搭把手啊。那个家伙确实被卡得很厉害，几乎一动不能动，我让女人们从下面往上托举，自己从上面用力去拉拽，可每折腾一下，对方就疼得喊爹叫娘苦不堪言，我真怕这样下去他的老腰要玩完了。最后，还是妻子出的主意，她让我尽可能将卡住男生的那几棵树往外掰扯，直到我将其中一棵从腰部折断，伤员才获得了暂时的解脱。当我信心百倍地再次抓住另外一根树干，几乎用上吃奶的力气往下弯曲并奋力拉扯的时候，意外发生了，就听轰隆一声响，手里的这棵酸枣树连带着大块大块的土包一齐坍塌下来，霎时土烟弥漫，我的眼睛彻底被眯住了。还未等我揉开眼呢，就听见女人们又在旁边嚷了，不，她们是在叫，尖叫，好像天塌下来了，好像青天白日撞见了鬼……

假如这天大伙没那么任性，假如爬上土包的男生没有掉下来，也许谁也不会发现那个惊人的秘密，至少发现秘密的人不该是我们这伙人。事后，我尽量不让自己去想那个场景，但越是这样克制自己，那一幕就越发变得惊心动魄。石破天惊，对，这个成语好像就是为了那一刻才长时间储存在脑海中的。事实上，当时我们都没有去多想什么，大脑都跟断了电似的，因为黄土包的侧壁被我连同酸枣树拽塌下一大块之后，我从女人们的惊叫声中听出了前所未有的恐怖和胆战心惊。给谁也一样，太不可思议了，黄土包被雨水常年冲刷，久而久之竟被从底座处榗出好大一个深坑，并且不断地向里蔓伸进去，这个自然形成的葫芦形洞坑，被一米多高的密密麻麻的芨芨草所深深掩藏，加上又有几株酸枣树遮挡，真的，任凭谁也不易觉察的。

洞坑四周确实长满了荒草和杂树，外面还有一层早就倾颓欲坍的土坯，那个暗黑的神秘洞穴就被掩埋在里面，它的外表呈现出一种极其雄浑的沧桑感，似乎曾在这里见证过无数的金戈铁马和人间悲欢离合。而我们则像一群跳梁小丑，简直吃饱了撑的，跑到这天高皇帝远的角落一展身手，非要挥霍体内多余的卡路里，我们的顽劣特质似乎与生俱来，但是谁也没有料到，等待大伙的竟是那么触目惊心的一幕。因为一旦外部的那层土坯被人破坏之后，里面的那个洞坑便一览无余了，在场的所有人都惊诧不已：一个像狗样蜷缩着的人形头朝里脚朝外倒在洞内，由于土坯坍塌时落下了厚厚的土尘，使得躺着的那位的头发相貌乃至衣着全被覆盖住了，乍一看上去，给人一种裹得严严实实的木乃伊的印象。后来直到大伙壮着胆子，在好奇心的驱动下，亦步亦趋靠近时，才模模糊糊辨认出，应该是一个女人，没错，头发似乎很长，下身穿着裙子，腿上裹着黑色长筒袜，光着一只脚。也直到这时，一股恶臭如疯狂的蝇群一般扑鼻而来，大伙立刻捂住口鼻，有人发出作呕声，有人失声喊叫，是死人，天哪，快点儿报警啊！

以后的事情似乎变得复杂而又简单。说复杂是因为报警不久后，110 的警车便呜啊呜啊赶来了，警察开始对在场的所有人进行问询和笔录，好端端的同学会搞得有些悲催；说简单其实也很简单，我们几个游手好闲的家伙无意中发现了一具腐烂的女尸，这确实给二十年的同学会增添了一抹诡谲的色彩。因此，原本在帐篷里过夜的打算，被胆小的女人们强烈要求取消了，人命关天，想想都叫人浑身发抖，哪还有什么心思继续逗留。于是，一场精心策划的聚会就这么草草结束了。

五

不久，老谭现身了，只不过是在我们当地的晚间新闻里。

那天晚上，妻子无意中看到了，顿时在客厅里大呼小叫起来，快来看快来看，老谭都上电视啦！我闻声慌忙从卫生间冲出来，裤子都没来得及提好。电视画面上那个近乎光头的男子，双手被锃亮的铐子牢牢拘住，正在两名干警的押解下指认犯罪现场。镜头随着男子的手指的方向，最终定格在那个大土包下。这个地方对我来说印象太深刻了，正是聚会那天被我笨手笨脚弄塌后裸露出来的神秘坑洞，唯一不同的是，那具尸体已经不复存在了，它的四周还围了一圈红红黄黄的警戒线，看上去肃然而又醒目。

电视镜头随即摇回到光头男子的脸上，顷刻间给了一个丑陋的大特写，也许他们故意要把嫌犯照得狰狞些的。那一刻，我觉得自己的嘴巴已经张到了极限，有种被撕扯的痛。我真不敢相信这就是老谭！由于是被强行押解着，画面上的男人表情很僵硬，嘴角挂着一副既要跟谁抵抗又不得不伏法的样子，充斥在眼神里的是一股罕见的释然和无所谓，唯独那几根伸不展的手指在神经质地抖动，完全不听使唤似的。他确凿就是我们在水库边见到的那个暮气沉沉的老谭，那个留着惊世骇俗的和尚头的老谭，只不过这一次，他身上不再是中规中矩的立领扣襻布衫，而是看守所里那种千篇一律灰唧唧不合体的囚服。画外音自然是主播铿锵有力的挞伐声，什么情节恶劣，什么手段凶残，什么供认不讳，什么罪有应得……最后还像是要结案陈词，电视上说据案犯交代，谭某之所以残忍地谋杀前妻，是因为每当他看到这个女人，就会想起自己的儿子，就会陷入失独后的那种无尽的悔恨和痛苦当中。

这条新闻短短数十秒，但在我却仿佛整整穿越了二十个春夏秋冬。我无论如何也不愿意相信，那个曾经读书最多总是侃侃而谈的"半夜谭"，竟会走到今天这步田地。我也忽然间意识到，自己更像是一个可耻的告密者和揭发者，或者，我们一班同学集体无意识地检举了这个可怜的男人。我们兴师动众地跑到水库边瞎折腾了一通，最终的目的好像就是为了协助警察破案，这未免太荒唐也过于残酷了。而最让人痛心的是，老谭在这里亲手埋藏了曾经的爱人，而我们埋藏的却是一去不返的青春岁月。于是，我匆匆躲进阳台，手指像刚才电视里的老谭那样抖颤着，几乎点不着一根烟了。我将头伸出窗外，夜色黑尽，灯火阑珊，我把浓浓的一口烟喷到黑暗中，烟气立刻被风吹回到脸上，感觉一阵呛涩，我赶紧闭上双眼。这时，妻子悄悄走过来，默默地把手搭在我的手背上，像在哄一个孩子似的轻轻抚摸着。好久好久，谁都没说一句话。我俩都不知道该说什么。

我们仨约好了，要一起去看看老谭。

哪知刚走到半路，周枪猛不丁把车停下，他痛苦地趴在方向盘上，沉默了一会儿说，要不还是你俩去吧。赵剑看了看我，不满地说，他要不去，那我也不去了。周枪闷闷地回了句，好像谁跟你穿连裆裤了。赵剑再次嘟哝道，只许州官放火，不许百姓点灯啊。周枪猛地火了，扭头伸过巴掌就想扇他。我急忙拦住，都什么时候了，你俩别这样好不好，要去都去，要不去谁也别去！他俩这才不那么任性了。之后，周枪的语气变得有些吞吞吐吐，他犹犹豫豫地说，有件事，我得告诉你们，其实，老谭在大学里，是暗恋过一个女生的。这个话题来得有些突兀，尤其是在这种时候。我和赵剑疑惑地互相对视，几乎同时问他那个女生是谁。周枪努力咽了口唾沫，表情说不上是痛苦还是尴尬，怎么说呢，你俩难道一点也没看出来？我们越发有些丈二和尚摸不着头脑了，别绕弯子了，快说，到底怎么一回事？就这样，在我俩的再三逼问下，周枪终于不再支支吾吾而是言归正传。

当年，老谭一直暗恋的女生竟然是周枪现在的妻子。那时他一直不敢表白心迹，就在毕业前夕全班同学去水库游玩那次，老谭才把自己心中的秘密悄悄告诉了周枪一个人，意思是想请周枪替他出面转达，为此老谭还点灯熬油写了一封激情四溢的长篇情书。可周枪做梦也没有想到，当他单独把班上那位女生约到林中时，对方却直言不讳地说其实她喜欢的人是周枪。这算是歪打正着吧，周枪说对于后来发生的一切，他一直心存歉意，直到老谭后来结婚成了家，他心里才稍稍宽慰了一点儿。这些年只要想起这件事，他的内心总会翻个个。也许，我们每个人心里都藏着一段不可告人的秘密，哪怕这东西有时让人痛苦得要死。我知道周枪身上确实有一股魅力，女生不可能不喜欢的，可问题是老谭也不至于那么胆怯和缩手缩脚吧。赵剑不以为然地说，我早就知道，他是个中看不中用的嘴把式，空头政治家而已，只要回忆一下咱们去他家闹新房的情景，你们就明白了。这次，周枪倒是一点儿也没有跟赵剑抬杠的意思，只是仰起头长叹一声，说当初老谭要是真的娶了我老婆，一定不是现在的结局，没准他会过得很幸福。而我总算弄明白了，那天晚上周枪为什么心急火燎地非要拉上我去找老谭，原来他并非心血来潮，可"幸福"这两个字又谈何容易。

也许周枪是对的，对于我们来说，后来短暂的探视过程的确十分痛苦，眼看着曾经的舍友和老大变成了阶下囚，心里都五味杂陈。周枪嗫嚅了半晌喃喃地说，老谭你要想开些啊；赵剑竖了一下大拇指，说二十年后老兄还是一条汉子，你也算是为民除害。我一直想跟老谭说句对不起的话，可临了也没说出口。我始终不知道该怎么说，一句对不起太轻也太滥了，或者还没想清楚，我们究竟该对老谭的事负怎样的责任。老谭又为什么偏偏选择在水库那边作案，难道那里也是他跟前妻谈情说爱的老地方？我不得而知，也无从追问。倒是老谭在我们离开之际，终于淡淡地撂了这么一句话。他说，你们恐怕还不知道，我和我前妻都是属蛇的。我们三个听了面面相觑，忽然又想起他那天讲过的"毒蛇之吻"，顿时每个人喉咙里就像是鲠着一根利刺，那滋味可真叫人难受。

有意思的是，河湾水库重新进入了公众的视野，还有那段所谓的古长城遗址，据说有关部门已经兴师动众地斥资修缮和开发了，好像还打算申遗什么的。反正，这事一点儿也不以谁的意志为转移，一桩杀人案的成功告破，最终引发了市民的旅游热潮。打那以后，几乎每逢节日或周末，驱车到此游玩的人便络绎不绝。不过，我们几个这辈子无论如何再也不想去那里了，什么同学聚会，什么青春记忆，统统都让它见鬼去吧。

（原载《十月》2017 年第 6 期，《作品与争鸣》2017 年第 12 期、《中篇小说选刊》2018 年第 1 期相继转载，荣登中国小说学会 2017 年度中国中篇小说排行榜，入选中国小说学会主编《2017 中国小说排行榜》）

父亲的婚事

一

　　若不是让小妹半夜三更打电话吵醒，父亲的那档子事他还一直蒙在鼓里。寡廉鲜耻！程仁脑子里闪电般蹦出四个字来。想到当事者究竟是自己的老父亲，马上又觉得，这种思想苗头来得太过尖刻，甚至不无恶毒。但是，他又分明听出小妹的倾诉声里，还带着那种蒙羞后的难堪，震怒后的余火，以至于跟他这个长兄讲电话时，还有些怒不可遏的火药味道。

　　大哥，你说说看，老爷子他咋变成这鬼样子了，亏他做出这号丢人现眼的事……我都替他感到害臊！

　　萦绕在程仁眼皮周围的蒙眬睡意，顿时让电话声震得无影无踪，他后背不无颓废地斜靠着床头，下意识地从床头柜上摸出一根香烟，又尽量侧过脑袋，手机夹在耳朵和肩膀头之间，火头一亮，第一缕烟气就从两只鼻孔喷了出去。迷幻的烟雾在黑色的空气中有些黏稠滞涩，跟现实纠缠不清的样子，半天也不愿意轻易散开似的，一味地笼罩在宽大的红木床头上方。唯见天花板的吸顶灯上的那几串水晶玻璃珠子，在烟头明灭间，闪射出一丝诡谲的亮光，隐约可见一只小小的人影，像只幽灵，不露一点儿声色。

这是他的老习惯，不管何时，只要从床上爬起来，头等大事就是先点一根烟熏上再说，离开了这个兴奋剂，他的大脑就会一片空白，无法运转，更不能集中精力去思考那些棘手的问题。习惯成自然，这世上几乎每个人都是依赖性动物。老婆被烟呛得咳嗽两声，猛地翻身坐起，头发葳葳蕤蕤披散着，活脱脱电影里诈尸女鬼的样态。让不让人睡觉？三更半夜接电话，还抽烟？你可真够烦人的！老婆满嘴嘟哝着，忽又怒气冲冲地下地奔向卫生间去了，他们住的主卧有个单独的卫生间，哗哗的一股细水声从隔壁传来，清晰入耳，接着就是马桶喷水的轰鸣声，带着一股女人的怨气，彻底打破了这午夜中的沉寂。电话那头，小妹程信还在不停唠叨，简直跟那个著名的祥林嫂一模一样，程仁却始终不置一词。大哥，你倒说话呀，咱们得连夜想出个法子，不能由着老爹这样瞎胡闹！好了好了好了，我知道了，你先睡吧，有啥话咱天亮再说，行不？天塌不下来！他可不想惹得老婆半夜里跟自己置气，就急匆匆挂了小妹的电话，想了想干脆连手机也关掉为妙。

可事情并不能都像手机那样随时挂断或关闭，相反，它就悬在半空，不明不暗，不阴不阳，不上不下，或者就像一把利刃，闪着银光，随时会掉下来，在自己的脸上或身上，砍出一道深深的血口，留下永久的疤和刻骨铭心的痛。很快，老婆就从卫生间踢踢踏踏回来了，程仁赶忙在烟缸里掐灭了烟头。烦死了，刚才谁的电话？老婆的身体气哼哼地埋进被子里。他轻描淡写地回了句，还能是谁，程信的呗。老婆倒是不再纠缠此事了，却很用力地往她那边扯了一把被子，像是要故意报复一番他似的。程仁的半拉身体立刻就裸露在外面了，他那汗毛浓密的大腿，活像一只古怪的道具，突兀地搁在被子外面，显得格外丑陋。房子换大了，床也变宽了，可被子似乎还是那么大点，两口子挤盖一床被子，就像爱情电影里的那些痴男怨女似的，想想实在是很荒唐的一件事，他早就想刷新旧弊，搬新家前就放话出来，说还是各人盖各人的被子来劲，谁都别影响谁，睡得舒坦些。可老婆却死拗死拗的，说什么你要造反吗，想换被子，干脆连我这个黄脸婆也一起换掉吧，要不咱就分床，各睡各的好了。女人总是这样：小题大做。男女结婚图什么呢，不就是图个天天睡在一起，一床被子盖着多贴心，收拾起来也方便啊，弄两床厚被子堆在那里，鼓鼓囊囊收拾起来不嫌烦啊！老婆总是常有理。这种时候他只能委曲求全了。

　　现在，程仁不得不把身子往中间靠拢，尽量去迁就老婆。他知道有时迁就女人，就等于迁就了婚姻，迁就这个家，结婚有二十多个年头了，儿子眼看就要大学毕业了，他当然懂这个理，凡事都要认真计较起来，准得搞得鸡飞蛋打家破人散。老婆本来背对着他，见他无声地靠拢过来，才把自己的身子柔柔软软地摆平了，她连着打了两个哈欠，一股女人的香酥气息，就在程仁的鼻息间游走起来。老婆的一只手曼妙地落在他的胸口上，稍作停留，指尖便若有若无地挠动起来，他的胸大肌微微地颤了几颤，老婆便热乎乎地侧过身子朝他粘来。老夫老妻了，对于彼此的需求都太熟稔了。这自然是老婆发出的信号，放在往常他准会兴奋起来，就势翻身，将对方压在下面，程式化地癫狂一番。可今夜，或者说此时此刻，程仁一点儿心思也没有，非但没有，甚至都厌恶起那种事了。

　　小妹的话几乎密不透风，灌满了他的脑壳和每一根神经。根据程信那通颇为露骨的描述，他能想象老爹在家都干了些什么。一个六十五六岁的老头子了，那方面还蛮有需求的，在外面找了女人不说，还明目张胆地往家里带，压根不把自己的儿女们放在眼里。看来，这回是要动真格的了，听程信说那女人还拖着个小油瓶子，这叫什么事啊？小妹今年也是奔四的年纪了，因为她家住得离老爹最近，又是小女儿，自从母亲病逝后，照料老人的任务就自然而然落在程信肩上。其实，老爹的身子骨腿脚都还硬朗，平时小妹也就是隔三岔五过去看上一眼，顺带买点生活用品，再帮着拾掇一下屋子。等到节假日，大伙才会一起过去，给老人做顿好吃的，陪他说说话聊聊天。几个人事先讲好的，程信主要负责出力，他和程礼兄弟俩则每年都拿出点儿钱来交给小妹，权作是大伙一起孝敬老人的。今天已是腊月二十三，小年了，再没几天就是除夕，小妹当然得惦记着过年的事，想去问问老爹需要置办点儿什么年货，过两天她好一并去采买。没想到那个小寡妇和小油瓶子都在，瞧那意思，他们仨已经其乐融融地过上小日子了。房间好像收拾得一尘不染，最可气的是，阳台上居然晾晒着一套艳粉色的胸罩和内裤，一看就知道是新买回来的，刚过了一水，连标牌都没来得及剪掉，这八成是老爹给那个小狐狸精买的呗。还有让人感到气愤的，本来程信是想等那女人走后要跟老爹好好谈谈，可老人竟然当着外人的面说，没啥事了，早点儿回去吧，这里用不着她操心。这无异于下了逐客令。小妹回到家后觉得实在窝火，躺在床上翻来覆去睡不着，越琢磨越觉得事态非常严重，后来终于忍不住爬起来给大哥打了电话。

像是要逃避老婆突如其来的温存，程仁也装模作样地上了一趟卫生间，顺手带了烟躲在里面一个人抽起来。尼古丁的气味迅速聚集在有限的空间里，他仿佛置身于不久前去北京出差所遭遇的那种无所不在的雾霾当中，整个人忽然失去了方向感和平衡度，思绪都变得漫漶而又滞涩了。母亲离开他们时的样子又艰难地浮现在眼前，那实在是不堪回首的，若不是今晚情况特殊，若不是事情赶着，程仁是不愿意再去想这些的。病入膏肓的母亲，早被大夫判了死刑，一次次可怕的放疗化疗，几乎把一个女人彻底摧毁了，没有头发，没有眉毛，没有女人最起码的样子，皮肤苍白得像一层薄薄的窗户纸，浑身上下尽是干柴样的骨头，剧烈的疼痛如影随形，每日就靠注射盐酸吗啡或杜冷丁来缓解。有那么半年光景，兄弟姊妹都不停奔走在医院和各自的家庭之间，忧愁、叹息、无奈和眼泪一刻不曾停止过，后来还是父亲做了个断然的决定，说别让你妈再受这号罪了，让她痛痛快快走吧。至今想起，那最后一幕还有些惊心动魄的罪恶感。大妹程智大学毕业后，一直留在外省工作，成家以后每年春节举家回来一趟，那次应该是程智在这个家里度过的最长的一段日子。程智一直都不赞成安乐死，她甚至为这事跟父亲拌过几次嘴。照程智的意见，应该立即带着母亲去外地寻求更好的医院和治疗，但父亲死活不依，说既然是绝症，何必让你妈那么遭罪，甚至还说，将来要是他也有那么一天，你们几个赶紧让我走，千万别花那冤枉钱。后来还是开了个临时家庭会议，就在住院部楼下，那个简陋的小凉亭里，还能怎样，他和弟弟程礼后来也都点了头，男人总是更理智一些。小妹其实也不忍心，只是一个劲哭，不表态。父亲就说，那就算三比二，少数服从多数吧。大妹恨得咬牙切齿，不等父亲把话说完，就扭头跑回母亲的病房了。母亲走后连着几个春节，程智都不肯回家过年，只是在三十那晚，给程仁他们发发短信，或打个电话拜年……

　　讨不讨厌，进去老半天不出来，你便秘啊。老婆的抱怨声再度响起时，程仁才慌忙摁下冲水开关，水流声咆哮着，像个颓废的中年男人，被谁惹火了正在找地方发泄。他磨磨蹭蹭走到床边，老婆的身子居然移到他睡觉的位置上，显然，她还在等他，看来缓兵之计未能奏效。他犹豫着在床沿上坐下来，床垫像个娇气的女人吱扭了一声，他还没来得及脱掉拖鞋，老婆的手臂又藤条样缠绕到他的腰胯上。三十如狼四十如虎，到了他们这种年纪，事情好像都颠倒过来了：十年前总是他猴急猴急地一遍遍缠磨她，也不管她情绪好赖；十年后也许真的有些审美疲劳了，很多时候都是她先发出信号，而他更多是支支吾吾或顺水推舟。今晚的情绪已经被严重破坏了，那个小寡妇，那套艳粉色的胸罩和内裤……一切都让他感到恶心，对，就是恶心，一不小心吞到了绿头苍蝇，只想找地方呕一通。他突然瓮声瓮气地说，你能往里挪点儿吗，让人咋睡？老婆显然愣了一下，随即用鼻子哼了一声，对他的装傻和冷淡给予鄙视，睡睡睡，就知道睡！随即猛地一翻身，几乎把整床被子都卷跑了……更年期的女人最是难以捉摸。

　　第二天上班的路上，刚一开机便嘀嘀地弹出一串未接来电，全都是小妹打的。程仁一边开车，一边皱着眉头回了电话。小妹的口气依旧火急火燎，怎么办，大哥你到底想出好点子没有？真是急死人了！又说，我刚给二哥去电话了，你猜这家伙咋说的，他说天要下雨娘要嫁，还是顺其自然吧。这个没良心的，怕是早就忘了咱妈在世时多疼他了。这倒是事实，做母亲的总是疼爱自己的小儿子，加上程礼自幼就很乖巧，很讨母亲欢心，功课成绩也不大用人操心，母亲就尽着把家里的好吃的留给他。后来有了两个妹妹，母亲偏心依旧，常常惹得程智和程信都很有意见，总戏谑说，母亲重男轻女思想严重，她俩就像是路边捡来的。

　　程仁的脑子还蒙蒙的，夜里睡得太差，加上老婆跟他怄气，冷屁股对着他，还故意惩罚他不给被子盖，最后他只好灰溜溜钻进儿子的房间，迷糊了一觉，两个人竟然破天荒地闹起了分居。分开睡也好，省得为那点事拌嘴窝火。老婆起床后鼻子不是鼻子脸不是脸，连早餐都没给他准备，她自己只喝了一袋牛奶，就不辞而别了，唯独客厅的盼盼防盗门被摔得山响，这是老婆发出的一次严正的抗议。有什么好抗议的，不就是没有响应她一下吗，过去她不是也经常用这种方式对待他的吗？谁规定的，男人就不能偶尔合理地拒绝一次？可见，所谓的男女平等，不过是句口号，喊喊罢了，永远不可能平等。由此，他又想起身边那些已经离了婚的家伙，冠冕堂皇的理由都是什么感情不和啦，长时间分居啦，说到底还不就是为了那点儿摆不上桌面的破事。程仁倒是想跟老婆解释解释，可话到嘴边又艰难地吞咽了，毕竟那是自己的老父亲，在老婆面前随便发议论，自己也觉得脸上无光。最近以来，他确实发现老婆越来越自我了，晚上他习惯于躺在沙发上看新闻看体育节目，而她总是低着头摆弄那部苹果手机，不外乎上微信、发留言、看视频，那种嘟嘟的提示音不绝于耳，间或，能听到她嘿嘿发笑像个痴人，让他觉得莫名其妙。不过有时，他又觉得这样挺好，省得有人跟他抢遥控器，跟他唠叨什么狗血剧情。智能手机让每个人都拥有一台便携式电脑，想看什么就看什么，想玩什么就玩什么，真是太自由了。

　　小妹最后不无狡黠地嘱咐他，反正眼看就过年了，要不这样，大哥你抽空也去老爹那边打上一头，假装关心一下嘛，顺便也好摸摸底啊。程仁觉得言之有理，不能单单凭着一套狗屁内衣，就给这件事情盖棺定论，那未免太草率了，万一情况不像小妹描述的那样，只是一场误会呢，到头来再惹得老头子动了怒伤了身，大伙谁也别想消消停停过这个年。小妹的性格他还是了解的，平时眼里揉不得一粒沙子，遇到一点鸡毛蒜皮的事，就爱瞎吵吵，嗓门比谁都大，啥事一到她嘴里，不免有些夸张的味道。至于程礼，在姊妹们心目中的地位本来就不太高：一方面，过去母亲在的时候事事都偏向他，时间长了两个妹妹多少有点妒忌他；另一方面，程礼这个人严重惧内，媳妇的话就是圣旨，逢年过节大伙聚在一起，但凡屁大点事，他都要早请示晚汇报的，简直离开媳妇就没了主张。

在程仁看来，弟弟这种做派还不都是母亲当年惯出来的，从小衣来伸手饭来张口的，长大了对家庭其他成员漠不关心，有时甚至表现得相当自私。时隔多年，程仁依然记得，当初在医院讨论母亲病况的情景，父亲让程礼发表意见，他说什么还是听大伙的，大妹就不客气地问他，难道你不是家里的成员，难道你没有自己的思想。小妹也说你是儿子当然得拿个主意，他半天支支吾吾才冒出一句，我媳妇的意思是，别让妈太煎熬了。这话一出口，大妹首先就气愤难平地说，笑话，妈是你自己的妈，跟你媳妇有啥关系，她说这话是怕到时候让你们掏腰包吧。兄妹俩为此大吵了一架，一个脸红，一个脖子粗的，那天若不是在医院里，说不准真就动了手。

二

年味渐近渐浓。街道和生活区里时不时传来噼噼啪啪的一串爆竹声，间或，还有那种暴躁如雷的二踢脚，呼啸着直蹿到半空中，骤然炸裂，空气里的火药味裹挟着一股兵荒马乱的气息，非要打破现有的那些稳定秩序不可。发明爆竹的家伙八成有点儿心理阴暗，很擅长恶作剧，或者纯粹是吃饱了撑的，偏搞出这么个鬼名堂来吓唬人。从昨晚到现在，心里一直装着事，程仁下班后就没有回家，而是直接开车奔父亲这边来了。正好，单位工会发了一盒带鱼，一桶色拉油，外加一塑料罐正林瓜子，他都让门卫师傅帮忙扔进车后备箱里。想着瓜子留给老婆享用，女人总是喜欢坐在沙发上，用它们噼里啪啦打发时间，这样也省去了她没事找事地跟他瞎叨叨；至于带鱼和色拉油，干脆都提溜到父亲家里，正好算是个由头。每年三十傍晚，大家都要聚在父亲家里吃团圆饭的，这样也省得小妹再去采购这些了。

父亲住的这个地方年头不短了，那还是二十多年前单位分配的，六十来平方米的老式福利房，如今小区四周早被拔地而起的酒店和写字楼团团包围了，巨大的楼影如乌云一般很险恶地投射下来，走进这里路人不由得心里直发寒气。家属楼的外墙皮脱落得不成体统，远远看去，竟活像一条奄奄一息的老癞皮狗，仅有的一小片空地上，几乎见不到一丝阳光，腊月里飘过的两场大雪堆积如故，一条被人见天踩踏的甬道，显得脏兮兮的；背阴处被谁随便泼了脏水，冻成很厚很硬的冰盖子，几摊狗屎或小孩粪便很扎眼地冻结在上面，仔细瞧，还有人丢弃的避孕套和带血的卫生巾，真是叫人恶心得想吐。

程仁始终眉头紧蹙，两只手拎着年货，像杂技演员那样，踮着脚尖，左拧右闪，半天总算是屏住气息突出了重围，然后一头冲进眼前的楼门洞里。当初母亲就是从这里，被儿女们七手八脚抬出去的，直到她生命的最后一刻，再也没能回来。一晃几年过去了，作为长子，他除了每年清明节开车载着弟妹们，去山边的公墓给母亲上上坟烧烧纸钱，似乎再也没有为母亲做过什么。至于那个被母亲撇在世上的孤零零的老头子，有时几乎快被做儿子的给淡忘了，一如眼前这栋破败不堪的老楼，被有关方面遗弃了一样，如果今天不来，他简直快记不起它龌龊的样子了。究其原因，不外乎是忙孩子忙工作忙家庭忙事业，可忙来忙去又能怎样呢，自己不过是个庸庸碌碌的常人，既没生出三头六臂，更不可能叱咤风云，不过饱食终日，得过且过，无所用心，说来真是惭愧啊，到头来竟连老父亲什么时候有了新欢也全不知晓。

给程仁开门的不是老人，而是一个四五岁光景的陌生男孩，小脸蛋肉嘟嘟的，耳朵稍有点儿招风，但眉眼鼻子还算周正，清澈懵懂的眼神里，透着一股小孩子特有的好奇和稚气。门刚拉开一道窄缝，这张小脸蛋就鲜活地探伸出来，嫩生生地问了句，叔叔，你找谁呀？因为小妹已经提前给他打过预防针了，所以程仁倒也不觉得特别惊讶。他的目光只跟孩子稍一碰触，便径直越过小家伙头顶，朝屋内探寻而去，从他这个方向可以看见，厨房里有人影在袅袅的热气中晃动。他随手将两件年货放在紧靠鞋柜前的地板上。

小男孩的兴趣立刻被地上的东西所吸引，他先拿小手提了提色拉油的红色手环，油桶纹丝不动，孩子有些失望地嘟囔了一句什么，又撒尿似的蹲下身子，抻长脖子，去仔细研究那只扁而长的纸盒了。盒面上印着银灰色的带鱼，鱼的眼睛又黑又亮，孩子似乎看懂了，突然激动地叫了起来，哦，鱼鱼，鱼鱼！随即，小家伙便一溜烟地，跑进北面正在轰轰作响的厨房里去了，同时小嘴不停嚷叫着，妈妈，妈妈，是鱼鱼，你快来看鱼鱼呀。

直到此时，一个腰间扎着花布围裙、头上套着一只普通的蓝色塑料袋的女人才从厨房走出来，她手里掂着个油乎乎的锅铲，显然是在里面做饭。她倒是生得眉清目秀，嘴唇涂过粉红色的唇膏，两弯眉毛也是精心地画过的，身材不胖不瘦，仅从面相看，也就三十五六岁的样子。女人也盯着程仁上下打量着，但很快她的脸上就浮出一层自带熟的笑意，显然没有把他当陌生人看待，而是对他不无熟悉的样子，她嘴里一连声说，你是程家的老大吧，跟照片上的人一模一样。刚刚不好意思，抽油烟机太吵了，我没听到敲门声。然后，她又很客气地让他，你快坐吧快坐吧，我锅里还炒着菜呢，说罢，就急忙转身回厨房忙去了。

程仁愣了一愣，心想，看来小妹所言还真是一点不假，这女人俨然一副女主人的姿态嘛，这让他心里很有些不自在起来。他没有立刻在沙发上坐下来，而是倒背着双手，心情复杂地从客厅走到南面的卧室，又从这里走进北面的次卧，然后像是被什么东西牵引着径直去了阳台。这时，他才留意到，家里包括阳台在内的窗户，都被擦得透亮透亮的，家具床铺也都收拾得整整齐齐。阳台的衣架上倒是晾着几件外衣，能看出来，多数是父亲的，也有一两件女人的，当然还有那个孩子的小衣裤。不过，小妹电话里所说的崭新的女人内衣，他始终没有看见。八成是小妹敏感的目光引起了女人的警惕吧，或者，人家早已经穿在身上了也说不定。这样想时，他眼前兀自闪现出那个女人只穿着艳粉色贴身内衣的婀娜模样，心里竟有股不可抑制的纯属于男人的幽暗漾动，他忙掩饰什么似的干咳了两声。

男孩像只乖戾的小哈巴狗，猛不丁就蹿到他脚边来了，此刻正抬起毛茸茸的小脑壳，很吃力地盯着他望。很久没有被这么点儿小孩盯视了，自从儿子读了大学以后，程仁觉得身边一下子清静了，孩子的成长过程太快了，几乎一眨眼那只小鸟就羽翼丰满了，学会单飞了，再不需要两只老鸟的庇护了。眼下，这个小孩子让他多少有些想多看几眼的冲动，甚至想跟他说说话。于是，他就地蹲下身子，这样一来，孩子就不用总抬着眼皮费劲地瞧着他了。

喂，几岁啦? 程仁拿那只被烟熏得焦黄的手指勾了勾对方的小鼻子。

我，我，我妈妈说，我过了年就，就五岁了。孩子鼓着小红嘴，一本正经地回答。

他嘿嘿地笑了，觉得真逗，小孩子说起话来总让人忍俊不禁。

叔叔怎么只看见你妈妈，那你爸爸呢？

这个问题看似漫不经心，实际上是他此刻最关心的。孩子却有些犹豫起来，像是识破了对方的奸计，一只小手慢慢地爬上脑壳，轻轻挠个不停，同时，斜着身子转动小眼珠，好像这个问题太大又太难，又或者是要等大人授命才能回答。

怎么？你连爸爸在哪都不知道？

他死死盯着孩子的眼睛，好清澈透明的眼珠，简直像水晶制成的，黑白分明，干干净净，一尘不染。

妈妈说，妈妈说……孩子有些胆怯地连连往后缩退着小身子，活像只小鸡遇见了居心叵测的老鹰，但似乎又无法避开对方追寻的目光，妈妈说，要是有人问起爸爸，我就说爸爸他……

亮亮！

没等孩子把话说完，那个女人猛不丁冲过来，一把抓起孩子的小手，嘴里说，亮亮就知道缠人，快去卫生间洗洗手，准备吃饭了。

说这话的工夫，女人像是很不经意地瞥了他一眼，眼神多少有些愠怒。他还注意到，对方头上的蓝塑料袋没了，头发是悉心绾了髻的，用一支漂亮的琥珀色的发簪束着，看着不失雅致。很快，女人又微笑着说，这孩子有点儿人来疯，对了，你怕是也没吃呢，待会儿老程回来，你们爷俩干脆一起吃吧。

老程？程仁心里顿时泛起一股被人冒犯的不悦滋味。这个不足四十岁的女人，居然管自己年迈的父亲直呼老程，也太没大没小了，真是岂有此理，妈的，她到底凭什么？又一想，幸亏自己按照小妹的意思过来了，否则的话，接下来的这个年，真不知该怎么过呢，到时候年夜饭上，猛不丁冒出这么一个奇奇怪怪的女人，大伙该叫她什么？阿姨，还是小妈？这实在太荒谬了！

女人倒是压根没有注意到他此刻的情绪波动，接着说，老程他呀，每天雷打不动，不到钟点是不会下班的！程仁完全听蒙了，下班？什么意思？他可从没听小妹说起过，父亲在哪里兼职上班。女人这次倒是猜出了他的疑惑，忙堆起笑脸，用几根雪白的手指做了一个搓摸的动作，嘴里说，你爸每天上午，都在街边的老年人棋牌室搓麻将，跟上下班一样准时，不到饭口不回家。他迟疑地哦了一声，眼睛却盯着女人涂了红色指甲油的手指，那手很白，也很细腻，不像是长期操持家务的样子，右手的中指和无名指上，都戴着黄灿灿的戒指，看那成色应该是24K纯金的，随即，他又注意到耳坠同样也是，灿然鲜亮，勾勒出成熟女人特有的风韵。她整个人简直被这些行头装饰得比新娘子也不差。哼，兴许这些玩意都是父亲拿退休金买给她的吧？他又禁不住胡思乱想了，父亲每月的退休金少说也有两三千块，给女人买买衣服化妆品和首饰，还是绰绰有余的。一想到父亲的退休金，竟都花在这个女人身上，他简直嫉妒得够呛，虽说他并不指望花父亲的钱，可也不忍心这些钱都打了水漂。

卫生间的水流声哗哗响着，女人诧异着想起什么似的，突然丢下他，快步循着水声跑去了。很快，程仁就听见女人提高了八度的尖嗓门，亮亮，你又玩水，怎么那么不听话，弄得满地是水，都能养鱼了，看妈妈不揍你！随即，就听到啪啪两声，一准是巴掌打在屁股蛋上了。孩子呜哇一声号啕起来，这声音来得异常刺耳。程仁很久没有领教过，小孩子那种歇斯底里的哭闹声了。他忽然觉得，这个女人也许并不像表面看上去那般和颜悦色，相反，某些时候她会很凶的。

果不其然，墙上的石英钟当当地指向十二点的时候，父亲准时准点用钥匙打开房门进来了。这时程仁正跷着二郎腿，心事重重地坐在沙发上，若有所思地吸着烟，女人刚才给他倒了热茶，不过他连碰都没碰茶几上的杯子。父亲似乎一点儿也不感到吃惊，只是淡淡地瞅了他一眼，就径自低下头去鞋柜里找拖鞋。色拉油正好挡住了半拉柜门，父亲动手往开移油桶时才问了句，是从班上直接过来的？又说，我不爱吃这种油，寡得很，没啥味道，待会儿还是拎回去，你们留着自个吃吧。

程仁没接父亲的话茬，而是把最后一口烟一丝不落全部吸完，才用力在烟缸里捻了捻烟头。他又听见父亲咕哝道，你呀，就不能把那个烟少抽上点儿，对自己身体没啥好处！他这才掩饰似的开口说话，再有几天就过年了，我顺路来看看，你这里还需要啥，到时候也好去买。话一出口，连自己都觉得虚伪古怪，似乎是，完全按照小妹给他事先设定好的路数在笨拙地出牌。也没啥需要的，今年三十，你们几个过来吃现成的，我们能对付得了。往年，父亲可从没说过这样的话，今年似乎底气十足，而且，父亲还用了"我们"，显然是指他跟那个女人吧。程仁一下子竟没了措辞，父亲太过直言不讳了，看来小妹说得一点不错，他们在这里正儿八经过上幸福的小日子了，已无须儿女插手。

父亲刚换好拖鞋，先前哭过鼻子的小家伙，便虎虎式式地蹦到他跟前，跳着脚问，给我买好吃的了没有？父亲闻声立刻跟换了个人似的，精气神都大不一样了，仿佛年轻了二十岁。他笑逐颜开地弯下腰去，一把将孩子抱在自己怀里了，同时腾出一只手，从裤兜里摸索出一支包装花哨的棒棒糖，举在孩子眼前轻轻晃动着。亮亮，喜不喜欢这个？快拿小嘴嘴亲亲我这里，不然就给妈妈吃了。孩子几乎毫无保留地，把那小红嘴以及肉脸蛋都贴在父亲脸上了，那个亲昵劲让人牙根都要冒酸水了。老人哟哟地叫唤着，很受用地一个劲拿下巴颏上的灰白色的胡楂，蹭那张肉嘟嘟的小脸，边蹭边亲，笑声哈哈不断，完全沉醉于天伦之乐中了。孩子趁机拿到了自己喜欢的糖果，迫不及待地用小手撕扯上面的塑料包装纸。父亲旁若无人地抱着孩子，向卧室走去。

　　整个过程程仁都看在眼里，父亲对待小家伙的架势，如同自己亲生的。他脑子里不由得又瞎琢磨开了：父亲到底在给这孩子扮演一个什么样的角色？爷爷，伯伯，抑或是爸爸？这样一想，越发让他感到浑身都不自在，一个儿子的尊严前所未有地受到了亵渎和侵犯，假如真是那样，那未免太荒唐了，他们兄妹四个又算什么呢，难道让这小不点管他们叫哥哥姐姐不成，真他娘乱了套了！想到这里，他简直气不打一处来，便愤愤地起身大步走进父亲的卧室。

　　爸，这个孩子到底是……问这话时程仁又多少有些犹豫了，照他的脾气应该直截了当，比如父亲跟这娘俩到底是什么关系，可一时又不想问得那么露骨了，毕竟面对的是上了年纪的老父亲，万一哪句话戗着终归不妥，可不问问清楚，又实在是憋得人难受。小家伙旁若无人地坐在床沿边，两只小脚不无得意地晃动着，小嘴有滋有味地吮吸糖果，腮帮子一鼓一鼓的，甜蜜的滋味让人羡慕，他可完全不在乎大人们说些什么。父亲窸窸窣窣脱掉了外套，里面是一件手工编织的烟灰色毛衣，针脚很细密，图样也很新潮，使整个人看上去精神焕发。

你是问亮亮吧，他是那个小苏的儿子。对了，我还没来得及跟你细说，小苏男人出车祸没了，孤儿寡母过日子不容易，她一直在咱们这里做着钟点工，就是上门做饭洗衣服那种。说起来，小苏还是居委会介绍给我的，说她人可好了。你看，每天三顿三响给我做饭吃不说，屋子也是她拾掇的，这女人手脚勤快得很，闲不住，待会儿你正好留下来，尝尝她的手艺，保准你也爱吃。父亲一股脑地说着，几乎没有半点卡壳，像是练过好多遍的台词，一切似乎都合情合理，程仁实在寻不出什么破绽。

程仁始终在悄悄地察言观色。这中间，他又一次看了看眼前那几扇明亮的玻璃窗，不用问一定是那个叫小苏的女人的功劳。也许，小妹真的有些敏感过头了，不就是父亲从外面请来的钟点工之类吗，作为儿子，他倒是举双手赞成的，老人家确实应该雇个人，照顾一下自己的生活和起居。心里这样想着，脑子里那根神经已不再如先前那样紧绷着了，继而，换了另外一种和缓的口气，甚至笑着对父亲说，爸，这事你做得对，我们几个都不常在身边，小妹家里还有个婆婆要照顾的，你这边是得有个像样的人给操持操持。

父亲听到程仁这么说，也就会意地点了点头。爷俩拉话的工夫，客厅那边传来女人热情洋溢的招呼声，老程，你们快过来吃吧，我都弄好了。

这次，程仁倒是没有再去挑那女人的礼。

三

一接到大妹的电话，程仁便开车往机场赶，航班延误得一塌糊涂，他在候机厅几乎迷糊了一觉，那娘俩才拖着箱子拎着包，从国内到达口昏昏沉沉挤出来，这年头回家过年还真是有种逃荒的味道。大妹依旧留着的短发，永远都是一副假小子样，不过看上去还是挺干练的；女儿娇娇的个头蹿得快撵上她妈妈了，面颊和眉眼多少透着一股程智少女时代的味道。但娇娇的性格一点儿也不像她妈妈，有点儿害羞，含蓄，嗓门小得跟病猫似的，她大概招手问了声大舅好，程仁压根什么也没听到。

程智倒是直言不讳，说大哥你看到了，娇娇这孩子一点儿也不随我，说起话像蚊子嗡嗡。程仁说，女孩子家嘛，总是温柔点儿好。程智马上敏感地反问道，那大哥的意思是嫌我不够温柔？这种时候，当大哥的只能打哈哈了，难得大妹心情不错，能主动带着孩子，不远千里地飞回来，跟大伙一起过年，仅凭这一点，他就得高挑大拇指了。于是，他忙转移话题，说她事先也不通报一下，怎么搞突然袭击。这时，娇娇总算伸过脑袋再次出声了：我妈她就是想给你们一个惊喜呀！程仁就轻摸了一下娇娇的额头说，呵呵，这个惊喜好啊，姥爷要是知道咱们娇娇也回来了，不定多高兴呢……

他的话刚出口，程智就把话插了进来，口气却是淡淡的。对了，她姥爷人还好吧？程仁依稀觉得大妹似乎话中有话，便想到几天前的事，说不定小妹嘴快，早已跟她通过电话了，不然依照程智的性子，怎么可能突然跑回来。要知此前的几个春节，她可都是缺席的，理由不外乎是，娇娇假期要参加课外补习班，或者，孩子感冒很严重还在打吊瓶，再不就是，她和丈夫节日需要值班，诸如此类。可转念又想，做女儿的回家探望老人，还需要什么理由吗？她不回来情有可原，她能回来也是本分，自己可别再节外生枝。他思忖着嘴里说，老爹他呀，能吃能睡也能玩，放心吧。程智坐在副驾驶位上，她把目光瞥向他，有种不无质疑的味道，好像在问，真像你说的那样，还是别有隐情？好在，她还没来得及再询问什么，娇娇又好奇地从后排探过头说，姥爷真的也爱玩？那他都玩些什么呀？程仁回头看了娇娇一眼，笑道，还能玩什么，当然是搓麻喽。娇娇听后嘟了嘟嘴，连着打了两个哈欠，半天不说话了。大妹显然有些亢奋，回来的路上嘴巴几乎没停过，不是问这就是问那，程仁觉得自己活像个新闻发言人。

安顿这母女俩睡下，早已过了凌晨一点，人还有点儿兴奋，一时半会儿睡不着。这时老婆忽然提起儿子的事，说晚上儿子来过电话了，下学期就要参加毕业实习，所以，这个寒假他想在外地跟同学一起过。程仁听了就有些不高兴，这小子，不是说好了晚几天回来吗，怎么突然又变卦了，难得娇娇跟她妈回来一趟，可真不懂事。老婆却不以为然地说，这事怨不得儿子，她们不也是突然决定来的，再说不就是过个年吗，没几天的事，少咱儿子一个，也没什么大不了的。程仁觉得老婆就是太纵容儿子了，早知道这样，元月份一放假，就该让儿子赶紧买票回来。现在木已成舟，说什么也晚了。两口子难免又为此事口角了几句，搞得彼此心情很不爽，后来谁也不想搭理谁，就背靠背赌气睡了。

早晨大妹一起床，便不顾旅途劳顿，提出要带娇娇去看姥爷。程仁听了，心中的一块石头总算落了地，他生怕大妹还记恨当年的事，不肯好好去见老爷子呢。可他因为单位例会脱不开身，说只能把她俩送过去，到时候他就不进去了。其实，他也是有意要避开这场时隔多年的父女会面，好给他们点儿单独的时间，彼此好说说话。程智笑着说，你可别把我当外人了，其实用不着你送的，我闭上眼睛也找得到老爹家的门。但程仁还是坚持把这娘俩拉上了车，路上，他觉得很有必要再啰唆两句。大妹，老爷子的性格你是知道的，这几年你都没回来过，说不准他心里还堵着什么疙瘩呢，到时候要是嘟囔你两句什么，只当左耳朵进右耳朵出，千万别跟他拗着劲，毕竟大过年的嘛。程智听他这么说，只好吐了吐舌头，放心吧，大哥，我也不是三岁小孩。娇娇听大舅这么一说，还真有点儿紧张，问万一姥爷挑了礼，该怎么办。程仁忙安慰道，放心，不会的，姥爷只要见了咱娇娇，高兴还来不及呢，还生哪门子气。等她俩下车的时候，程仁又忽然想起两天前在父亲那里见过的女人，又简单地跟程智交了个底。大妹听后，半开玩笑似的跟他说，除了女钟点工，还有别的猫腻吗？他嘿嘿一笑说，你这张嘴啊，还是这么不饶人！程智便撇着嘴道，这就叫江山易改，本性难移嘛。

这天后来发生的一幕，程仁压根没有料到，还是娇娇在电话里原原本本向他学说的。原来，大妹刚一下车，就给小妹拨通了电话，两个人约好去老爹家见面。事实上，从程信家到父亲那边步行也就二三十分钟，知道姐姐突然回来了，小妹激动得什么似的，急忙打的赶了过来。姐妹俩好久没见面了，当街抱在一处，又是笑又是哭的，惹得娇娇都差点儿流泪了。小妹一个劲拿手掌拍打着程智说，姐你真没良心，待在大城市里，把我们都忘光了吧。大妹则红着眼圈说，忘了谁，也忘不了你这个死丫头。娇娇打圆场说，我妈平时最惦记的就是小姨。小妹这才把娇娇搂在怀里，说好孩子都长这么高了，快让小姨稀罕稀罕。随后，她们娘仁才兴高采烈地往老爹家走去。

小妹身上常年都揣着这边的家门钥匙，进屋自然是不用再敲门的，再说这天早晨她们去得确实很早，又想着要给老人一个天大的惊喜。所以，就用那把钥匙轻轻打开了房门，三个人提溜着大妹从外地带回来的礼物，径直走进屋去。小妹大嗓门惯了的，进门就嚷嚷起来，爸，爸，你快出来瞧瞧，看谁回来了！可是，她连着叫了几嗓子，始终没见老爹的人影，却忽然听见卧室里传来一个女人含混的声音，你爸他下楼买早点去了。大妹简直吃了一惊，当即愣在客厅里，像是大白天撞到了女鬼。小妹二话不说，上前一脚，便踹开了卧室门，气冲冲地闯了进去。

那个叫小苏的女人，显然刚被她们吵醒，正迷迷糊糊从床上爬起来，手忙脚乱地往身上套羊毛衫呢。那个小不点儿，就躺在妈妈身旁，还在睡梦中呢。小妹见状，早已火冒三丈高了，如果说上一次仅仅是在阳台发现了女人内衣什么的，这回她可算是真正抓到了现行，证据确凿。

喂，谁让你睡在这里？起来，快给我起来！小妹气急败坏地冲上去，一把就扯开了女人身上的被子，一双白皙的大腿就毫无遮掩地裸露出来，在晨曦中闪着刺眼的白光。我就知道你不是个好东西，没想到你脸皮这么厚，赖在这里了！

起初，那个叫小苏的女人确实有些战战兢兢，可事情发展到这一步，尤其是小妹完全撕破了脸，不管不顾地跟她叫嚷起来，她反倒让自己镇定下来，甚至不再慌乱什么了，而是慢条斯理地往腿上套着裤子，嘴里不紧不慢地解释着。事到如今，我也不想隐瞒啥了，你也都看到了，我和老程确实好了一阵子了……这话一出口，小妹的肺管都要气炸了，她忽然失去理智像犯了歇斯底里症。狐狸精，不要脸，真不要脸……她一面恶狠狠地谩骂着，一面顺手抄起床头柜上的一只搪瓷茶杯，用力砸在地板上，水花溅起老高，墙壁都湿了一大片。熟睡中的小男孩终于被惊醒了，一头钻进妈妈怀里，呜里哇啦哭个不休，身体哆嗦得像只受了惊的小兔子。小苏赶紧抱过自己的孩子，一边宝贝宝贝地哄着，一边愤愤地说，有啥话最好找你爸说去，犯不着冲我们孤儿寡母使性子发火的，但凡老程发句话，我们立马卷铺盖走人，一刻也不多留……说着，她竟也放声号啕起来，仿佛受了天大的委屈。

这种时候，大妹当然什么都看明白了，不过，她始终没有像小妹那样闯进去大吵大闹。娇娇长了这么大，还是头一次经历这种糗事，而且，是在多年没有回来过的姥爷家里，本来满心期待亲人重逢的美好一刻，现在心情简直郁闷到极点。换句话说，眼前这戏剧性的一幕，完全让这对归乡省亲的母女感到震惊了。大妹在公司做白领多年，头脑当然比小妹清醒得多，她知道这样无休止的吵闹根本无济于事，也许还会适得其反。毕竟父亲不在现场，而且男女问题向来又是一个巴掌拍不响的。所以，关键时刻，她还是把小妹从卧室里生拉硬拽了出来，妹妹你冷静点儿好不好，有啥话咱等老爷子回来再说也不迟。小妹后来离开时，恨恨地撂下一句，我真想不通，老爹他咋就能堕落成这样子，把我们兄弟姊妹都当成傻子了！接下来，姐俩几乎怒气冲冲地跑下楼去，那阵子也就八点半光景，外面冷飕飕的，西北风卷起空地上的纸屑和雪末子胡乱飞舞，她们宁愿在外面受冻，也不想再踏进那个房间半步。

娇娇在外面冻得鼻青脸肿，两只脚不停地在原地跺来跺去，妈妈和小姨都在一旁呼呼地生闷气，谁也不肯理睬她。好在没站多久，娇娇就看见了姥爷摇摇晃晃朝楼门洞方向走来，他两只手里都拎着食品袋，里面装着两盒豆浆，还有油条和鸡蛋摊饼。姥爷走过来的时候，也明显愣了一下，以为自己眼花了，先抬起手背揉揉眼睛，见真是自己的女儿和外孙女，一时喜出望外，脸上跟开了花似的，笑眯眯地朝她们快步迎上来。可是，没等老人开口说话，小女儿早就劈头盖脸冲他嚷闹起来，好啊，你现在扯起谎来，眼皮都不眨一下，那天你跟我咋说的，后来你跟我大哥又是咋说的?! 还说什么一个钟点工做饭的，我看你倒是成了人家娘俩的保姆了! 啧啧，你也老几十岁的人了，让儿孙们说你点儿啥好呢……

娇娇事后在电话里对程仁说，大舅，你是不知道，那一刻真是要多尴尬有多尴尬啊，小姨几乎指着我姥爷的鼻子，就跟我们学校教导主任，修理最淘气的差生一样不留情面，而妈妈呢，尽量把脸撇向一边，一副事不关己高高挂起的样子，或者，她压根就不打算过去认姥爷似的。娇娇很有些愤愤不平，她说姥爷当时的模样真的挺悲催的，愣在那里像只木偶。透过娇娇的电话讲述，程仁完全能够想象当时的情形，小妹倒是先放在其次，大妹毕竟远道归来，偏偏遇上这种糟心事，她的心情可想而知。至于老爹，也真是自作自受，就算有了这种事，也不该掖着藏着吧，纸里能包住火吗? 早早跟儿女们沟通一下，也不至于搞得如此被动。他倒好跟儿女们玩起了明修栈道暗度陈仓，还想搞什么金屋藏娇，连他这个长子也都被蒙骗了。这下有戏看了，大过年的捅出这么大个娄子，看他到时怎么收场。

这次，小妹的革命立场异常坚定，她当着老爹的面急赤白脸又振振有词，要是你不把那个狐狸精撵走，从今往后你就当没有我这个女儿。大妹倒是什么话也没有说，这多少有些奇怪，放在以前，她的嘴可是最不饶人的，但这次她却自始至终没有发言。

程仁暗想，也许这些年来，大妹内心深处承受了众叛亲离带来的苦果，表面上看，是她不愿意回来跟大家团聚，可实际上呢，她恰恰在为自己当年的决绝离去，忍受了太多的寂寞和别愁。时过境迁，她应该更成熟些了，毕竟连女儿都跟她个头一般高了。

四

下班回来，程仁便觉得家里的气氛有些不妙。大妹和小妹正在客厅里不咸不淡地嗑着瓜子，表情似乎都有些凝重。后来快吃饭的时候，程礼也急匆匆被她俩召唤来了。说心里话，别看兄弟俩同居一城，可程仁至少有大半年没跟程礼照过面了，所谓兄弟情义，不过是每年过节才互相走动那么一下，平时都在忙各自的生活，谁也见不到谁的面。

时光仿佛倒转了，姊妹们又急吼吼聚在一起，开这种临时性家庭会议。跟几年前有所不同的是，上次的气氛特别沉痛和悲哀，可以说每个人心里都湿漉漉的，甚至是在滴血；这回气氛虽说也有那么点儿沉重，但更多的还是作为子女心理上所承受的那种蒙羞后的尴尬。对于要讨论的这件大事，或者干脆叫作丑闻吧，除了程礼一人之外，其他三人可以说都已是眼见为实了，证据确凿，铁板钉钉。小妹之前也在电话里把情况跟程礼简单交代了，所以，大伙坐下来稍微寒暄了一会儿，主要是因为程智昨晚刚回来的缘故，总得象征性地拉拉家常吧，之后便直奔主题。

这种情景还是会让人下意识地要去回想伤心的过往。母亲去世后，这一大家子人，在很多时候像是失去了主心骨，丧失了家庭凝聚力，尽管他们的关系没有发生任何变化，哥哥还是哥哥，妹妹还是妹妹，但曾经那种完整无缺的家庭氛围，遭到了某种不可逆转的重创，说分崩离析似乎过了，可多年来就那么一蹶不振的，像一艘旧船摇摇晃晃搁浅在时光的河湾里。况且，几年前的那个历史节点，对于每一个人来说，又都是不堪回首的。当年主持家庭会议的是父亲，如今变成了这次会议的重要议题或声讨对象：老爹的事咱们得好好合计合计。作为长兄的程仁，只能将这个问题摆在桌面上，好让大伙一起讨论。大伙你看看我，我看看你，彼此都有心事，又都忍无可忍。

程信说：依我看这事没商量，明天咱们就让那女人滚蛋！

程礼说：就是，小妹说得在理，她算老几呀，敢大言不惭地赖在老爹家里。

程信说：二哥，你可别小看那个狐狸精，你们没见她说话时的样子，好像我们老爹离不开她似的！

程礼说：问题就在这里，老爹要是铁了心跟人家好，咱们几个就算说破了天也白搭。

程仁说：我真是搞不懂，老爹咋会喜欢这种女人，就算他想找个老伴过日子，也得岁数大小各方面都相当吧。

程信说：谁说不是，老牛啃嫩草，老不正经，让人不知该说他什么好呢。

程仁说：这女人确实还不到四十岁，长相也过得去，你们说她跟老爹在一起到底图啥呢？

程信说：明摆着的，还用问吗？老爹有退休金，还有那套房子，再不值钱也得三十来万，万一将来人家老城区统一改造的话，怕还远远不止这个数呢！现在的女人，一个比一个现实，老爹要是个穷光蛋、捡破烂的，傻子才会死乞白赖地跟他好！

程仁说：那天我还真是亲眼所见，那女人手上戴着两只黄灿灿的 24K 金戒指，还有耳坠和项链，都是清一色金子的，说不定都是咱家老爷子花的钱。

程礼说：小妹和大哥说的一点儿没错，那女的说跟老爹好了一阵子了,老爷子能不在她身上花钱吗?俗话说,手里没把小米,恐怕连鸡也哄不住。我担心到时候,她会不会乘机再讹咱爹一笔损失费!

程信说:做她的大头梦去吧,白吃白喝白住老爹的,还想要钱,门也没有!

程仁说:你们可千万别小觑了那女的,我觉得她可不是什么省油的灯。

程信说:这么说我们还怕她不成,大不了上法院告她!

程礼说:干脆明天一早,就去跟她摊牌。

程信说:对对对,事不宜迟!

……

七嘴八舌头吵到最后,大伙甚至开始摩拳擦掌了,恨不得马上就冲进父亲家里,把那个小寡妇轰跑为快。

直到这时,一直坐在那里沉默不语的程智终于开口说话了。

程智说:还有一个最重要情况,不知你们都考虑过没有——万一,我只是说万一啊,他俩偷偷办了手续,就是领了结婚证,咱们现在跑去跟人家摊牌,是不是很可笑?这种情况电视里早就播过,往往都是做儿女的极力反对,到头来人家照样走到一起了。

程信说:姐,那照你的意思是,就任其发展下去,我们全都装聋作哑?

程智说:其实,有些话我真的不想说,说了我知道会惹你们不高兴,会伤姊妹间的和气。可这件事情我实在是感到很奇怪,也很痛心。奇怪的是,老爷子跟一个女人好了这么久,甚至已经到了同居的地步,大家居然才刚知道;痛心的是,老人眼里完全没有儿女,没有这个家,这么大的事,他居然也不跟任何一个子女说起。老话说父慈子孝，看看我们这个家现在都成什么样子了！当然，我说这话也没有逃避责任的意思，我也是这个家里的一分子，这几年我反思了很多，我觉得自己有时确实非常自私，总考虑自己的那点儿感受，经常忽略了其他人……我觉得做女儿自己非常失败，做姐妹也很不合格。

这番话一出口，所有人都缄默不语了。

<h2 style="text-align:center">五</h2>

说好第二天，四个人要在老爹那边碰头的，可是程仁和程智都到了半天，坐在车里左等右等，就是不见那兄妹二人露面，只好再打电话去催。程信不无抱歉地解释，说她婆婆昨晚不小心把脚脖子崴了，非得有人在身边伺候，让他们先谈着，自己一忙完马上赶过来。程智的手机打过去，总是那句该死的语音提示，对不起，您拨打的电话暂时无法接通。程智无奈地摇了摇头，说早就猜到是这种局面，二哥鞋底子抹油——开溜了，小妹事出有因一时半会儿又脱不开身，只好让咱俩当出头鸟了。

程仁气不打一处来，用拳头砸了一下方向盘，搞什么名堂？关键时刻一个个都掉链子，我看咱们这个家算是彻底完蛋了，一点凝聚力都没有。程智倒是在一旁劝大哥别生气，说生气有什么用，再说人多嘴杂，他俩不来也成。程仁苦笑一下说，患难见真情，看来这事得靠你了。程智又拿话试探，大哥，你是不是觉得特难为情？程仁不好意思地点点头，呃着嘴说，嗨，谁说不是？这事还真不怎么好开口，毕竟是老人嘛，轻不得，也重不得，你说老爷子这不是给人出难题吗？

程智想了想说，你猜，昨晚睡觉的时候，娇娇跟我怎么说的？她说，你们全都神经过敏，不就是姥爷跟人家谈恋爱了嘛，让他顺其自然就好了。程仁怪笑着说，看不出来，这孩子想得还挺开。程智接着说，娇娇还说，人老了就跟孩子一样，既然是孩子，就要按孩子的天性来对待，他有好奇心，也有冲动，你们想扼杀姥爷的好奇心，根本不可能，索性就让他随性去吧，一味地横加干预和阻挠，最终只能适得其反。这就像她班上的那些早恋男生一样，老师和家长越是强烈阻止，人家私下里越是谈得风生水起。程仁完全被娇娇的这通奇谈怪论给说蒙了，但仔细咂摸咂摸，又似乎不无道理。思谋了一会儿，程仁说，问题是，咱老爹毕竟不是孩子，这么一大家子人都看着呢，他也不能太为所欲为了吧，长辈总得有个长辈的样儿。

后来的主意还是程智给拿的，她说这阵子去家里反倒无益，那个女的在场总是不大方便，好多话都说不开，干脆把老爷子约出来，找个地方坐下来慢慢聊。程仁也觉得有道理，就忙把手机拨过去，老人在电话里明显迟疑了一下，口气多少有点生硬。程仁只好开门见山地说，爸，你要是没啥事的话，我和大妹想请你喝个茶。老爹沉默了片刻，才犹犹豫豫地说，也好，我正好也有话说。挂了电话，程仁不无紧张地说，看来这回老爷子十有八九是要跟咱们摊牌了，我怎么突然有种兵临城下的感觉。程智却抿嘴一笑，谁说不是，我们不是眼看都有点逼宫的味道吗。于是，两个人相视苦笑一下，又静静坐在车里等待。

程智盯着车窗外面望了一会儿，嘴里淡淡地说，其实，那天在楼下见到老爹，我连一句话也没有跟他说，小妹一直不停嘴地数落他，我当时就是觉得心里特别堵，特别痛，就像是被针扎了一下，这些年我好不容易快把过去的事忘得差不多了，可老爷子偏偏又闹出这么一出，一下子就把我那种归心似箭的好心情全部破坏掉了，我甚至开始后悔，这次真不该冒冒失失带着娇娇跑回家来。可有时，我又觉得，老天像是要有意惩罚我，惩罚一个女儿的种种不孝，说心里话，这几年我对老爷子确实够冷漠了，不管怎么说，父亲终归是父亲，女儿毕竟还是女儿。昨晚躺在你家的床上，翻来覆去怎么也睡不着，后来就胡乱回想当初老妈临走前的情景，她那皮包骨的可怜样子，忽然变得那么清晰，一切都好像是头天刚发生的事。后来不知不觉又迷糊着了，还破天荒地做了一个梦。梦中老妈拉着我的手，泪水涟涟的，看着叫人好心酸啊，要知道这些年我是极少能梦见她老人家的。这次真是奇了怪了，你猜老妈在梦里跟我说什么？她说我的好闺女，你可算回家来了，有件事妈要安顿你，你们千万不要怨恨你爸，他身边的那个女人是我让他去找的，我把他一个人丢在那个空荡荡的家里，不放心啊，要是能有个人给他做做伴，妈在那边也就安心了……

程仁看见大妹眼里倏忽闪起了点点泪光。

父亲大人终于出现了。他的脚步看上去多少有些蹒跚，不再像几年前那样风风火火，兄妹俩的目光就不约而同地从车内转向街对过。这阵子，街上车水马龙的，想横穿过马路并不太容易，那些汽车一个赛一个开得凶险跋扈，呼啸着在街道上横行，极少数骑自行车的本来就冻得瑟瑟发抖，又被这些车辆挤在中间，不得不使出浑身解数，左拧右拐，摇摇晃晃，个个都是一副亡命天涯的窘相。父亲夹杂其间，跟迷失了方向的老头那样走走停停，间或，惶惶地抬起头来，朝四下里瞅瞅望望，一时拿不准主意是该前进还是后退。他那半灰半白的头发在人流中晃动得格外刺眼，曾引以为荣的工人阶级最有力的双臂，也已无奈地耷拉下来，变得松垮垮，那发了福的腰身也不再挺拔，相反每往前迈出一步，他都会下意识地用一只手在腰眼处撑那么一撑，像是要给自己注射一剂强心针，才能勉强走下去……

程仁远远看着，心里多少有些不舒服，就顺口说要不要去接他一下。程智马上反应过来，你开着车呢，还是我下去吧。于是，大妹迅速跳下车，朝父亲那边一路小跑过去。多年未回家的闺女，脚步飞快地奔向自己的老父亲，这一幕的确来之不易。程仁始终待在车里吸着烟，透过朦胧的烟雾，他倒是也注意到，父女俩见面时的某种不自然或不协调，就像是两个彼此很陌生的人初识，尤其是，当大妹伸出手去，想要善意地搀扶对方一把的时候，老人明显地往旁边闪躲了一下，不无某种抵触和矫情，一点儿也没有配合对方的意思，客气得实在不像是一家人了。程仁暗想，也许老爹嘴里还在小声嘀咕呢，用不着你，我自己能行。对，这是父亲的口头禅，记得上次他去父亲家里的时候，就听他说过类似的话。但有时他也想，父亲之所以这样说，不外乎是不想表露出自己已经老迈不堪，凡事已经离不开儿女照顾了，这一点他多少还能理解。

不过，此刻大妹只是稍作迟疑，并未跟他计较什么，她的动作不无女儿家特有的亲昵和执拗，竟毅然将父亲牢牢地搀扶住了，那感觉多少有点儿要绑架对方的意思。父亲显然也拗不过女儿，只好由着她去了。两个人并肩躲闪着过往的车辆，像是在虚拟的游戏世界里联手闯关，他们总算是双双走过了熙熙攘攘的马路。这种场面对程仁来说久违了，他的心头不由得泛起一股暖意，抑或仅是酸楚，他仿佛要刻意掩饰什么，忙把自己的脸撇向马路的另一边。

好说歹劝，兄妹俩总算是把父亲硬拉进街边的一家茶楼里。若依照父亲的意思，坐在车里谈就可以了，何必再多花茶水钱呢。事实上，这个点喝茶的人寥寥无几，茶楼显得空荡荡的，昨夜腐朽的烟气和茶锈味始终在空气中缭绕着，给人一种邋遢和慵懒的印象。因为没有旁的人，他们随便找了个靠窗的位置坐下来，父亲始终盯着兄妹俩一言不发，又似在察言观色静待其行，那表情说不上是烦恼，还是忧虑。老板打着黏稠的哈欠，服务员尚未到岗，他只能亲自端上来一壶铁观音和两三盘瓜子杏仁之类。程智先忙着给父亲和大哥各斟了一杯茶，然后才给自己倒了，将茶杯紧紧握在两只手里取暖，袅袅的热气弥漫着三个人，缥缈的茶香中透着些许苦涩，一如生活的原味，而每个人的脸上，都笼罩着一层淡淡的雾气，显得阴郁而迷茫，神情都有些捉摸不定。这中间，程仁和程智互相悄悄对视了一下，像是都在催促对方先开口似的，可最终却是父亲先说话的，老人肯定也是有备而来的。

　　我的事，你们几个，恐怕是，都知道了吧。父亲半是嗫嚅，半是自语着，说出的话倒是言简意赅直冲要害。等他终于抛出这句也许是早就准备好的开场白后，整个场面就变得更加的不尴不尬。老人似乎并不在意这些，他稍稍停顿了一会儿，像是故意要弄出点儿动静，打破眼下快要腐朽的沉闷，咝咝啦啦地吹着杯面，又热热地抿了几口茶，再将茶叶梗呸出嘴皮，突然扭头，呸的一声啐在旁边的地上，才继续说话。本来，我是想缓缓的，过了年再跟你们讲，可这两天都到家里撞上了，俗话说选日不如撞日，我们也不想再瞒着谁了。我跟这个小苏，交往了有一年多，觉得她人不错，心眼好，能持家，照顾人没的说，到了我这把年纪，也不图啥，只要能在家里给做个伴，就成了。父亲说到这里忽然刹住口，不无狡黠地望向他们兄妹二人，脸上有种叫人难以捉摸的味道，是豁出去，是木已成舟，或二者兼而有之，甚至于还有点儿可怜巴巴的劲儿，好像一切都是受人指使的，非得逼着他走这步棋不可。程仁偷偷瞥了一眼大妹，对方却始终低着头，在沉思什么，模样凝重。

爸的意思是……你俩非在一起不可了？果然，程智的话一出口，程仁就感到某种直面矛盾理直气壮的讨伐意味了。他生怕大妹再往下说过激的话，忙接过话头说，之前，咋一直也没听爸说起这事，怎么一下子就冒出这么个小苏来？关键是，我们还一点儿都不了解她，她到底是个什么来头，跟你好是真心，还是假意？现在社会太复杂了，尤其她一个寡妇，还带着个小孩子，万一是人家精心编好的圈套呢，到时候出了事，可怎么得了，这些情况总得容我们考察考察，再定吧……

哪知，父亲不等他把话说完，腾地从椅子上立起来，眼前的茶杯差点掀翻了。老人颌下的那撮短须颤抖着，真是天大的笑话！你们都把我当成三岁娃娃了，好赖人也分不出来？我这辈子过的桥，比你们走的路还多！老大，你给我说说，爸以前上过谁的当，受过哪个的骗？哼，我算看出来了，说一千道一万，你们是成心不想让我找老伴儿啊，今天老子把话搁在这，你们高兴五八，不高兴四十，反正，我跟小苏已经在一起过日子了，你们几个看着办吧！

程仁见父亲真的急眼了，忙起身拽住老人的胳膊，想让他重新坐回到椅子上，嘴里不无央求道，爸，你这又何苦呢？谁敢说你的不是，咱们这也就是随便闲聊嘛，又不是在开批判大会，您犯不着又急眼又较真的。再说，这大过年的，万一生气窝火，伤了身子咋办？父亲听他这么说，才又呼呼喘着粗气，勉勉强强坐下来，脸色比先前阴沉得更甚。

程智一直都显得比较冷静，父亲冲大哥发火的时候，她始终不卑不亢的，这时她再次说话了，显然这番话是经过深思熟虑的。我觉得，爸说的话一点儿不错，婚丧嫁娶本来就是人之常情，即便是做子女的，也不能随便干涉父母。就拿那天小妹的做法来说，我个人也不太赞成，犯不着跟人家一个女的口角争执。话说回来，这件事打一开头，爸您确实没太顾及儿女们的心情，这个也是事实。您毕竟是上年岁的老人了，膝下又有一堆儿孙，小辈们也都有自己的思想了，别的不说，就拿您外孙女娇娇来说，这两天小家伙的心情就非常郁闷，她说自己都快没有勇气过年了，她甚至还批评了我这个当妈妈的，说我们都太敏感太狭隘了。我承认，我们确实存在类似的心态。可现在的问题是，爸突然决定要跟那个女人在一起生活了，这不能不引起大家伙的猜想和担心吧，所以，我们才变得有些焦虑，有些抓狂，甚至还有些不知所措！爸，我真心希望，您老人家也能设身处地替孩子们想想，替这一大家子人想想，好不好，千万别太感情用事。

程仁觉得大妹到底是姊妹中学历最高的，又常年在大城市里生活打拼，说话就是有分量，至少有礼有节，不温不火，让人不由得要暗竖大拇指，想必这下父亲应该挑不出什么礼来了。他心里想着，还是偷偷扫了一眼坐在对面的老人，那张绛紫色的老脸，正由盛怒转向羞赧和茫然，不再一味地吹胡子瞪眼，也不再高高在上，而是片刻地沉默下来，说明这些话他还是能听得进去的。这时，程仁又听见大妹语气不无沉重地叫了声爸，然后照直说下去了。

本来，昨晚我们几个都碰过头了，约好今早都来家看您的，可现在的情况您也看到了，别人好像都有不来的理由，可我和大哥必须得来，而且，弄不好可能还得惹您老人家动怒发火，过不好这个年。但是，我们完全是为您和这个家着想的。毕竟妈她老人家现在不在了，她走得太早，把好多事情都留给了您和我们。您想追求晚年的幸福生活，这无可厚非，只要合情合理，我相信大家都能理解和接受的。不过，您是不是也要稍微考虑一下孩子们的感受？单这一点，我觉得小妹那天虽说做得有些过分，可那也合乎情理，在没有取得孩子们的赞成以前，那个小苏就贸然留宿在家，这多少是有些不太妥吧。毕竟那个家是我妈曾经住过的地方，那里有儿女们太多太多的记忆，谁也不想亲眼看到，自己最美好的回忆，随便被外人践踏吧。小妹那天之所以出言不敬，我想跟这个不无关系。那个女人不明不白住在咱家里，确实让谁都觉得不太舒服。所以，我觉得当务之急是，能不能让她先从家里搬出去，至少，等我们一家子人团团圆圆地把这个年过完再说吧……

父亲活像一头老牛哞地抬起头，脸色青铁铁的，身上仿佛挨了谁重重一鞭子。他双手一撑劲，忽地从椅子上立起身，颔下的灰白胡须根根都在扑颤着，脸色真的已经相当难看了，几欲发作的程度。可大妹说话的方式和声调语气，无论如何都不足以促使他当场爆发一场牛脾气，他才又愤然地，无可奈何垂下头思谋着什么了，最后低调而恼羞地咕哝了一句，啥破茶嘛，喝得人直想上厕所……就闷声闷气地转过身，呼哧呼哧走开了。

临街有无聊的家伙往空中扔双响炮，大清早的那种突兀的叮咚声，听着着实有点儿惊心动魄。两个人这才意识到，明天可不就是大年三十了。

六

跟往年除夕相比，今年家里人头最是齐全。程仁之前少不了又挨个给弟弟妹妹安顿了一番，说凡事都要以大局为重，眼下先把这个年对付完再说，所以，去老爷子那边吃年夜饭，谁都不准再提那件事。大伙虽然表了态，可都觉得，大哥分明有些前怕狼后怕虎的。依照小妹的说法，就算这个年不过了，也决不能跟老爷子妥协，否则，家里就得多出一个小妈了。程仁皱着眉头道，这不是妥不妥协的问题，关键时刻你们一个个鞋底子抹油，溜得比兔子还快，到时候还不是把我跟程智晾在那里，当你们的替罪羊了，还好意思说这说那。小妹那张嘴巴这才让堵瓷实了。

当大伙浩浩荡荡拥进父亲家里的时候，所有人都怔住了，客厅里已经满满当当摆好了两桌子酒菜，冷热荤素大鱼大肉海鲜蔬菜搭配得十分齐全，孩子们喜欢的饮料，男人们要喝的白酒，女人们钟情的红酒，一切都应有尽有。往年这些事情，都要等儿女们到全了，大伙齐动手去张罗的，今年父亲却来了个大刀阔斧的改革，甚至就连饺子也是现成的，就等一会儿下锅了。程仁那颗始终悬着的心，才算放进肚子里，他真怕昨天茶楼里的谈话惹怒了老爷子，搞得这个除夕夜冷锅冷灶没法过去，现在看来，父亲终究还是识大体的，到底也是个老革命，这点觉悟人家还是有的。

小妹进屋先神神秘秘满屋子转了一大圈，感觉像个十足的暗探，后来她还把程智单独拉进卫生间，反手锁了门嘀咕，咦，太阳从西面出来了，老爷子今儿是怎么了，我咋觉得像是要给咱们摆鸿门宴呢？程智倒是看得开，说即便是鸿门宴，那也是老爹亲自摆下的，咱们呀，只能照单全收。小妹又狐疑道，这些菜八成是那个女人准备的吧，她知道咱们这个点要来吃晚饭，所以趁大伙来之前开溜了。程智说，眼不见心不烦，只要今天她不露面就行。小妹还是疑神疑鬼的，说她总觉得今天情况不太妙。

　　两人扯悄悄话的工夫，父亲已经开始招呼大伙上桌了。一时间，板凳桌椅的腿儿吱吱乱响，儿子儿媳女儿女婿坐了一桌，另外一桌由娇娇跟几个小兄妹坐了。明显地，这代人要比程仁他们更活跃也更欢乐，气氛一下子就被搞热乎了。父亲很可能是被这群叽叽喳喳的小家伙感染了，他说难得娇娇能回来过年，非要凑过去跟孩子们挤在一起热闹热闹，他还给每个孩子挨个发了压岁钱。这种时候，大家倒觉得老人还是挺可爱的，多少还有点儿老小孩的样儿。接下来，父亲提议儿女们共同举杯，跟往年一样，他大概又要发表热情洋溢的春节祝词了。每年，父亲的祝酒词都是洋洋洒洒长篇大论，从国际局势到国内形势，再到一家老小吃喝拉撒睡，可以说是高瞻远瞩面面俱到，逗得大伙捧腹发笑，而每次几乎都是在小妹的强烈抗议下，父亲才不得不草草收兵偃旗息鼓的。哪知，今天大伙刚刚站起来，正准备洗耳恭听的时候，外面却有人敲门了，大伙就有些纳闷。娇娇刚去把门打开，一个满头银丝弯腰驼背的老太太颤巍巍走进来了，竟是程仁他们的老姑母——父亲这辈人总共姊妹五个，另外三位已相继谢世了，如今父亲在这世上只剩下这个唯一的老妹妹了。

　　老姑母来了，大伙自然少不了寒暄一番，小辈们又挨个过来给老人鞠躬拜年，之后老姑母才被程仁他们让过去坐了那桌的上席。小妹冲坐在身旁的程智挤了挤眼，压低嗓门说，看吧，我就说没那么简单，这回人家怕是救兵来了。话音虽小，还是让程仁听到了，他赶紧冲她俩摇头挤眼，意思是千万别造次。

　　酒喝到第三圈时，桌上的菜也动得差不多了，父亲那桌的孩子们早让糖果啦鸡腿啦鱼虾啦饮料啦撑得肚皮溜圆，一个个就不愿意再乖乖地坐着了。很快，娇娇就让几个表兄妹拉扯着呼噜呼噜下去玩了，楼下顿时传来一阵鞭炮和蹿天猴的吱吱响声，孩子们在外面大呼小叫，年味一下子被他们喊得浓酽了。屋里的大人似乎也受了孩子们的传染，也都喝得更欢畅起来，猜拳行令，频频举杯，面红耳赤。这中间，程仁带着姊妹几个，依次给老姑母和父亲敬了酒，父亲今天海量，跟每个儿子儿媳女儿女婿都干了满杯，尽管大伙一个劲劝他少喝点，意思意思就行了，可他打着酒嗝坚持道，没事，今儿爸高兴，咱这一大家子难得这样团聚。

后来父亲就侧晃着身子走到程智跟前，他嫌美中不足的是，大妹的女婿没能一起回来过年。程智忙解释事出有因，又保证来年春节一定让娇娇爸爸也回来，陪老爷子好好喝一场。父亲笑笑说，回不回来其实也不重要，只要你们有那个心就好。显然，父亲话里是有话的。程智知道老人还是在挑她的礼，就忙举起酒杯说，爸，都是我们不好，现在我替娇娇爸爸再给您敬个酒，以前做的有啥不周的地方，您千万别往心里去啊，说着，跟父亲手里的杯子挨了一下，一饮而尽了。父亲大概还想说点什么，程仁忙过来打圆场，说大妹其实早想回来了，去年清明节就跟他提过这事，他说统共放两天假，来来回回净坐飞机玩了，就没同意，上坟的时候他还在老妈跟前叨叨过这事呢。父亲听了这话，也就不好再怨什么了，便吱啊一声喝了大妹敬他的那杯酒。或许是母亲的话题太过沉重，尤其这种时候被抛出来，欢乐的气氛中凭空注入了一股悲情的味道，虽说是有点不合时宜，但又能恰到好处地遏制某种不良情绪的滋生繁衍。

父亲后来又连着喝下了五六杯，终于侧晃着身子趴在桌上，脑袋不受控制地左右乱歪歪。老姑母这时就怪怨起来，你们几个也真是，咋让你爸喝那么多，一点儿不知心疼他。回过头就支使程仁程礼，赶紧把他架到床上去歇着，又让两个儿媳妇沏了浓茶，端过去好给醒醒酒。在这个家里除过父亲，就数老姑母德高望重了。父亲老早以前常跟孩子们念叨，说他小的时候，姑母跟他最亲最近，家里有好吃的，都互相惦记着对方。妹妹犯了错，哥哥总是替她扛着；妹妹在外面受了坏孩子欺负，哥哥总是不顾一切跑出去给妹妹出气，经常被打得鼻青脸肿。哥哥大了要结婚了，是妹妹连天连夜一针一线给他赶制的新婚喜被；等妹妹出嫁的日子，哥哥一直把妹妹送到婆家去，临走不忘瞪着眼睛给妹夫交代，这辈子要好好待她，不然准没他好果子吃，吓得新妹夫半天不敢吭声。后来，哥哥有了孩子，工作忙分不开身，半个月才能回一趟家，又是妹妹大老远跑来帮着伺候嫂子和带孩子，程仁姊妹小时候真没少给姑母添乱。可惜的是，姑母一生也没生下一男半女，姑父年轻时常常为这事跟她吵吵闹闹，有时姑母实在气不过，就赌气跑回哥哥家里住上一阵子散散心。母亲在世时嘴里总记挂着姑母的种种好处，说当年要是没有她帮衬，真不知该怎么办呢，所以，母亲在去世前也没忘叮嘱儿女们，将来一定好好地孝敬老姑母。

等把父亲伺候着在床上躺安生了，老姑母才又提议，说让你爸睡他的觉去，可也别浪费了这一桌子好酒好菜，咱们娘儿几个好好乐和乐和。难得姑母今天兴致这么高，大伙当然得众星捧月般围着她，又重新坐了。桌上的菜都凉了，程信自告奋勇，端进厨房里挨个热了一遍，程智帮忙打下手。新的一瓶酒又打开了，兄弟姊妹又说要好好敬敬老人。这时，老姑母却摆摆手说，咱也改改规程吧，以往都是男人当酒令官，今儿这个酒令官，就让我老婆子也过过瘾。大伙没有不同意的，都说人老了像孩子，看来老姑母也不例外。于是，程仁就把刚启开的那瓶白酒款款放在老姑母面前。老姑母很郑重地把椅子往桌前拉了拉，又把身子坐端正了，才冲大伙说，酒桌上谁官最大？然后她拿手指着自己说，当然是我老婆子，所以你们今儿都得听老姑母的，谁要是不听话，就乖乖罚上一杯。说着，她已颤巍巍地拿起酒瓶，往自己眼前的三个杯里倒酒，老人手抖得厉害，酒水都洒到外面去了，程仁本想伸过手去代劳，可老人摇着头拒绝了，你是这家里的老大不假，可我这酒令官挂了帅，凡事都得按我的心思办，你就算是天王老子也没用。老姑母的认真劲，还真把大伙逗乐了。老人自己先端起杯子喝了一满杯，才吱吱呜着嘴皮说，咱也别高声大嗓地划拳了，吵得四邻不安，也没啥意思，干脆这样办吧，你们每个人都给老姑母讲一段自己小时候的事，不过可有一条，不管谁讲啥事，都得是跟爹妈有关的，谁若是跑了我这个题，就得老老实实把这三杯酒都喝光。别说，老人的这个建议还真有点儿新意，于是，大家或低下头或闭上眼开始静静寻思。

程信脑子转得最快，头一个举手要发言。老姑母目光慈爱地盯着最小的侄女说，哼，还别说，你们几个里面，就数老四的故事最多。程信说姑母的意思是嫌我小时候太皮了呗，这话惹得大家都哈哈笑了。程信就大大咧咧讲开自己的故事了。她说上小学那阵子，有一年春节，爸妈在伙房里忙着做红烧肉，大锅里煮了满满一锅肉块，肉都是老爸一刀一刀切出来的，四四方方的，看着好喜庆。老妈负责煮肉，撇锅里的汤沫子，让她往灶里添柴火，火苗子呼呼叫着，伙房里的肉香气越来越浓了。她实在是禁不住诱惑，就老抬头往锅里瞅，汤花正在翻滚呢，发白的肉块一起一伏，快馋死人了。这时，她发现伙房里只剩下她一个人，爸妈都不知上哪里去了，大人不在正好，她就用大漏勺捞起一块，拿嘴就去啃，差点把她烫了个半死，肉却还硬邦邦的，根本啃不动。她气得又把肉扔进锅里，嘴皮子火辣辣疼，越想越来气，就想再能搜腾点什么解解馋呢。翻腾来翻腾去，就在碗橱的最里面找到了一小罐蜂蜜，那是老爸专门买回来做红烧肉上色用的，她早就垂涎欲滴了，可一直被老妈像宝贝似的锁在五斗橱里，没想到这阵子它却鬼使神差地现身在厨房里，想来是老天爷特意犒赏她的。她猴急忙慌拿小勺子抠了往嘴里送，甜死了，美死了，那滋味真叫一个幸福，要说蜂蜜真是世上最好吃的东西，这样左一勺右一勺，一小罐蜂蜜转眼抠下去了一大半，眼看要见底了，这时她听见外面有脚步声，忙撂下罐子，躲在灶坑前，假装埋头干活……

讲到这里，程智他们都快笑破肚皮了，都说怪不得你是家里最胖的，原来小时候偷吃了太多的好东西，那年你害得咱仨都受了株连，爸妈鼻子不是鼻子脸不是脸的，把我们挨个审贼一样审了一遍，没想到都是你这个小偷干的好事。老姑母也笑得流了眼泪，她揉着浑浊的老眼说，老四那时候没一点儿姑娘样，整天猴高爬低的，难怪你们爸妈总跟我叨叨，说这丫头将来可嫁给谁呀。程信就绯红着脸说，姑母他们都讨厌，人家故事还没讲完呢，就一个个跑来乱打岔，全都该罚酒了，每个人必须喝一满杯才成！老姑母止住笑声说，别看我上岁数了，可这眼不花来耳不聋，你刚讲的那些个都跑了题了，赶紧自个喝一杯吧。程智附和说，就是就是，小妹尽讲她自己了，压根没有爸妈什么事，理该受罚的。程信还想抵赖什么，早被她身旁的两个嫂子端了酒围住硬灌了一气。气氛一下子就活络起来，大伙都在绞尽脑汁琢磨该讲点什么好。程礼平时不吭不哈，今天喝了酒也变得活跃起来，争着说该他讲一讲了。

程礼说在他念初中那会儿，不知怎的就迷上了跳迪斯科，那时上课下课老想着去跳舞的事，礼拜六和礼拜天总往街上跑，去赶工人文化宫的群众舞会，学习成绩眼看就掉下来了，老师非让他请家长不可，他当然不敢让老爸去，就扭屁虫似的给老妈做工作，让她去学校随便应付一下老师，还央求她千万别跟老爸说起这件事。可老爸后来不知怎的，还是知道了他赶舞会的事，有一晚他跳舞跳得太尽兴了，竟忘了时间，结果等人家舞会散了，他到外面一看，晚上偷偷骑出来的老爸的自行车没了，满场子找了老半天，连个车影子也没有，后来只好灰溜溜回家来。那时一家还住在平房里，院门已经上锁了，他怕惊动家人，就蹑手蹑脚翻墙爬进来，可做梦也没想到，老爸一个人坐在院里葡萄架下的小马扎上，正气呼呼地抽着烟等他呢。看来东窗事发了，他吓得打了两个激灵。老爸声色俱厉问他，这么晚到底干啥去了，他撒谎说去同学家补习功课了，老爸又问是哪个同学，他随便胡诌了一个名字。老爸又问那自行车呢，他说落在同学家了。老爸听完二话不说，转身去煤房把那辆自行车推了出来，他这才傻眼了，知道老爸整个晚上都在盯他的梢。扯谎的代价当然是巨大的，老爸后来进屋把书包拎出来，挂在他脖子上，然后默默地打开了院门，一本正经地对他说，你这个扯谎溜屁的小混蛋，老子再也不想管你了，你爱去哪个同学家，就去哪个同学家，从今往后，这个家你休想再踏进一步。那晚不管老妈后来出面怎么苦苦求情，哭鼻子抹泪，老爸自始至终都没有松口……那以后他才痛改前非开始好好学习了。

程礼一口气讲完，他似乎忘了老姑母先前的规定，竟自己主动端起一杯酒爽快地喝了下去，像是在惩罚当初自己的少不更事，大伙也没在意，只顾低着头想心事。唯独程智注意到了这个细节，就说，我们仁光记着二哥一直被妈娇生惯养着，真没想到他也有过败走麦城的一段呢。程礼讪讪一笑道，现在你们知道了，其实老爷子当年对我够狠的，大半夜的硬是把我撵到大街上去流浪，这辈子我都忘不了那种滋味啊。老姑母接过话头说，你爸那叫恨铁不成钢，要是都像你妈那样只顾护犊子，你后来不知怎么样呢。说着，老姑母就把目光移到程智脸上了，咱们的三尖尖打小性子就倔，也没少惹爹妈生气，我说的没错吧。于是，程智就接着姑母的话题说，老姑母记性可真好，我这个人用身边好朋友的话说，就是太以自我为中心了，还有那么点儿自以为是，所以总是忘了考虑别人的感受，到头来惹得姥姥不疼舅舅不爱的。程仁听了就说，大妹这话算是说到点子上了。程信马上道，大哥故意打岔，姑母该罚他一杯！老姑母点点头，说老大多嘴该喝。程仁只好抿了一口。

于是程智言归正传。说起来，咱们每个人跟爸妈都有太多太多的过往，他俩辛辛苦苦把咱们拉扯大不易，一转眼老妈走了也好几年，老爸也到了该颐养天年的时候了，今天我突然就想起来，那年我要去外地上大学了，老爸那阵子整天喜笑颜开的，说心里话，他这个人一直不苟言笑的，我一直觉得他不够亲切，可那年他一下子变得有些奇怪，跟换了个人似的。记得我出发前，爸非要在家里张罗着摆两桌酒席，用现在的时髦话叫谢师宴，那时好像还不兴上街吃，当然街上也没那么多馆子。家里那次真叫一个忙乱和热闹，老爸几乎把我从小学到初中再到高中的所有班主任和主要代课老师都请来了。我记得那天就是咱妈和姑母在厨房忙活吧？老姑母听到这里，一个劲点头称是。程智接着道，就在那天，咱爸喝高了，后来醉得一塌糊涂。我们老师跟他说了好几声再见要走了，他死活从后面拽着人家的自行车座架不撒手，嘴里一个劲说，没把老师陪好抱歉得很。老师客气地说喝好了喝好了，老爸又说你们把我闺女培养成大学生，这个恩情喝多少酒也报答不了。就那样，他一直缠着老师不让出门。后来老师对我说，这辈子他教过那么多学生，家长中还就数咱爸是最重情义的一个人……可不知为什么，就在老妈走的那年，我又觉得咱爸是这世上最残酷最薄情寡义的人。我确实打心里恨过他，因为我总在想，当初要是他不执意做那个决定，也许咱妈还能多活几年。我知道自己这种想法其实很偏执，那种病根本不以谁的意志为转移，不是想治好就能治好的，可我的心里就是结了个死疙瘩，好多年总也解不开。我不是不想回家，而是不敢回来，怕一到家往事都涌上心头……程智说到这，眼泪早已经止不住淌下来了。老姑母也跟着动了感情，一个劲地揩抹着皱巴巴的眼圈，干瘪的嘴唇嗫嚅，好闺女，这大过节的，咱不提那些陈芝麻烂谷子了……

终于，就轮到程仁开讲了。他想了想说，我干脆给大家讲个小故事助兴吧。说从前，有户人家，家里生了姊妹四个，老大是个聋子，老二是个哑巴，老三是瘸子，老四呢，偏又是个瞎子。未等程仁再往下讲，程信早笑得前仰后合，说大哥真有你的，你不是拿他们比咱们四个吧。一时逗得大伙都乐了。程仁倒是不动声色，继续讲他的故事。说有那么一天啊，爹又在外面喝得酩酊大醉，他脾气本来就坏，回到家指桑骂槐地，又跟老婆掐了起来，他嫌弃老婆这辈子太窝囊，尽给他生了一堆废物，将来连个养老送终的人都没有。两个人是越吵越凶，后来还真动起手来，妈无端地挨了爹的辱骂和耳光，实在是气不过，就哭着鼻子一口气跑回娘家去了；爹呢，醉醺醺地倒在堂屋的炕上，只顾呼呼大睡，两口子都忘了灶里有火，锅里煮着饭。结果，这柴火就引着了灶房，火越烧越旺，转眼间就把整个家院烧成了火焰山样。好在那天，老大老二都在外面玩耍，别看老二说不出话，数他耳朵最尖，老远就听到了家里的动静，忙给老大用手使劲比画。老大看明白了，拉起哑巴弟弟的手拼命往家跑。老三老四平时基本都待在家里，不怎么出门去，爹妈大吵大闹他俩当然都听到了，后来大火烧起来的时候，多亏了老三，用双手一点一点爬进堂屋，先把老四从里面拖出来，自己又不顾危险爬进堂屋去救人，爹身子太沉了，又醉成一团烂泥，即便用上吃奶的力气也搬不动，就在这个节骨眼上，老大老二也双双赶回来了，兄弟俩赶紧冲进火海，总算是把爹拖了出来。

　　姑母最后听罢才说，你们个个都讲得好，老二和老四呢，讲自个小时候怎么调皮捣蛋，怎么惹爸妈生气了，听着让人又想笑啊，又想抹眼泪；老三讲爹妈对自己的养育恩，和自己对爹妈的情义，我觉得做闺女的应该像老三这样，得时时刻刻记着爹妈的好处；老大听着是在讲古，可这里头有咱们做儿女的大道理在呢，子不嫌母丑，狗不嫌家贫嘛。姑母今儿也想就着你们几个的话，多唠叨两句。我知道你们这些天气都不顺，老人的事让你们烦心了，其实想开了，这又有啥呢？你爸这辈子说起来也够难肠的，打小小的时候，就没了爹妈，全凭兄弟姐妹互相帮衬着带大，不大点儿就跟着老钳工师傅做学徒，半夜里还要给人家端尿盆子，啥样的苦没吃过，啥样的罪没受过？后来好不容易在工厂站稳脚跟，从学徒工转成正式工，自个后来也当上了师傅，一个月能挣几十块钱养家了。说起来，你妈当年就是他一手带出来的女徒弟，一来二去两个人有了感情，再后来就有了你们这个家，有了你们姊妹四个。虽说这工人家庭的日子过得紧紧巴巴，也总算是把你们都养大成人了，可谁能想到你妈福分浅，偏又半道得了那么个症，撒开手撇下你爸走了。俗话说，亡人先升天界。这活人还得好好活着啊，你们都有各自的小家小业，兄弟妹子，各锁柜子，可你爸还得守着这个空房子，一个人吃，一个人睡，一个人活，身边连个说话的人都没有，想想他一个人能不孤清得慌吗？依我看啊，孝就是顺，顺就是孝，他眼看奔七十的人了，人活七十自古稀少，他还能活多长呢？你们的心思我老婆子最清楚，嫌他不吭不哈就找了个伴，嫌他老几十岁，还挑那么年轻的。其实这有啥呢，这世上男人哪个不喜欢年轻貌美的，真要找个七老八十的丑八怪，恐怕你们还不答应呢，就算放开了让他可劲地找，顶多也就剩下几年光景吧。我们都老了，说得再难听点儿，黄土末子眼望就盖到脖颈上了，都是有今儿没明儿的人，你们做儿女的，但凡能顺着老人的心思，就都顺着点呗……

七

大年初一上午。儿女们自然还要上门来的，得好好给老人拜个年，可去那里才知扑空了，狠敲了半晌门，也没一丝一毫回音。大伙忽然有种不好的预感，以为老人的身体出了什么状况，毕竟昨天酒喝得高了些。好在程信身上有现成的钥匙，急忙动手拧开了房门，这才知晓家里已然人去楼空了。

一伙儿女如无头苍蝇满屋子乱撞，南屋、北屋、厨房、阳台，就连小小的卫生间也没逃过，搜寻的结果是，老爷子居然结结实实给大伙唱了出"空城计"。真是叫人匪夷所思！这大年初一的，他人能上哪去呢？按理说，每年初一这天，父亲总是一清早就穿戴齐整，一个人坐在屋里静候儿女们的到来。这是一年当中最当紧的日子，儿孙团聚，其乐融融。这一天父亲会给几个小孙子小孙女压岁钱，儿女们也都各自给老人备了年礼，什么营养滋补品、服装鞋帽、便携式老年人健身器，等等，都是孝敬老爷子的好东西。众人寒暄一会儿，父亲便会招呼大伙赶紧上桌子开始激战——打麻将。这种时候，老爷子很有些老将出马的架势，他常年都在小区外面的棋牌乐里摸牌打发时间，可谓寒暑不断，比他过去上班时还要准点，牌技自然不赖，什么清一色、一条龙、对对碰，时不时还下一两道鱼子，玩得那叫一个顺风顺水，又兼老谋深算，几乎总是他在和牌赢钱，惹得孩子们个个龇牙咧嘴不停抱怨，说这哪里是在玩牌，纯粹是给老头子送银子来了。老爷子始终在那里嘿嘿乐着，一副多多益善的老财迷相，嘴里还不住地叨叨，准备银子喽准备银子喽，这把非自抠不可。

还是娇娇眼睛最尖，她无意中一抬头，就发现客厅冰箱门上贴着一张字条，急忙撕下来递给妈妈。程智拿在眼前扫了一眼，上面写着：这两天我答应陪小苏出去转转，你们就好好过年吧，千万别惦记我们。这张字条真不啻一枚重磅炸弹，轰隆一声巨响，把所有的儿女都惊呆了：老爷子准是疯了，大过年的竟撇下一大堆儿孙，带着狗屁小寡妇出门逍遥快活去了，这算怎么一回事！直到这一时，程仁他们也才如梦方醒，原来昨天的和谐欢宴确是早有预谋的，一切都是为了今天打铺垫的，包括老姑母那番语重心长的话，甚至还有父亲的酩酊大醉，大伙全都不明就里地钻进了该死的圈套中。

几乎是，每个儿女都被这张该死的字条给激怒了。程信简直气不打一处来，嘴里直嚷嚷，看吧，看吧，我昨天就说，老姑母准是咱爸搬来的救兵，专门来和稀泥的，这回你们都信了吧，人家这叫缓兵之计，我们就像大哥故事里讲的聋子瞎子，都傻乎乎地让骗了！更好笑的是，等现在什么都明白了，可咱们只能待在这里，一个个像瘸子似的，追不能追，撵不能撵。

一时之间，大伙的心情都变得莫名而复杂，那个女人到底有什么好的，老爷子非要铁了心跟她好去，难道儿孙们都不重要，难道大伙还比不上一个寡妇和钟点工？这个问题再度困扰着每个人，如果说此前不过是怀疑和揣测，现在事情完全坐实了，父亲就是这么孤注一掷，一意孤行，甚至不再需要隐瞒什么，白纸黑字，写得再清楚明白不过：他就是要选择这种好日子，光明正大地，带上小女人出门逛去。自然，又少不了一番七嘴八舌的热议，就像联合国临时召开安理会，绝大多数常任理事国都认为非得予以严厉制裁，否则不足以平民愤，而那个手持木槌准备一锤定音的重量级人物，已经被吵得头晕眼花了，完全失去了自己的主张。这种时刻，程仁忽然觉得，做大哥真是一件吃力不讨好的事，弟妹们的矛头基本都指向了他。

程信忍不住先发飙了，这事明明都怪大哥，昨天偏不让我们提，现在人家远走高飞了，看你怎么收场！

一向对家事有些漠不关心的程礼，这阵子也不无狐疑地质问起了程仁，大哥，我老觉得你是不是有啥事瞒着我们？

老二，别扯淡了，我能有什么好隐瞒的？程仁脑门的青筋都暴起多高，他觉得自己真是有口难辩了。平心而论，这次父亲的事他确实知之甚少，他已经记不得有多久，没有好好跟父亲坐在一起聊一聊家常了，更不要说是这种本来就难以启齿的个人感情问题，因此，对于父亲的最新的思想动态，他完全忽略掉了。或者说，父亲在他心目中，早已经垂垂老矣，老胳膊老腿，定了型的，不会再发生任何改变，就如一株大半截都枯朽了的老树，根本不可能再起死回春，不过是一天天挨光阴，混吃等死罢了，他又何曾想到过，老人会有这方面的需求，而且，会如此的强烈，不择手段。

这一伙人里，唯独大妹还算比较理智，她见大哥脸色已十分难看，就过来打圆场说，事到如今了，咱们就别怪天怪地的，要怪就怪咱们自己，都太麻木了。可小妹还是不依不饶，她乜斜着白眼球说，大哥就是把她的话当耳旁风了，她明明打过几个电话提醒过他的，要是大哥能及时跟老爷子谈谈，做做工作，事情也不至于发展到今天这么荒唐的地步。程仁简直快被妹妹给气晕了，他竟像个大男孩似的蹲在地上，双手胡乱搓揉头发，俨然一副失败者的沮丧嘴脸，他不满地咕哝着，谁说没谈，前天到底是哪条小狗，约好去见老爹，临时又不露面的？程智见大哥真的急眼了，又忙补充说，我和大哥确实跟老爷子摊过牌，结果怎么样，你们也知道，老爷子在茶馆里说是要去上卫生间，可他自个一道金光溜了，把我跟大哥傻傻地晾在那里。

大伙吵吵得正不可开交的工夫，程仁的手机忽然叫了起来，掏出来一看却是儿子打来的。他正憋着满腔的火气没处发泄，便抓起手机，大声吼嚷起来，你个臭小子，还记得你老爸死活啊，大过年的不老老实实回家，就知道一个人在外面躲清静，你还是不是咱程家的长孙了！

儿子在电话那边一个劲给程仁赔礼道歉，最后才言归正传说，爸，你听我解释好不好，不是我不想回家过年，主要是因为，爷爷说他好多年没出过远门了，在家待着闷得慌，他想趁着过年这几天来南方转转，我正好又放寒假没事，就帮忙订了机票和旅馆。爷爷还要让我一定替他保密，现在我已经在机场等着接爷爷呢。所以，才斗胆敢给你们打这个电话，我这也算是替爸妈尽了孝心，没有功劳总还有苦劳吧。

儿子说得轻轻松松，程仁却觉得自己仿佛石化了，老半天呆住没了言语。现在的情况是，就在他们兄妹几个对父亲的行为指指点点不恭不敬的时候，儿子却在遥远的南方全心全意地恭候着爷爷的到来。且不论事情的对与错，单就儿子的懂事程度和一番孝心，这屋子里似乎谁也比不了的。程仁只是茫然地冲手机哦哦了几声，最后才尽量平缓语气说，那你小子可要多费点儿心，爷爷我就交给你了。儿子马上给他打了保票，让他放一百二十个心，说已经把接下来几天的行程都替爷爷安排好了，一定会照顾好老人家，让他开开心心的。

当程仁一字不落地将这个突来的消息通报给大家的时候，房间里至少安静了一刻钟，每个人都变得有些心事重重的。

又是程信率先打破了沉默，她气冲冲地说，这到底算什么？老爸这分明就是成心的，表面看他是想出去转一转，可实际上呢，还不是想通过这事逼咱们就范，这叫和平演变，到时候生米煮成熟饭，我们几个还能怎么样？

这次程仁当机立断打断程信的话道，小妹，你也别太胡咧咧，咱爸还不至于那样阴险吧，再说退休这些年，他确实哪里也没去过，这回能出去散散心，又有大孙子陪着，我看也不是啥坏事情嘛。

程信听了，很不服气地梗着脖子道，那他干吗神神秘秘的，还非要带上那个狐狸精？搞得跟要去私奔似的，成啥体统嘛！

没等程仁再开口说什么，程礼也在一旁添油加醋，就是嘛，大过年的，亏他怎么想出来的？八成都是那个坏女人挑唆的！

这下，程信总算是找到了帮手，忙附和道，二哥这话在理，反正都是咱爸花银子，人家落得个潇洒开心，免费旅游，谁不喜欢。

程仁实在不想再听他们这样东拉西扯，就说事情已经这样了，总不能把他们追回来吧。

哼，追是追不回来了，可大哥你得好好给你儿子叮嘱叮嘱，让他千万把爷爷给盯紧了，别让那个狐狸精钻了空子！

程信回头说这番话的时候，眼神中忽然有种很狡黠的东西在闪烁。

够啦！够——啦！！

一直站在旁边安安静静的娇娇，突然失声尖叫起来。少女激愤的声音里几乎带着歇斯底里的味道，一下子就把在场的所有长辈全都镇住了，霎时，房子里变得鸦雀无声。程智稍一愣神，简直有点儿不敢相信自己的耳朵，当她意识到，那种可怕的尖叫声，是从自己女儿那副柔弱的身体里迸发出来时，才红着脸不无尴尬地快步走过去，狠狠瞪了娇娇两眼。

你疯了，乱嚷什么？这里哪有你小孩子家说话的份！

这种时候，娇娇的脸色的确非常难看，眼神中迸射出豁出去的味道，胸口正往外一鼓一鼓的，做母亲的还从未见自己的孩子这样激动过呢。

不等程智再次开口说话，娇娇就像打开了的话匣子，一股脑地冲大伙道：

你们口口声声都在数落姥爷的不是，好像姥爷真的让每个人都蒙羞了似的，可我觉得你们更有问题，姥爷不辞而别，他偌大年纪，出一次远门多不容易，可你们有谁真正关心过他的健康和平安，你们在乎的只有自己的面子，你们太自私了、太冷漠了！

程智压根没料到，一向文文弱弱的乖乖女，讲起话来竟跟大人似的，一套一套的，又那么不知轻重。她的脸上再也挂不住了，忙低着头用力推搡着娇娇的肩膀，想要把她弄到别的屋子去，绝不能再由着孩子信口雌黄了。但娇娇此刻就跟犯犟的牛犊相似，任凭谁也休想搬得动她。

娇娇变成一只好斗的小母鸡，一边用力反抗母亲的推搡与拉扯，一边继续向所有人嚷道：

妈，你别管我好不好，你就让我把话说完，这几天人家都快郁闷死了，要是不说出来，我会活活憋死的！本来好好的一个年，这下都让你们给搅黄了，就算姥爷真想跟那个女人结婚，那又能怎么样，地球又不会毁灭，世界末日也不会到来！再说，姥姥都走了那么久，姥爷又没犯哪门子法，难道他再婚了，从此就不再是姥爷了？还有，你们是否想过，也许将来有那么一天——对不起，我只是假设——假如你们自己也遇到跟现在姥爷一样的状况，你们希望自己的孩子——也就是在座的我们——怎么来对待你们呢，是置之不理，还是冷嘲热讽，横加干涉⋯⋯

程智万万不能再允许女儿这样唐突下去了，她实在是忍无可忍，猛地挥起手来，给了娇娇一记耳光。

放肆！你这孩子，也太没大没小了！！

耳光声太响亮了，啪的一声，像炸开的炮仗，一时间屋子里的人又全都愣住了。

那一刻，娇娇惊愕地拿手捂着涨红的脸蛋，滚滚的泪珠儿就在眼眶里直打转，她狠狠地咬了咬嘴唇，鲜红樱桃般的下唇便留下一排清晰的牙印。最后，她愤愤地撂下一句，你们太让人失望了，就头也不回地冲进卫生间去，并随手锁闭了房门，只闻得水龙头哗哗啦啦在响。

八

父亲回来的那天已是正月初八。

　　程智娘俩是搭乘头天傍晚的航班飞走的，程仁依然开车去机场送行。一路上，娇娇始终泪眼迷蒙地望着车窗外，一语不发。那天之后，娇娇跟母亲的关系一直很僵，以至于吃饭两个人都不愿在同一张桌上坐着，谁也不想跟谁说一句话。或许，孩子正处在青春期的缘故吧，有些叛逆情绪也在所难免的。程仁尽量在她们娘俩中间周旋和调停，可这小姑娘身上确实有股子罕见的倔劲，可以毫不夸张地说，跟少女时代的程智几乎一模一样。所以，他才半开玩笑地劝程智说，有其母必有其女，你就原谅孩子吧。

　　分别的一刻，程智用力跟大哥拥抱了一下，同时，若有所思地说，这些天她反反复复想过了，老爷子的事还是顺其自然吧，老姑母说得在理，就算放开了让他找，还能找几个呢，只要他自己觉得晚年幸福就好。她还提及当年母亲那桩事，说她其实早就原谅了父亲，她相信父亲是疼爱母亲的，所以才能断然做出那个不得已的决定，这些年她只是一直不能说服她自己。现在，一切都过去了，明年这时候，她保证一家三口会一起回来过年的。

　　大人说话的工夫，娇娇就静静地站在旁边，兴许她也听到了母亲的谈话，在跟大舅作别的时候，终于忍不住呜咽起来，晶莹的泪珠儿扑簌簌地像断了线的珍珠，一颗一颗无声砸落。程仁赶紧拍抚着娇娇的后背说，好孩子，不哭，不哭……你在舅舅眼中是最懂事的！记住，千万不要记恨你妈妈，她那也是为你好。娇娇的额头终于轻轻地碰了碰他的胸口。

　　初八这天，因为单位头天上班要查岗脱不开身，程仁只好让程信去机场接人。程信在电话里一百二十个不乐意，说美得那个狐狸精，难不成还要拿八抬大轿抬她进门？程仁道，让你去你就去，难道连老爷子你也不管了！程信这才嘟嘟哝哝闭了嘴，又说，那你可得给我报销来回的路费啊。快到中午饭口时，程信突然兴兴头头打来电话，听那口气像中了刮刮奖头彩一样乐不可支。哥，我告诉你个好消息吧，这下他俩肯定臭了！程仁丈二和尚摸不着半点儿头脑，什么香了臭了的，让你接的人呢？程信回答说，当然接到家了，老爷子见了我，还有点儿不好意思呢，我就拿话揶揄他，这回你老游山玩水逛美了吧，你猜他咋说的，他红着脸皮，半天挤出仨字，美个屁。这时，那个狐狸精拉着小崽子背着行李随后跟了出来，我压根没拿正眼瞧她，故意搀起老爷子的胳膊大步往外走。等一出大厅，我正拿眼睛踅摸民航大巴在哪停呢，你猜怎么着，那个狐狸精径自招手拦住一辆出租车，拉起孩子钻进车里就颠了，连头也没回一下。我就纳闷了，忙问老爷子，喂，人家怎么撇下你自己先溜了，是不是不要你了？你猜老爹当时是啥表情，那张脸啊，就跟吃了半斤黄连似的，半天只拿鼻子苦哼了哼，才气呼呼地说，走就走呗，好像谁离开谁活不成。后来坐大巴回家的路上，我才又拿话套他，可老爷子气得鼓鼓的，多一个字也不想跟我谈。我说，你那是活该的，谁让你放着好好的年不过，偏偏别出心裁出去旅游，还带上那么个狐狸精，不受气才怪呢。没想到老爷子这时真的火急了，差点没从椅子上蹦起来，他气冲冲地瞪着我说，往后不准再提那个姓苏的。

过去一周的时间里，父亲和那个小苏究竟在外面发生些什么，程仁也是后来从儿子嘴里零星探知的。儿子大概碍于爷孙间的情面，起初也是三缄其口，难露其详，只说也没啥大不了的，都是些鸡毛蒜皮的小事，让程仁还是亲自问爷爷去。后来经不住程仁再而三地追问，才透露了其中的一两个小细节。

据儿子讲，刚去南方的头三天，倒也风平浪静，主要就是带着他们逛了附近的一些名胜古迹和市内的公园广场什么的，爷爷跟那个女的每天都有说有笑的，两个人还一左一右牵着那个小家伙，儿子还乘机给照了好多相片。后来到了第四天头上，那个女的就提出来，不想再去看什么风景了，她说要上街好好逛逛大商场去。儿子欣然点头了，便带着他们去了当地最著名的步行街，那是这个南方城市最重要的一条十里洋场，中国每年的进出口交易会都是在这里举行的，国内外的各种商品货物琳琅满目应有尽有，女人们一到这种地方，就像到了天堂，眼睛通常都不够使了，脚底下根本迈不开步。

那女的尤其喜欢试衣服，天性使然，什么 T 恤、裙子、长裤、风衣、外套，甚至真丝睡衣，穿了一件又一件，惹得人家服务员都一个劲抛白眼。爷爷就像忠实的老仆人，抱着那个小孩子，傻呆呆地戳在旁边干等着。这样大半天逛下来，那女的总算是挑上一件自己满意的水红色长裙，一问价钱要好几千块呢，说是什么世界名牌。爷爷皱着眉头说，又不是金丝银丝做的，咋那么老贵老贵的。那女的不以为然地说，你老土了吧，这叫纯天然真丝的，穿在身上对我们女人的皮肤最有好处，我早就想买一件了，只是一直碰不上称心如意的。爷爷摇着头坚持说，要不咱们再往前面转转，兴许还有更好的呢。

其实，儿子知道爷爷嫌贵，就说他知道一个更好的地方，那里的东西绝对物美价廉。后来，儿子就辗转把他们领到火车站附近一个专门搞服装批发和集散的大市场里。果然，儿子很快就找到了类似的女装铺位，一打问，同样的裙子还真比商场便宜很多，爷爷当即就大方地要掏出钱给买了。哪知，那女的却没了好心情，眼睛不是眼睛，鼻子不是鼻子的，甚至连那衣服都懒得再试一下，嘴里唧唧咕咕，说这种破地方能有啥好货，还说爷爷是成心拿这种地摊货打发叫花子呢。爷爷说不就是件衣裳么，穿在身上还不都一个样，咱干吗花几千块冤枉钱呢。那女的急赤白脸，乜斜着眼睛说，这根本不是钱不钱的问题，这说明你老程心里压根就没我这个人，你把钱看得比命还当紧。爷爷听了这话，也多少动了气，忙争辩说，我大过年的带你们娘俩出门逛，把一家儿女都撇在家里，你还说这种没良心的话。那女的一听更来了劲，一手叉腰，一手指着爷爷嚷，不提这个还好，你一提他们，我浑身上下都想冒火，你那些狗屁儿女，哪个能像我那样尽心尽力伺候你？我让你花千把块买件衣裳，你就心疼得不行了，你留着那些退休金，将来是买棺材板用，还是等百年之后，让你那帮孝子贤孙们挥霍去！这话实在太过分了，连儿子也听不下去，老人当时简直快被气晕了，他一定没想到那女的会说出如此不堪的话。他浑身上下都筛糠样抖颤起来，好在儿子在身旁及时扶住，老人才不至于瘫在地上。

接下来两天，老人哪都没去，成天就闷在儿子学校附近的小旅馆里。南方的那种小旅馆非常简陋，主要是为了方便每年新生报到时，那些陪送学生的家长临时住宿用的。人家小苏每天洗漱完毕，照样描眉画眼拉着孩子上街去闲逛，顶多出门的时候不咸不淡撂一句，走了，饭自己解决吧。儿子说，那两天爷爷的心情糟透了，一整天也不说一句话，总是一个人呆呆地趴在窗前，盯着外面那片绿油油的芭蕉叶出神。南方的雨水说来就来了，漫漫溦溦下个没完，雨点噼噼啪啪敲打着外面的芭蕉叶，也敲打着模糊的窗玻璃，房间的光线渐渐暗淡下来，爷爷的身影变得瘦小而又孤单，偶尔发出的叹息声，让房间显得更加阴郁。

儿子说，他实在是无法理解爷爷当时的心情，只是从爷爷跟那女人的言谈举止间获悉，他俩的关系出现了不可弥合的裂痕。对此，儿子没有向程仁表达任何个人看法，也许只是出于对年迈的爷爷最起码的尊重。他倒是反问过家里人都是什么态度。

程仁只得在电话里敷衍一番儿子，说大家意见不太统一，关键要看爷爷自己的想法。儿子沉默了一会儿才说，早知道这样，他真不该帮爷爷这个忙的，爷爷当初并没有跟他说实话，只说是想带一个亲戚和小孩来南边散散心的。程仁想了想说，儿子你做得没错，不然爷爷会更伤心的。

九

春天真是不经过，刮几场恼人的沙尘暴，就到一年一度的清明节了。

父亲提前给程仁通了电话，说今年也想去坟上看看。往年，都是程仁带着兄妹们去扫墓的，父亲只在家中母亲遗像前上炷香，默默祷告一番。程仁就说，山上一开春风大躺冷的，你老腿脚又不方便，能不去就不去了吧，当心再受凉感冒。哪知老人的牛脾气又来了，冲着电话嚷叫，狗日的，我就是想去看看你妈，这个你也管啊？吓得程仁再不敢吱声了。这中间，程智也主动来电话，一是打问父亲近来的状况，二是也有回家上坟的打算。程仁就说，老爷子最近安生得很，能吃能睡的，就是麻将打得太凶，小妹说他整天泡在麻将馆里不动窝，颈椎病都快打出来了，劝他也没用，不过忙一点儿也好，省得他一个人又胡思乱想的。他还劝大妹别再兴师动众跑回来了，说那根本不值当，等大伙给母亲烧纸的时候，替她念叨念叨就成了。

其实，程仁还是跟大妹隐瞒了一件事，就是那个小苏后来到父亲家里狠闹过两回。

头次儿女们都不在身边，事后小妹还是听父亲家对门的女邻居讲的，说那女人一直哭哭啼啼的，一阵寻死一阵觅活，好像是来求老程原谅她什么的，具体说些啥，听不太真切。另外一回，小苏是带了帮手一同来的。这次父亲大概感觉到情况不妙，就在打开房门之前，先给程仁程信他们拨了求援电话，等儿女们急急火火赶到时，屋子里已经吵得天翻地覆了。

一个五大三粗的中年男人，自称是小苏的远房表兄，口口声声要父亲赔偿一笔青春损失费，说他表妹不能白白让一个糟老头子占了便宜，若是不拿出十万块来私了，他们就要上人民法院起诉打官司。程仁自然要据理力争，说这本来就是两相情愿的事，她一个已婚女人，难道不明白吗，谁也没强迫她这样做。程信更是当仁不让，说小苏原本只是居委会介绍来伺候老人的，放着好好的钟点工不做，自己心甘情愿赖在别人家里，撵都撵不走，我们还想告她图谋不轨呢。就这样，双方又是一番火力相拼，无非是公说公有理，婆说婆有理。最后实在闹得难开交了，程礼也是急中生智，就拿出手机威胁说，干脆打110报警算了，不要再跟他们啰唆下去！姓苏的女人或许自觉理亏，才悻悻灰灰地带那男人撤了。

再后来，这事也就不了而了了。但程信一直很怀疑父亲，她说老爹一准是私下里出了点儿血，肯定是拿钱封了那狐狸精的嘴，不然的话，那女的怎能善罢甘休呢。程仁倒也疑惑过，但他实在不想再提及此事，生怕事情真闹大了，于双方都没有好处，尤其是他自己，毕竟还要在机关单位混饭吃呢。

吃一堑总得长一智。姊妹几个里面数程信心眼最活泛。有一天，她又像往常一样去帮父亲收拾屋子，趁老人坐下吃饭不留神的工夫，她偷偷地钻进卧室，从柜子里取走了那张房产证，她总担心老爷子哪天又犯糊涂病。不过，这件事小妹可再也没对大哥他们讲。

（原载《人民文学》2017 年第 5 期，《小说选刊》2017年第 6 期、《作品与争鸣》2017 年第 7 期相继转载，入选《2017 中国年度中篇小说选》，获中骏杯《小说选刊》双年奖）

给张杨福贵深鞠一躬

一

那天张杨福贵起得比平时都要晚，差一刻快九点钟了，他不太情愿地喝了大半杯母亲给兑了雀巢咖啡的热牛奶，提子面包夹火腿肠切片，还有单面煎鸡蛋，这些都是他平时的最爱，可这天他却一点儿也没有碰，兴许是感冒摧毁了他的胃口，后来只吃了几粒药片，便拎起自己的深咖色背包，慢吞吞走出家门。头两天他忽然感冒了，喉咙生疼，还伴有一些低烧，他的两颊微微泛红，走起路来给人一种晕乎乎喝多了酒的印象。"要知道会那样，我就是死也不让他出门去。"张杨福贵的母亲后来跟我说起这事的时候，眼睛红肿得像一双刚出笼的寿桃，整个人显得异常恍惚，不能不叫人揪心。"福贵这孩子心思太重了，啥事都搁在自己心里，但凡要是能跟谁说一说，他也不至于那样啊。"我明白她的意思，我和她是一娘同胞，出了这么大的事，谁心里能好受啊。

出于母亲的直觉，早在几天前我姐多少有所觉察，总感到苗头不对，晚上就在枕头边，她把自己所担心的事跟我姐夫唠叨了一会儿。问题是我姐夫那个人一向自以为是惯了，整天就知道忙他自己那一亩三分地，儿子的事他向来是一股脑撇给我姐，福贵从小到大他都是乐得做甩手掌柜的。"你别大惊小怪的好不好，他都多大了，放在过去该是当爹的人了。"这话倒是半点不假，说起来张杨福贵已经大学毕业有一阵了，我姐夫在社会上还算有点儿门路，一毕业就托了关系，请客送礼，把儿子塞进一家不错的国企实习，就是大名鼎鼎的神华宁煤集团，实指望儿子将来能留在那里大展一番宏图，不料，我外甥根本忍受不了那种地方按时按点循规蹈矩的制度约束。"让我在那个山沟沟单位待一辈子，你们还不如早早弄死我呢。"我知道此类煤炭厂矿企业当然是不可能处在闹市区的，小年轻会寂寞难耐的。"你外甥见天起早贪黑赶上下班班车，统共没跑上俩月光景，就死活闹着不肯再去，害得你姐夫在朋友面前抬不起头。"事实上现在城里的孩子有几个吃过苦的？都是蜜罐里生蜜罐里长，我外甥自然也不例外。我姐抹了抹猩红的眼睛继续跟我絮叨："不过你是知道的，你姐夫脾气也是太暴了些，他一沾火星子就着，一点儿都不给孩子解释的机会，有好几个礼拜都不跟福贵说一句话，那张脸阴得能挤出半盆子水来。"

像大多数人那样，这些年我们姐弟一直聚少离多，每年也就是春节才能在一起乐和那么几天，其余的时间都在各自的城市里忙生活。这回姐姐家出了这么大事，我理所当然得赶回来一趟。说心里话，这种情形下跟最亲的人团聚，实在是很受煎熬的。我真不忍心看着她眼泪一把鼻涕一把的样子，姐姐这下子衰老多了，五十刚露头的年纪，看起来老气横秋，脑顶心的头发竟有些灰白了，尤其那两鬓上的闪闪霜线，老远就耀人眼目，我几乎快认不出她了。平心而论，她这辈子对孩子没的说，标准的良母一个，以往我虽然不怎么常回来探望，可只要我来了，她总是想方设法要让我吃点好的，尽量不重样地做些我喜欢的菜品犒劳我，又生怕我住着不习惯，每回床单被罩枕巾睡衣一律得清洗或更换，简直把我当成她自己的孩子了。我们姐弟相差十岁，那些年都是她这个当姐姐的抱着我背着我把我带大的，那时我们的母亲太忙，基本不怎么管家，姐姐几乎是充当了母亲的角色，生火、做饭、收拾屋子、照料弟妹饮食，可以说样样都离不开她。

她对我这个弟弟尚且如此，对自己的儿子更是爱如珍宝。婚后，她一直全身心地扑在家庭生活上，可以说把丈夫和孩子照料得有模有样。从小学到中学，她几乎每天都要骑辆单车来回接送，风雨难阻，有时阴天出门忘了带伞，宁肯自己淋得像只落汤鸡，也要脱下自己的衣服把儿子包裹得严严实实；儿子不小心在学校里磕着碰着一点儿，她恨不得能替孩子受罪挨疼呢；儿子备战高考那些日子，她几乎没睡过一个囫囵觉，一会儿给儿子做夜宵吃，一会儿给他按摩头部放松大脑，一会儿又颠颠地打来洗脚水给泡脚，说是加速血液循环，最能解除疲乏。即便这样忙得团团转，我那宝贝外甥临考前还是病了，先是鼻子齉得不通气，然后扁桃体也发了炎，还大把大把盗汗，浑身乏力，夜里老做梦。他说自己梦见在滂沱大雨中翻山越岭，肩上背着沉甸甸的户外旅行包，气喘吁吁地爬过一道道山梁，蹚过一条条河流，眼看快到目的地了，却一脚踏空掉进万丈深渊……

"半夜里福贵抱着我，就跟丢了魂一样，唉，但凡还有一点点别的法子，我真不想让孩子去参加该死的考试。"我姐后来痛心疾首地跟我说，"能怎么样呢，我生怕他睡不好，天亮上考场没精神，就悄悄在牛奶里给他放了两片安眠药，哄着让他喝下去……"我当然能想象出夜里两点才吃了那种药，一大早人会是啥模样。张杨福贵被他母亲唤醒的时候，眼皮都掰不开，哈欠连天的，在母亲的照料下总算是凑合着洗漱完毕。因为大考，早餐准备得相当丰盛，小米稀饭、煎鸡蛋、酱牛肉片、水煮花生米，还有新鲜的韩式泡菜等。可是，我外甥只喝了小半碗稀饭，勉强吃了一个鸡蛋，就哇哇地吐了出来。"福贵就这样上了考场，我真怕他打不起精神，又拿保温杯给他带了热咖啡提神，可他到底还是没坚持下来，考了没一半人就打蔫了，一头趴在桌子上睡了，监考老师打来电话，叫我赶紧去把他领回家休息，你说说孩子有多可怜！"

我姐就是这样一个女人，不管说到啥事情上，总觉得孩子是天底下最委屈的那一个。"你姐这人什么都好，就一点没是非观念，她最拿手的就是娇生惯养孩子。"我姐夫偶尔会这样跟我聊上两句，"孩子弄成今天这个样子，还不都是她一手造成的！不信你去问问她，哪回学校期末考试福贵没病过，大考大病，小考小病，这些年我都习以为常了！"事实上，我姐原本以为那次她就要熬出头了，可因为我外甥又得重新回炉一年，她的苦日子又被延长了三百六十天。不过，这也许只是我的感觉，她从未跟我讨论过这个问题，好像是，孩子复读也是天经地义，做母亲的理应顺命，反正伺候的是自己的儿子嘛。事实上，张杨福贵在我眼里一直还是个孩子，平时话很少，腼腆起来像个姑娘，性格有几分内向，学习成绩中等，生活能力很差。偶尔，我到姐家小住两日，竟发现连球鞋鞋带还要他母亲帮着系好才出门。"这也不能都怨福贵，孩子忙得连放屁的工夫都得盯着课本。"我真看不惯她这样事无巨细地帮儿子打理一切，可也拿她没辙。

张杨福贵那天九点过五分才出的门，这比他平时整整晚了一个钟头。可是，他走到家属区停车场的时候，发现自己没带汽车钥匙。他呆呆地站在那辆蓝色的两厢长安铃木跟前，将手插进两个裤兜里轮番摸索了一会儿。这时，掺了咖啡的牛奶在腹内汩汩地动荡着，他不由得打了个嗝，感冒药片的苦味迅速涌至舌根，他使劲咽了口唾液，人多少清醒了一些，只是肠胃里还有些乱七八糟的感觉，想吐，但停车场人来人往，他到底忍住了。于是，他又转身往回走，走到自家那幢楼前的甬道上时，他母亲正好从阳台里探出脑袋焦急地张望着，他应该是听见母亲叫他的名字。他昂起头往上扫了一眼，没有吱声，可能是呕吐感尚未完全消失，不便于张嘴答话。"他一出门，我就发现他忘了拿鞋柜上的车钥匙，这孩子最近老是丢三落四的，我就从阳台窗户给他扔了下去，他当时啥也没说，冲我愣了一下，看着呆磕磕的，弯腰从草地上捡钥匙的时候，突然哇的一声吐了，草地上白花花一摊，那是刚才喝的牛奶。我心惊肉跳的，刚想把他叫回家来，可他却头也不回地走了，那感觉就像是，他这辈子再也不需要我这个当妈妈的了……"讲到这个细节，我姐的情绪终于失控了，突然用力抱住我号啕痛哭，好像就是这把该死的车钥匙断送了自己的儿子。

我外甥离开最初去实习的那家国企后，自作主张地在外面折腾起来，对于这一点我姐最初倒是深感欣慰。"别看福贵这孩子平时不声不响的，可他心里的主意正得很。"事实的确如此，那段时间，张杨福贵表现出了一个大学毕业生应有的激情和魄力，他没跟父母商量，就去一家汽车驾校报了名。接下来三个月，几乎雷打不动地去跟师傅学车，考驾照也许是他这二十多年来参加过的最为顺畅也是最成功的一次考核，什么科目一、科目二、钻杆和路考，居然全都一次性通过了。我姐高兴得无可无不可。"福贵马上就能拿到驾照了，孩子还是很有上进心的！"她在电话里这样跟我说，似乎是一下子看到了不久的将来，儿子大有作为，她该跟着他好好享清福了。

"妈，我想好了，等驾照一到手，我就去外面开出租。"可她万万没想到，等待她的竟是儿子这么突兀的一句话。"你胡说些什么呢？爸妈辛辛苦苦挣钱供养你读完大学，你却说要去当的哥，能对得起谁？"我能想象我姐当时的惊诧程度，一直望子成龙的她做梦也想不到会这样。可我外甥根本不以为然，反倒振振有词："当的哥咋啦？谁规定大学生就不能去开出租车？不是说革命工作不分高低贵贱么，人家北大毕业的高才生，不还照样在街上卖猪肉呢！"最终，张杨福贵的的哥梦到底没能如愿以偿。来自父母方面的阻力可想而知，当然最关键的是，他确实有点儿异想天开，因为没有哪家出租公司愿意花钱雇一个驾龄等于零的愣头青，所以，驾照对于他来说形同虚设，白纸一张，充其量可以证明，张杨福贵脑瓜子不笨，并非一无是处。

那段时间，张杨福贵孤注一掷地将自己囚在家里，圆领运动衫加乔丹牌篮球大裤衩子，他人本来就瘦了吧唧的像根竹竿子，这样的装扮使他看上去更像个吊死鬼。"好像我是个后妈，舍不得给他花钱似的，家里再也找不到别的像样点的衣服了。"以至于我姐后来回忆起这件事时，总觉得不可思议。我外甥倒是不再折腾什么了，可也绝对的大门不出二门不迈，除了吃饭睡觉上厕所，就是猫在自己的房间里，无休止地联网打游戏。"没日没夜地摁着那个鼠标，好像那只手跟鼠标粘在一起了。你姐夫恨得咬牙切齿，差点没把电脑给砸了。"

我姐跟我说起这件事时，身体竟不由得又抖颤起来，就像患了严重伤寒的病人在瑟瑟地打着摆子。我姐夫天生一副火暴脾气，我想那天的情形一定很恐怖。"你知道福贵当时怎么冲他爸吼的？真是吓死我了，这爷俩肯定是这辈子见面见得太早了！"我后来翻看张杨福贵留下的那本日记，那天他只是草草地写下了这么一句狠话："张德标你有种连我也砸了！"我姐夫当然不会冲动到要砸自己儿子，他只是像一头暴怒的雄狮，突然张牙舞爪地闯进我外甥的房间："我让你玩我让你玩！"便猛地飞起一脚，踹翻了电脑桌。我姐死命地从后面抱住了丈夫那日益发福的腰身，尽管她跟张德标在一起生活了二十多年，对这个人的性格该了如指掌，可当时还是被吓了个半死，因为，她忽然从我外甥的眼瞳里看到了两簇燃烧正旺的火焰。

二

头一眼看到那辆铃木牌小轿车的时候，我的眼睛立刻被瓦蓝色的车身刺了一下。这种颜色再加上这样的场景，难免叫我的心有些惶惶的。说实话，我一直不能理解，我姐他们当初为什么决定给张杨福贵买汽车的。仅仅是因为我外甥拿到了驾照无车可开？还是因为有了私家车，就会彻底打消儿子开出租的念想？现在，他们派我到交警大队帮着把车开回来。眼前这只大院子里停了一片乱七八糟的车，五官挪移模样都不大好看，净是被磕碰擦剐或剧烈撞击过的样子。唯独我外甥那辆蓝兮兮的小长安铃木，完好无损，被停靠在一个不起眼的角落里，车顶和玻璃窗上落了厚厚一层灰尘，还有一些斑斑点点的灰白色鸟粪，看起来安生而又腼腆，像极了张杨福贵本人。

"怎么回事？这车拖来有些日子了，咋现在才来开！"警员从厚厚一沓纸中愤然翻出单据，又拿鄙夷的眼神斜射我，"罚款两百，再加上拖车费和管理费，一共是三百五。"我不敢有二话，老老实实照单交钱，我知道这里可不是讨价还价的地方，然后才小心翼翼地用钥匙打开车门，却没有直接钻进去，只是把头探进去四下瞧瞧，好像生怕里面会冒出个什么怪物来。怎么说呢，车里又脏又乱，坐垫上有类似小孩尿床的圈圈水印，一定是我外甥经常开车喝饮料时不慎留下的。驾驶椅前的脚垫上有明显吐过的痕迹，早已板结的一摊秽物依旧散发出顽固的腥臭味。据警员讲，车是被随便扔在一个叫同乐巷的街道旁，几乎将那条路给堵死了，是旁边店铺的业主打电话报的警。

我不知道张杨福贵当时出于怎样的考虑，也许是他突然就厌倦了开车这件事，觉得无聊透顶，索性丢下再也不想开了。要知道他们这代人多少有些人来疯，今天闪婚明天裸婚的，干什么都靠一时心血来潮。不过，另外一种可能也是有的，那就是身体状况不允许他继续开下去——听我姐说，他的呕吐情况确实持续了好长一阵子，市里大大小小的医院都跑了个遍，那些专家主任的号也都挨个挂过，甚至还请了个高明的法师来家里驱邪，可他还是像个反应强烈的年轻孕妇，随时随地都会吐个天翻地覆的。现在，我终于带着很复杂的心情发动了这辆无辜的汽车，并把它规规矩矩开出交警大队的院子，心里依然有种很惶惑的感觉，就像它会随时给自己带来什么厄运。

上路后我随便瞅了一眼仪表盘上的里程表，雪白的阿拉伯数字向我表明此车已经跑了将近五千公里。五千公里说来也不算少，都可以从我们银川往返一趟西藏了，对于一个年轻人而言，这段漫长的路程到底意味着什么，不是说行万里路读万卷书吗？在这近似机械的五千公里的路途中，张杨福贵每天都在车里琢磨些什么呢，或者，他真正的目的地到底在哪里？这样徒劳的思索注定毫无结果，我只是极力想象着我外甥最后一次驾驶它时的情形，他一定是在车里开着开着，突然感到肠胃一阵痉挛，翻江倒海的滋味让他痛苦不堪，他像孱弱的孕妇，当他无法遏制地在脚垫上吐完第一口后，才意识到该下车找个地方去解决，所以，他也只能就近立即停车，并用一只手捂着湿漉漉黏糊糊的嘴巴，十分狼狈地逃离了这辆蓝色小轿车。

"给他买车是我的主意，那阵子他成天窝在家里，人都快窝得长毛了，像个小老头，这样下去可怎么是好啊！"就在我把车开回来的当天，我姐总算是掏了实话。"多少年都没见孩子笑得那么欢实过，只要他能开开心心，每天都好好的，咱们花点钱也值了。"听她那口气，好像买回家的不是一辆小轿车，而是普普通通的一个电动玩具。我知道长安铃木真算不得什么好车，买车加办证前后下来不足十万块，可作为代步工具还是绰绰有余的，尤其是对于我外甥这样连个正经工作还没有的小年轻来说。"你姐就是太能娇惯了，孩子就算要天上的星星，她也要想法子上去摘一颗下来！"或许，我姐夫张德标说得没错，一个二十出头的小伙子，尚未有一技之长，也不能养家糊口，反倒心安理得赖在家里，一味地靠父母的血汗钱过活和享受。"要我说这车当初真不该买，毕竟他还是个没长大的孩子。"当我这样发表自己的看法和不满时，我姐马上又抹着眼圈，涕泪纵横起来，似乎是我的话刺到了她最敏感的那根神经。

"这事还不都怪你姐夫，他非要逼着福贵去报考一个什么事业单位，说那里有正式编制，不过先得参加市里统一的人事选拔考试，头些天我就把福贵的思想做通了，连哄带劝他总算是答应去试一试。可哪里知道，考试回来好些天他都没精打采的，像吃了败仗。我后来趁你姐夫不在家时盘问了半天，他才跟我透了实话。跟他一起参加考试的不是父母用豪车接送，就是自己开着小车跑来跑去，唯独他还骑着辆破单车。最可气的是，福贵过去高中时的一个最调皮捣蛋的男同学，故意把跑车开到他身旁，炫耀地打着喇叭，身边坐着个妖冶的女人，问他要不要上来送他一程。福贵说这人学习成绩一直是他们班里垫底的，成天就知道给漂亮女生塞纸条和惹是生非，可就是那次招考，福贵一开始还觉得自己考得蛮不错，可等到参加了面试之后，偏偏就是那个同学榜上有名……你想想孩子多受打击啊！"任由她絮絮叨叨说个没完，我始终没再插话，心里忽然有种很落魄的感觉，已届不惑之年的我，当然更能够体会到福贵所感受到的那个错综复杂的社会，诸如关系啦、人脉啦、财富啦、学历啦、靠山啦，所有这一切随便可以淹没一个初出茅庐势单力薄的年轻人。

可后来的事实似乎证明，给张杨福贵买车也许是不错的选择，因为他终于破天荒地再也不把自己宅在家里，并彻底地跟网络啦游戏啦说拜拜了。"有一天福贵一进家门就兴奋地跟我说，妈我想好了，从明天起我就到街边练摊卖货去。"这事来得非常突然，我姐一时半会儿还反应不过来，以为孩子在跟自己开玩笑呢。不过，她终于从儿子那张瘦削的长着几颗发红粉刺的脸上，看到此前从未有过的激动神情，那是一个年轻人想大显身手时惯有的热血模样。于是，我姐几乎小心翼翼地低声问了一句："那你到底想去卖啥呢？""这个嘛，我还没想好，不过什么能挣钱我就卖什么呗。"我外甥这样模棱两可地回答他母亲的疑问时，心里一定对未来的经商之路充满了自信和无限憧憬。

实际上，随着私家车进入千家万户以后，城市的街头巷尾和闹市区的确出现了一个个流动的小摊贩。这些小商贩都有一个非常明显的标志，那就是都开着各自的汽车，在夜市周边的街道停好车，随手将一面大帆布单展开来苫在车身上，然后再从后备箱里取出那些鸡零狗碎的小商品，什么头饰啦、服装啦、鞋帽啦、皮具啦、唱碟啦、化妆品啦、毛绒玩具啦……都一股脑地摆放在帆布单上，这样一个简易摊位便大功告成，然后他们开始大呼小叫地招揽生意，直至午夜时分还不休不止。当时，我外甥张杨福贵瞅准的正是这一新生行当。这回我姐似乎是被儿子说服了，她竟背着丈夫给福贵拿出三千块钱作为本金。怎么说呢，如果此前福贵在我心目中只是个衣来伸手饭来张口的小家伙，那么，自从得知他也曾轰轰烈烈甩开膀子干过一场后，作为他的长辈我不得不对这个年轻人也刮目一次了。

这或许是张杨福贵一生中最忙碌最辛苦，也是最充实最快活的日子。"他白天总要忙着去外面进货，哪里的东西便宜他就开车往哪里跑，经常连晚饭都顾不上吃，就急急忙忙出摊了，有时候都快夜里一两点钟了，才能回家睡觉。"如今再回想起当时的情景，我姐的眼神中仍旧流淌着母亲特有的提心吊胆，也许还有近似于幸福的一抹泪光。"看他累得又黑又瘦没个人样，我实在不忍心让孩子这样熬下去，其实我和你姐夫的工资也够家里花了，可你猜福贵怎么说？他说妈你别担心，我没事的，等我将来挣到钱了，一定带你去海边好好玩……福贵真的好像长大了，再也不是过去那个任性的小男孩了。"不过，我姐夫张德标对此一直耿耿于怀，他说自己好歹也算是个国家公务员，我姐让儿子整天在街边瞎折腾，他的脸面都快被丢光了。"我不知道你到底是怎么想的，难道说一辈子就这样浑浑噩噩地混下去？"一天在饭桌上，他义正词严地对儿子说，"别忘了，你可是咱们老张家的长孙哟，你总得找个正经事干吧。"我姐说那天她一直非常揪心，生怕爷俩又会为此戗得不可开交，可我外甥始终没再顶撞他父亲。恰恰相反，张杨福贵似乎真的懂事了，整个谈话过程他都在静静地听着，最后只淡淡地说了一句话："爸妈放心吧，我不会教你们失望的。"

可是好景不长，就在我外甥每日风里雨里起早贪黑在街边兜售他的小商品时，这个城市正在为参加什么全国卫生和文明城市的角逐，而大刀阔斧地进行环境综合治理，尤其是对那些走街串巷的小商小贩。我不知道当时张杨福贵内心有何种感受，要知道那阵子他正风风火火干得起劲呢，而且，他还跟父母表过态度，我姐夫张德标总算是网开一面，暂时不再跟儿子磨叽什么了。

"有一晚都十一点钟了，我们突然接到一个电话，是城管执法队打来的，他们没收了福贵的所有货物，说他违章占道，非法经营，不服从管理，还出言不逊，要扣人扣车！"虽然事情已经过去很久了，可我姐说起这事情绪依然很激动，"你姐夫说活该，让他自作自受去，我苦苦哀求了半天，就差给下跪了，他才不情不愿地跟我出了门，一路上都在不停埋怨我，嫌我成事不足败事有余，还说这样下去迟早有一天会毁了福贵的……可你说姐又有什么法子呢，总不能把他成天拴在裤腰带上，儿大不由娘啊！"

三

世上总会有因祸得福的事，张杨福贵似乎也不例外。就在他被城管执法队扣住那次，一个名叫岚岚的大龄女青年，悄然走进了我外甥单纯的情感世界。"那姑娘我一看就比福贵大好多，下巴尖尖的像是拿刀子削出来的，皮肤有些粗，估计是长年在街边摆摊风吹日晒的结果，多少带着那么点儿水蛇腰，尤其那双眼睛，透着一股子狐媚气。"从我姐的简略表述中，我大致能想象出那女人的模样。据说，我外甥就是在他短暂的练摊过程中结识她的，她没有汽车，通常气喘吁吁地拎两只又高又大的编织袋，有时她会用其中一个编织袋帮我外甥占好摊位，当然我外甥也会开车帮她载货或送她回家。另外，他们中谁要是偶尔去附近方便一下，另一方就会主动帮忙照顾摊位。如果城管部门突然来查，他俩会相互通风报信，或并肩协同作战，一齐携手逃窜。可以说，这样的萍水相逢，一开始就打上了某种患难与共的印记。

事实上，张杨福贵摆摊挣的那点儿钱，也就凑凑合合够交城管的罚款，这还不包括那一阵子像蔬菜一样频频涨价的汽油。因此，我姐夫铁了心决不许儿子在外面瞎闹了，并责令我姐要牢牢盯住他，没事不许他出门。可是，此时的张杨福贵已非彼时的张杨福贵了，他似乎心有所属，那个叫岚岚的女人完全占据了他那涉世未深的心灵。本来这回岚岚是自己可以逃脱的，可人家为了他非但没跑，关键时刻还跟他统一战线，与城管们对着干。"谁多管闲事啦？我俩本来就是一家的，你们就会没收没收，还让不让老百姓活？！"我外甥也许正是被对方这种敢于两肋插刀的侠义精神给征服了，他平生头一回真正爱上一个女人。以前我就陆续听我姐念叨过，张杨福贵在学生时代也偷偷摸摸喜欢过一两个同班女生，不过那时的他太稚嫩太胆怯，性格又内向，又不善于表达，见了女生脸蛋红得像猴腚子，也就是说他仅仅暗恋过对方，却从来没有付诸过一次行动，然而这回却大不同了。

"他跟我软磨硬泡，说妈我求求你，就让我出去一趟吧，我在家都快憋疯了。"那阵子我姐夫经常出公差，我姐在家想看住一个春心萌动的大小伙子谈何容易。"他还说要是再不让他出门，他就从前阳台一头栽下去……我见他实在可怜，生怕再出啥乱子，我说出去可以，就是不能再去摆摊了，咱家里不缺你挣那点儿钱。"我外甥表面上跟她妥协了，私下里却跟那个岚岚打得火热，他俩照样一起进货一同出摊，不过他倒也学聪明了，货物都寄存在那个女人家里，这样他就可以顺理成章地每天傍晚去接她，然后一起找地方摆摊，深夜再开车护送她回家。自打采取了这种暗度陈仓的经营策略，两个人的关系也就一路突飞猛进了，终于有一晚，我外甥趁他父亲出差之际，竟彻夜未归。

作为一个过来人，这种事我只能稍加想象。在那个叫岚岚的女人家里，我那性格腼腆的外甥怎样手忙脚乱地拥抱和亲吻了对方，但当那些铺垫性的程序草草完成之后，两个人开始进入实质性的肉体接触时，张杨福贵一定被女人那饱满的乳房和浑圆的臀部镇住了，他也许感到一阵惊慌失措和窒息，不知道接下来该如何是好。这种时候，张杨福贵确实非常需要年龄比他大、经验比他丰富的岚岚帮他一把，正如他们在街边摆摊时需要彼此关照。"我后来问了他不下一百遍，最后他可算是露了句实话，他说妈我要跟岚岚结婚。"我姐后来经过一番秘密的跟踪查访，才拐弯抹角打问清楚，那个叫岚岚的女人比我外甥大好几岁，有过一次短暂而不幸的婚姻，结得快离得也快，至今还是单身一人，好在没生过孩子。她好像也没有念过什么大学，家里条件差，高中毕业后就开始挣钱养家了，前些年当过各种店铺的服务员，后来因为离婚时从前夫那里得到一点经济补偿，就用来摆摊做起了小本买卖。

"结婚？臭小子你昏头了吧，你俩都没有正经工作，将来靠啥过日子呢，难道吃风喝烟去吗？"我姐当时就是这么直截了当地跟我外甥谈的。"况且她还是个二婚，一个被别人蹬掉的女人，就算你真想结婚了，总得给妈领回来一个黄花闺女吧。"哪知我姐的一番苦口婆心，当即就遭到我外甥严正而不屑的反驳："妈，你真叫人失望，都什么年代了，你咋还满脑子封建腐朽思想，再说现在哪还有什么黄花闺女，想找处女只能去找小学生了！"我姐当即就被儿子的话戗得无言以对，接下来她的言辞便左右摇摆不无妥协意味了。"可我要是真答应了，你爸他还不吃了我！"但那时的张杨福贵已经被爱情冲昏了头脑，根本听不进去母亲的一个字。"反正我就要跟她在一起，不管你们乐意不乐意！"

那天我正好开着我外甥的长安铃木，拉着我姐上街办事。我姐下车后，我暂时把车停在街边等她。车载收音机中国之声正在播放整点新闻：一个女人残忍地将年仅六岁的儿子推进正在嗡嗡旋转的洗衣机里，那孩子生下来就是个痴呆儿，六年多来女人经受了常人难以想象的痛苦折磨，丈夫早有新欢弃她而去，现在她鼓起勇气投案自首了，除了无尽的忏悔之外，等待她的必将是法律严惩；接下来一条，说的是一位乡下残疾农妇，几年如一日在城里拾荒换钱，却供养出一个在名牌大学念书的儿子。最让人唏嘘不已的是，这个儿子起初并不知晓母亲默默为他付出的一切，如今他大学毕业，有了一份白领工作，而那个一瘸一拐的母亲还得继续为儿子去筹措未来的购房款……当耳朵里灌满了这类社会新闻以后，内心会莫名地产生一种悲观甚至是绝望的情绪，单用憎恨啦怜悯啦焦虑啦，根本不足以概括我此刻复杂的心境。

这时，一片暗影悄然扑来遮住了我的半拉脸，外面有人在轻轻地拍打车窗，我才醒过神来，并随手降下车窗。然后我就看到了那个下巴尖尖的女人，生得眉目清秀，穿着也得体，说话语速较快，她说远远看着这辆车眼熟，仔细一瞧车牌果然是熟人的车。我说明了自己跟车主的关系，她也自报了家门。"你外甥人很好，以前我俩摆摊时，他没少帮我忙。"我听她用了"我俩"这个词，心里忽然有些不太舒服，毕竟他俩的关系没有被任何人肯定或祝福过，所以，我几乎冷冰冰地撂了句："是吗，我不大清楚。"她一定是觉察到我的冷漠，可嘴里依旧嗫嚅着："真的很抱歉，我没能……"她没有再接着说下去，只是很小心又非常留恋地打量着这辆汽车，好像车内储存了太多太多温暖的记忆，又兴许是睹物思人的缘故，我从对方那变得黯然的神情中，隐约看到了越来越浓的感伤。

皆因受到对方的情绪感染，我觉得自己不该这样无端地对待一个陌生女人，况且，她曾经的确跟我外甥好过一场，除了我姐我姐夫之外，这世上恐怕只有她最了解张杨福贵了。于是，我尽量改变自己的态度，请她上车里说会儿话，她稍稍犹豫了一下，才点头答应了。"其实，我一直觉得他更像我弟弟，有一天他忽然说他喜欢我，当时我都乐喷了，以为他在开玩笑，我说小屁孩你才多大啊，给我当小弟还差不多……可后来我发现他是真心的，自打我俩认识以后，他从不让我搬重东西，生怕我累着；买来好吃的东西，总是先尽着我吃；有时我有个头疼脑热的，想随便吃点药扛下去，他呢非得坚持带我去看门诊，我打点滴他就一直守在我身边，一阵喂我喝水，一阵替我剥个橘子吃。有一次城管队的在后面追，我俩就拼命跑，跑着跑着，我阑尾那的老毛病又犯了，疼得直不起腰，他就把自己手里的货物都扔下，背起我只顾疯跑。我就骂他说，傻子，你不要那些东西了？那可是辛苦钱呀！可他说是人当紧还是东西当紧……"

"也不瞒你说，我前夫是个嗜酒如命的男人，喝醉了回到家，就知道找碴儿打骂老婆。不怕笑话，那阵子我身上几乎没有一块好的地方，不是这青了就是那儿肿个大包，所以我才铁了心跟那人离了婚。我发誓这辈子再也不嫁人了，可跟你外甥在一起的日子里，似乎又让我看到了生活的一丝希望，只可惜我这辈子没那个福气，不配……"她突然说不下去了，脸上净是闪闪的泪花儿。她兀自垂下头去，泪珠就断线似的往下砸落，她就用袖口来回揩抹着红红的眼圈。我忙从纸盒里抽出几片纸巾递给她，她旁若无人地用力擤鼻涕，声响很大，呜噜呜噜的，像个受尽委屈的姑娘，鼻尖红得透明发亮。

本来还想多跟这个岚岚多聊两句，偏巧这时我姐办完事回来，当她拉开车门瞧见这个年轻女人时，先是愣了一下，紧接着便火气不打一处来："你怎么在这？呵，真是阴魂不散！"我姐凶巴巴的模样多少让我有些尴尬，于是，我不得不尽量替岚岚打打圆场，别教人家太为难了。

很快，岚岚就在我姐近乎逼视的目光中沉默着钻出车外，有些灰溜溜的，那感觉就像她真的做了什么亏心事。"她刚才都跟你啰唆了些什么？"汽车开出老远了，我姐依旧不依不饶地回头朝后窗张望着，好像生怕那个女人会再度卷土跟来。"我们家福贵是多乖的一个孩子啊，咋就偏偏遇上这么个狐狸精，你瞧瞧，她那一脸的克夫相……"

这种时候，我一点儿都不想跟她讨论这些问题，只顾一门心思开车。我知道，一个母亲所有的偏见和仇恨正在我姐身上作祟。

四

呕吐当然不会轻易置人于死地，可对身边事物愈来愈严重的反感或厌恶心理，或许才是最致命的。这一点后来我在张杨福贵的日记里得到了印证。当我姐在张德标的威逼和善诱下，不得不出面干涉我外甥的私人情感问题时，张杨福贵在日记本里留下这样一段怨气十足的文字：

"倒霉！我怎么会生在这样一个糟糕家里？他们总是自以为是，比封建家长还封建家长！老想替我包办一切，好像我是他们从商店里买来的玩具，他们从来也不问问我在想什么，我到底需要什么，他们就会指手画脚颐指气使，好像我是个大傻瓜，今天不让我这样，明天不许我那样，可我已经不是小孩子了，我知道自己在做什么……我越来越讨厌他们，讨厌这个家，这里的所有一切都让人厌烦透顶！"

事到如今，我姐似乎才意识到，当初她背着儿子去找那个叫岚岚的女人谈判，或许是她这辈子做过的最最愚蠢的一件事。"我就是想让那个女人识相点，知难而退，因为我们就算死也不会答应，儿子娶一个二婚女人当媳妇！"我完全能够想象我姐当时的态度有多强硬，她含辛茹苦养大的独生子容易吗？怎么可能对这种事袖手旁观听之任之。"你猜那女的怎么答复我的，她说对不起，你最好回去先问问你儿子，这种事你们谁说了也不算……"我觉得人家说得不无道理，强扭的瓜怎么会甜。"后来我只好又觍着脸去求她，还塞给她一张银行卡，我说上面有五千块钱，权当是给她的一点儿精神补偿，求她无论如何一定要离开我家福贵啊。"可怜天下父母心，没想到我姐居然能低声下气到这步田地，我都为她感到脸红和痛心。

但是，钱这东西有时并非万能，那张崭新的银行卡只在外面转悠了一个晚上，第二天就被张杨福贵怒不可遏地砸在客厅的茶几上。"妈，快收起你这套拙劣的把戏吧，你让我感到要多恶心有多恶心！"银行卡神经质地蹦起老高，然后又原封未动地落在我姐脚下，那一刻起母子俩便形同陌路了，至少我外甥大概是铁了心要跟家人搞决裂了。"就为了那么个女人，他竟敢直着脖子数落自己的妈妈，我真是白疼他了，你说我活着还有啥意义？"我实在不忍心看她伤心欲绝的样子，我自己的女儿今年也满十周岁了，我不敢想象未来是否也会有那么一天，孩子完全不在乎父母的内心感受，仅仅是为了一个不靠谱的恋爱对象。

也就在同一日，我外甥张杨福贵离家出走了，一句话也没有留，甚至也没有开走那辆蓝色的长安铃木。"整整一天都没见人影，一直到夜里一两点也没有回家睡觉，我和你姐夫才着开急了，他能去哪呢？"这注定是一个漫长而不眠的夜晚，两口子几乎找遍了所有他们能想到的地方。"给他以前中学和大学同学挨个拨了电话，可谁也没有他的消息。"我姐讲到这里，神情又变得异常苦涩了，像刚刚喝下一大碗黄连汤，整个人似乎从骨头里往外都透着苦气。自小到大张杨福贵还是头一回这样干，照他的性子不像是能豁得出去的人，所以，我姐他们就把全部罪责都归咎于那个岚岚，认为一准是她在幕后教唆的。

"我和你姐夫好不容易找到她卖货的地点，她却说根本没见过福贵的影子，傻子也不会信，不给她点儿颜色，她是不会说实话的……"当时，我姐完全失去了理智，她像所有冲动而又蛮横的家庭主妇那样，怒气冲冲地扑上前去，一把揪住对方的头发，像地里的农妇薅野草似的动起手来。"有时候为了生活下去，女人不得不把自己变成个泼妇。"我忘了这是哪部电影里的一句经典台词了，也许我姐的所作所为恰好可以充当它的一个注脚。可惜张德标还算是国家公务员呢，站在一旁竟没有一点儿干部觉悟，任由自己的老婆在夜市货摊上撒泼犯浑大打出手。后来围观的群众越聚越多，大伙七嘴八舌头地议论起来，有人甚至大呼小叫着："打！往死里打呀！打死她活该！这就是当小三的下场……"张德标闻听方觉不妙，因为这直接关涉到自己的名声，万一让单位同事和领导知晓，岂不严重影响他的仕途前程，这才慌忙用一只手掌遮住颓唐的脸庞，匆促间挟起自己的老婆，趁着浓浓夜色夺路而逃。

在儿子不见踪影的日子里，我姐如霜打了的茄子蔫在家里。楼道稍有一点儿风吹草动，她都会第一时间打开房门，探出恓惶的脑袋，神经质地聆听上半天，夜里根本无法合眼，满脑子都是福贵从小到大的身影，总算熬到后半夜稍微打个盹儿，也会被一串稀奇古怪的噩梦死死纠缠住。"你姐夫真够毒的，他发狠话说就当我们没养这个儿子，你说说世上咋有他这号当爹的……福贵真要有个三长两短，我干脆不活了！"我外甥离家第二天一早，她就打电话向我哭诉，我着实被她悲怆的哭丧调吓了一大跳。我忙劝她说事情还没到那个份上，也许他只是躲在哪个好友家里散散心呢，让她千万别想不开，除了尽快想办法寻找，也只能耐心等待了。我姐说这回她算失望透了，都说养儿防老，没想到儿子仅仅为一个女人，就这样伤大人的心。"你们的做法也多少有些欠妥，即便不愿意，也该好好跟孩子讲嘛，干吗非搞得鸡飞狗跳的？"我姐听了我的话，便在电话那头号啕起来，从她歇斯底里的哭声里，我能真切地感受到一个做母亲的心酸和不易。

平心而论，我姐对张杨福贵确实倾注了半生的心血。我记得孩子很小的时候，身体很虚弱总爱生病，每学期幼儿园几乎送不了几次，多半时间都在住院治疗或回家静养。为了能方便照顾孩子，我姐年纪轻轻就放弃了她原本最拿手的业务工作，主动请求领导把她调到一个工资待遇相对差些的二级部门，这样好容易熬到孩子念小学。"福贵上学简直就像是我在重新读书，孩子的所有作业都得家长来批，你稍微不认真点儿，老师就在课堂上点名批评学生，福贵回家鼻子不是鼻子脸不是脸的。"

前些年，我总能听到我姐这样那样的埋怨声，直到我自己的宝贝女儿也上了小学，我才充分体会到她当初的痛苦和无奈，其实我也只能逆来顺受，谁让如今的义务教育变成这种奇怪的状况呢？哪像我们当年，书包里老空荡荡的，只装着语数等两三本书，经常可以在校内就把家庭作业完成，回到家基本上就剩呼朋唤友地疯玩一气了，什么掏麻雀、打沙包、抽老牛、滑冰车……一年四季都好玩得要死，似乎从来都不知道什么叫作压力。轮到张杨福贵读书时，学校风气早已大变，书包重得像只长途旅行箱，每晚作业写不到十点钟以后休想完成，此外还有英语、奥数、器乐、美术、舞蹈等课外辅导班，正排着长队无情地消磨着孩子们周末仅剩的一丁点儿可怜的休息时光。说来惭愧，我女儿从幼儿园时就开始陆续接触此类学习了。一方面，家长们天天都在抱怨老师抱怨学校，而另一方面呢，我们自己也正在兴高采烈地添砖加瓦助纣为虐，因为每个家长都不想让自己的儿女输在所谓的起跑线上，所有人都陷入了一个可怕的怪圈里听之任之不能自拔。

最终，我外甥被人发现晕厥在自家对面街巷一个密不通风的网吧里。网吧老板长得又肥又矮，靠近耳根处有一个又圆又红的痦子，上面生有几根弯弯曲曲的杂毛。"喂，这儿有个年轻人晕过去了，你们最好马上过来一趟！"正是这个看上去有几分险恶的矮男人一大早打来电话的。据说，我外甥就在这个离家不足二百米远的地方，整整窝了两天两夜，直到第三天黎明到来。那时，他已弹尽粮绝，兜里再没有一个钢镚儿了，网吧老板才像清理垃圾一样，把他从电脑跟前弄了出来，好在他身上还揣着手机，不过自从他走进这家网吧后就一直关着，大概是不想让任何人找到他，这样一来老板就很容易通过手机联系到了家属。"我接到电话，心都惊得要跳出嗓子外了，你不知道他当时有多可怜，小脸上一点血色都没有，简直像个亡人……你姐夫口口声声说要去告那个网吧，可人家根本不怵，反说福贵早就是成年人了，人家也没有把他绑在里面不让走……唉，这究竟算啥世道啊！"后来经过一番抢救治疗和留观，我姐他们终于如释重负地从急救中心把儿子接回家了。短短几天时间，我外甥似乎一下子垮掉了，在他那孱弱而倔强的外表下，正悄然萌生出某种万念俱灰的东西来。

此后的许多天里，张杨福贵几乎不再跟我姐他们多说一句话，他只是一声不吭地扒拉几口饭，然后目光呆滞地推开碗筷，闷头闷脑转身回房间睡觉，硬生生把家弄得像个毫无生气的钟点房。即便到了这般光景，我姐夫还是鸭子煮烂嘴不烂，他不时地给我姐施加压力，叫她千万不要松口，务必挺住。"不信你瞧着吧，用不了多久，这小子准会回心转意，谁没有打年轻时过来过？"我姐已是骑虎难下，但考虑到儿子的婚姻啦未来啦前途啦，她不得不硬着头皮继续贯彻执行张德标的最高指示。实际上，这种冷战局面并没有取得任何实质性进展，可能恰恰相反，他们两口子合起伙来硬将我外甥推向了一条不归之路。自从我姐他们找到那个岚岚大闹过一场后，对方也开始有意无意躲避着我外甥了，她先是连着好些天不再出摊卖货，接着又玩起了失踪，任凭我外甥到家门口一次次堵她，或者，半夜三更在夜市摊上大海捞针般苦苦寻找，就是再也见不到她的人影了，她像是彻底从这个城市里蒸发了。

　　"他的情绪越来越坏，动不动就在家里摔东西，他还开始拼命抽烟，有一晚我悄悄推开他的房门，满满一屋子浓烟啊，能活活把人呛死！"我姐流着泪跟我讲述时，我仿佛真的闻到了那满屋子令人窒息的尼古丁味。"我跟你姐夫说，要不咱就由着孩子好了，可他马上又冲我吹胡子瞪眼的，骂我真没出息，连自己的儿子也对付不了，万里长征眼看都走到最后一步了，这阵子却打退堂鼓想当逃兵，岂不是前功尽弃了，他说如果这样，往后再也别想管住儿子。"我知道张德标在机关单位待的时间太长了，所以，他把那些按部就班高高在上死气沉沉的官僚主义作风统统带进家庭生活中。我不知道这个男人脑子里成天都在想些什么，他天真地以为这样坚持下去就能迫使我外甥就范，这只能说明他真的一点儿也不了解自己的儿子。表面上看，张德标跟我姐一个强硬一个软弱，一个扮黑脸，一个唱红脸，好像配合得天衣无缝，但他们却把最重要的东西给忽略了，那就是孩子最需要的是理解和尊重，可以说他们从来没有认认真真听儿子说说心里话，他们也从来没有把孩子当成自己的朋友。

　　也就打那时起，我外甥莫名其妙地患上了一种非常奇怪的病症，看到不合口的饭菜他会作呕，看到颜色鲜艳的饮料他会作呕，有时早晨刚一睁开眼，就对着饭桌上的早餐哇哇地干呕起来。"一开始我和你姐夫都认为他那是装的，故意用这种方式跟大人作对，不过是一哭二闹三上吊的小把戏，谁也没太放在心上。可后来我发现，只要我们想跟他谈点儿正经事，大人这边话还没说完呢，他就鼓起腮帮子，捂着嘴巴往卫生间跑，当时我们觉得这孩子太可气了，简直不把父母放在眼里。"

　　一天刚吃罢饭，张德标郑重其事地宣布，他又托了过去部队上的老战友为我外甥找到了工作，就是去给某某领导开小车。我姐虽然觉得给领导当司机算不得什么体面工作，但总比黑天半夜在街边摆摊卖货有保障得多吧，于是赶紧赔着笑脸，让我外甥给他父亲表个态。当时，张杨福贵已经涨红着脸站起身，准备往卫生间逃窜了，我姐恰好看出了这个苗头，便一把抓住他的胳膊，不无严厉地训斥："福贵，你咋这么不懂事呢，爸爸在外面求爷爷告奶奶给你安排工作容易吗，你就不能有个好态度吗？"哪知，我姐话音刚落，我外甥就当着他俩的面，呼啦一下把刚刚吃进肚子里的饭菜吐了个精光。

我姐和我姐夫在那摊秽物散发出的古怪气息中面面相觑，彻底无语了。

五

有关张杨福贵病后的一些细枝末节，我也是从他的日记和他母亲的转述中了解到的。我姐说福贵那阵子变得非常忧郁，也许是持续的病情再加上每天大量服用止吐药物，让他精神恍惚意志消沉。白天，他通常会一个人待在家里，父母都不在的时候，他也许会稍稍感到好受点儿。这种时候他要么瞅着天花板发发呆，要么就在床头展开笔记本随便写点什么。

"我觉得自己像个孱弱的婴儿，房间里空荡荡的，偶尔能听到冰箱嗞嗞的电流声，呕吐彻底搞坏了我的胃，我现在吃什么都会吐，最严重的时候，我觉得胆汁都快被吐光了，照镜子一看，舌苔黄绿黄绿的，嘴巴苦得要命！吃什么都是苦的，我想，也许我快死了，因为没有谁能真正治好我的病，他们只知道让我做各种检查，喂大把大把的药给我吃，就像他们谁也不关心我真正需要的是什么……"

不知怎的，我多少被我外甥的这些文字所打动，我甚至觉得日记里的这个外甥，比现实中那个大男孩更加真实也更有个性。

"我妈说我最没良心，白眼狼一个，他们算是白疼了我一场。那天我把那张银行卡扔给她的时候，我妈的脸色难看极了，可她并不知道，我的心其实更难受，她不喜欢岚岚也没关系，可她真不应该那么恶毒地去伤害一个人，这种做法我永远都无法理解，不能原谅。

"……那天我从家里跑出去，街上人来人往，我忽然觉得自己又渺小又孤单，像极了一只蚂蚁，这个世界太大了，而我不知道该去哪里好，岚岚不会再理我了，我妈伤透了人家的心，我也没有脸再去见她。我过去那些同学都忙得很，他们个个都有自己的工作，大白天的没人会搭理我的。我跟他们不一样，他们好像都巴不得父母替自己安排好一切，可我真的不想那样，什么公务员啦事业单位啦国企白领啦，这些我统统不稀罕，我有手有脚，只要是我自己真正喜欢的，我一定能把它干好。问题是，他们不许我去摆摊卖货，他们觉得那样很丢面，在大人眼里，面子永远都是第一位的！这一点，其实从他们给我起的名字就能看出来，张杨福贵，虽说掺杂着父母的姓，却俗不可耐！他们生下我好像就是为了传宗接代，为了那个所谓的面子，我爸嘴里常常跟老和尚念经一样：你是老张家的长孙，给咱们挣点面子好不好！可我一点儿也不在乎，如果仅仅是图这个，我宁愿他们从来没有生过我。

"我想，自己之所以能在网吧里一待那么久，理由其实很简单，这里几乎没有一个熟人，谁都不关心谁，谁也不必戴着面具生活，网络上的事物总能触手可及。最关键的是，只用一只小小的鼠标，就能轻易搞定这个世界。表面上看，我整天游手好闲无事可做，而我最想做的事，他们又极力阻挠，所以，我只能把自己全身心地藏在这个虚拟的世界里，面子和尊严对我来说无关紧要，因为在网吧里，我可以暂时不需要父母，不需要朋友，不需要工作，甚至也不需要什么女人和爱情！

"我的体重越来越轻，每天吐出来的东西似乎远远超过了我的摄入量，我的身体变得十分虚弱，可大脑却异常活跃，我能记起许许多多年前发生过的小事情。比如，我上幼儿园时最喜欢的一个很小的熊猫玩偶，我总是把它揣在裤兜里，无聊的时候就把它掏出来玩一会儿，直到有一天它被一个比我大的男生抢过去，然后无耻地丢进便池里放水冲走了，那一天我哭得像个女孩，也似乎明白了一件事，最心爱的东西往往都会被人抢走；小学二年级，因为老发高烧甚至不能参加期末考试，差点就留了一级，妈妈后来带着我和一大堆礼物去了一趟班主任家里，我因此知道了什么叫作侥幸和礼尚往来；初中一年级我不可救药地喜欢上了自己的同桌女生，有事没事我总盯着人家傻笑，她就告状说我有神经病还色眯眯的，后来老师就把她从我身边毅然决然地调走了，害得我好长时间都魂不守舍的，晚上只要闭上眼睛，就能看到那个女生妩媚地冲我招手笑，打那以后我无师自通地迷上了手淫，我也老担心这样下去我会死得很早；再有就是去外地上大学，我不太会洗衣物，我妈会在每学期开学前夕特意请假到学校一趟，美其名曰送我返校，实际上是帮我把上学期积攒下来的脏的衣服被罩床单都清洗一遍……不管怎么说，那时候真是活得无忧无虑，即便天塌下来，我也不必害怕，而现在我却感到非常恐惧，我的体重越来越轻，轻得像一朵棉花，随时会从地上飘起来……"

　　这些日记恰好从不同侧面，为我回顾了我姐那段烦乱不堪的日子，除了要不停地带着儿子奔赴各家医院门诊，验血验便做胃镜以及生化检查外，她几乎没有正经上过几天班，即便这样，张杨福贵的症状也没能得到有效缓解。呕吐这种事几乎成了家常便饭，起初主要是针对各种食物饮品，后来完全是莫名其妙的，比如看到某个他不喜欢的人、天气变得阴霾、某些花草植物的样貌，尤其是听到父母的唠叨声，都会让他吐得稀里哗啦的，这丝毫不以谁的意志为转移。凡是经手过我外甥的大夫，都显得模棱两可或束手无策，后来有个大夫大胆推测说，这八成是心理疾病，而心病是需要心药来治的。于是，又急颠颠地跑去求心理医生，人家给福贵出了一堆类似脑筋急转弯的测试题，试图对他进行心理干预，可依然收效甚微。病急乱投医，我姐实在没辙了，最后不得不听信了年长的邻居建议，专门从寺庙请了一位法师来家里驱祟。

　　"我陪着法师在家里转悠了一大圈，那人穿着黑乎乎的道袍子，手里举着把桃木剑，嘴里念念有词的，说是咱家新买的房子风水不好，这里当初是一大片坟地，后来硬让开发商强行推平盖了楼房；你外甥自幼就体弱多病，法师说他有天深夜开车回来，刚一走出车门，就跟一个冤魂撞克上了；他还告诉我说，那冤魂死得相当惨，是被亲妇在饭菜里下了毒的……"我姐唠叨起这些无稽之谈时，模样生动得有些瘆人，我脑海里竟莫名地浮现出潘金莲毒害武大郎的惨烈画面。所谓的法师，不过是没费吹灰之力就从我姐手里拿走了两千块钱，可我外甥却变得越发地沉默和消瘦了。

　　"有一天福贵老早就爬起来，穿戴得齐齐整整的，他说自己想出去走走透透气，估计是看我脸色有些犹豫，他又说，妈放心上班去吧，一会儿我自己就回来。要知道福贵好久都没这样心平气和地跟我说话了，我当时真以为是病情好转了。"那天，张杨福贵一共去了三个地方，其中有两处竟然是他过去念过书的小学和中学。每到一个地方，他都会长时间趴在围栏外面张望好一阵子，仿佛一位阔别多年的老台胞作故地重游，正在拼命回想曾经在这里度过的懵懂岁月。最后一站是每到傍晚时分就会喧闹和繁华起来的夜市，但上午这里一般都显得冷冷清清，地面上分明还有头天晚上买卖双方留下的杂沓印记。"福贵一到这里，我的心马上就提到嗓子眼了，我就知道他心里还念着那个女人。"我姐那天始终像个蹩脚的密探，一路偷偷尾随着儿子。我估计张杨福贵怕是早已觉察到了，只是他从未当面戳破她。

此后的若干天，我外甥又死气沉沉了，每天除了习以为常地呕吐两三次，他连电脑也懒得再打开了，黑色的键盘上蒙着厚厚一层灰尘。有一早我姐出门前，竟破天荒地问儿子，想不想起来玩会儿电脑游戏，哪知这话竟引起了病人一阵剧烈的生理反应。"他弓着背趴在卫生间的马桶上，呕啊呕啊那通吐呀，我当时心都碎了，我这到底是哪辈子造的孽啊！"

不过，那时的张杨福贵除了生理性呕吐外，内心的怨恨似乎也被病情拖垮了，他总是奄奄一息地打量一眼自己的母亲，我姐则一面流着心酸的眼泪，一面用柔软的纸巾替儿子擦拭嘴角和鼻孔周围黏糊糊的秽物。这种时候，张杨福贵则报以虚弱的微笑，在那种惨兮兮的苍白笑容里，我姐双手紧紧搂住儿子，像抱着襁褓中的婴儿，用一个最真切的拥抱传递着全部的母爱。"宝贝，你快点好起来吧，你知道妈有多疼你！"这种时候，游离了许久的母子情感似乎又渐渐步入了正轨。"妈，你猜我昨晚见到谁了？——是外公，他走到床边拉住我的手说，好孙子，你咋老也不来看我一眼，现在快跟我一起回去吧……"我姐当即像是被针刺中了脚心，差点没从地上跳了起来。——要知道张杨福贵的外公正是我们的父亲，他老人家早在张杨福贵出生的头一年，就殁于一场意外车祸了。"太恐怖了，他这不是精神错乱，就是回光返照。"以至于我姐后来回忆此事时，瞳孔突然间张得老大，就像真的看见什么鬼魂要带走她唯一的宝贝儿子。

就是在万般无奈的情况下，我姐终于决定奋力一搏。这当然又是一种所谓的民间偏方，即冲喜，就是用一件大喜事来冲一冲弥漫在家里的阴霾和晦气。这次张德标倒还表现得有些思想觉悟，至少一开始他是相当抵触的。"冲什么喜，都什么年代了，你简直是乱弹琴！"我姐更是当仁不让。"那你说，你到底是顾儿子的命，还是要自己的面子?！"面对一个女人汹涌的泪水和歇斯底里的吵闹，这个古板的男人到底还是妥协了，也许，他的耳际不时飘过的还有"不孝有三，无后为大"的经典祖训吧。当时，我外甥的状况的确已到了叫人忧心如焚的地步，我姐说她的眼皮整天都在噗噗翻跳，这样下去她早晚会疯掉的。只要能治好福贵的病，哪怕是仅有一丝丝希望，她也不惜拼命一试。

接下来，一切都在紧锣密鼓中悄然进行，我外甥起初一直被蒙在鼓里。新娘的人选当然是至关重要的，最初想到的自然还是那个叫岚岚的女人，既然儿子那么喜欢她，又为了她弄得一身的病，她当然是不二人选了。仅仅为了找到岚岚，我姐几乎就差跑断了腿问薄了嘴皮，一则城市这么大想找一个人谈何容易，再者那个女人确实不怎么在夜市上露面了。当初可是我姐把人家羞辱得体无完肤，如今又要回过头抹下老脸去求对方，我觉得她真够荒唐和异想天开的。后来的结果可想而知，那个叫岚岚的女人几乎被我姐的苦苦哀求给激怒了。"你不用再说了，就算拿八抬大轿抬我，我也不会去的！你不会是以为我脑子进水了吧？凭啥让我做你儿子的牺牲品？我这个人虽说天生命不好，可我也犯不着那么贱！"

<h1 style="text-align:center">六</h1>

　　在遭到那个叫岚岚的女人断然拒绝后，我姐的痴心妄想依旧有增无减。她一直笃信好事多磨的道理，为了儿子能够尽快摆脱病魔恢复健康，对于一个做母亲的女人来说，似乎没有什么做不到的。那阵子，我姐家刚搬进新房子不久，原先那套旧的单元楼并没有立刻出售。而之所以留着它的深层的原因是，如果儿子很快就要结婚的话，这套小点的房子完全可以装修一新暂做洞房；或者，我姐他们照样搬回旧居，把新房子腾出来送给儿子使用。事实上，如今持有这种想法的父母非常普遍，即便自己住得差点也没关系，说白了一切还不都为了孩子着想嘛。不过，像我姐这样孤注一掷的女人也实属罕见，她不惜一次又一次拦路堵截骚扰那个岚岚，一遍又一遍苦口婆心地恳请对方，简直都快有点儿像祥林嫂那样成天神经兮兮的了。"姑娘只要你愿意，什么条件都答应你……你就是我们老张家的大救星啊！福贵这孩子的死活全凭你一句话，我家老老小小今生今世都忘不了你的恩德……"想想看，这些车轱辘话听多了，势必会叫人陷入迷惘，感到崩溃，岚岚肯定也不例外。

　　"那些天我几乎连门也不敢出，生怕被你姐在大街上缠住不放，其实，我也不是不想帮她的忙，可这种事情也太离谱了，你知道我是有过不幸婚姻的人，就算我不对自己负责，也总得替你外甥想想吧，毕竟他还那么年轻。"这是离开我姐家前最后一次见到岚岚时，她当面跟我说的。那天是我主动去夜市找到岚岚，然后又邀请她到附近的蓝山咖啡厅小坐。我一直觉得应该好好跟她深谈一次，也许这样做才是对我外甥最好的怀念。

现在事情已经告一段落了，可对于当事人来说，也许其阴影并未完全消散，在这个意义上，我应该尽量拿好言安慰安慰她。尽管上回我们在路边的车里匆匆晤过一面，但实际上跟她交谈并不很轻松，因为作为福贵的长辈，有些话题我还是有所顾虑的，甚至难以启齿。"你姐为了说服我，还用相机偷拍了福贵的照片给我看，多半都是他弯着腰呕吐的样子，确实太憔悴太可怜了，我实在不敢看他那张脸——"我不得不打断了她的话："你到底怕什么？"她没有马上回答我的问题，而是端起眼前带鎏金边的咖啡杯，用银亮银亮的调羹轻轻搅拌了两下，怎么说呢，她喝咖啡的样子有些惆怅，或者，很苦很苦。我指了指眼前的糖块问她是否需要，她有些恍惚地摇头。

"其实，我最怕的是再和一个男人重新生活，何况这个男人还比我小好多岁，就像他们说的姐弟恋。我不否认你外甥真心喜欢我，可我想了好长时间，我未必适合他，因为他太单纯，很多事情都不是他想象的那样子，他应该找个比我年轻的……我一直很害怕，我们的事从一开始就遭到长辈的极力反对，你说这样的婚姻以后会幸福吗？"我无语。幸福这东西已经变成一道越来越高深莫测的试题，我甚至都不能肯定我自己这些年是否过得幸福；而我也最清楚我姐当初那样苦苦哀求人家，明明是临时抱佛脚罢了，这自然也就跟幸福毫无关系了。不过，岚岚的话倒让我渐渐意识到，也许打一开始她就低估了我姐对此事的执着程度。

"你姐最后一次找到我那天，大约是晚上十一点来钟的样子，她一直在外面不停地敲门，咚咚咚咚的，我其实已经上床躺下了，听到她的声音我就气不打一处来，心里说这女人太烦人了，干吗老

没完没了折腾我呀？好像我上辈子欠了她什么似的。"岚岚当时确
实很不乐意去开门，因为她实在害怕对方说那些不着边际的车轱辘
话，可我姐那晚并没有老生常谈，相反，她很冷静，一句那样的话
也不说，除了站在外面一次次敲门，就是不停地呜咽。"那哭声在
楼道里断断续续的，听着叫人心里很不舒服，我不想让邻居们都来
看热闹，无奈下只好给她开了。"现在回想起那晚的情形，岚岚分
明还有些不寒而栗的样子。"可你姐她死活不肯进来，只是满面泪
痕站在门口，一连声央求着，让我无论如何一定去看一眼福贵，她
说他好像快不行了，这是她最后一次求我……"

据岚岚讲，当时我姐说到最后几个字时，基本上已泣不成声，
由不得别人不相信。我不得不佩服我姐的演技，为了儿子所谓的幸
福，她真什么都能豁得出去，那一番哭哭啼啼的诉求，终于让对方
有些动心了。果然，几分钟后岚岚匆匆忙忙穿戴整齐，就跟在我姐
身后一前一后下楼了。夜色中的两个女人拦住了一辆出租车，奇怪
的是，我姐没有坐在副驾位置上，而是很奇怪地跟岚岚一同钻进了
后排座，也许她是怕对方半路突然变卦临阵脱逃吧。事实上，那一
路我姐都像是要绑架对方似的。"一下车，她就死死拽着我的胳膊
不松手，她说她眼神不太好，再加上最近一直熬夜照顾儿子，心脏
也不舒服，希望我能搀着她一起走。我当时真的没有多想，更没有
想到那种事会发生在自己头上。"

我姐后来告诉我，她确实是趁张德标出差时将家里那套小房子
布置成新房的样子的：旧家具被她擦拭一新，她还特意挑选了一张
萌春牌席梦思床垫——这种东西电视广告上承诺可用六十年，也就
是说，用到什么银婚金婚钻石婚都没问题的。卧室的屋顶以对角线
的方式挂了四条彩色拉花，墙上贴了一对大红"囍"字，另外还添

了两床崭新的蚕丝被，反正新房总得有点儿新气象嘛。岚岚被我姐带到这套房子之后，那间卧室的门一直是虚掩着的，所以，她并没有发现里面有什么蹊跷之处。我姐进屋就用一次性纸杯给岚岚端来了橙汁，让她先坐在客厅的沙发上喝点饮料稍等一会儿，她自己轻手轻脚地去了卧室，说是先看看福贵醒了没有，因为她出门前福贵刚刚上床迷糊着。

"那阵眼看十二点钟了，我又是被你姐从床上叫起来的，人困得要命，又跟她磨叽了那么半天，确实有点儿口干舌燥，就一口气把那橙汁都喝光了。"岚岚刚喝完第一杯饮料，我姐就从那间卧室走出来，并顺手将房门轻轻带上，然后拿起茶几上的饮料罐，很是殷勤地又替她斟了一杯，她本来不想再喝，可我姐硬是塞到她手上，只好恭敬不如从命了。"你姐说我能不计前嫌深夜来家里看望福贵，她不知该怎么感谢我呢，又说她刚才叫了声福贵，他还昏昏沉沉的，就让再醒一醒，等会儿穿好了衣服，再让我进去见他。这时，我忽然感到头重脚轻的，眼睛怎么也睁不开了，起初我以为自己只是犯困了。可又过了一阵，只见你姐的嘴巴一直在动，可我就是什么也听不见了……你以前有没有觉得，你姐这个人其实很阴险？"岚岚讲着讲着，猛不丁这样发问，我顿时感到一阵惊慌和羞愧。说实话，我真没想到我姐会如此不择手段，把人家连诓带骗弄到家里，还在饮料里做了手脚，这可是在犯罪啊！

正是在那间简朴却又处处洋溢着喜庆气息的卧室里，张杨福贵的确是晕晕乎乎地躺在床上的，一床鲜红鲜红的新被覆盖着他单薄的身体，窗帘拉得严严实实，唯一的一面朝北的小窗户也被事先找人给封堵死了，不可能轻易打开。床头柜上的一盏小台灯也被很解风情地换上了粉色的灯泡，朦胧的光线显得暧昧而又冷艳。岚岚一准是在昏迷之中，被一下一下拖进这间昏暗的卧室。那时，张杨福贵的母亲已经彻底疯狂了，她处心积虑，一手策划并导演了这场所谓的冲喜闹剧，当她将这对青年男女按照新婚夫妻的样子，赤身裸体地摆放到崭新的席梦思床垫上时，内心一定万分激动吧，也许会有一些紧张，但只要想到儿子很快会好起来，一家子人又可以恢复往日的欢声笑语，她的心就变得无比坚硬起来。很多时候，我实在不敢去想象当时的情形。张杨福贵和岚岚，这一男一女在随后的时间里是怎么度过的？那些被神不知鬼不觉灌进腹中的迷幻药物，到底起了怎样的功效？有一点似乎可以肯定，他俩像所有新婚青年男女那样，糊里糊涂睡在同一张床上，甚至是同一床被子下面，一对年轻的身体就那样亲密接触了，而张杨福贵的母亲自始至终都像只警惕的母猫，悄无声息地睁大双眼，忠实地把守在卧室外面，静候着佳音。

　　"也不知过了多久，我迷迷糊糊睁开眼睛，脑子里一片空白，就跟在梦里一样，隐隐约约看见一个男的痴痴傻傻地趴在我面前，正一眨不眨地盯着我看。我有些迷惑，感到浑身酥软，头痛欲裂，几乎连喊叫一下的力气也没有，嘴巴里有一股橘子皮味，舌头根苦苦的，像刚吃了什么西药片……又过了好大一会儿，我才慢慢反应过来到底发生了什么。我的手在被子里胡乱摸了摸，我身上的外套和长裤都不见了，慌乱中我一下子摸到了另一个光着的身体，瘦瘦的，骨头有些硌人，我倒吸了一口凉气……他一直那样一动不动地趴在枕头上看着我，脸上的表情说不上是高兴还是难过，或者还有些害羞，反正他自始至终都没有动一下，好像手脚和身体都被绳子给捆住了……"

　　当岚岚看似平静地对我讲述她的不幸时，其实同样也在讲述我外甥的不幸，或者，是他们两个人的不幸。尤其是当她得知张杨福贵出事以后，这种不幸几乎如影随形整日整夜折磨着她，以至于上回在街边忽然瞧见我开的那辆长安铃木时，她竟误以为是我外甥奇迹般地回来了。

七

那晚的情形大致如此。不必问，张杨福贵肯定也吃了母亲为他精心准备的药物，只不过药末是被母亲悄悄塞进那种事先倒空了的胶囊中，而且他比岚岚服用得早了一个多钟头。也许由于药物的持续作用，他一直处在某种半梦半醒的状态，朦朦胧胧中那个他心仪许久的岚岚不期而至，这既让他感到疑惑不解又无比激动。而在此之前，我姐是这样跟他交代的："你的病老也不好，妈都快活活愁死了，兴许真像法师说的新家里的风水不好，妈想和你搬回老房子住两天，等病情好转了咱再回来。"这次我外甥竟十分顺从地答应了，他后来在自己的日记里有如下记录：

"也许换个时间、换个场景、换一种方式，我都会毫不犹豫接受这一切的……我真希望这场梦永远都不要醒来，能一直那么近距离地望着她，听她轻微的呼吸和心跳声，嗅她身上好闻的香气……可是，我还是从她的脸上捕捉到了什么叫恐惧，她好像根本不认识我了，眼神始终是那种上当受骗后的惶恐和不安……我承认自己确实非常非常喜欢她，如果可能的话，我真想这辈子一直跟她待在一起，可我妈彻彻底底把事情搞砸了，捆绑成不了夫妻，难道连这么简单的道理也不懂？后来到了第二天一早，我还是将计就计趁我妈一不留神放走她了，尽管我真的很喜欢她，但我绝不会伤害一个女人。

"我记得自己很小的时候，我妈带我去逛商场，我喜欢上一只电动玩具，那只狗装上电池就能满地乱跑，还会汪汪直叫，偏偏我妈那天钱不够了，就说改天再来买。我以为她搪塞我，就死活哭闹着不依，后来索性躺在地板上耍赖打滚儿，惹得好多人围观。害得我妈只好打电话，让我爸赶紧送钱来，回家后我爸鼻子不是鼻子脸不是脸的，我妈却说孩子不就是想要个玩具吗，咱们又不是买不起，能哄儿子高兴就好！在我记忆中，我妈总会尽量满足我的种种要求，可这一次她错了，大错特错！她真是煞费苦心，不可理喻，让我无地自容，我恨她！"

时间不多了，头头已接连打来电话，催我火速赶回单位去，有时候我真想给他们撂挑子，可现实绝不允许我胡来，毕竟我不是张杨福贵，我有一份正儿八经的工作，有爱妻和宝贝女儿，养家糊口是一个男人的本分。这些天我最大的感触就是读我外甥留下的那本日记，那些或稚嫩或随性或偏激的文字叫人欲罢不能。其实作为父亲，我知道很多时候自己对孩子也非常鲁莽。比如，为了女儿学钢琴这件事，确实没少跟她吹胡子瞪眼，当孩子学习遇到困难甚至停止不前时，我总是缺乏必要的耐心，有一次甚至气冲冲地扬言："你若是再不好好练琴，我就把它砸了！"我们大人往往这样子，总习惯于强加或武断，而又自以为是地认为，这些全都是为了孩子好，一如我姐当初那样。但我再也没有勇气继续同我姐谈论这件事情了，尤其是当我知晓了她的所作所为，除了震惊和痛心之外，我不知道还能说些什么。我唯一感到不解的是，那个岚岚居然一直没有报案，从她的讲述中我几乎没有听出哪怕有类似的想法。也许正是被困在那个老房子中漫长而难忘的一夜，让她忽然明白了一个母亲的良苦用心。我自然也就不便再去追问什么。我始终认为我姐应该为此感恩戴德，而不是见到人家就跟见到了冤家对头似的。

当我告知我姐就要返回银川的时候，她人一下子就颓萎了，好像无端地又遭到了一个晴天霹雳，老半天内，一句话也没有，只决绝地撇开脸去，死盯着窗户或外面的天空，任凭泪水簌簌砸落。我知道我一旦离开，这个家就再没至亲骨肉了，我的心何尝不是跟她一般绞痛难忍，她已这把年纪了，却要遭受残酷的失独之殇，又怎能挺得住。我几乎不敢想象她接下去的生活，无尽的哀思，孤独的晚景，老无所依，悔恨终了……也许远远比这要可怕得多。我唯一能做的就是悄悄带走那本日记，因为我实在不想让它再给我姐带来更多的痛苦记忆。我就这样匆匆忙忙上路了，这感觉多少有些想要逃离的意味。我不得不这样做，尽管有时候逃离也许比面对更加困难。

奇怪的是，冥冥中仿佛被什么东西牵引着，我竟又不知不觉来到了那个叫同乐巷的街道，许多天前我外甥就是把车锁在这附近一去不回头的，当时他的汽车堵了路让交警拖走了。这是条很有年头的老街，九十年代末被打造成商业步行街了，两旁尽是零零散散的小店铺，主要出售服装饰品和当地土特产之类，街面看上去熙来攘往好不热闹。在一片浓浓的槐树荫下，我注意到一个很干练的年轻姑娘站在自己的货摊前不停忙碌着，她上身穿一件奶白色的泡泡纱短衫，下面是洗得发白的紧身牛仔裤，秀发乌黑，很随意地用头花绾在脑后。可能是长年风吹日晒的缘故，皮肤多少有些暗黑。姑娘身旁站着一个小伙子，却是一副大学生模样，似乎比那姑娘要小一两岁，个头却老高老高，偏瘦，鼻梁上架着很时髦的太阳镜。怎么说呢，乍一看他外表很像我那外甥，两人大概趁着没顾客的工夫清

点货物。我靠近摊位时，两个年轻人依旧一边忙活一边说笑，姑娘
的声音很爽朗，大学生模样的人有些流里流气，他不时地在她的胳
肢窝或脖颈里挠一下，姑娘就笑开了，咯咯地，跟要岔气似的。我
听见那姑娘说今年生意要是好的话，到年底也想买辆车，这样进货
卖货就方便多了。大学生模样的人马上在原地蹦了个高，并迅速凑
过嘴去，很响很给力地亲了一下姑娘的脸蛋。我赶紧扭头快步躲
开，心里忽然有一种难以言说的东西，眼角竟莫名地湿润了，就像
刚刚离过婚的人，是最怕见到人家在面前卿卿我我的。但走出老远
一截，我又再度回头朝那片树荫下张望，隐隐约约觉得那对年轻男
女是那么的眼熟，那么的亲切，包括摆在街边的临时货摊以及他俩
对未来生活的美好憧憬。

　　很快，我便穿过窄窄的不足百米的同乐巷，一眼就能望见那条
浑浊的穿城而过的渠水了，这是曾经的农业社会给这座喷薄发展中
的地级市留下的唯一印记，而今两岸边早已被改造成市民休闲散步
的好去处。稍稍犹豫了片刻，最终我还是战战兢兢地来到渠坝边。
都说水是一个地方最宝贵的命脉，可有时候它也能轻而易举吞噬一
条活生生的性命，几乎每年夏秋季节都有溺水者葬身于此。伫立在
汩汩作响的城市的水岸边，视线渐渐变得模模糊糊，几天来一直被
刻意隐忍着的悲痛突如其来，我觉得自己像个懵懂无助的孩子，泪
水跟我眼前的渠水一样汹涌起来。

　　在凄迷闪烁的泪光中，依稀仿佛可见我外甥紧锁眉头痛苦不堪
的模样：那时他刚从蓝色的长安铃木里钻出来，三步并作两步跌跌
撞撞冲向岸边，来自生理和心理的双重挤压，让这个年轻人只想找
个没人的地方一吐为快，他太难受了，太憋屈了，太恶心了，在这
个世界上也许没有人能真正地抚慰他的忧伤和痛苦。阵阵晕眩伴随

着剧烈的呕吐始终折磨着他，他未老先衰似的弯下腰，佝着脊背，脑袋几乎快垂到地面上，当他终于可以涨红着脸抬起头来望着远方时，整个人早已变得异常脆弱，神情恍惚，摇摇晃晃。他无意中又往前迈了迈步子，这该是他短短一生中最致命的一步，或两步。旋即，整个人就像一片单薄的树叶，随着翻滚而去的水声消失无踪了，连同生命中的最后一个即将变得炎热的夏天和他所有的喜怒哀愁……

那时候大约是上午九点半钟的样子，金鱼色的阳光在水面上游动，晨风习习，除了岸边那一排寂寞苍老的河柳轻轻摇晃着枝叶，几乎没人知道这里到底发生了什么，一个人的消逝有时更接近于一颗尘埃。"是我把孩子给毁了，是我把福贵生生逼上了绝路啊……"我姐曾不止一次地在我耳边深深负罪地叨念着，可我宁愿相信这些都不是真的，真相仅仅是，我外甥一不小心自己失足落了水。这大概是生者最需要的一个理由。要知道，他还有很长很长的路要走，有很多重要的事情没来得及做呢。此时此刻，我耳边仿佛又响起了那个岚岚的声音："你外甥那晚好像说过一句话，他说他想在街面上好好开一家店，因为他听说同乐巷那边生意很不错。我当时说那好啊，等你将来有了自己的店面，我就去给你打工，可他什么也没有说，只是一眨不眨地望着我。"

在离开这个伤心之地时，我默默地朝着水流涌动的方向深鞠了一躬，除此之外，我又能做得了什么呢？

（原载《上海文学》2016年第11期，《中篇小说选刊》2017年第1期、《小说月报》2017年"中篇小说专号"相继转载，入选《2017年中国中篇小说精选》）

裸夜

一

约莫午夜两点半光景。疲疲沓沓的沈越从值班室回到自己的住所。之所以称之为住所，因为这只是暂时租下的房子，他的家并不在这座城市。如大多数背井离乡的年轻人那样，三年前大学毕业后，他几经辗转，算是在城里谋到报社这份工作。可小报记者的苦累程度，是当初刚走出校园的他难以想象的。一个跑社会新闻的年轻人，简直像剧团里跑龙套的，整日里忙得团团转，只要一接到上面的任务，便像是被拧紧了发条的钟，刻不容缓马不停蹄赶赴第一现场，大到像凶杀、爆炸、车祸、盗窃、火灾、抢劫、自杀、斗殴、抓捕等事发地点，小到什么市场商贩哄抬物价啦欺买欺卖啦，邻里口角争执不休啦，还有婆媳之间关系不睦啦，总之，一切可以赚取读者眼球的突发社会事件，他们都会像馋猫嗅到鱼腥味，第一时间扑上去，不停地拍照、询问、观察、录音、记录，即便是夜里做场梦，也片刻不得消停，得绞尽脑汁捣鼓出一篇应景的新闻稿来。没办法啊，都是逼的，要想在报社站稳脚跟，保质保量完成每月的基本稿件指标，不被头头们冷言斥责，就得像只陀螺滴溜溜旋个不停。难怪大伙在手机段子里戏谑记者：睡得比狗晚，起得比猫早，跑得比驴快，挣得比鸡（妓）少……

此时的沈越多少有些迷迷瞪瞪的，写了改改了改，自己的两篇稿子总算通过了，等明天一早见报就万事大吉了。每每这种时候，他总有种披星戴月不辞劳苦的慨叹。他不知道自己到底在为谁而奔波忙碌，更不清楚那些被印刷成铅字的纸片，对别人有何益处，唯一可以感觉到的，只是他那紧绷着的神经，总算可以暂时松弛一会儿，就像主任手中那根一直抽打他这只小陀螺的皮鞭，终于不再高高举起。

夏日的夜空通常不是纯黑的，看上去晕晕乎乎，泛着迷蒙的红光，类似于干红葡萄酒所特有的色泽，显出些许暧昧的味道。沈越骑着上月刚买的那辆电动车，跟夜猫子无二，无声无息驶至小区门口。为买这辆车他很是咬了咬牙的，平日早出晚归，经常赶不上公交，夜间打出租也不易，且贵得要死，合计来合计去，还是狠下心花一个来月工资，买了这辆代步工具。眼瞅着那些有钱的人都开宝马坐奔驰，他也就只能凑合着开开这种小玩意，两只轮子总是比两条腿快得多。此外，当然还有一个不可忽视的理由，那就是为了他能更方便地接送女朋友。他跟现在的女友晓蕾是大四那年认识的，毕业后一直藕断丝连来往着，彼此的关系也悄然从校友朝着男女方面过渡。今年的情人节那天，他特意买了一束红玫瑰花送给她，她接受是接受了，不过当时晓蕾有点儿狡黠地说，礼物可以收下，不过我可不是你的哪门子情人哟。那晚他没有反驳她，一来怕败坏了浪漫愉快的气氛，二者人家晓蕾好像说得不无道理，她当然不是他的情人，而是正儿八经的对象。如果不出意外的话，该是他未来的妻子。情人这玩意，不是谁都能拥有的，那得看你有没有钱，有没有势，否则，哪个女人痴疯了，肯做你的情人？换言之，就算你有情人，那也注定养不久的，她们迟早还会跟更有钱有势的男人跑掉的。

小区大门早上锁了，靠近门房的那扇便门好像也上了铁闩，门房里闪着灰蓝色荧光，看门人该在里面看电视吧，或者，早在那打上盹儿了，只是还开着电视虚张声势。沈越还没来得及停下车去叩门，突然，就从小区内飞也似的地蹿出一只黑影——说黑影其实并不准确，因为情形太不可思议，容不得他多看多想。说时迟那时快，对方就蹿到他面前了，竟是一副光溜溜的肉身！沈越简直有种撞见了鬼的惊慌失措，他使劲用手背揉了揉熬得通红的眼睛，尽管他几乎每天都要见识各种各样的突发局面，但深更半夜猛不丁遇到这么一个赤条条的大活人，平生绝对是头一遭，况且，又是在自己的居住地，太不可思议了。

借着门房玻璃窗所投出来的那一抹电视荧光，沈越惊愕地看到，那个一丝不挂者三下五除二竟攀爬到铁栅门上。夜色中，那副精瘦扁平的身体如猿猴般灵巧，一头很久没修理过的浓密黑发，桀骜不驯地遮没了对方的眼窝，使那张模糊的长脸显得十分阴郁。此外，长胳膊长腿的攀登优势，恰好使之身轻如燕，只是吊在裆里的那个玩意被黑乎乎的一丛毛发所包裹，看上去跟裸露的身体极不协调，甚至有点儿险恶的滑稽味道。

未等沈越彻底反应明白，对方已噌的一声稳稳落了地，继而，拧着有些发青的两瓣屁股，迈动一双细若竹竿的瘦腿，十万火急地朝着小区外面狂奔而去。这种事情放在任何人眼前，都是不同寻常的，何况沈越是报社社会部的一名年轻记者。此刻，也许是出于某种敏感的职业惯性，他顾不得思索什么，便及时掉转车头，想从后面跟上去看个究竟。但糟糕的是，电动车在关键时刻熄了火，怎么也发动不起来。他不无恼火地用力拍打着车把，嘴里不甘心地嘟囔着，他奶奶的又没电了……两眼却始终死死盯着对方即将消失的赤裸背影。

赤身奔跑者早已飞快地冲上小区对面的马路，午夜的街道显得空阔而又寂寥，偶尔，会有一两辆汽车鬼魅般呼啸而过，车前大灯将路面照得雪亮雪亮。裸奔者仿佛在灯光中获得了无穷的能量，又像是正在进行一场别开生面的越野比赛。他近乎轻盈地迈开光溜溜的双腿，跟跨栏运动员一般，接连横穿过两条马路，仿佛是要有意甩开好事者的鬼祟尾随，因此果决地拐进一条路灯稀疏光线暗淡的小道，顷刻间便没了踪影。

那个秃脑袋的看门人后来总算出来了，一副很不情愿的样子，边张哈欠边用手挠他光秃秃的后脑勺，半天才慢吞吞地替沈越拉开了便门。当他推着毫无生气的电动车往里走时，不由得又止住脚步问道，老师傅，有没有见过一个光身子男的，刚才跑出来爬铁门？对方显然对此不感兴趣，或者，压根没听清楚他在说什么，嘴里不无埋怨地嘟嘟哝哝，哼，也不看看都啥时候了，还叫人睡觉不了……沈越本来还想打听一下那个男人的底细，见看门人哈欠连天十分不耐烦的冷漠样子，忽然间也就兴致索然了。

但回到自己的住处，困意几乎消失殆尽，取而代之的是某种难以抑制的兴奋，正如一簇蓝幽幽的火苗，不停地舔噬和炙烤着他的每一根神经。这两年他过惯了夜猫子式的记者生活，采访、写稿、发稿、修改乃至最后校对，动不动就要加班加点熬夜赶稿，所有这些活儿都让他感到无趣至极。大学里读的是中文专业，他一直酷爱写作，在校期间已陆续在报刊上发表过一些诗歌和散文作品，还获过两次校园文学之星奖，他的梦想是将来成为一名好作家。他最欣赏的外国作家是卡夫卡，至今床头一直摆放着《变形记》和《城堡》等文学书籍，但报社的工作并不能让他自由施展拳脚，那种枯燥乏味的新闻报道，注定让他跟自己的文学梦想背道而驰。不过，比起卡夫卡，他觉得自己还算是幸运的，毕竟所从事的职业跟文字还沾点儿边，而卡夫卡则不然，他生前一直在一家商业气息极浓人际关系复杂的保险公司供职。想想看，那些整天满街乱窜，逢人就觍着笑脸去推销保险产品的可怜虫，沈越觉得自己的处境也许并没有那么糟。

先前在大门口撞到的怪异景象，一时半会儿仍挥之不去，他胡乱倒在床上，翻来覆去久久不能入睡。自己的住地居然出现了活生生的裸奔者，简直叫人难以置信。此刻，夹在床头的简易台灯所投射来的光晕正好笼罩着他，于是信手拿起那本摆在自己枕边的小说读起来：

> 一天早晨，格里高尔从烦躁不安的睡梦中惊醒，发现自己躺在床上变成了一只巨大的甲虫。他仰卧着，那坚硬得像铁甲一般的背贴着床。他稍稍抬了抬头，便看见自己那穹顶似的棕色肚子分成了好多块弧形的硬片，被子几乎盖不住肚子尖，都快滑下来了。比起偌大的身躯来，他那许多只腿真是细得可怜，都在他眼前无可奈何地舞动着……我出什么事啦？他想。这可不是梦。他的房间虽是嫌小了些，的确是普普通通人住的房间，如今仍然安静地躺在四堵熟悉的墙壁当中……

这可不是梦！沈越嘴里反复念叨着这句话，尤其是小说中甲壳虫在床上拼命挣扎着细腿的模样，一下子又让他联想到先前攀爬铁栅门的瘦男人。那家伙八成是个精神病吧，不然，怎么会半夜三更光着身子四处瞎跑呢？可是，门房师傅对此好像一点儿也不知情，那么，不该是对方头一回裸奔就让自己撞了个正着？再或者，刚才的所见，压根是自己在夜色中产生的某种幻觉，要知道熬夜熬到这个点，再过两个来钟头天都要大亮了，就算是一只公鸡也难免会有些恍惚的。

不过，眼见为实，耳听为虚。作为一名新闻工作者，岂能拿这种事当儿戏，刚才如若电动车不出现状况，兴许这阵子他还在穷追不舍，弄不好真的会有些什么重要斩获（这种考量纯属记者的职业通病）呢，抓个爆炸性的头版头条，让头头和同事们也都为他刮目一次。他越想越觉得这事很不寻常，至少对自己是这样的，就像遇到了千载难逢的大好时机，天上掉馅饼正好砸在自己头上了，他必须从长计议方可……眼下，他完全被这件怪事撩拨得神情异常，坐卧不宁，也许该找个人来分享一下，或者，也帮他出出主意。于是，他立刻从床上爬起来，摸出裤兜里的手机，急急火火搜寻要拨的号码。

……就为这破事？半夜三更真有你的……人家都快困死了！晓蕾的气息断断续续，好像只是呢呢喃喃在说着梦话，恰巧被他偷听到了。

沈越眼前顿时浮现出一个女孩半裸朦胧的睡姿，她那性感的身体和姣好的面容，着实让他着迷。跟晓蕾相识时间也不算短了，照理也该到谈婚论嫁的时候了。他心里非常清楚，要结婚大小总得有套房子吧，可自己每月那点工资实在是可怜巴巴，捉襟见肘，他只能将就着跟别人合租在这种不足五十平方米的破旧的单元楼里。家里自然是指望不上的，父母都远在乡下，母亲身体状况一直很差，多年的老胃病了，疼起来简直能要命。况且，他还有一对弟妹，家里能把他供养到大学毕业已实属不易，再甭想奢求什么。他一个人留在城市里打拼，一切都是艰难曲折的，还得隔三岔五给家里寄去些贴补，供养弟妹念书，他可不想让乡亲们说成是忘恩负义的白眼狼。当初晓蕾之所以跟他好，还不是因为欣赏他在文学方面有点儿才气，除此之外，他知道自己再也给不了她什么，至少眼下就是这样。所以，他必须埋头苦干，不放过任何一次机会——要知道，机会总是青睐那些有所准备的人。

你先别睡好不好，求你听我说完嘛，这事真非常非常重要……我都合计好了，明晚我不用去报社值班，这样正好可以守在小区里等那个家伙，我会事先准备好相机，一定要把他抓拍下来……报道的题目我都想好了，《午夜裸影》，晓蕾你觉得怎么样？是不是有点进口大片《卢浮魅影》的味道，很酷吧？

沈越对着手机兴奋地滔滔不绝时，仿佛已经看到自己大功告成的样子，看到斗大的黑色标题被赫然印在报纸的头版上，看到总编和部主任充满赞赏的目光正像一束阳光笼罩着他，四周是一片谄媚的笑声。

我觉得你很无聊，真的！这分明是人家的隐私，你为什么非要报道这些，真庸俗……反正我不想听，我要挂了，你让我好好睡吧，明天一早我手头还有要紧的工作呢！

后来晓蕾还是非常果决地挂掉了他的电话。这让他的自尊心多少受了些伤害。无聊？庸俗？怎么会！这只能说明她一点儿新闻嗅觉都没有，头发长见识短！他到报社眼看快两年了，还从来没有摊上如此赚眼球的事件，这个城市太死板了，人们似乎都活得气喘吁吁，所有正在发生的事情都是那么平庸和乏味，可他几乎每天都在为这些平庸和乏味奔波忙碌，那些任务性的报道早就令他厌倦了，乃至深恶痛绝。现在，不，就在今夜，老天爷大概是很想垂青一下他这位有志青年吧，将这么一个极具新闻眼的大事件搁到他眼皮底下，这怎能不教他激动万分呢？他想，如果报道顺利，可以断言这将是本市最具爆炸性的原创新闻，也许自己的命运从此将被彻底改变……一旦想到这些，他都有些欣喜若狂了。

二

清早一觉醒来，隔壁房间传来一阵吱吱扭扭的床腿呻唤，接着是一浪高过一浪的粗声猛喘，又挨过片刻，才是窸窸窣窣的穿衣声，那是跟自己同租此处的另外一名房客弄出的响动。对方姓武，年纪在三十五六岁，留着板寸头，身体非常壮实，脖子上套着一条很粗很黄的链子，走起路来慢吞吞沉甸甸的，跟变形金刚似的。沈越总觉得此人应该结过婚的。但现实情况是，他好像也一个人在城里混，跟自己有所不同的是，武房客在城里大概有若干个相好，每当沈越要在报社值晚班的时候，那些女人总是换着个儿蔫不出溜跑来，然后钻进隔壁的小屋子里鬼混到天明，估计昨晚亦如此。

现在，隔壁的男女正嘀嘀咕咕的，间或发出意义模糊的嬉笑声，大概还在调情什么的，但很快沈越就听到房门开关的砰砰声，然后是一阵笃笃的脚步声渐去渐远，女人率先下楼去了，每回基本如此。此前，沈越见过这个女人一两面，她个头不高，爱穿带细跟的皮鞋，一张粉白粉白的柿饼子脸，胸脯那里显得很肉，白花花的。反正，沈越固执地认为，这种女人充其量也就是武房客的情人之类，假如是夫妻的话，他们大可出双入对，不必这样鬼鬼祟祟的。

他起身后先上卫生间，武房客正好从里面睡眼惺忪地闯出来，挟着一股浓浓的臊臭味，身上除了那条金黄金黄的项链和短裤外再别无一物。沈越下意识地皱了皱眉头，突然想起昨夜自己回来那么晚，又啰里啰唆给女朋友打了半天电话，也许影响到了对方休息，便客气地冲对方点头。武房客始终将一根小拇指插进鼻孔，饶有兴趣地一味掏挖着，嘴里含糊地说，是不是又吵着大记者的美梦啦。沈越知道对方话里有话，忙说武大哥说哪里的话。

不瞒兄弟，咱是过来人了，不比你们小年轻，隔几天不弄一弄，这心里头憋得火烧火燎的，嘿嘿。没想到对方如此直截了当，沈越反倒有些尴尬起来。差点忘了，我得离开这两天，家里来了电话，跟催命一样，要我赶回去。我的意思是，你们知识分子羞脸忒重，我不在的时候你想咋弄就咋弄，反正别让这房子白闲着呀！说着，对方一只肥厚的手掌准确无误地落在他的肩膀头上，并又一次冲他嘿嘿起来。这古怪的笑声里既带着几分戏谑味道，又不乏得意扬扬之色，让他忽然觉得脸红耳赤，无言以对。他慌忙躲进卫生间里。纸篓的最上面竟团着两只用过的软塌塌的避孕套，以及颜色艳丽的塑料包装壳，他心里不由得暗骂了好几声狗日的。

通常，在报社值过一个夜班，翻过天会稍稍消停一日。虽说武房客的话糙了些，可也算是语重心长的。平时，沈越就算把女朋友糊弄到自己住处，顶多也就刚过夜间十点半，她就一个劲嚷嚷着要走了，好像是，再多待一刻，就会发生什么意外似的，这每每总让他意犹未尽。截至目前为止，除了经常拉拉晓蕾的手，偶尔抱过她几次，好像也匆匆忙忙地接过两回吻，他们之间再也没有更深入更实质性的内容了。现在，武房客的话像一剂兴奋剂，一下子把他的情趣撩拨得如火如荼难以按捺了，尤其是摆在纸篓里的那几样物件，简直充满了野性的挑逗意味，他甚至蹲在那里方便的时候，满脑子都是跟晓蕾纠缠在一起的暧昧画面。

问题是，晓蕾一直不搭理他，这让他一筹莫展。也许，昨夜真不该那么晚打电话去，平白地惹得她生气，要知道恋爱中的女人，总是喜欢生些闲气的。好在今天不用赶着去报社坐班，他有足够的时间等她，实在不行就去单位找，然后当面向她赔礼道歉。或者，干脆买枝玫瑰送给她，女孩子只要见了鲜花，一切不快顿时会烟消云散的。他这样心事重重合计的时候，另外一个念头又近乎顽固地冒了出来。夜间偶遇的那位裸奔者，就生活在这个小区，抬头不见低头见，只是到了深夜，对方才会不顾一切扒光了衣裤裸身而出。而他需要做的第一步，得先搞到一台专业相机，夜间埋伏在小区的大门左近，待对方出没时，好以迅雷不及掩耳之势，出其不意连续摁动快门。

为了能借到一台好相机，他还是决定去一趟报社。要知道部里带长焦镜头的好相机就那么两台，记者有采访任务时方能临时领到，况且，都是随用随还的，原则上不准私自带回家过夜。其实，自从进了报社，他就盘算着要买一台相机，以便外出时随时抓拍，可像那些理光啦、柯达啦、富士啦都死贵死贵的，动辄五六千甚至上万块，以他的消费水平只好咽咽干唾沫，权且忍耐着吧。借相机的事竟比想象中顺利得多，主要是部主任对他昨晚点灯熬油撰写的那两篇稿子甚为满意，所以一见面便夸了他两句，无非是再接再厉好好干吧，还说他将来前途远大。这简直让他受宠若惊飘飘然了。

于是，赶紧蚂蚱喝露水——正好顺着主任支起的竿儿往上爬。

怎么，你要借相机，不会是跟你那个小情人出去玩的吧？不久前，主任确曾在报社门口见到过正在等他下班的晓蕾，当时主任好像还多瞄了她两眼。

现在听到主任疑惑的询问，他急忙实话实说了，甚至信誓旦旦地承诺，只要有台好相机，他一定会拍到那个黑夜中的裸奔者。

主任听罢，习惯性地将鼻梁上的眼镜往上推了推，好像这样才能把眼前的下属看得更加透彻一些。

小沈啊，你这个想法非常好，部里一定大力支持你，但记住，千万不要打草惊蛇！这次不仅要有图文报道，最好能做一个整版，咱们可以深挖一下裸奔行为背后的新闻故事，比如那个家伙是不是失恋了，还是发现了第三者，或者，他根本就是一个性变态……说不准，这可是最具新闻价值的年度大选题哩！

主任煞有介事地叮嘱他的时候，几乎已两眼放光，半晌死死盯着他，好像那个裸奔者就藏在他的身体里面。

这让他陡然想起，就在上个礼拜的今天，主任还在编前会上为一个事故报道大光其火，原因是沈越的稿子写得太平太实，没有抓住最核心最吸引眼球的素材。主任说，你光报道一下火灾现场有屁用，谁愿意看这些乏味无趣的内容，你得深挖那个摊贩为什么会在市场纵火，为什么要把自己烧得像个火把，既然他活得不耐烦了，那么他的老婆有没有外遇，是不是给他戴绿帽子了？或者，他自己在外面有了相好的，被小女人偷拍了不雅视频，要狠心讹诈他一笔的，等等。总之，得想方设法抓住读者的心理才对嘛！我们搞新闻报道的，不能人家给了你面粉，你就只能烙张死面饼，对不对？你还得学会把面发起来，最好是做成一块人人都爱吃的大蛋糕!

沈越当时很为难,那个事故他确实已调查得非常清楚,问题真的没有主任想象的那么复杂,其实就是一群城管强行没收了小摊贩的货物和三轮车,小摊贩整天哭哭啼啼求人作揖,却怎么也讨要不回属于自己的东西,最后他想不开钻了牛角尖,一气之下竟跑到市场里,哗啦哗啦往身上浇了汽油,然后就把自己点着了。可是,要照直这样写的话,城管马上就会投诉报社的,到那时候主任和总编都得吃不了兜着走,他自己当然也会死得更惨。他还记得主任当时在会上的那番高论,你们不要总是一副死脑筋嘛,要时刻学会变通,变通!要看到常人看不到的,想到常人想不到的东西,否则的话,赶紧给我卷铺盖走人,别占着茅坑不拉屎!没办法,主任就是这么一个人,脾气有些暴躁,喜怒无常,隔三岔五准把自己的部下批得狗血淋头才肯罢休。

当沈越脖子上挎着部里最棒的一台理光相机,兴冲冲地走出报社大楼的时候,耳边又莫名地响起了格里高尔躺在床上,对前来家中探视他的秘书主任说过的那番话:

> 您瞧,我并不顽固不化,我很喜欢工作……人总会有一时受阻不能工作的时候,但这也正好是回想他以往获得的功绩的时候,同时他会考虑,以后排除了障碍,他一定要更加勤奋,更加专心致志地工作。我有责任好好为老板先生效劳……我还得供养我的父母亲和妹妹。我的景况十分艰难,但我一定会摆脱困境的,请您不要使我难上加难了……在公司您还要多护着我点……

三

这天傍晚，晓蕾见到他的头一句话就是，都怪你，我快恨死你了！说完，头也不回径自迈步走开。沈越忙觍着笑脸紧追上去。今天没看我们的报纸吗，上面有篇文章说得多好，仇恨会把一个女人变得很丑，比如童话里那些巫婆和恶毒的皇后。他说他的，晓蕾死死抿着嘴，只顾往前走去，他瞧她眼圈微红，好像哭过一鼻子。是不是谁欺负你了，告诉我一定替你出气！晓蕾还是一声不吭，表情忽然变得有些坚毅，但愈是这样，她的眼圈就愈红了。

沈越终于抢前一步搂住了她。晓蕾的腰又细又软，搂在怀里有种叫人心疼的感觉。她不由得叫了起来，挣扎着想要逃脱。你真讨厌死了，快松开我。这次竟连鼻尖也红得发亮。四目终于相对，那两只温柔眼早已被泪水浸得湿漉漉的了。谁教你半夜打电话来的？本来人家睡前定好手机闹铃，可老担心你会再打来啰唆个没完，索性放了静音，所以手机闹铃才没响，早晨一觉睡过了头，上午开会的时候，经理吹胡子瞪眼把我当众训了一顿……简直丢死人了！都怪你那么讨厌……

其实，沈越知道晓蕾的处境并不比自己强多少，大学毕业后他先后陪她应聘过好几次，但几乎每次都要碰壁的，那些搞人事的家伙总是板着个死面孔，劈头盖脸问她，有没有相关工作经验，有没有类似的业绩，有没有这个证书那个证书，好像谁天生从娘胎爬出来就是个天才，什么都会，要啥有啥。最可恨的还有，这帮家伙都跟查户口似的，动不动就问她结过婚没，有没有生孩子。言外之意是，人家可不想花钱雇一个刚上班就准备结婚的女人，然后还有生孩子、坐月子，一大堆破事。可见，女人的就业环境比男人们更加险恶，实属人心不古啊！

沈越嘿嘿傻笑了两声，忙不迭地道歉说软和话，你们经理胆敢再这样无礼，我非教他好看不可。老半天，晓蕾的情绪才渐渐好了点儿，哼，把你能的，你怎么教人家好看？你别忘了，我是记者呀，记者可不是吃素的，哪天把老子惹火了，我专门写一篇他的糗事发在报纸上，说他对女部下动粗，还有性骚扰，看他还老实不老实！晓蕾没好气地捣了他一拳，你们这些小报记者，就知道耍贫嘴！沈越见状，忙就坡下驴道，人家为了你茶饭不思，肚子都快饿扁了，现在又吃了你的掏心拳，怎么也得先让我填饱肚子吧，然后再接着挨你的打不迟。说到这，他眼珠一转，对了，我住的那块儿最近新开了家云南米线，味道很正宗，我请你，算正式给你赔礼。晓蕾的两只大眼睛忽闪了几下，过了一会儿才慢慢伸过手来，轻轻地跟他拉在一起。

本来，晓蕾今晚是不打算去沈越住处的，想早早回去休息，昨晚确实没睡好。可刚吃完米线，沈越突然双手捂着肚子直嚷嚷难受，汗流似水的额头上似乎也涨得暴了青筋。晓蕾便关切地问他，要不要去附近的诊所瞧瞧。沈越忙挥挥手说，估计是哪里吃得不对劲了，回去歇歇应该没事。她二话不说，搀着他一起往小区里走。

到了住处，她先让他乖乖地在床上躺好，倒了杯开水，用嘴咝咝地吹温了给他喝，又问他有没有热水袋，想灌一个给他暖暖肠胃。

他摇摇头，一把拽住她的胳膊，嘴巴跟涂了蜜一般甜，没关系，你不就是我最好的热水袋吗，快让我好好抱着吧。

她娇嗔一声，别拉拉扯扯的，当心让人看见。

放心好了，今晚这里是咱们的天下，隔壁那位回老家了。

她问，那你不难受了？

他赶紧蹙眉道，难受呀，浑身上下都快难受死了，幸亏有你在我身边。

她默默地把一只手搭在他的额头上，摸了摸，好像没有发烧，要不，我帮你揉揉肚子吧。

干脆这样，你也把鞋脱了，上来陪我躺一会儿。

她佯装生气，美得你！

蕾，算我求你了，好不好？你大慈大悲，看在人家这么可怜的分上，就陪陪我嘛。

她静静站在床前，用银牙咬着下嘴唇看了看他，半晌，终于欠身在床沿坐了下来。

他便猴急猴急地伸过双手去黏她。这种时候，他觉得体内似有一团火在吱吱燃烧，仿佛他曾报道过的那个在市场里泼了汽油的可怜的自焚者，而一早在纸篓里瞥见的那种玩意，又开始刺激他的神经。此刻，她身上所散发出的迷人气息，几乎令他着魔痴狂了。他猛地一个鹞子翻身，就将娇小妩媚的她完全压在自己身下……

也许昨夜彼此都睡得很差，抑或是先前那一通意乱情迷的折腾，反正，两个年轻人都有些筋疲力尽，后来竟不知不觉都睡着了，睡得像一对襁褓中婴儿。夜色把窗户涂得黑幽幽的，四壁相对静默无语，被子上罩着一层朦朦胧胧的青光，普普通通的小房间里充满了温馨甜蜜的味道。

沈越最先醒来时，听到晓蕾均匀而细腻的呼吸声，她真像一个刚过门的小媳妇，恬静而娇羞，乌黑的长发如瀑布般平铺在枕头上，她那白嫩的脖颈露在外面，略略地朝他弯曲着，跟美丽的白天鹅般高贵，粉嫩泛红的面颊上，微微带着几分梦中的欣悦与甜美。

他不禁动情地将嘴唇轻轻地凑近她吻了吻，她还在沉沉睡熟呢。

这真是一个再美好不过的夜晚，一切都让他感到无比惬意，最重要的是，两人若即若离的关系，最终在一番精心谋划下定格了，作为男人他有足够的理由感到骄傲，因为他明白这个女人从此将永远属于自己了。这种时候，他再次告诫自己，人生总是需要规划的，就像父母曾不止一次跟他唠叨，吃不穷，穿不穷，谋划不好一世穷。而那个早就蓄谋好的午夜计划，又一下子浮出水面，刚才差点在缠绵中被抛却脑后了，好在他醒来得还算及时。他从床头摸过手机，屏幕显示零点一刻，他长长舒了一口气。于是，屏住气息蹑手蹑脚地从被子里慢慢抽身而出，他可不想现在就吵醒了她。

一个女人的美或许正是这一刻被重新发现的。他下床时不小心卷起了被子一角，熟睡中的晓蕾的身体正好被裸露出来，好像一颗巨大的夜明珠在他眼中闪闪发亮。她的玉颈、香肩、饱满的乳房，乃至光洁平滑的小腹全都一览无余，他不由得愣住了，看呆了。尽管这姣好的身体刚才确实被他疯狂地搂抱拥吻过，可当时人在兴头上，目的是那样的单一和执拗，似乎根本顾不上过多地去欣赏沿途的风景。

现在，他觉得自己很像一个入室的盗窃者，直到慌慌张张临出门前，才蓦然发现床上那个尤物的妙处。相机就搁在床头柜上，当他毫不犹豫地捧起它的时候，他才意识到自己是多么有先见之明，如此动人的夜晚，如此美丽的女人，老天真是待他不薄啊，他必须尽可能留住这珍贵难忘的一刻——无疑，这将是送给他们两人第一夜最最精彩而又永恒的礼物。

接下来，他几乎以一个职业摄影师的执着姿态，准确轻快地摁下了快门。镜头里的晓蕾确实太美了，她身体的曲线，肌肤的光泽，完全放松的柔美睡姿都教人着迷，以至于摁动快门时他简直战战兢兢的，他从来没有过这样真实的体验。为了不弄醒她，他不得不屏气凝神谨小慎微，当闪光灯瞬间照亮她的身体和房间时，他忽然觉得自己未来或许可以改行做一名摄影师，要知道干小报记者也许不是最好的选择。后来在出门前，仍感到意犹未尽，原来人体摄影很容易上瘾的，他索性将她下半身的被子也轻轻地掀开去，这样她的美便一览无余了。

四

很多时候，他觉得自己像个蹩脚的三流侦探。外面漆黑模糊，天空阴沉着一张可怕的黑脸，反正是找不到星星或月亮的，尽管这个时节，一旦进入午夜后，天气还是有些凉意的。他双手有些自怜地抱着两个肩膀头，在距离小区大门约十几米外的一棵槐树下蹲下来，这里相对比较隐蔽，他可不想让那个秃脑门瞧见自己，那样的话对方一定会跑过来跟他啰唆个没完，为什么还不睡觉，半夜三更想搞啥名堂，诸如此类，这在他当初刚搬到这个小区不久就曾见识过，看门人甚至还给他约法三章，老年人总是瞧不惯年轻人的一切作为，而他确实也懒得去解释什么，他只消在此静静等待，放长线钓大鱼。他相信用不了多长时间，那个古怪的家伙准会出现。从他蹲着的地方，可以非常清晰地看到那扇乌黑发亮的铁栅门，此刻已经上了锁，静默在夜空下，那扇靠近门房的小门也闭合着。看门人当然照常守在电视机前，甚至依稀可见那颗熠熠生辉的秃脑袋。

蹲在那里时间一久，腿脚竟开始发麻了，他只好起身在树影下来回踱步，感觉自己真像个居心叵测的窃贼。这种时候，除了那些躲藏在草丛中和树叶间的吱吱作响的虫子，整个小区几乎一片死寂，家家户户都黑着灯了，人们进入短暂的休眠期。而他的生活注定不能像常人那样，别人呼呼入睡时，他却还得孤注一掷死守阵地，他心里再清楚不过，要想混出个人样来，必须得下这样的苦功，父母常说，吃得人下苦，才做人上人。想到主任白天对自己破天荒的一次鼓励和信任，他立刻就像是打足了鸡血，浑身上下顿时振奋百倍，跃跃欲试。当然还有晓蕾，多么好的一个姑娘，就在今晚她已将最宝贵的东西给了他，他还有什么可抱怨的，想必用不了多久，他俩就可以顺理成章地结婚，一起过属于自己的小日子。就算是为了未来舒心而惬意的二人世界，自己即便再辛苦些，那也是非常值得的。

时间一分一秒滑过，小区以外的街道不时传来汽车咆哮声，间或是一串很神经质的凄厉尖叫，是某个刚刚趔趄着走出灯红酒绿场所的醉鬼吧，这些人最善于在深夜里鬼哭狼嚎放浪形骸。但那绝不是他的生活，吃喝玩乐离他还有十万八千里呢，他现在最需要改善的是自己的工作环境，尽可能得到上司认可，最好职务上能有所提升。独自徘徊在夜色中，他多少显得有些急不可待，一切似乎都是那么渺茫又无法触及。他朝大门方向张望了好大一会儿，眼睛都有些酸涩了，他想自己应该在小区里溜达一圈，自从搬进这里住以后，他还从来没有仔仔细细在里面转上一次。这里于他而言纯粹就是个睡觉的所在，他习惯了早出晚归，习惯了独来独往，除过吃饭睡觉，他多半时间都耗在乱糟糟的编辑部里，好像他一生下来就注定是报社里的人。

这小区其实并不太大，统共也就十来栋破破旧旧的单元楼，楼与楼之间距离极窄，即便有一片巴掌大的空地，也让那些脏兮兮的自行车棚或杂物堆盘踞着，没有草坪，也没有绿篱，几株零星生长

着的毫无形状的柳树槐树，都很不成气候地颓废在黑漆漆的夜色
中，成为这里仅有的风景。听说这里原先是某个国营厂子的职工家
属院，八十年代曾辉煌过一段，后来厂子倒闭了，工人们全部下了
岗，很多人出去跑买卖干别的去了，有点儿姿色的年轻女人还钻进
歌厅做了三陪，再后来有人挣到了钱，便纷纷搬出去住，主家就将
这些旧楼出租给像沈越这样的外乡人。仿佛游魂一般，他一个人在
楼与楼之间踽踽穿行，在黑洞洞的狭窄的甬道上无所事事地转来转
去，猛然会撞上一两只正在刨挖垃圾的野猫，它们狡黠而阴郁的模
样实在叫人不寒而栗。挂在脖子上的相机摇摇晃晃，像颗定时炸
弹，此刻这个沉甸甸的家伙悄无声息，然而，他知道它一旦发光发
声，必将会为他带来巨大的惊喜和收获，他可就指望它了。他一眨
不眨地凝望着眼前某个忽然亮起了灯的房间，兴许就在那灯光下面，
那个无耻的裸奔者正在进行出门前最后的准备。继而，他开始全神
贯注地注视着跟那灯光相关的楼道和楼门洞里的动静，满怀希望那个
人能从里面飞快地跑出来。可是，那些房间里的灯光不久又熄灭了，
半天都毫无声息，他想也许人家只不过是起夜罢了。后来，他还听到
来自某个骤然亮灯的房间传来一阵歇斯底里的婴儿哭号，这种小儿
夜哭声传得很远很远。总之，他要等的人始终没有露面。

于是，他不得不睁大双眼继续在黑暗中逡巡，等待下一个奇迹
出现。眼前竟莫名地闪出《城堡》里的主人公K的样子，那个执着
的男人一门心思想进入某个神秘的城堡，而制度森严的城堡如铜墙
铁壁般始终将他拒之门外。现在，这里在夜色笼罩下，还真有点儿一
座小城堡的味道，那扇紧锁着的铁栅门是这里的最后一道防线，而
且，到处都是墙皮脱落的苍老痕迹，到处是寒碜丑陋的老式钢窗和没
有安装楼门的门洞，到处都摆放着杂乱无章的垃圾箱，和歪歪扭扭

随意停放在楼道附近的自行车，也许自己三更半夜放着美梦不去做，放着温柔漂亮的女朋友不去陪，一门心思守候在此，实在是蠢到家了！至于那个诡异的裸奔者，或许是他一厢情愿的臆想，又或者是昨晚自己头晕眼花时的错觉，这里压根就不存在那样一个人！

但几乎同时，他又立刻推翻了自己气馁的胡思乱想，凡事都不可能一蹴而就，要想有所作为，你必须耐得住黑暗和寂寞，甚至还有蚊虫的恼人盘旋和叮咬，否则将功亏一篑。卡夫卡在《城堡》里写下的那句话太精妙了——"它比那些低矮的住房有着更高的目的，比暗淡忙碌的日常生活有着更为鲜明的蕴含。"更高的目的。鲜明的蕴含。目的、蕴含……他在心里反复念叨着这些关键词，好像卡夫卡的这些经典词句是专门写给自己的，这着实让他感到受用和心满意足。其实，每个人在生活中都面临着一座城堡，那里有最起码的生存条件，将提供安居乐业的种种可能，只是想要彻底地进入它并融入它，却绝非易事，很多时候你得选择不正当的生活，甚至还有非正当的渠道。

冷不丁地，一个硬邦邦的东西直戳戳顶在他的后腰上，他几乎还没有任何反应，便在吱吧吧的一簇幽蓝色的电火花中栽倒在黑暗中。他的额头和半拉脸颊结结实实撞在水泥地面上，鼻梁骨差点没跌扁，一股鼻血跟拧开的水龙头似的汩汩流淌，脸下的水泥地顿时洇出好大一片黑来，像极了那种恶鬼的影子。在神志清醒过来之前，他就那样死狗般瘫趴在血泊上，那台理光专业相机从他脖子上飞出老远，尼龙挂带甩断了。

不知过了多久，等他渐渐恢复了知觉，试探着想动动身子，才意识到自己遭遇了可怕的一击。他一时感到无比茫然，大脑跟短路了似的，什么也记不起来了，他完全不知道刚才到底发生了什么，好像是，正当他漫无边际地思索卡夫卡的名言锦句时，所有的思绪都被一双利爪掐断了，现在自己就莫名其妙地趴在地上，脸和额头疼得要命，鼻孔好像还在无声地冒着乌血。

他刚痛苦地呻唤了两下，就被人像拖死狗样从地上提溜了起来。小子，我早就看出你不是啥好东西，半夜三更不老实睡觉，到处瞎晃悠，你到底想偷啥……看门人左手攥着黝黑黝黑的电警棍，右手死死卡着他的后脖子，推推搡搡准备朝着门房那边去。看来，他平时确实低估了这个看大门的老头，以为他只会没事蹴在那里打盹看电视呢，仅老头手上的力气就够他受的，不像自己书生一个，手无缚鸡之力。

相机，我的相机，师傅……关键时刻，他总算是想起了那台昂贵的相机，要是它有个三长两短，主任一定会火冒三丈，当场非吞下他不可。

对方迟疑了片刻，半晌才推着他慢吞吞转过身去，很不情愿地佝腰将相机从水泥地上捡起来端详着。

狗日的，说你是做贼的吧，还带着这么个屌玩意！

师傅，你误会了，我不是贼，真的，你一定认错人了，我是报社记者……

——狗屁记者！像你这样的我见多了，你以为脖子上挂个破相机就是记者，那我手里捏着警棍，我还说自个是人民警察呢！说着，看门人依旧气不打一处来，好像抓贼根本不是他分内的事，竟又狠狠地用警棍捣了他两三下，好在这次没有再放电击他。糊弄吃屎的娃娃去，老汉我可不吃你这套，有本事你上派出所跟警察白话去，咱这小区连着丢了好几辆自行车还有摩托，这回你可算撞到枪口上了。

五

晓蕾获悉沈越的情况时，已是第二天上午。

辖区派出所里十分拥挤，到处都显得乱糟糟的，那些穿制服的警察跟走马灯似的在她眼前穿梭往来，个个忙得大案当前的样子。她一看见这些人就感到心惊肉跳，尤其是那些被警察提溜着或正遭大声斥责的嫌犯，他们多数显得或猥琐或刁钻，都不大像善茬，她平生还是头一回进这种地方，几乎不敢正视，只好低着头匆匆往里走。

好在，有人直接把她领进一个相对安静点儿的办公室里，坐在一张咖啡色桌子后面的是个表情古板的中年女警，对方乜斜着她，细细打量了一会儿，好像要确认她是不是他们要找的人。

你就是沈越的女朋友？女警边问边摊开桌上的黑皮笔记本，一支黑色碳素笔灵活地在她右手的指缝间转来转去，教人看着有种杂耍般的眼花缭乱。

她尽量镇定并懵懂地点了点头。

昨晚都跟谁在一起？

她的脸便莫名地红了，但迫于对方强硬的问话方式，还是迟疑着答复了。

我……我跟我男朋友呀……怎么了？

那你能肯定你俩一直都在一起？

嗯……对，也不是，一开始是的，后来……后来他好像出去了，我醒来后发现他已经离开房间了，可能是着急上班去了。

他出门的时候，你真的一点儿都不知道？

她低下头沉思着，面孔已烧得通红通红，昨夜的情形不时地在她眼前闪过。

你男朋友夜里出去做什么，你不会一点儿都不清楚吧？

她想了一下忙摇了摇头。

小区保安怀疑他是个盗车贼，昨夜发现他在小区楼道跟前踩点，所以当场就用警棍把他制服了。

她简直吓蒙了，大脑突然一片空白，半天仅用手捂住嘴，一句完整的话也说不出来。

不会吧，这咋可能呢？她不停地晃着头。

现在问题还没彻底调查清楚，找你来主要是配合一下。那么，你觉得你男朋友是那种人吗？

不——不可能！他只是个普普通通的记者——盗车贼，打死我也不相信！

俗话说得好，知人知面难知心啊。女警说罢猛地丢开手里的碳素笔，然后，用双手将她桌上的电脑屏幕几乎扭了180度，正好冲着晓蕾面了。

这些相片上的人应该是你吧？女警用右手两根手指笃笃地触碰着鼠标，屏幕上的大幅照片就跟幻灯似的不停变换起来。

这次她既感震惊更觉羞愤：震惊的是，这些东西怎会出现在派出所的电脑里；羞愤难当的是，那些莫名其妙的画面太不堪入目了，她觉得自己从来没有这么丑陋过，她已无地自容了。

女警大概觉得已没必要再让她继续浏览下去了，于是吧啦一下，又将电脑恢复了原位，然后正襟危坐继续发问。

这都是我们从他相机里发现的，他拍这些的时候，你大概应该清楚的吧。

泪水早已潸然而落，她始终痛苦地摇晃着头，一袭长发散乱地遮蔽了她的脸，继而，双肩和整个身体都开始颤抖了。

你的意思是自己根本不知晓？！

她不想再回答这个问题，因为她觉得昨晚的一切像是一个美丽的圈套，从他俩见面到一起吃饭，再到后来他嚷嚷说肚子难受，然后她就陪他回到了住处，现在看来，所有这些都是他精心设计好的。他是有预谋的！她开始恨他。她使劲抹了抹眼圈，尽量不让自己哭得像个傻瓜。

还想再问一个题外话，你跟他在一起是心甘情愿的吗，还是被他强迫或者诱骗？假如那样的话，案子性质可就大不一样了！

她再度陷入了沉默，这个问题真叫人感到恶心。强迫？诱骗？真是可笑至极！她当然不是无知少女。她忽然抬起头，发现女警仍然死死盯着她，那张古板而冷漠的面孔，始终闪烁着一种高高在上的带有鄙视和压制的神情，那感觉仿佛在说：姑娘，你也太轻率了吧。

我现在只能说，他确确实实是我男朋友，至少昨晚以前是这样的。她总算是完完整整一字不落地将心里话说了出来，她不想被对方看作白痴。

后来女警没有让她去见沈越，也许是怕他俩串供什么的，只对她说你还是回去等结果吧。

晓蕾离开派出所时，迎面正好碰到了沈越的那个部主任。她稍稍犹豫了一下，便快步跑上去打招呼。

主任您好，我是沈越的女朋友，求求您无论如何一定要帮帮他啊……我忽然想起来，他好像说过要给报社拍一个什么裸奔者，不知咋会弄成这样……

对方脸色阴霾得有些发青，半天只是用力推了推鼻梁上斯斯文文的细边镜框，同时没好气地扫了她一眼，欲言又止，随即，便撇开她一头扎进派出所里。她无奈地待在原地，眼泪再也止不住，夺眶涌出。

六

　　外面哗啦啦下起了雨，间或有汹汹雷声滚过头顶，街道上交通一片混乱，暴躁的司机们铆足了劲，一味地用喇叭声轰赶路人，行人则如羊群般不顾一切地在雨幕中来回奔突，弄得到处泥水四溅，叫苦声不迭。这时，沈越从派出所走出来，他一点儿没有要躲避一下的意思。不知怎的，眼下这场猛烈的雷雨隐隐地让他感觉到，连老天爷都想洗刷自己身上的不白之冤。

　　当他木呆呆地走到一个交叉路口，眯起被雨水打湿的双眼，望向那高高在上的红绿灯时，他突然觉得这世界有时真的很残酷。如同走到了人生的十字路口，前、后、左、右，他一时竟无从选择了。眼下，他好像什么也没有了，事件让部主任恼羞成怒，上午对方在所里见到他时，鄙夷的牙缝里只冒出一句话，小子这回你完蛋了！据说，那台理光相机被他摔残废了，只剩下里面那张存储卡还能用。一想到这张幸存的芯片，他连死的心都有了，他知道自己太对不起晓蕾，他真是疯了，昨晚干吗心血来潮要拍她呢，到头来害人又害己。刚才释放他时，警察还声色俱厉地交代过，往后要好好做人，别净搞那些歪门邪道，拍点什么不好，就会拍光屁股女人？又说，幸亏没赶上扫黄打非，要不就死定了！

　　他决定先去见见晓蕾，当面给她赔罪。当他跟落汤鸡似的出现在她门口时，她冷冷地说了一句让他这辈子永远不可能忘记的话：

咱们到此为止吧。她的话比先前天空滚过的炸雷还要让他恐惧。他浑身上下都湿漉漉的，神经质地打着战，双手和裤脚不时往下滴水。他苦苦地喜欢了她这么多年，追求了这么多年，没想到到头来，刚刚尝到爱情的甜蜜滋味，彼此却要反目成仇分道扬镳。

你为啥非要那样做？你把我当成什么人了？晓蕾始终流着伤心的泪，恨铁不成钢地质问着他。我真傻，相信了你的鬼话，你简直，不是人！他无言以对。不过这些已经不重要了，往后你好自为之吧。说着，晓蕾近乎决绝地关闭了房门。

他仍不甘心，用力敲打着她的门，那感觉就像冲锋陷阵的战士，明知阵地皆失性命不保，却还死命地不肯放弃最后的一次挣扎。等他奄奄一息无力再敲打时，才依稀听到里面传来的呜咽声。那一刻，他才意识到自己真的伤透了她的心，他的存在本身就是对她最大的侮辱，自己越是这样纠缠不休，就越是伤害她更深。

对不起晓蕾，实在对不起……他无助地趴在门板上，伴着泪水喃喃自语。

雨停雷歇，天空黑得像一团饱蘸了墨汁的海绵挤压在头上。他忽然想起在大学里，他俩都喜欢听的一首流行歌《分手总要在雨天》，现在这古怪的歌名竟成谶语了。他游游荡荡终于又回到了自己的住处。经过门房时，他下意识地朝玻璃窗张望了一眼，奇怪，竟没有看到那个秃脑袋，好像连电视机也没开，想必是心虚躲起来了吧。假使此刻能见到对方，他或许会把一腔的怒火全部泼洒出来。

雨夜中的小区像古老的城堡那样矗立在眼前，到处都在滴滴答答流水，到处都散发着难闻的雨腥味。当他凝视黑暗中的一栋栋旧的楼房时，他觉得自己好像生出了第三只眼，因为经验教训告诫他不要再多看再多想，而第三只眼却不然，它渴望机会出现，期待奇迹再次发生。主任今天的眼神和口吻充满了斥责和怀疑，也许他认为自己的部下不过是个小流氓，瞎编了一个堂皇的借口，就从报社拿走了相机，不过是为了满足荒唐无耻的一己私欲，他根本就不可能抓拍到什么裸奔者，更不可能有什么深度报道。唯独沈越自己知道，他拍晓蕾完全是出于爱，他太喜欢她了，情不自禁，她的身体有一种让他无法抗拒的魅力。再说了，世界上那些伟大的摄影师，包括获得普利策奖的人，哪一个没有拍过女人的裸体？

此时此刻，当浓浓夜色再度笼罩着这个不起眼的小区时，他那观察者的目光突然变得清澈无比，他知道就在这个小小的城堡之中，有一位比自己更了不起的家伙，他可以一丝不挂地翻越大门，径自冲到大街上奔跑，置路人于不顾。而他不过是因为一个莫须有的罪名进了一次派出所，这又有什么关系呢？我可没有犯罪，狗眼看人低，如果我的计划成功了，他们又将会怎么看我？一旦想到此处，他几乎一口气跑回自己的房间，将秘密存放在床板和褥子之间的那个小存折取了出来，他盯着下面最后一排的四位数思谋着，这点儿积蓄或许可以凑凑合合买到他急需的东西。

正在此时，房门被人从外面嘎吱一声粗暴地拧开了，房东大摇大摆闯进来。这个老女人满身珠光宝气，灯光下仿佛一尊熠熠生辉的佛像。你总算回来了，我没啥好说的，明天天亮前，你必须给我搬走！对方劈头盖脸冲他发号施令。他这才意识到刚才为啥没有看到那个秃脑袋，一准是那老头去通的风报的信。他尽量赔上笑脸，巴巴地解释了好一通，希望她能够网开一面。哼！我不听这个，让你搬你就搬！至于还剩下的俩月房租，我就不退了，总得让我花时间再赁给别人吧！

半夜里被什么响动弄醒了，或者，他根本就没睡踏实。老是不断地做梦。梦见屋顶突然被大雨冲开了，简直像是水漫金山，整个房间一片汪洋。他好不容易爬上一块木头床板，准备破门逃生，结果刚一钻出门来，外面一下子冲上来十几个人，硬生生把他挤下去了，而他们却迅速地爬上了那块救生木板，七手八脚地开始不停划水。他绝望地冲那些人呼喊，却发现自己的上司，就是部主任正不怀好意地冲着他挥手告别，拜拜喽……这时，他猛地惊醒了，隔壁的响动充满了某种暴力和淫亵的味道，那个姓武的房客回来了，且又带来了某个相好，正在争分夺秒地一通折腾呢。他痛苦地钻进被窝里，把头蒙得严严实实，可那种龌龊的声音简直像钻进他脑子里，挥之不去。他现在恨透了隔壁那个家伙，如果没有他昨天的那一次善意的提醒，也许晓蕾就不会跟他分手，至少不会发生昨晚拍照那一幕。

实在是无法忍受下去，反正过了今夜他就得卷铺盖走人了，懒得跟这种家伙计较什么，此处不留爷自有留爷处，索性爬起来重新穿好衣裤，独自走到外面去。小区院子一片清冷岑寂，兴许是下过雨的缘故，竟连只野猫也看不到，这种时候世界变得异常安静，好像整个小区仅剩下他一个人了。他把衬衣领口和袖口的扣子都系紧了，又把领子竖了起来，好像这样能更温暖一些，然后不知所终地往前走去。

忽然，从他身后不远处传来腾腾腾的响声，那声音好像没穿鞋的光脚板踩踏出来的，沉甸甸的，他稍一迟疑，腾腾声已飞快地越过了他，径直向前去。他简直目瞪口呆，那个光身子的裸奔者再度出现，仿若鬼使神差一般，正朝着大门的方向一路狂奔。我操！他使劲揉了揉眼睛，嘴里莫名地冒出这两个字，他感觉到自己的牙齿都开始打战了，喉结上下突突乱窜，这意想不到的场面，这梦寐以求的机会，于他而言，一点儿也不亚于当年哥伦布发现了新大陆。这难道是神授天意不成？他感到一阵狂喜，兴奋不已，有什么东西在心间怒放开来。他来不及想更多，如同勇敢的前赴后继者，急忙从后面紧追上去。

裸奔者灵敏得像公园里的猴子，翻越那道铁栅门不费吹灰之力。而他却笨手笨脚，跟狗熊相仿，腰来腿不来，手脚难以协调配合，当他终于搭上吃奶的力气爬到门栅的最高处时，他竟感到一阵眼晕，好像下面等待他的是万丈深渊。这时，裸奔者早已轻盈地纵身而下，同时回头朝挂在门栅上方的他瞄了一眼，随即便大步流星跑上了小区外的街道。

那一刻，他觉得自己受到了莫大的侮辱，对方显然不把他放在眼里，或者，以那样轻蔑的回望讽刺了他。老子为你丢了职、失了恋，平白无故地蹲了一夜局子，现在还要得到这样的讥讽和嘲笑，是可忍孰不可忍。于是，他把眼一闭，铁了心纵身跳下去，耳边响起了险恶的刺啦声——原来他的衬衫被门栅上端的菱形钢尖挑住了，人落地后衬衣就从后背那里生生撕成两半。他已顾不上这些了，放开腿脚一路穷追不舍。这辈子他从来没有像今夜这样快速奔跑过，他觉得全身血脉偾张，心儿蹦得如热锅炒豆。那个裸奔者似乎洞悉了他的目的，不再像上次那样匆匆一闪便消失不见，恰恰相反，对方反倒像个适可而止的引领者，跑跑停停，既不至于让他立刻追到，也不至于把他落得太远。总之，裸奔者开始跟他玩起了猫和老鼠的游戏。

棘手的问题随着他的狂奔出现了，就是身上被铁门撕扯的衬衫，简直像两片快要折断了的烂翅膀，一路甩甩搭搭碍手碍脚，有几次差点拖到地面上，绊住了他的脚脖子。这样跑着跑着，前面的路突然往右一拐，目标竟突然消失了。他大口大口喘着粗气，不得要领地四处张望。一阵凉风刮过来，他正好站在一棵杨树下，树叶上积蓄的雨点猛地砸落到他身上，他被这种突然袭击搞得尖叫起来。

正当他有些自怜地擦抹雨水时，那个裸奔者却又悄无声息出现在他面前了。你一直在追我？对方死死逼近他，眼神中充满了某种难言的痛苦和迷茫的忧郁，光裸的身体距离他仅有一寸来远，男人皮肤和肉体的气息扑鼻而来，他甚至能感受到对方那颗狂跳不止的心随时要冲出体外。我不认识你，你到底想干啥？借着路灯昏暗的光芒，他总算看清楚了，这个男人不足三十岁，瘦得可怕，但比自己高出一个脑袋，即便在这样冷清的夜晚，他居然浑身上下都在莫名其妙地冒汗。我……我……我只是个记者，没啥恶意。他不无结巴地却又答非所问。记者？你以为你是谁，最好离我远点儿，如果你再随便干扰别人，别怪我对你不客气！说完，便头也不回继续往前跑开了。

他站在那里犹豫了片刻，对方说得一点儿没错，自己有什么理由半夜三更追赶人家呢，世上没有哪条法律规定，一个人不可以在夜间赤条条出来跑步。这完全是人家的权利和自由嘛，裸奔并没有碍着谁。但别忘了，我是一名报社记者，至少昨晚以前还是，除了好奇心驱使之外，我有责任记录这种事情，毕竟它太不同寻常了！这个男子身上有太多太多的疑点，况且，我已为此付出了不小的代价，我不可能半途而废。他始终被这些问题反复纠缠着，一时间裹足不前了。等他好不容易回过神来，男子早就跑得无影无踪。

最终，他狼狈不堪无望而又无奈地回到了房间，隔壁的响动变成了如雷的鼾声，武房客一准是折腾倦了，睡得像头死猪，可他却全无睡意，翻来覆去半天，最后，只好又拿起眼看快被他翻烂了的《变形记》来消磨时间。

格里高尔每个月给的家用——他自己只留下几个零用钱——款子当然很小……如果光靠利息维持家用，这笔钱还远远不够；这项款子可以使他们生活一年，至多二年，不能再多了。这笔钱根本不能动用，要留着以备不时之需；日常的生活费用得另行设法。他父亲身体虽然还算健壮，但已经老了，他已有五年没做事，也很难期望他能有什么作为了……而格里高尔的老母亲患有气喘病，在家里走动都很困难……又怎能叫她去挣钱养家呢？妹妹还只是个孩子……

七

求爷爷告奶奶好话说尽，主任那副铁石心肠终于有了一丝软化的迹象。其实，主要是为了那台高级理光相机，主任大概不想替自己的下属背这口黑锅。那就看在你以往做事还算认真的分上，不过从现在起，你的待遇得按实习生对待了，表现好的话再视情况给你转正，至于相机的修理费，就按月从你工资中扣除吧。

他鸡叨碎米点头致谢。尽管经济受损，但只要能继续留在报社，自己总还有翻身的资本。原先的房子自然是住不得了，好在大丈夫能屈能伸，他总算又在小区街道对面寻到了一间阴面低矮的小煤房。这些房子的墙壁上赫然刷写了无数个雪白雪白的"拆"字，纯粹属于违章建筑，随时会被夷为平地。虽然条件极差，但不至于露宿街头，关键是租金十分便宜，不及原先费用的五分之一，他想先凑合这一阵子，等时来运转再作计较。

一旦离开了那个是非之地，便有了一种距离产生美的效果，整个小区的轮廓清晰可见，它是那样的毫不起眼，却又是那么的神秘莫测。现在每每到了夜深人静时分，沈越反倒可以游刃有余地在外面蹲点守候了。这几乎成了他生活中不可或缺的一部分。他到底还是拿出自己积蓄，从二手电子市场淘到了一台半新不旧的柯达全自动相机，外加一个国产的长焦镜头，成像效果还不错。自从有了这套装备，他的蹲守很快便见成效了。没过几天，那个赤裸裸的家伙就被他偷拍到了，对方如何攀爬铁栅门，如何快速冲上马路，如何忘乎所以一路狂奔……功夫不负有心人，他总算以影像的方式获得了第一手宝贵的资料，如果一切顺利的话，他想找个恰当的时机跟主任面谈此事，相信到那时主任那张黑脸定会乐开花的。

但是，之所以迟迟未能下定决心，内心还是有着一番纠结的，那就是来自裸奔者的警告，以及对方那种复杂忧郁的眼神，他似乎能感受到某种难以启齿的痛苦折磨着对方，正如他时时为自己的所作所为而感到迷惘和焦虑。一方面，他必须不断寻求成功的机会，以尽快改变当前的困境；而另一方面，他一直念念不忘自己对晓蕾的情感，在她被自己伤害后的这些日子里，他几乎无时无刻不思念着她，她把爱情最美的果实毫无保留地奉献给了他，而他却把晓蕾伤得无以复加。她一定还在恨他，还在深夜里独自偷偷掉眼泪。事实上，白天里只要一有空暇，他就会去她公司附近溜达一圈，远远地看她郁郁寡欢下班回家，看她情绪低落地一个人独来独往，好几次他差点就迎上前去拥抱住她了，但最终还是选择了悄然退却。

一天临近下班时，主任突然叫他到办公室去。他多少感到有些紧张，毕竟他还在新一轮试用期呢，无异于一切从头开始，若表现不好领导只消一句话他就可以走人。小沈啊，你最近工作还是很有起色，可千万不要背啥思想包袱，俗话说得好啊，在哪跌倒就在哪里爬起来嘛！说话的时候，主任正在大口大口吸烟，这说明领导正在极力思考什么，通常对方想问题的时候总是烟不离口吞云吐雾的。他暗自思忖着主任的话，尤其是最后那句，在哪跌倒在哪爬起来，主任好像是在暗示他什么吧？还是确有所指？最近夜里你还常出去不，我的意思是，那件事有没有再去关注一下？

他马上意识到，对方一定是觉察到什么了，或者，报社的某些人暗地里打了他的小报告，比如他购买二手相机的事。要知道，记者们平日都憋足了劲抓新闻搞选题呢，生怕自个落后挨批失宠，同时，他们又对那些比自己强的同行表现出极大的羡慕嫉妒恨。他犹犹豫豫地说，这种事确实有些难度，不太好把握，也许还涉及个人隐私……不等他把话说完，主任立刻起身打断道，对嘛，越有隐私才越有价值，众所周知的事也犯不着咱们新闻媒体操心，你若是能抓住这个点，狠狠地报道一番，我保证咱们报纸会火的，到时候部里对你的处分可以酌情重新考虑！说着，主任已绕到他身边，颇有深意地拍了一下他的肩膀头。他简直受宠若惊，鼓舞的力量是巨大的，身体的温度似乎开始飙升，领导开出的条件太诱人了，叫他难以抗拒，而满屋子的烟山雾海更教人有种轻飘飘的迷失感，他几乎差一点儿就把对裸奔者的追踪调查和盘托出了。

事实上，他做梦都想将自己的想法说给晓蕾听，请她帮忙出出主意，但他又非常清楚，在这个问题上她是持反对意见的，他深知她是一个单纯而善良的女人，绝对不允许他为了所谓的成功而不择手段。况且，他俩的关系已彻底进入了冰冻期，不知何时才能冰雪融化春暖花开。到了晚上，除了留在编辑室值班，他总是一个人猫在阴暗狭窄废弃的小煤房里，尤其快要接近午夜的时候，内心就有种生满野草的荒凉感。有时为了等待或打发时间，他会刻意翻开《城堡》中被他亲手画过波浪线的折页一字一句读着：

> ……不管这一切多么微不足道，我好歹已经有了一个家，一个职位和实实在在的工作，我有了一个未婚妻，我工作忙不过来，她可以帮我点忙，我将娶她为妻，并且成为村里的一个居民……

可现在，自己的房间里除了一床简单的卧具和两大纸箱书刊，唯一值钱的家当就属那辆电动车了，它像一匹乖顺的小骡驹，随时听候主人的差遣。说实话，这里连个像样的卫生间都没有，洗漱拉撒都要跑好几分钟的路程，白天他特意备好一个空的矿泉水瓶子，晚上起夜只能对准瓶口胡乱解决。至于恋爱问题简直不敢奢望，就算晓蕾能回心转意原谅他，但一想到要让心上人跟自己来这种龌龊的地方约会，他的心都要滴血了。不，我绝不能容忍自己待在这鬼地方，我得尽快搬进一个有自来水、有卫生间、有淋浴器的大点儿的房间，最好是朝阳的，有一扇明亮的玻璃窗可以眺望远方，还要有一间小厨房，哪怕是几个人公用的也成。

到了深夜，万物都需要静静地休眠养精蓄锐，可有些人注定不会这样。比如，那个裸奔者，再比如沈越自己。其实，经过这段时间的夜间蹲点跟踪，收获还是非常大。沈越发现那个人高马大的武房客总是在不停地召妓，高的矮的胖的瘦的，只要有点姿色的女人，统统走马灯似的往房间里领，通常两个钟头左右这些女人多半会趁着夜色悄然离去；看门人之所以对此熟视无睹，有时甚至还不辞劳苦地替妓女们开锁放行，皆是因为武房客隔三岔五会塞给对方一包香烟或一小瓶二锅头；至于那个涂脂抹粉珠光宝气的女房东，她一整夜一整夜坐在小区附近的一家老年棋牌乐中心，优哉游哉搓着麻将，这个看起来很富态的女人，实际上长期组织并亲自参与赌博活动。当然，归根结底，在这个城堡里，最吸引他眼球的依旧是那个瘦高瘦高的裸奔者。

起初，沈越对这个人的跟踪和偷拍完全出于某种职业的需要，或者说是还很有功利目的。但是，自从他近距离地见识了对方那种极其无辜而又忧郁的眼神后，忽然就对他产生了某种类似同情的感觉，随着后来蹲点跟踪的进一步深入持续，他越来越觉得对方一定承受着常人难以理解的痛苦，尤其是在那么清凉的雨夜里自己冷得够呛，而他却汗流浃背，也许这根本就是一种病态，裸奔者必须借助午夜的奔跑，才能维持身体的某种平衡。但更多时候，沈越又会把他单纯地看作一名非常执着的马拉松运动员，比赛的时间总是定在午夜以后，奔跑的路线几乎从来没有改变过，只是参赛者仅有一个人。

有一次，沈越自始至终都驾驶着电动车一路尾随潜行。发现该男子一口气跑到这个城市西边的一条护城河畔，说是河，其实不过是一条黄水渠，据说自汉唐以来便有之。每当夏日总是引来无数游泳爱好者下水嬉戏，当然几乎每个暑假都有数名中小学生溺水身亡，这里还不包括完全绝望的自杀者。沈越就曾专门做过相关内容的报道，以此呼吁校方和家长要严管那些年幼的孩子。

正是在这个夜晚，他亲眼看见裸奔者久久地站立在水渠边，像是在静心倾听那汩汩的水流声，或者，更像是那类想不开的人，正在寻求生命最后的一次了断和解脱。沈越当时躲在一丛黑黢黢的林木中，就在对方准备一跃而起的时候，他猛地从后面蹿上去拦腰抱住了那个人。那种湿漉漉黏糊糊的感觉，至今他都无法忘却。怎么说呢，裸奔者简直就像一条刚从水里爬上岸的大鲇鱼，淋漓的汗液想想都会让人恶心。令他啼笑皆非的是，对方立刻挣脱了他的双臂束缚，在纵身跳进水中的一刹那，忽然冲他大声喊道，有种你也下来追我呀！那一刻，他已惊得魂飞魄散，以为该男子真的狗急跳墙了，那样的话自己岂不成了罪魁祸首？却不承想，人家只是想下去游游泳罢了。事情就是这样，他从一开始偷偷摸摸跟踪盯梢，到现在彼此可以像一对不太友好的对手，既相互排斥，又如影随形。换句话说，裸奔者已不再那么避他唯恐不及，而他也无须躲躲闪闪，那感觉甚至有点儿像某个知名球星和钟爱着他的热心球迷，尽管球迷们的围追堵截经常搞得球星们不胜其烦，但彼此好像谁也离不开谁。

他在报社里突然收到一封家书，是妹妹寄来的，笔迹稚嫩，言辞惶恐。母亲的老胃病再犯，这回异常严重，村镇的医生无能为力，要他们立即转县里医治，可县医院又推说条件有限，无法手术，仅开了些止痛的药，让回去另想法子。母亲怕花钱不肯再治，父亲也做不了主，现在家里乱作一团，所以妹妹偷偷写了信让他快拿主意。祸不单行。没什么好想的，他得尽快赶回老家去，当然还得筹措一笔治疗费，他有种不好的预感，母亲的病可不是一天两天了，在他记忆中她总是面色蜡黄，疼得厉害的时候牙关紧咬满头大汗，腰身在炕头弓得老高老高，活像一只被扔进沸水中的老虾。

把存折上的所剩的钱都取出来，刚过三千，三千够什么的，如今住院动辄上万块。要是没买那台二手相机就好了，至少能凑够五千呢，却为了一个不相干的家伙，白白花了自己的血汗钱。没有后悔药可吃，只好另想办法。给城里两个要好的同学打了电话，一个出差在千里之外，远水难解近渴；一个称不巧刚交了房子首付，又贷了款，手头忒紧，下半年还要筹备婚礼……唯独晓蕾是自己最亲近的人，可彼此关系搞得那么僵，哪好意思再张嘴借钱？现在，唯有向单位领导苦苦哀求了，再三犹豫，他在跟主任请假的时候，顺便提出能否借支些工资。

主任本来就满脸不悦，不料刚给了他一个改过自新的机会，却又来蹭鼻子上脸。按理说，这个假我不能准，可念在你老母病重，倒还可以考虑，至于借款的事嘛……容我好好想想吧。主任把最后一句话吊得老长，这似乎让他在阴云密布中瞥见了一丝曙光。他急忙弯腰恳切道，您要是能帮这个忙，我们一家老小忘不了主任的大恩大德。

言重了，言重了。钱我可以想办法支给你一些，不过呢，条件也有一个，就看你乐不乐意。主任说得慢条斯理，他却听得字字千钧。您别说一个条件，就是十个八个也成啊。这可是你自己说的哟，咱们的《百态周刊》最近一直没发什么有分量的东西，眼看销量直线往下掉啊，我这个当部主任的难辞其咎，所以还得靠你们这些笔杆子多多支持啊，这样我在社里说话也硬气一些。毕竟，给你这样的同志开绿灯，还是有一定压力的。干脆直说吧，我还是想把这期版面留给你，就做你上次跟我说的那个什么裸影，你赶紧着手准备准备，必要时熬个通宵，然后就可以安心回家探亲啦！

在沈越唯唯诺诺起身即将离开之际，主任没有忘记再强调一下，小沈啊，最近你几次三番求我，我可都给了你很大的面子，你可千万莫叫我失望呀，否则，我很难做哟！

八

假如人们眼力好，可以不停地，在一定意义上可以说是眼睛一眨也不眨地注视着那些事物，那么人们就可以看见许多许多；但是一旦人们放松注意，合上眼睛，眼前立刻便变成漆黑一团……

　　出门前，沈越多少变得有些烦躁难安，即便是他平时最喜欢的书，也根本看不进去，眼睛不过是长时间盯着折纸上的一段文字发呆。或许，这句话跟他的职业有关。想想看，一个小报记者，确实需要像卡夫卡说的那样"眼睛一眨也不眨"，这样兴许才会有所发现，不然两眼总是一摸黑。问题是，有些东西看得太清未必是件好事，他现在多少有点儿骑虎难下了。得罪了主任当然不会有好果子吃，况且自己还有求于他，家事来得那么的十万火急，容不得他优柔寡断。只能先顾一头了，每个人都是自私的，人不为己天诛地灭，对于那个无辜的家伙，也许他只能说声抱歉了。照理人家的裸奔行为确实没有碍着别人，更没在光天化日之下赤身裸体有碍观瞻，假如那样的话，城管和警察一定不会放过他的。沈越还记得有一晚，自己好像问过他，你这样跑来跑去到底图什么？对方很坦然地回答道：舒服，痛快，无牵无挂的。然后，又若有所思地补充道，你永远不会懂的，除非你像我这样真正地跑上一次。一想到自己也浑身上下扒得精光，然后风风火火不顾一切冲上午夜街头，他觉得那样还不如让他去跳河来得干净。

　　沈越步行走到街上，在黑暗中久久凝视着马路对过的那个小小城堡。那是自己不久前暂住过的地方，在这生活区的某个狭小的房间里，他曾度过了一个个不眠之夜，那里甚至还留下了心上人的芳香气息和似水柔情，可后来皆因发现了裸奔男子，一切都变得如此不堪，最终，他几乎落得被人家扫地出门了。此刻，他特意换了一双半新不旧的运动鞋，照相机、录音笔这些玩意一样也没有带在身上，唯独怀着一种复杂莫名的心情，孤注一掷地等待男子再度出现。

其实，报纸要用的那篇稿子已基本成形，毕竟前一阵子除了上班他一直在琢磨此事。不过，他不想在自己的文章里一味地丑化对方，取悦那些普通读者，他审慎地称之为"乐观的夜晚奔跑者""一只永不停歇的夜莺"，他甚至认为只要没有功利色彩——比如为了某种个人诉求得不到满足或不被有关部门重视而刻意为之——这样的方式并没什么值得大惊小怪或口诛笔伐的，毕竟奔跑是一个人最基本的自由和权利，谁也无权剥夺。至于主任所强调的失恋者啦、第三者啦、性变态啦，他统统不想牵扯进去，那样首先会坏了自己的胃口，因为他逐渐认识到，过分地去消费别人的隐私是不道德的。即便是自己不得已要报道这件不同寻常的事，他也不想随便泼一盆脏水玷污了对方的清白之身——尤其是想到对方赤身裸体毫不避讳的执拗模样，他几乎为此感到一丝惭愧，怎样的灵魂才能配得上那样一副身躯？

正当沈越漫无边际地胡思乱想时，裸奔者已如期而至。他觉得眼前一亮，心中顿时涌起一股很微妙的东西，甚至不无感激之情。这样的等待实在是非常盲目的，万一目标物始终不肯露面，那无异于竹篮打水，尤其是今晚，他可是满心希望要见此人一面，也许彼此可以开诚布公地聊聊，以便他能更感性也更客观地在文章中描述对方，至少可以征得对方同意。不过，他很快就注意到，裸奔者翻越那扇黑乎乎的铁栅门时，动作显得有些迟缓，跟前一阵相比似乎是力不从心的。其实，他完全可以不必如此费力劳神，只要跟门房打声招呼，或可自由通行。不过，他转念就想到那个秃脑袋并不好惹，所以求人不如求己，毕竟他选择的是一条有悖常理的道路（包括一次次翻爬大铁门），深更半夜搅扰别人的好梦，本身就是节外生枝。他还发现裸奔者从栅门顶端跳下来后，并没有立刻起身迈开两条瘦长的腿一路飞奔，而是在地面上蹲了那么一会儿，像是稍事休息，随后才像往常一样站起来，朝马路这边不紧不慢地跑动起来。

这种时候，裸奔者的身影被街灯拉得很长很长，如同一个来自外星的神秘巨人，孤独而决绝地踏上了人类午夜冷清的街道。等对方终于按照既定路线进入正轨之后，沈越才敢放开脚步，慢慢地跟上去。现在，他几乎可以清晰地听到对方奔跑时断断续续的喘息声，嗅出漫漶的汗液气味正在随风飘散，而所有这些声气无疑会让人感到迷惑，以致陷入某种不能自拔的虚幻境地。他觉得自己多像一位忠心耿耿的陪练，不辞劳苦地一路相随，默默无闻，不图任何回报。抑或，还有点儿像那个愚拙质朴的仆人桑丘，矢志不渝地跟随在主人堂吉诃德身后，做出连他自己都不太相信的举动。堂吉诃德毕竟有着自己的崇高信念，他要做那类忠肝义胆的古代游侠，凭一己之力铲除人间邪恶。不过，其行为举止往往又是那么的不合时宜，甚至滑稽可笑，正如眼下这个裸奔男子的种种行径，执拗、古怪、荒唐，叫人忍俊不禁。

也许是穿了运动鞋的缘故，很快沈越便轻而易举追上了他，两个人几乎在并肩而行，活像一对亲密战友。这种时候，无论是沈越还是裸奔者，他们都显得非常谨慎，一声不吭，谁也不肯轻易去打扰对方，谁也不想无端地破坏了这和谐安宁的气氛，彼此都有点儿心照不宣的意思，又仿佛是事先约好的那样默契。事实上，沈越从小体育成绩很差，不喜欢跑跑跳跳的，因为他的两条腿先天有点罗圈儿，每每跑动时都要被体育老师或同学们肆意嘲笑，说他像只丑陋的鸭子一跛一跛的，所以，他总是喜欢偷偷躲在某个角落里，捧着一本小人书看得入迷。此时此刻，这种看似不露声色的奔跑，竟给他带来了一种前所未有的快乐体验，这丝毫不以他意志为转移，因为在黑暗中谁也不会注意到他的腿形和跑姿，跑步者的身心完全融入浓浓的夜色中了，就像鱼儿和水的关系，他能感受到那份前所未有的自由徜徉和惬意。他想，或许这种感受裸奔者会更强烈一些吧。

很快，他们二人一同穿过了两条主干马路，拐入一条相对狭窄的街巷，裸奔者却突然停了下来，两只手臂无力地搭在大腿上面，整个腰身向前佝偻着，大口大口喘着气，一副十分疲惫的样子。借着头顶一团昏暗的灯光，沈越长时间打量着对方。我恐怕，这样跑不了……多久。裸奔者边喘边断断续续地说，那口气多少有些沮丧和力不从心，又像是在跟一个多年的至交做最后的告白。这时，沈越才意识到对方真的是很虚弱，这似乎证实了自己先前的所见与猜测。

你是不是觉得哪里不舒服？沈越一眨不眨地盯着那张被浓密的头发半遮着的瘦削脸庞，那忧郁的眼神也不再像他头一回所见到那样桀骜了，相反有些病恹恹的枯焦。

要不，今晚就别再跑了。他以这样商量的口吻劝说对方时，心里忽然涌起一股很复杂的恻隐之情。咱们可以找个地方坐下来歇歇。

不！裸奔者仿佛受到某种刺激，猛地在他面前挺直了胸膛，既来之则安之，我一定要坚持跑完！

对方确实比他想象中还要瘦，说话的时候那些肋条骨如鱼刺般，一道一道清晰可见，使得他那光裸的腹腔看上去空瘪而单薄，唯独没完没了的汗液像一群群白蚁爬满周身，在街灯的映射下发出熠熠的冷光，叫人不寒而栗。

如果有人非要把你的事情拿到报纸上去说道说道，你会怎样想？

那个人就是你吧？

对不起，我打一开始就不想对你隐瞒什么，你知道我是个记者，这是我的饭碗嘛。

没啥对得起对不起的，我们每个人都应该去做自己该做的事。

也包括你和你的这种奔跑方式？

也许是吧。

据我了解，像人家国外很多裸奔者会成立一个什么组织，比如动物保护组织，他们每次集体行动都有非常明确的目的，要么扯着条幅，要么举块牌子，总之是为了抵抗什么，力争获得某种权益，而你这样好像什么也不为。

我为自己！我说过我喜欢无拘无束！

我不得不承认，这一点你很让我羡慕，真的。其实我并不太想当记者，也不怕你见笑，我上大学时的梦想是，有朝一日成为一名作家，当初连我女朋友都坚信我很有这个潜力。可是，直到如今我还是一事无成，每天都不知在忙碌什么，不瞒你说，最近连女朋友也离我而去了。

哦，这方面咱们倒是同病相怜，你该知道的，没有哪个姑娘能受得了我这样。我没你那么幸运，没念过什么大学，就连中学也是勉勉强强读完的。那时我突然得了一种怪病，浑身总是不停地冒汗，好像每只毛孔都是一根关不住的水管子，不管往哪里一坐一躺，不大工夫，那个地方就湿乎乎一大摊，就跟小孩尿了床似的。我自个都觉得恶心，去学校里简直太丢人了，每个人都拿奇怪的眼神看我，我在他们眼中就是个湿漉漉的大怪物。前些年，家里没少带我去外地求医问药，兰州、西安、北京到处跑，可谁也对付不了这种奇怪的多汗症，只说是肾上有毛病，体虚，盗汗，需慢慢调理，反正中药西药吃了不知多少，家里还欠了一屁股债。我的初恋女友以前对我也很不错，可后来还是被我的怪病给吓跑了，她甚至不敢拉我的手！我在家什么也不能穿，只能凑合着披披浴巾什么的，因为只要穿上衣裤马上就湿乎乎的，全都粘在身上，难受得要死。白天我当然哪也不能去，一个人关在房里，那滋味简直像坐牢，所以我最喜欢夜深人静的时候，只有这时我才能悄悄地溜出来，像这样不停地跑啊，跑啊，也只有这时，我才能感觉到心在跳，浑身有使不完的劲……我还活着，没有被那些讨厌的汗水活活淹死！

风呜呜地跟在两人耳边奔跑个不停，那些天亮前即将结束一生的小咬们正围着路灯飞上飞下疯狂旋转，好像非要将身上多余的精血消耗殆尽。时不时，总能看到一两个孤苦伶仃的老乞丐，正平展展地躺在公交车站的候车椅上，脑袋底下枕着个鼓鼓囊囊的破袋子，口鼻间发出黏稠的呼噜声；一群浓妆艳抹香气刺鼻的小姐，交头接耳聚在车站附近那一排灯光暧昧的洗头店门口，钓鱼似的直勾勾等着客人上来搭讪；跑夜班的出租车照常守在霓虹闪烁的酒店或歌厅跟前，每当里面踱出一串摇晃着的身影时，司机和汽车立刻就骚动起来……在这个午夜两点多的城市里，所有不眠的灵魂不外乎如此，就像灯下那些茕茕孑立的小昆虫们，痛苦，也快乐着。

沈越边往前跑边瞎琢磨。此时，他不得不承认，世界在这种时候显得特别单纯和安宁，人与人之间似乎变得很容易沟通，平静舒缓的语调或许最能流露出一个人的所思所感，漆黑的夜色根本无法掩盖一个寂寞的灵魂。白天，每个人都在伪装，道貌岸然，冠冕堂皇,唯独这种时候,才会暂时卸下面具,做回真正的自己。就像跑在他身边的这位老兄,尽管全身一丝不挂,尽管怪病缠身,可他的精神是纯净的、自由的,几乎无人可比。沈越忽然又想到一个更加生动的称呼,即"自由的灵魂斗士",或许用它来形容这个长期被病症所折磨着的男人最恰当不过。

冷不丁地,裸奔者一个趔趄突然栽倒了。沈越不无惊恐地睁大双眼,那副瘦削的身躯就这样光溜溜软塌塌地趴在漆黑的街道上,腿脚正无力地一下一下蹭刮着地面,好像还在匍匐前进似的,嘴里发出痛苦而绝望的哀鸣,似乎是,这辈子再也无法站立起来。由于距离太近了,沈越能够感受到对方的无奈与无助,因为多少年来这个男人一直在跟自己的身体顽强抗争,试图用自己的方式驯服它改造它拯救它,好让身体完全服从于个人的意志,然而他真的太虚弱了,终于被这最后一根稻草压垮了。

后来,就在沈越手忙脚乱地俯下身去准备施救时,耳边忽然响起那种熟悉的咔嚓咔嚓的快门声,一道道突如其来的闪电直逼双眼,脚下的街道霎时被照得一片炽亮。某个瞬间,眼睛仿佛跟失明了一般,什么也看不到。唯独耳畔传来的是,那个趴在地上的裸身男子发出的孱弱而苍白的呻吟……这种时候,他不可能不呻吟。

九

沈越一直在医院里挨到东方发白。蒙蒙眬眬揉开眼皮,看到那个人平躺在自己眼前,鼻孔戴了蓝色的氧气罩,手背上插着输液吊针,那副瘦削的身体完全隐蔽在单薄的被子下面,看上去奄奄一息——这个印象总让他想起病人夜里趴在自己背上,完全虚脱了,一路上淋漓的汗水湿透了他的脊背，情况十分危急，他不得不背起这个男人气喘吁吁地往附近的医院跑去。

值班医生也被这种赤身裸体的模样给镇住了，因为他们很少遇到这么古怪的病人，半夜三更光溜溜地被人背进医院。好在医生还是进行了基本的急救处理，他虽然不是病人家属，但还是愿意留下来照料。他自始至终坐在病床旁边的一只白色方凳上，后来实在困了，索性将上半身趴在床沿上休息。当他看到病人依旧在沉睡或昏迷不醒时，不由得伸出手轻轻掀开被子一角，发现医护早给病人套了一身灰蓝道道的病号服，这让对方看起来更像一个濒临垂危的患者。之后，他到护士办跟人家打声招呼，说得抓紧时间去找患者家属来。护士睡眼惺忪，但还是不无狐疑地问道，你真的不是病人家属？他不想跟这种人啰唆什么，有关裸奔者的情况他在来时已说得够清楚了，便径直走出医院。清晨的空气异常清新，他有点儿贪婪地深吸了几大口。真是一个不同寻常的夜晚！即便这时他还是感到心有余悸。

寻找病人家属并不太难，当沈越一股脑地将情况讲给秃脑袋时，对方显然并不感到非常惊讶，相反就像这个结果他早就料到了，只是个时间问题。不过，秃脑袋的目光多少有一些躲躲闪闪，面对这个曾被他用电警棍制服过的年轻人，也许内心存有那么一丝愧疚，竟主动提出要亲自带他去找人。这种时候，他多少有点受宠若惊，原以为自己会被拒之门外，免不了一番口舌的。现在，看门人边在前面给他带路，边连连叹息道，唉！说来真够可怜的，摊上那么个怪病，好端端一家人硬给拖垮了，听说他老子又查出了很严重的风湿病……以前我也不是没挡过他，不许他夜里往外瞎跑，你说说一个大老爷们，光着身子满世界跑，多丢人现眼啊！可腿脚长在他身上，我一个老头子哪能挡得住呢？你十二点去挡，他就一点跑；你一点去挡吧，他又两点以后往出跑，这谁能耗得起啊！可话又说回来，人家爹娘老子都管不了，咱两姓旁人操啥闲心……

听看门人这样唠叨，沈越恍惚间又回忆起那天深夜，当他询问是否看见有人裸奔时，对方一脸的漠然表情，他忽然对这个看门老头产生了一丝丝好感。至少，这种睁一眼闭一眼的态度，对裸奔者十分有利，否则，病人会更加痛苦的。他们一老一少七拐八拐，很快就来到那个裸奔者家门前。楼道阴森森的，一扇老式的防盗门漆皮剥落锈迹斑斑，门口堆着两只装满了垃圾的塑料袋，发出一股刺鼻的恶臭，紧挨墙根还摆着一只布满灰尘的咸菜坛子。看门人二话不说，直接抬起手掌啪啪地用力拍门，过了好半天，里面才算有了响动。防盗门嘎啦啦地从里面推开，一个老妇人的脑袋慢吞吞地探伸出来，那沟壑纵横的额头上，闪着困顿疑惑的幽光。

这位是报社记者，你儿子夜里跑出去跌倒了，真是多亏人家啊！看门人大声喊完话，才掉转身冲沈越客气地点了点头。那你先忙着，我得赶紧回去盯着大门。

在破败而又局促的裸奔者家里，沈越发现眼前的桌面或茶几上，除了堆放着各式各样的药瓶药罐药盒之外，几乎再也看不到任何装饰性物品，可以说连件像样的家具和电器都没有。兴许是长年累月煎熬中药的缘故，一股浓酽苦涩的草药味始终弥漫在晦暗的空气中，叫他有种晕晕乎乎的沉迷感。老妇人一看就是那种老实巴交的家庭妇女，头发早已花白，生得瘦骨嶙峋（看来裸奔者很受她的遗传），背驼得很厉害，说起话来有气无力的，她一个人平日要操心两个病怏怏的男人，劳累程度是可想而知的。他刚跟老妇人简单交代完病人的一些情况，以及具体住在哪家医院，手机突然响了，主任的口气火急火燎的，恨不得将他从电话里直接拽走。你马上给我到报社来，一分钟也别耽搁！

夜里的事情都快把他搅糊涂了，这才想起主任给自己布置的光荣而艰巨的任务。图片是现成的，那篇稿子也八九不离十了，只需稍加修改和润色，可他忽然意识到，也许自己真的不该那么做，裸奔者现在还躺在医院里输氧打点滴呢，健康状况不容乐观。最重要的是，当他一大早贸然走进这个家中，面对满头银丝形容憔悴的病人家属，以及杂乱无章几乎是家徒四壁的房间时，他的心一下子被什么东西给揪住了。他不禁想起那句话，幸福的家庭大致相似，而不幸福的家庭各有各的不幸。如果说，此前他对裸奔者充满了新闻调查者特有的好奇与追问，那么此时此刻，当他真真切切地感受到，这个倒霉透顶的家庭几乎已走到崩溃的边缘，任何一种来自外部的力量都会将之毁灭掉时，他便彻底地陷入一个人最起码的怜悯当中，尽管这种情感可能一钱不值。不知怎的，眼前的老妇人总能让他想起远在家乡的母亲，她老人家的身体也是这样的差，老胃病无时无刻不折磨着她，算起来妹妹的信寄出十来天了，真不敢想象母亲这些天是怎么煎熬的。

幸亏主任的电话及时提醒了他。钱！他现在急需筹措一笔治疗费，并尽快带回老家去，这才是天大的事啊——这也许是他唯一能为母亲做的事了，他可不想为此留下终生的遗憾。所以，接下来他不得不慌慌张张跑回自己的住处，趴在桌上将那篇稿子从头至尾细细修改了一遍，然后取了相机，又急急忙忙往报社赶去。一路上，他的心绪久久难以平复，明明知道自己不该那样做，可现实又绝不容许他左顾右盼。想到家人，想到母亲，想到自己目前的处境，还有他跟晓蕾那段感情，他的心肠又慢慢地变硬了，理所当然地被现实牵着鼻子走了。

一见主任的面，果然先吃了当头一棒。你瞧瞧这是什么？对方将今天刚出版的一张兄弟报纸摊开在他眼前，并且怒不可遏地高声念道：本市凌晨两点惊现神秘裸奔男子！他妈的，岂有此理，竟让这帮家伙捷足先登了！

他诚惶诚恐地盯着那行黑色醒目的新闻标题，以及配发在上面一张裸奔者的大特写，就在他熟悉的裸身男子身旁，他忽然发现了自己的身影，尽管它就像是一幢恐怖的鬼影模糊不清，但他心里分明清楚那正是自己。他应该有预感的，深夜里他们确实被什么人跟踪偷拍过，但当时他一点儿也没往这方面想，这才叫螳螂捕蝉——黄雀在后呢！

主任突然发狠将那张报纸揉作一团，然后，气冲冲地啪嗒一下，随手丢进桌旁的纸篓中去了。没什么大不了的，这家报纸只是发了条简讯，接下来的大文章还得看咱们《百态周刊》的。对方那种自信得有些自负的目光，已死死瞄准了他的相机以及他这个人，好像奸商突然看到了某个巨大的商机摆在眼前，我要的东西你都带来了吧？主任挑着眉头这样发问时，他忽然感到一阵少有的紧张，怎么说呢，就好像电影里不择手段的绑票者在跟人质家属谈最后的条件。

他的双手莫名地开始哆嗦，身子不可抑止地发起颤来，如果真的是电影场景，他应该跟对方说，当然都带来了，咱们一手交钱一手交货吧。可是现在，坐在他面前的是部主任，是顶头上司，是绝对的权威掌握着他的生杀大权，他是不可能跟他谈什么条件的。他唯一能做的就是，乖乖地，将自己手里的东西悉数交出。

最后一瞬间，他的手指分明已经在裤兜里夹住了那篇手写稿，只消轻轻地拿出来便万事大吉了，他眼前倏地又跟放电影似的掠过一组慢镜头。那是裸奔男子在夜色中一次次攀爬栅门，一次次迈开双腿一路狂奔，一次次大汗淋漓却又不屈不挠，他甚至又想起昨晚对方跟自己说过的那句话：……我还活着，没有被那些讨厌的汗水活活淹死！现在，这句话简直就像一句惊世骇俗的咒语，叫他忽然感到自己是如此的渺小和卑劣……

十

再次见到晓蕾已是两个月后的事了。

这期间沈越回过一趟老家，不过他并没有机会带着母亲到城里治病，而是去参加老人家的葬礼。其实，妹妹那封信从家里寄出时，母亲已病入膏肓，胃癌晚期，县医院的大夫偷偷跟父亲交过底，说最好把病人接回家去，让她安安生生走吧。后来听妹妹说，母亲临终前的夜里一遍遍唤着他的乳名——而那晚他正好是在医院里陪着裸奔者一起度过的。

《百态周刊》在沈越回家奔丧时刊登了那篇署名文章，主任还亲自捉刀，将"乐观的夜晚奔跑者""一只永不停歇的夜莺""自由的灵魂斗士"改为"一个肆无忌惮的裸奔男子"和"古怪的裸露癖患者"，甚至还添油加醋地将裸奔者说成是因为家庭不睦、就业无门、爱情受挫等原因造成的疑似精神分裂症，云云。不管怎么说，那期的报纸销量确实创下了本年度最好纪录，主任那张阴晴不定的脸因此风光了好一阵子。当然，沈越自个也被破格转正，至于损坏相机的事，也都将功折罪一笔勾销了。

只是，晓蕾一直躲着不肯跟他见面。打手机不接。发短信也不回。最后，沈越只好下班后硬着头皮去她公司附近堵她。晓蕾一眼便瞅见他袖子上的那圈黑孝箍了，她这才迟疑地停下脚步，她发现这段时间他好像瘦多了，两只眼窝陷得很深，神情似乎也很忧郁。

咱俩能不能心平气和地谈谈？他深情地望着她的脸，满心希望她能再给自己一次机会。她也幽忧地望着他，一眨不眨地端详了半天，好像是，要从他的表情中找到一个十分确凿的理由，从而可以重新开始。你为什么非要那样写人家，你有没有想过对方感受？她终于开口说话了，但他一点儿也不想讨论这个问题，尤其是这一刻，他觉得彼此分开得实在太久太久了。

忘了告诉你，我母亲病逝了。他尽快转移话题，我觉得自己真是不孝，竟没能让她老人家临走前，瞧上咱们一眼。他刻意用了"咱们"一词。对不起，我也很难过！她的眼神不再像刚才那样硬生生盯着他了，而是逃避似的瞥向公司对面的闹市，那里就像平时的每天行人如蝼蚁般拼命奔波的样子。我该走了。刚说到这，她突然低下头去，像是要极力克制住自己的情绪，或者，只是不想让对方看见自己正在流泪的样子。他却猛地一把将她揽进怀里，执拗地凑过嘴唇想吻她。求你别这样好不好……她近乎疯狂地用双手推搡他的身体，他向后趔趄着松了手。如果不是那张报纸，如果当初你能听我的……也许我会重新考虑的，可是你真的太让人失望了！

晓蕾，你先听我解释好不好？你根本不知道我有多纠结，这件事我心里比谁都内疚都痛苦，我真的不想刻意去伤害任何一个人，包括那名男子，问题是我不那样做，结果只有一个，卷铺盖滚蛋！那样一来，我真的就完了，以前所有心血全都付之东流，像我这样没啥资历的小记者，绝不能轻易放弃任何一次机会！我能做的，只是尽量别把当事人写得那么不堪，这一点我问心无愧！可报纸发表时被人动了手脚，你知道这也不是我能左右得了的。这段时间，我心里反复在想，到底什么算成功，什么又算失败，其实成功和失败不过就是人家点头或摇头，说白了，他们喜欢的事你应付得好就是成功，否则一切都是扯淡！

我觉得你太自私了，你满脑子只有你自己！晓蕾一字一顿地说。

可我心里一直有你，你不知道我有多在乎你？我之所以这样做，还不都是为了咱俩的将来，你一定得理解我啊！

将来，将来，我们还会有吗……

晓蕾默默地念叨着，轻轻地摆着头，终于转身头也不回地跑开了。任凭他站在原地大声呼喊，捶胸顿足。

十一

此后一连数日，沈越上班都无精打采的，经常用双手托住腮帮子，长时间呆望着窗外。

主任总是善于察言观色，有时他也会对属下的私人生活表现出某种罕见的热情。轮到值晚班时，主任忽然很神秘地将一张存储卡丢在沈越面前。小沈，这东西我可一直替你保存着，现在兴许能派上什么用场。他懵懂地看了看主任，又瞅了瞅那张小小的芯片，好像那里藏着一个不为人知的秘密。主任的脸上挂着一层很模糊却又很分明的提示，就连眼神也透着那种职业性的狡黠，不无恣意意味。

喂，男子汉大丈夫，不要轻易被一个女人打败，有时这种事也得动动脑子嘛！他听见主任在离开值班室前如是说。

他迅速地将那张芯片插进读卡器，啪啪地点击了几下鼠标，电脑屏幕上立刻浮现出一幅幅赤身裸体的女人照来，光滑白皙的肌肤，凹凸有致的曲线，如醍醐灌顶一般，他终于无师自通地领悟了主任的深意。一种说不出的兴奋开始在体内疯狂燃烧，他几乎有种稳操胜券的沾沾自喜。

当初，偷偷摸摸拍下它们时，可真是没这样想过，充其量也就是想留作纪念，却不想有朝一日它们会变得如此重要，简直就像是一张张致命的王牌。看来，姜还是老的辣啊！他甚至开始想象，晓蕾看见这些图片时的表情，震惊、羞愤、尴尬、无地自容或忍气吞声。到那个时候，她怕是不得不乖乖地屈服于他，回心转意，满天云彩散，他俩又可以天天在一起了。他觉得，只要能和她在一起，做什么都是值得的，因为他不想失败，害怕失败。

手头的工作总算告一段落，尽管人很疲累，但一想到那样东西他的心就怦怦直跳，不无窃喜之意。趁别人不注意的时候，他用A4纸打印了两张图片，上面的女人几乎是全裸的，他小心地折叠起来塞进一只写好地址的小信封内，然后又揣在裤兜里。不管怎么说，能在人生最关键的时刻得到这张芯片，真让他喜出望外，这是他到报社以来头一回打心底里感激主任，因为这不啻一场及时雨，虽然他们相处并不愉快，对方总是居高临下颐指气使甚至刚愎自用，每每让他这样的下属陷入尴尬境地。不过，这一切似乎并那么不重要，只要对方支的招数能够奏效，能让心上人回到自己身边，他大可以不计前嫌感恩戴德。

夜风中平添了丝丝凉意，这个夏天已然走到了尽头。老远就望见那扇黑漆漆的铁栅门了，以及浸淫在夜色中的幢幢楼影，门房的窗户依旧闪烁着灰蓝色的荧光，那个看门人一准守在电视机旁，边观看边打盹呢。他心里忽然有种说不出的依恋，这种微妙的情感突如其来。他下意识地在路对过停下电动车，然后，一眨不眨地凝望曾经居住过的这个地方。这种时候，它的确酷似一座城堡，寂静，幽暗，神秘，不露声色，紧闭的大铁门几乎让它与世隔绝了一般。渐渐地，思绪变得有些漫漶起来，他不无荒唐地在想，那个武姓房客也许正同柿饼子脸女人颠鸾倒凤呢，以前他每回值夜班这家伙都不会闲着。当然，最让他惦记的还是那个浑身湿漉漉的裸奔男子，有一阵子没见到他了，是否还安然无恙？也许那篇报道彻底改变了他，至少会引起更多人的关注吧，说不准还会有好心人肯为他的病情慷慨解囊呢，从此可以继续接受治疗，不必那样一趟一趟往出跑了……这些他都无法确定，但他似乎再也没有勇气走进这个普普通通的生活小区，他只能这样远远地窥望着。

这时，一股嗡嗡作响的强烈振动从裤兜那里自下而上传遍全身，这感觉很像某种神秘物质倏地钻进他的肉体和灵魂中了，使倦怠的他多少为之一振。当他摸索着掏出手机查看信息时，整个人仿佛断了电的机器突然僵在夜色中。

      我冷静地想过，你对别人的态度，可能就是将来对我的态度，你把成功看得比什么都重要，所以你不会在乎别人的感受，也许这些都无可厚非，可这却是最让我害怕的东西，我觉得自己越来越不了解你，或者，我从来都没真正了解过你。

      有件事我必须向你坦白，就在上次见面的前两天，我发现自己怀孕了，本来我希望以此来缓和咱们的关系，可当我见到你之后，才觉得自己的想法太幼稚，我根本不能说服你，我不能用一个无辜的小生命去冒险。所以请你原谅，我只能将我们之间的一切都悄悄抹去，这样对彼此都有好处……最后祝你幸福！

手机上的文字泛着荧荧绿光，几乎每一个字都有撼动心弦的力量，那种前所未有的负罪感正洗劫着他的每一根神经。眼前仿佛有一团血肉模糊的小东西，正在那里微微蠕动，叫人心惊肉跳，血脉偾张，嗓子眼一阵阵发紧。他几乎不敢再去深想什么，否则会吐得稀里哗啦的。他稍稍让自己镇定了几秒，便急不可待地给她拨电话，可提示音告诉他对方已经关机了。该死！他简直快疯掉了。他必须马上赶去见她，一刻也不能再迟疑。

当他像匹野马发动车子开始在午夜的街道一路狂飙时，满脑子都是她往日的音容笑貌，尤其是当初他们在学校刚认识那会儿，两个人经常一起去泡图书馆，每次他在报纸上发表了豆腐块，她都会悉心地帮他收集起来，或者，当着他的面逐字逐句诵读一遍，那时她嗓音甜美柔情似水，那时他俩青春做伴无忧无虑……可是转眼之间，一切都改变了，晓蕾竟如此决绝地要离他而去，他终于忍不住淌下热泪。

还没跑出多远，电动车便在耳边吱扭一声没了声气，该死的玩意总是在关键时刻没电，这真让他痛恨不已。他已顾不得许多，随便拿链条锁把它拴在街边的一棵树下，接着便迈开腿脚奔跑起来。他这辈子好像从来没有为了谁这样没命地跑过，以至于气喘吁吁汗流浃背，衣服裤子完全粘在身上，好像无数条潮湿的绳索将他结结实实捆住，整个人被死死纠缠，被时刻左右，失去自由，没有方向，蒙头蒙脑，这感觉实在太龌龊了，就像他现在的处境，或者在报社里度过的每一天，扪心自问，这一切真的不是他想要的生活，他想要的并不仅仅这些。

他一面往前跑，一面无法按捺地解开了衬衫纽扣。夜风一下子灌了进来，细密的汗液不一会儿就被风吹干了，衬衫自然而然从身体上剥离开，如同白色的精灵一般，扑喇喇在夜色中翻卷狂舞，这感觉的确舒爽至极！他索性将衬衫脱下来拎在手上，就跟田径明星在赛场上那样激情洒脱地解放自己。不过，他一时尚未意识到，当这样光着上身在街道上奔跑时，已不知不觉加入到准裸奔者的行列中了。

他越来越真实地品尝到那种淋漓酣畅的滋味，好像再也无须听从别人的怂恿和摆弄，更不必处心积虑煞费苦心。这个特殊的夜晚完全向他敞开了心扉，而他似乎也有足够的勇气应付这座黑暗中的城市。当他终于领略到光着身体奔跑的感觉如此美妙之后，不禁哑然失笑！他忽然记起什么，急忙从裤兜里摸出那个皱巴巴的小信封，不久前它还被视若至宝和王牌，此刻却猥琐得一钱不值甚至叫人恶心。他用力将它撕得粉碎，然后像个调皮的大男孩随手抛撒出去，他看到白色的雪片在裸露的夜空中纷纷扬扬坠落着。与此同时，他竟鬼使神差地解开了皮带，毫无顾忌地将裹在腿上的长裤扯了下来。恍惚间，那个汗流似水的裸奔男子又出现在眼前，对方那种执拗的眼神让他忽然有所顿悟，有时候人们只是需要彻彻底底地解脱一下自己，仅此而已。

凌晨两点钟，万籁静寂，夜凉如水，整条大街上静悄悄空荡荡的，一个赤身男子正在一路狂奔……

（原载《山花》2014 年第 11 期，《作品与争鸣》2015 年第 1 期、《小说选刊》2015 年第 2 期相继转载）

艳阳

A

几乎是从早到晚，周身上下都发高烧样燥烫难耐，若不顾忌自己是个人民教师，真恨不能脱光了膀子泡进学校的水池里才好。眼前那台已被我修过多次的小台扇，正骨碌碌地摆晃着蒙满油腻灰尘的圆脑壳，一副无可奈何又鞠躬尽瘁的样儿。尽管几片扇叶在圈壳里拼了老命苟延残喘，可呼出的风还是热辣辣地烧人脸面。有时候我又觉得这台电风扇就像一个可有可无的心理医生，在这酷暑季节里，如果你不配合它、你不觉得它吹来的风是凉爽的，那么，它的全部努力终将是徒劳的，这就好比我带的那群学生，他们不听话，我也没有什么好办法可想。

上午我去找校长谈过话。其实是她叫我去的，我只好暂时关掉这有气无力的摇头扇，硬着头皮过去挨通呲了。校长大概觉得我最近肝火有点旺，她直截了当地问我是不是工作压力太大，是不是有啥情绪，或者家里有啥不顺心的事。见校长摆出一副要大做特做我思想工作的循循善诱的嘴脸，心里不免有点怯场了。我极力掩饰着自己的慌张，用手背不停地揩拭着额头和鼻尖上的汗珠，漫不经心地冲校长摇头打哈哈。我知道这样做校长并不能十分满意，就补充说这天气简直叫人活不下去了。校长问我喝不喝水，我又迅速地白痴样摇头，因为我实在害怕出汗，如果喝一杯水下去，我的身上立刻会流下两杯子臭汗，或者还要多些。可是校长还是盛情地给我倒来一杯水，她说是凉开水，喝吧。出于礼貌，我双手恭敬地接过水杯，牢牢地捧着，凉开水在我手里一点儿也不凉了。而我呢，在这位已经在教育战线摸爬滚打了近三十个年头的鬓发灰白的老校长面前，确实有点像个小学生。手里的杯子是白瓷的那种会议杯，我故意把目光盯在上面绘着的一株墨绿色的迎客松上，杯沿有三四个小豁口，瓷釉脱落，已经显得相当污浊了，一如这所学校里的所有设施那样，年代久远，陈旧不堪。这杯子不知有多少人用过，不知是不慎摔坏的，还是别人故意拿牙齿险恶地啃出来的，反正很龌龊的样子，让人不想沾嘴。可俗话说拿人手短，吃人嘴短。我虽说还没有喝下校长的水，可心里还是战战兢兢地发着慌，生怕她在大热天里冲人发火，结果又弄得她血压升高或心脏病复发，这都很有可能。

　　这种时候，我就由不得要忏悔一下，起码应该跟老领导说声对不起吧，毕竟是我对校长出言不逊的，毕竟手里端着她亲自为我倒的水。可我还没有来得及说什么，倒是校长很和蔼地对我说了早晨的事她也不好，不应该当着学生面冲我发脾气。我说哪里哪里，都怪我没能把自己的学生管教好。我是二班的班主任嘛，学生连操都出不齐，我居然还有脸当着全校师生顶撞校长，就该罪加一等；我居然还说出天气这么热还出哪门子操的混账话来，想一想自己真是失职啊。其实，我确实该好好检讨一下自己。一早出操的时候，我们二班的队伍稀稀拉拉，散兵游勇吃了败仗样没有队形，横不成排竖难成列，偏巧今早学校又查操，难怪校长她老人家要冲我发威呢。校长自我检讨以后，又开始语重心长，又开始老生常谈了。她说，我们的学生本来就参差不齐的，不像人家市里的重点学校生源那么优秀，再说正经人家的孩子也不往这儿来送呀！我们这些学生的爹妈大多都是外地来的，不外乎是些小商小贩民工什么的，整天只顾着挣钱糊口，自己就没有多少文化，哪还顾得上这些孩子，我们再管不好，再不对学生要求严格一点，对不起这份工作啊！校长言之有理。我越发像个小学生了，鸡叨碎米般冲校长点头，脸面更觉得烧烫，实在羞愧难当。我只觉得自己对不住校长，别的倒没有多想。

说心里话，我并不讨厌这个上了岁数的女人，据说她的青春时光以及大半个人生全部给了学生，中间还有那可怕的十年动荡，但她依旧表现得无怨无悔的样子。我知道她必定有她的难处。这二年眼看着那些有路子的教师都办了调动，相继离开了这所说是挂在城边子上，其实是被人遗忘了的城乡接合部的初级中学，光我见到的中青年教师来了去了就不下十人次，这里简直就是大家跳槽的一块跳板，谁来了也不想安分守己待上一辈子，心甘情愿留下的基本上都是人老珠黄一心等着要光荣退休的老教师。师资力量薄弱，办学条件又差（房舍、桌椅板凳和实验器材净是八十年代初期的老古董，都可以拍电视当道具用了），上面根本又不重视，往往一个老师至少要代两门以上的课，又不多给一分钱的课时费。校长刚才试探我的思想情绪，其实就是指这个再客观不过的实际问题，她大概早就知道她这里是铁打的营盘流水的兵，像我这样的年轻教师怎能待得长久。不过，我并没有向老校长袒露自己的心事，当天和尚撞天钟，这最起码的道理我还是懂的，只要在这里干一天，就应该尽一天的责任，这没什么好解释的，谁叫我是老师呢。

　　从校办那里出来，我又憋了一肚子火，所以就没有回自己的宿舍，直接上二班的教室。老远听见走廊那头乱哄哄地响，仿佛一群麻雀跟一千只苍蝇搅混在一处打架似的，叽叽喳喳，嘤嘤嗡嗡，我气不打一处来，快步往前走。经过初二一班的教室时，我往窗里瞥了一眼，小白老师正在上课。她比我晚来一年，代初二年级的数学和地理两门课，同时她又是一班的班主任，工作量很大。此刻，她背冲学生在黑板上给一个三角形作底边的垂直线，线条是用白粉笔画出的，她的两只手也糊得白惨惨的，没有一丝血色，一手摁着旧得掉了油漆少一个角的三角板，一手攥着半截粉笔头，在黑板上一移一动。她的个子不算太高，属于娇小玲珑型的女人，所以画图时脚尖肯定要踮起来，脚踝那里肯定绷得很硬。我看见她的后背一上一下不停耸动，很吃力的样子，就不由得要替她捏把汗。她身后的学生跟喝醉酒似的东倒西歪，趴在桌上打瞌睡的，埋头在桌洞里看课外书的，大模大样吃零食的，胡乱抛纸蛋子玩的，交头接耳，嘻嘻哈哈；在教室最后一排，我甚至还看到隐约缭绕的一团烟雾，不用猜，个别男生正偷着过瘾（吸烟）呢，总之是形形色色五花八门，干什么的都有，只有极少数的学生还在静静地双手托着腮帮子，煞有介事地观看老师作图，可也拿不准他们是否在开小差。

　　不知怎的，每次见到这种情形，我的手指都要痒痒好一会儿，我知道在我每每转过身去写板书的时候，我的学生也是同样的不堪入目。以前我也特意偷袭过他们一阵子，批评，罚站，写检讨，抄课文，放学留下来让打扫卫生，实在不行就请家长来学校。在所有的手段里，我发现请家长是世上最让人头疼又最无奈的事。有时候连着请一个多礼拜家长也迟迟不来，来了也没有好声气，个个板着面孔，好像我把学生怎么着了似的，一个个净强调他们忙，实在没有闲工夫，或者干脆挑明了说他们又不指望儿女成龙成凤，好歹混完初中就让孩子回来帮忙干活或打理生意。按我的要求，家长什么时候来了学生才能上课，这种做法显然又行不通，后来校长也出面干涉，说万一这种学生在外面打架偷东西泡网吧玩游戏机不回家怎么办，我只好采取妥协的办法，家长照请课也照常上。这样一来，学生就不把我的话当耳旁风了。后来我实在没有新招了，偶尔体罚一下也是有的。我在讲台上板书时会突然转过身，瞅准不规矩的学生，我会毫不客气地将粉笔头猛掷过去，袭击他们的打瞌睡的脑袋或嬉笑着的脸皮。有时我干脆趁那些学生毫无防备时，神不知鬼不觉天兵那样出现在他们面前，一把薅住学生的脖颈，老鹰抓小鸡一样将他们从座位上提溜起来。我可不像一班的小白老师那样好脾气，一味地宽容和慢声细语，善良和耐心有时只能增长坏学生的嚣张气焰。

今天也一样，我满脑子都是火苗乱窜。我要让这帮坏学生知道马王爷到底有几只眼。但是，令我没有想到的却是，我竟惨遭了二班学生的一次成功的伏击。有人在虚掩的教室门和门框上面支了一把扫帚，事先扫帚上面又涂满了粉笔灰，这该死的东西猛不丁从天而降，直击我的脑门，呛人的粉笔屑顿时蒙住了我的眼睛，幸好我是近视眼，戴着眼镜，要不我的眼球会被扫帚尖插出血来。我本来要发作，可想想还是忍了。可以想象，这要换了隔壁的小白老师肯定先大哭一场再说。可我不是小白老师，我是男同志，应该坚强一点，我只能憋着满腔的怒火，痛苦地闭一会儿眼睛，然后装作若无其事地掏出口袋里的一团手纸，把眼睛和脸都擦了又擦。我一边擦一边在想该怎么处罚这群胆大妄为的小混蛋——至少要让他们打扫一个礼拜教工厕所。我的眼睛虽然睁不开，可脑子却清楚得很，不用问，肯定又是那几个坏学生，刘七一、李双迎、潘永富，还有马旺旺，他们简直就是二班里的"四人帮"，好事从来摊不到他们身上，调皮捣蛋却一次也没少过这八只手。我边擦着不停流泪的眼睛，边勉强地睁开一条眼缝朝教室里瞅，嘴里怒不可遏地点着他们几个的名字，我说你们全部给老子滚出来。

话音落了半天，也没有见那四个学生主动走上讲台，我快要气晕了，简直反了，就又咬牙切齿地点那四个学生的名字，点到最后的马旺旺的时候，才听见下面的学生窃窃着说，张老师他们四个都不在教室。我瞪大眼睛朝下面看了看，果然空着几个座位，便瞪着眼睛质问班长。班长磕磕巴巴地说第四节课英语老师来宣布自习以后，他们几个就跑出去玩了，到现在也没回来，是他们离开教室前设下了这该死的圈套等别人就范，而这四个家伙竟是跳窗子跑掉的。我对那个自以为会讲两句 Sorry 和 bye-bye 的英语老师很有意见，这家伙最近总在泡病假，来学校打一头就匆忙溜走了，鬼才知道他到底是不是真的病了。我严厉批评班长为何不早来报告，学习委员都是干什么吃的。班长和学习委员畏畏缩缩起立以后又面面相觑着，好像我真的会吃了他们似的。他们又支支吾吾了一会儿，看我真的火冒三丈暴跳如雷的样子，才吞吞吐吐说了实情：原来刘七一临走前曾警告过班里同学，谁也不准打小报告，谁也不准带头把扫帚取下来。大家平时又都惧怕刘七一，所以谁也没敢轻举妄动。我一时无处发泄，只好愤怒地拍打自己身上雪片样的粉尘。教室里又开始窃窃吵吵的，学生们必定在议论我会如何惩罚那四个坏蛋。我脑子里也乱七八糟，不过还是想起早操的事，想起校长的白瓷杯和谆谆教诲，于是，我怒气冲冲地宣布，从明早开始谁不按时出操就别怪我不客气。说完我就甩手离开了教室，哪知隔壁班的小白老师正用一只手捂着嘴跟跟跄跄地快步跑过来，她在我的一只肩膀头上不小心撞了一下，幸亏她身材比较小，否则我肯定四脚朝天了。我还来不及问她怎么回事，小白老师已经头也不回地跑开了，一副受了天大委屈或被公婆虐待的小媳妇样。我又暗自庆幸，若是她不跑开看到我现在的模样，那该多尴尬呀！

我住的教工宿舍面南背北，后面紧挨着那条闹哄哄的环城路。房间北墙上有一扇面街的小窗，窗户敞开着，挡着一方早已发了白的绿纱窗，汽车呜隆隆地跑过来又跑过去，像带着十万火急要去投胎般的那种刁悍和势不可挡。尤其赶上每天上下班高峰期，自行车的铃铛声跟汽车喇叭声汇聚成一片汹涌的浪潮铺天盖地而来，吵得房里的人什么也听不着。这种时节，白天外面艳阳流火，连房里的空气都飘浮着烤化的沥青味，黏稠而又灼热，烫得人喉咙一阵阵发紧。

住校的单身老师统共不足十人，一般都是中午在宿舍里打游击，随便休息一会儿，下午放学便各自回家去了。我家因在下面的小县上，只能是个把礼拜回去一趟，平时都待在宿舍里。小白老师以前好像也不住校的，我是最近才发现她晚上也不怎么回去的。还是有一次晚饭，在灶上遇见了她端着饭盆也去打饭。那天教工食堂的鼓风机突然烧坏了，一时半会儿又修不好，灶上师傅做不了饭，几个老师就商量着要凑份子到街上撮一顿。因为我跟小白老师同是一个年级的班主任，互相又给对方的班上代课，我就去招呼她一同去。小白冲我淡淡一笑，说都是男老师她就不去了，回去泡一包方便面算了。我觉得她的笑很有内涵，跟大城市的人一样，不卑不亢，款款自如。我也就不好再勉强人家了。那晚从外面喝完酒摇晃着回来，宿舍暖瓶里忘了打水，开水房又锁了门，我只好端着大罐头杯子四处去借，借来借去，几个男老师那里也都是弹尽粮绝了，最后想起泡方便面的事，就去朝小白老师借。我涨红着脸敲她的门，小白老师开门就说，张老师是不是要开水。我惊讶地问小白老师怎么知道的。她说刚才已经有两个人上门借过了。说着，她就把我手里的罐头杯子拿去了，转身去里面倒水，没倒太满，大半杯的样子，我已感恩不尽了，她大概也没水了吧。我说真不好意思。她没有立刻把水杯还给我，却放在她的写字桌角上，说干吗那么客气，水还烫呢不好端，要不你先进来等一会儿吧。我愣了一下说，好。

　　也许，那天确实因为多喝了几杯酒，跟小白老师颠三倒四说了一堆话。平时我很少跟女老师说话，当初念师范的时候也没有勇气搞上女朋友，连爹妈都嫌我的嘴跟棉裤腰一样笨，我知道老人那是担心我将来讨不到媳妇。我和她说得最多的自然都是工作方面的事。小白说，她其实最初的理想是当一名播音员或报社编辑，可因为学了师范专业，又没有别的门路，就服从学校分配，可干着干着又不知不觉喜欢上了教师这个职业。我说，我是到这个学校以后才开始讨厌教师这个职业的，觉得没劲透了，一想到年复一年日复一日的教书生活，简直不知道以后该怎么活下去。她微微冲我笑，说还没那么严重吧。我发现她笑的时候，眼睛总是很真诚地注视着对方，好像笑容比语言还要丰富很多。我夸她普通话说得不错，而且笑容也很灿烂，应该改行去做节目主持人。她却很认真地看着我说，要说当好老师也不错呀，每天面对那么多学生求知的眼睛，很惬意的，还有种成就感。我多少有些迷惑，不知道她心里到底是怎么想的。但后来我慢慢发现，她确实喜欢教师这一行的，至少，我没见她发过什么牢骚，不像别的老师动不动怨天尤人唉声叹气的，嫌学校太穷，嫌当老师太累，她总是尽职尽责的样子，从不见她冲学生黑脸子乱发脾气，在课堂上慢声慢气和蔼可亲，对学生的放肆行为通常能采取惊人的宽容态度，活像个年轻温顺的小母亲。

我不知道小白老师今天是怎么了，很少见她那么慌慌张张的样子。我估摸着那一定跟她班里的学生有关，要不还能为什么。想一想她这种年轻女教师受学生欺负是在所难免的。但我现在没有心情关心别人的事，自己还蒙着一头一脸的粉笔灰呢，还是先回去打点水好好洗一洗吧。真他妈的晦气。

B

午觉睡得很差。摇头扇把人吹得浑身直冒热汗，头晕晕沉沉像刚刚从开水锅里捞出来似的，还做了个十分荒唐的梦。

梦见二班的马旺旺蹲在讲台上屙屎，一群苍蝇在教室里飞来飞去，梦里刘七一他们居然全部扒光了裤子，精着屁股坐在板凳上冲女生嬉皮笑脸，惹得她们哇哇叫。我命令他们赶快把裤子穿好，可刘七一说，这么热的天鸡巴都快焐出毛了……还梦见隔壁班的小白老师突然闯进来了，她像是要跟我说什么话，可她一见这情形先尖叫起来，然后用双手捂住自己的眼睛，她的手背也是那么惨白惨白的，尤其她再那么一叫，样子有点吓人，像恐怖片里的镜头。我也就醒了，大脑一片空白。学生已经陆续走进校园里，能隐约听到稀稀落落的脚步和一阵阵清脆的笑闹声。我瞅了一眼墙上贴着的课程表，下午我还有一堂课，给一班上物理实验。

上课前我先去了趟二班，教室简直像个大蒸笼，将近六十个学生挤在不足五十平方米里，热气夹杂着臭脚丫子和汗酸味扑鼻而来，学生无精打采地趴在桌子上，一个个昏昏欲睡的样子。我就知道这些学生多数没有在家睡午觉的习惯，下午一进教室就睡眼蒙眬口水止不住乱流。以前也做过几次家访，有些学生的父母给我唠叨，说千万别指望这些小爷爷、姑奶奶睡觉，就是用绳子把他们绑在床上也不能安生的。我还了解到，除了个别女学生中午要帮家里做饭洗涮之外，男生通常是扔下饭碗就跑出去疯野了，泡网吧打电子游戏或赌台球（他们伸手要钱又往往打着学校和老师的旗号），父母根本拿他们没法子。用那些家长的话说，总不能把孩子拴在裤腰带上吧。我们上门家访，就是想跟家长通通气，好携起手来把学生管好，可那些当父母的全然不体谅老师的苦衷，一味地把教育子女的重担推到学校这边，说些什么儿大不由娘的话来搪塞老师。有时就连一学期开一次家长会他们也爱来不来的，即便来了也摆出一副死猪不怕开水烫的老脸，说轻了不痛不痒不起任何作用，稍微批评狠点他们反倒跳起蹦子来，嫌学校多收了他们的书本学杂费，责问老师都是干啥吃的，弄得像我这样当班主任的也没了脾气，说心里话一点积极性都没有了。要说我也不是没想过，这里面可能还有一个更重要的原因，那就是我们做老师的一般都喜欢成绩好的学生，那些不求上进成绩平庸的学生老早就被判了死刑，缺课也罢，逃学也好，只要不扰乱课堂不杀人放火就成，反正这些后进生是没有半点考入重点高中的希望的，索性放任自流算了，干吗瞎子点灯——白费蜡呢！就拿我班上的刘七一这几个男生来说，打架偷东西勾引女生泡网吧旷课逃学，十之八九已难以管束了。而且，我始终坚信中学老师不是保姆，更不是幼儿园的小阿姨，多一事不如少一事，只要不在眼皮底下胡作非为，凡事都能过得去。就连潘永富同学有一次都敢理直气壮地跟我犟嘴，他说义务教育嘛，张老师那么认真干啥。这话一点都不假。我们的古人早就说了，难得糊涂啊。

　　跟我预料的一样，刘七一他们仨还是没按时到校上课，只有马旺旺在我将要离开教室的时候气喘吁吁地跑进来，一头撞在我的大腿上，我二话不说就把这个瘦麻秆的胳膊拧住了。马旺旺疼得吱吱叫，嘴撇得像条鲇鱼。别看这家伙猴子样精巴瘦，我觉得他满肚子都是坏水，欺负班里的女生可是把好手，时不时往女生的桌洞里塞只死耗子，或者给女生的书包里藏活蹦乱跳的癞蛤蟆，甚至还有一次趴在男生厕所偷窥女生小便。但他有一条，他只是蔫坏，从来不上纲上线动真格的，刘七一他们打架的事他从不直接参与，通常也就是望个风报个信什么的，所以我有时还真拿他没办法。我注意到马旺旺浑身上下都汗津津的，焦黄焦黄的一撮头发胎毛一样紧贴在头皮上，他的两只绿豆般的小眼睛贼溜溜乱转，像是要从深深的眼眶里溜出去。我说马旺旺你跑啥。他的鸡胸还在那里一挺一挺的，刚刚发育出来的喉结小耗子样乱窜。他半天也不说话，只是一味地冲我大口喘气。我问他上午为啥逃学，他这才如梦方醒似的冲我抿抿嘴唇，好像我根本不应该知道情况似的，然后就把核桃般大小的瘦脸耷拉下去了。这时已经打了第二遍上课铃声，而代课的历史老师已经站在我面前了，我总不能当着这个小老头的面打破砂锅问到底地追究下去，那样我会很没面子，让人家觉得我也忒婆婆妈妈了。我狠狠地瞪了马旺旺一眼，恐吓说，你最好给我放老实点！等闲了再好好收拾你。马旺旺又冲我吐了一截粉舌头，飞也似的跑回自己的座位。

　　事后我非常后悔，马旺旺必定是故意隐瞒着什么，这小鬼头的眼神一直躲躲闪闪不敢正视我。当时我就不该放他走，我应该把他带到房间里好好问一问，假如那样的话，后来很多事情是不是就可以最大限度地避免发生？我不知道，但那阵我必须离开，因为一班的同学也正等着我给他们上物理实验课呢。我这个人虽然脾气不太好，动辄就要冲学生吹胡子瞪眼，可对待教学还是比较认真的，至少，我不会像那个狗屁英语老师，把学生扔在课堂上一走了之。

一直以来，我都觉得一班的学生远不如我们二班的那么野：一来他们里面没有像刘七一那样的一小帮子坏学生成天价捣乱；二来毕竟是小白老师一手从初一带起来的班，性格上多少融入了她的一些温顺的气质。这一点，我给他们上课很能体会到。有一次我还跟小白老师半开玩笑说，干脆我们俩来个对调，你来带二班，我带你的班。她说我可没那个本事，你们班那几匹野马我可驯不了。我当时说他们根本算不上野马，简直就是害群之马。她无声地笑。今天大概是实验课的缘故，不像平常那样一本正经，同学们站着坐着或来回走动的都有，至于今天一班学生来得齐不齐，我也就没太放在心上。倒是忽然想起来上午小白老师的样子，正好物理课代表过来向我请教实验参数的一个小问题，我耐心地给学生讲解了，随后就顺便问小白老师上午究竟是怎样了。物理课代表也不隐讳，她说白老师好像肚子不舒服，还差点吐在讲台上了，后来课没上完她先回去了。我这才明白了，难怪她那样慌张，心里想着等下午放学了该去宿舍里看看她，这两年从工作到生活我真没少麻烦过她。

这个白天我一直再没有看见小白老师。晚饭灶上照常吃凉面。凉面实际上就是把煮熟的面条用凉开水过一下，再拌上些油盐酱醋黄瓜丝辣椒和芫荽之类的佐料。我只要了一小份，天气太热，吃饭是件很艰难的事，稍微吃点东西就汗流似水的。打饭时我还特别留意了一下，始终没见小白老师过来。我估计她可能吃坏了肠胃，越是这种热天越容易闹腹泻。红火了一整天的太阳总算掉过脸去了，可滚滚的热浪却丝毫没有消退，宿舍里闷得让人发疯，稍微一擦黑，蚊子又成群结队地上阵厮杀来了，门就不敢轻易敞开，我捏了把扇子在校园里胡乱转悠。

校园本来只有巴掌那么大，犯人一样无聊地转了几圈，又想起要去看小白老师的事，就径自朝她宿舍走去。连敲了几下门，心里想着她大概不在，我正准备离开，才听见里面传来很微弱的声音，问谁。没想到她在呢，我急忙说小白老师是我。她依旧声音非常虚弱，问我有事吗。我说就是过来看看你，不方便就算了。然后，我又加了一句，你是不是还没吃过饭呢。这时门锁咯吱一响，她打开了房门。天色还没彻底黑尽，我依稀看见她的脸面，惨白惨白的，挺吓人的，她人好像突然间瘦了，脸色苍白而且显得瘦削了，连眼眶似乎也有了一种让人担忧的凹陷。我说没想到你病得这么厉害。她轻轻摇了下头，跟我说话时眼神突然变得黯然无光，也不像平时那样专注地盯着别人的脸。也不妨事，休息一半天就好了。说到这，她又稍稍停顿了一下，本来打算明早再去找你，你正好来了，我想求你帮个忙。我说别那么客气，只要能帮到你，那还有啥说的。她说你能给我代两天班吗，替我管管一班的学生，我想请假回去休息休息。我连连点头，并说保证一定完成任务。她不再说话，淡然一笑，好像以此表达更深的谢意。我觉得那笑容不像以往那么灿烂，倒像是刻意挤出来让人看的。我问要不要去给她买点吃的东西送来，她说谢谢你我真是没啥胃口，就把房门轻轻关上了。一股幽幽的仿佛茉莉花般的清香扑鼻而来，让我依稀觉出难得的一丝凉意。

C

第二天六点刚过十分，我便早早地从床上爬起来。昨天学校查操的事让我很丢面子，又让校长无端地做了一通思想工作，再不起早点说不过去。简单地洗漱以后，我就去守在教室门口，我要看看二班哪个学生谁还敢往我的枪口上撞。我已经想好了惩罚迟到者的办法，反正再不能由着学生自由散漫了，那会连累我的。

夏日的晨光明晰而又浮躁，这阵早已铺天盖地了，太阳刚一露脸就显示出极其旺盛的精力。与之相反的是，我的那群学生还迟迟不肯踏进校园，只有大片的白光在空荡荡的教室里摇晃。我又信步走向一班的教室，门居然没有挂锁，这让我觉得新奇，看起来，小白老师带的学生竟比我的强些，至少人家学生到校就比二班的早。我想推门进去，却怎么也推不开，里面像是被什么东西顶死了。我就近趴在一个窗口跟前往里观望，只见在教室的最后一排靠墙的一个座位上，有人平趴在桌面上，好像在睡觉，头发散乱地平铺在桌上，竟然是个女生。我越发觉得奇怪，就用力拍了拍窗户，连着拍打了好几下，也没有把她叫起来。我又走到教室的后门那里，抬脚尖踢了两下门，又过了一会儿，才听见教室的前门那里有了些动静，似乎是在搬动桌子，擦着地板嘎嘣嘣响，然后教室门才吱吱地被从里面拉开了。

一个女生仿佛刚从睡梦里起来似的立在门口，她扎着马尾的头发乱糟糟的，刘海儿像被风吹斜的细柳条杂乱无章地盖在额前。我走过去时她正用一只手揉着惺忪发红的睡眼。我当然认出她了，是一班的阮灵同学。这个女生我还有些粗略的印象，物理课成绩平平，性格也相对比较腼腆，平时穿戴倒是很得体，不像别的女生那样乍红乍绿的，她爱穿牛仔裤和宽宽大大的套头衫，好像很合潮流。我还记得，阮灵同学上课回答问题起立时，总是习惯用双手把上衣往下拽一拽抚弄平整，这或许说明她很注重自己的外表和在别人眼中的形象。我就问她怎么这么早就来学校了。她抬眼看到是我，显然有点惊慌，嘴角轻微地嗫嚅了几下，好像不知道该如何回答，又或者根本就没听清我的问题。我说阮灵你晚上没睡好吗，咋一大早就趴在桌子上。这次，她没有再抬头看我，而是很奇怪地盯着我的两只脚发呆。然后，我忽然注意到有什么东西亮晶晶地滚落下来，先是一颗，两颗……接着就是很唐突的一串，断了线似的不停滴落到我跟她脚下的水泥地上，干燥的地板顿时现出一摊醒目的潮湿来。很显然，我面前这个沉默不语的女生在悄悄流泪。我有些诧异了，但又自认为刚才的问话并没有严厉到要让她哭鼻子的程度。我故意干咳两下，换上更亲切的语调不无关切地询问她到底怎么啦，好端端的为啥要哭。她还是不敢（或不想）抬头，两只肩膀头一抖一颤。她又在抽泣。我被她弄得更加莫名其妙，一时没了主张，心想这个女生真是古怪，就给自己找台阶说，好了好了，没事了，你回自己座位上去吧。她终于算是最后看了我一眼（也许是感念我肯放她一马），眼神却完全是陌生和胆怯的，眼泡儿红肿不堪，脸蛋上竟有几处像是擦伤的痕迹（或许是被父母打的，我知道那些家长对孩子除了打骂别无良策）。我还注意到阮灵同学身上的衣服也脏兮兮的，也可能是在上学的路上栽了跟头，反正这一切都跟她以往的整洁习惯很不相称，让人觉得非常可疑。此时，她已经悄无声息地走向自己的座位，我也只好转身灰溜溜地离开，心里很不舒服，觉得现在的学生真是娇生惯养得可以，老师连随便问问都不行，真是岂有此理。

我看手表，七点差五分，二班的同学基本都到齐了，连一向散漫惯了的"四人帮"也都摇摇晃晃来了，这说明我昨天的"表现"还可以。七点整，学生准时在教室前面整队集合。我因受人之托，还得兼顾一下小白老师班里的学生，又去一班打了个照面，让他们迅速集合。我们这所学校没有跑操的场地，早操通常要把学生像羊群一样拉到校外的环城路上呼噜呼噜跑上一阵子，马路上本来就车多人杂，几百号学生呼啦一下蹿上去，立刻就造成了短时的交通混乱，经常弄得怨声载道。可这又有什么办法，没有场地总不能叫学生在屋顶上出操吧。班长向我报告，今天二班的出操人数果然非常整齐，我正暗自庆幸呢，事情就冒出来了。马旺旺他们几个在后面边跑操边啃油条，还拿油渍哈喇的脏手胡乱抓女生的发辫，惹得女生一声声尖叫。班长过去说了两句，他们就还嘴了，骂班长狗拿耗子——多管闲事，还说班长是个狗腿子。班长气不过，多跟他们纠缠了一句，这群小子就大打出手，把班长的鼻血揍出来了。班长斗不过他们，吃了哑巴亏，捏着血糊糊的鼻孔，从前面的队伍跑回来，哭丧着脸给我说他再也不想干了，让我另选人当班长。是可忍，孰不可忍！这几个学生也忒嚣张了，敢当众打班长，就是公开向我这个班主任挑衅，这回非得给他们点颜色瞧瞧了。本来，刚才看到他们能按时到校出操，我已经打消了跟他们计较昨天的逃学旷课以及在教室门口支扫帚的念头了，现在看来我真是太善良太心慈手软了！

　　早操还没结束，一班的两个学生慌慌张张跑到二班的队伍跟前，说要让我赶快到前面看一看，他们班有个学生跑着跑着突然晕倒了。我听了二话没说就跟他们跑过去。果然，在前面马路边的一根水泥电线杆下面，围着三五个女学生，她们正蹲在那里个个都手忙脚乱的样子，中间的地上也半躺着一个女生，她的上半身被围在身边的另外几名女生搂搂扶扶，情况似乎很严重。我一过去，学生们都不约而同地将惊慌失措的目光投向我，好像我是来实施急救的医生。我急忙拨开他们凑上去，才知道是一早就趴在课桌上打瞌睡的那个阮灵。旁边的学生七嘴八舌地向我说着阮灵的情况，大概的意思是阮灵这两天老怪怪的，昨天下午放学她一直不肯回家，而是坐在自己的座位上发呆，负责锁门的同学招呼过她几次也都无济于事，后来人家实在等不及了才把锁头交给了她。还有，她连着几天都无精打采的，没事总趴在桌子上睡觉，代课老师布置的作业也没有按时交上来。我没有发表自己的意见，只是粗略地试了试她的呼吸和脉搏，又蹲在那里帮她掐了掐人中，然后又让学生把她的身体尽量放平些，我抓住她的两只手臂一开一合地给她做最简单的辅助呼吸。这样过了一会儿，阮灵终于迷迷糊糊睁开了双眼，恍若隔世地看着周边的人，或者，她什么都没有看，只是保持着那种呆若木鸡的状态。我早已汗流浃背了，我也多少知道一些处在青春期的女生会偶尔发生休克的事，所以并没有太大惊小怪。此刻见她醒过来了，就叫学生先把她背回教室去休息，又掏出五块钱叮嘱一个女生去给她买早点吃。

　　整个上午，阮灵同学苍白虚弱的影子一直在我眼前晃来晃去，还有昨晚小白老师委托我时的幽忧神情，也是那么的孱弱和苍白无力，在我脑海中挥之不散，竟弄得我有点魂不守舍了。匆匆忙忙上完早晨的两节课，我准备利用课间操的时间把刘七一叫来好好拾掇一通，二班的班长从走廊的一头迎面跑来截住了我，他开口就说，张老师早上打架的事我也有错，不能全怪他们。我很纳闷，因为我确实下了决心要惩治一下的，我不能再由着他们蹬鼻子上脸。可一见班长忧心忡忡的样子，他还不停地拿眼睛偷偷看我，一副委曲求全忍气吞声的架势，我反倒没了脾气。我还没来得及问他呢，班长头也不回地跑开了，临走扔下一句没头没尾的话，张老师我只想好好上学，不想惹事。我就知道班长被招安或被镇压了，或者，仅仅算明哲保身罢了。如果我把他们狠狠收拾一次，他们会善罢甘休吗？我稍稍迟疑了一下，作为班主任也许我不能太自私了，不能只贪图一时的嘴巴快活。再说，像马旺旺这些学生并不是哪个老师批评一两次就能悔过自新的，这一点毋庸置疑。

眼下，我想自己还是再去关心一下阮灵同学比较明智。我之所以想到"关心"这个词，大概是由于女生毕竟是弱者，但凡是弱者都需要别人关心的。

D

当天中午，小白老师又回学校里来了。我猜想她可能是回来取什么当紧的东西，比如病历或教师证什么的。午休前我从她宿舍前经过时，是她主动把我叫进去的。一眼看去，她的精神比昨天似乎好了许多，脸色不再那么惨了，只是眼泡还有点肿，眼圈也是淡淡地红着。我问你怎么不在家好好休息，她笑着说你看我这不是好了吗。好像是，那种我所熟识的微笑和真诚的凝视，又回到了她的脸上和瞳孔里。女人真是很奇怪的东西，一忽儿病病歪歪弱不禁风让人看了顿生爱怜，一忽儿又笑容可掬满面春风使人迷惑不解。我真弄不懂了。

这时她才告诉我下午她有两节地理课要上。我劝她还是算了吧，又不是什么主课。或者，跟我的物理课调换一下也行。她说不用了，反正迟早她得上，逃过初一也逃不过十五。我就不好再说什么，便自然而然地把话题转移到早操的事上。我之所以口无遮拦地说给她听，是因为我觉得事情已经过去了，况且我也不辱使命，该对人家有个交代。没想到她听了大吃一惊，当即就要上班里去。我说你现在去也没用，学生都回家了。她才反应过来，嘴里反复嘀咕着，这个阮灵究竟是怎么回事。我不好当着她面谈青春期之类的话题，只说天热怕是中暑了，休息一下应该问题不大。但她还是一副不放心的样子，最后她像是又记起了什么，犹犹豫豫地对我说，阮灵最近好像是有点不对头。听她这么一说，我赶紧又把一大早在教室发现阮灵的情形复述了一遍，我甚至大胆地设想：阮灵极有可能整个晚上都没有回家，也就是说，这个女生没吃没喝整整在教室趴了一宿，以至于第二天早操才上演了突然晕倒的一幕。我的话一出口，小白老师立刻又从床沿边跳了起来，好像随时做好准备，要冲出宿舍跑到教室里去。我听她接连说肯定有啥问题……都怪我这两天粗心大意了……我看见，她的脸上浮现出越来越浓的类似于愧疚的惶恐神色。

我离开前，她居然连句谢谢的话也没有对我说。当然，我并不会介意，等我回到自己闷热的房间，痛苦地躺在热乎乎的床上闭上眼睛，脑子里想着刚才她说话时的一皱眉一闪眸抑或是一叹息，心里便生出一丝清凉的舒爽。我甚至忘了开电风扇，就轻而易举地睡着了。后来不知过了多久，我才被小白老师敲门叫醒。她的脸色很难看，难看到令我吃惊的程度——在我面前她好像从来都没有表现出这种紧张和惴惴难安。我拉开房门后她跟我说的第一句话（其实可以说是喊出来的）是：张老师……阮灵她……她一定是出事了！小白老师满脸都是细密的汗，胸口在我面前一起一伏，仿佛心儿都会从里面蹦出来了，一双眸子始终忐忑地跳闪不停。我装作镇定地说，你别着急嘛，我想不会有啥事的。她像是没有听见我的话似的，早将她手里捏成卷的一个本子递给我，她的手指和往常一样沾染了厚厚的白粉灰。张老师你快看看，这是我刚在阮灵的桌洞里找到的，她下午一直没来上我的课。

我狐疑地接过来，是一个普通的数学课堂练习本，但在事先折好（我猜可能是小白老师刚才折下的记号）的崭新的一页里，我看到几行语序混乱的词或句子：害臊……恶心人！ 婊子……他妈的全是坏蛋！不要脸不要脸！！我再也不想回家了……死……死了干净……脏……烂货……为什么你还不死呢？……上学真没意思！跳河……撞汽车……耗子药……活着不如死了好……说实话，当这些歪歪扭扭笔迹非常生硬的词句很突兀地跃入眼帘时，我先是感到一阵莫名其妙，随后稍加思索，就觉得极其恐怖了。还有，在这些意味恶毒的字词之间，还有一幅面目更加狰狞的涂鸦，像传说中的恶魔，不男不女的，一看便知是随手乱画的。这张脸上被打了个夸张的黑"×"。我真的不敢相信，这些龌龊的汉字和图形竟出自一个女学生的手：阮灵。她看上去也算文静灵秀的女孩，这怎么可能？可那字迹的的确确是她的（我批改她的作业也不是一天半天了），猛然间又联想到这一天我曾先后几次见到这女生的情景时，手脚忽然有些发颤了。我无话可说。

接下来，我跟小白老师一路奔跑起来。天气热得人迈不开腿，脚底直打蔫儿，没跑几步衬衣裤子就黏糊糊的像湿绷带一样把人的身体裹住了，又迅速拧紧，让人简直快要窒息了。我到教工自行车棚取车子，小白老师也要骑她的，我没让，我知道她还很虚弱，所以由我来驮她比较稳妥。出发前小白老师跟学生打听到阮灵同学的家住在一个木器加工厂后面一幢小二层楼里，要说并不算太远的，可我还是把一刻来钟的路程骑得无比漫长和艰难。一路上小白老师都没有跟我说什么，但我同样感觉到，她这种沉默背后所隐藏的巨大的恐慌。我也只跟她无话找话地说了一次。我故作轻松，你别担心，阮灵可能就待在家里呢，我了解这些学生，满脑子都是稀奇古怪的东西，其实也没啥大惊小怪的。我这样说其实心里一点底也没有，一个女生在本子上写那么一堆疯话，不可能那么简单的。不过，我的思维很快就被毒日头烤得一塌糊涂，脑浆都快蒸发出来了，哪还有心思多想，只顾低头蹬车。

阮灵家锁着大门，黑铁门很气派，有光滑的叩门环，有狮子大张嘴的那种锁孔，还有猫眼和防盗功能吧，敲了半天也没回音，我们只好按小白老师的意思又去了那家木器厂。实际上，木器加工厂是个私人承包的家具生产作坊，老远就听见电锯刺耳的咆哮声和叮叮当当的一通敲打。等我们再靠近点，香蕉水和油漆味就开始充斥眼鼻，刨花卷木头屑铺得满场子都是，潮水样已经涌到了外面的路边了。大门口拴着一条大狼狗，堆在地上黑咕隆咚一团，肥胖得有点像熊瞎子了，两只眼睛油汪汪泛绿，让人望而生畏。靠围墙的地方垛着几大摞高密板和木头，几个木工和漆工正在场地里忙忙碌碌，身上糊得花花绿绿的，个个看不清脸面。一辆小型货车停在中间，有俩小工正往车上抬崭新的发着耀眼光亮的家具。黑狗呲呲呲狂暴地咬了一通，非常卖力，把狗嗓都叫哑了，停下来嗷嗷地咳着。终于才有人懒洋洋地朝我们走出来。是个女人，穿着颜色很艳的连身裙，露在裙子外面的皮肤很黑，像东南亚人，又涂了红太阳一样鲜艳的嘴唇，显出一种野性的泼辣气息。女人两手抔腰，大大咧咧地站在大门口，一条腿得意地晃动着，鞋跟笃笃捣地，她拿眼线描得极黑的眼睛上下打量着我们俩。你们是不是想订家具？商城那边不是有现货吗！她的红嘴唇挂在一张搽得面粉白的脸上，说话时那颗太阳就在我们眼前一跳一跳的。她必定是把我们当成那种正忙着筹备婚礼、又想贪图实惠的青年男女了。小白老师用手搭起凉棚看了看那个女的，说，不，我们找阮灵同学的家长，我是阮灵的班主任。那女的听完，先愣住，又仔细打量了一下我们，才长长地哦了一声，说她就是阮灵的妈妈，便赔着小商人特有的那类真假难辨的笑脸迎上来。我也开门见山地亮出了自己的身份，这个女人立刻又龇着牙冲我笑了笑，那颗红太阳张成血盆大口状，一对虎牙白得出奇。她说欢迎欢迎（好像我们是专门来跟她洽谈业务或者搞参观考察的），又讪讪地客气道，这里乱得不成样子，连个放屁的地方也没有。她可能意识到自己当着女儿老师们的面这样胡说有点那个，就赤红了一下脸，同时做出请我们进去的手势。

我们本没打算进去，就在场子里唯一的一株槐树下面站着向她了解情况，艳阳高高趴在我们上面，那点可怜的树荫根本不可能抵挡蒸腾的热浪和灼人的紫外线。我们刚一提阮灵，这个黑皮肤女人就机关枪似的嗒嗒嗒地冲我们发起牢骚来了。她大概的意思是，阮灵这孩子性格孤僻得要命，根本听不进大人的话，她们母女的关系一直很僵，家具厂整天又忙得不可开交，阮灵不但给她帮不上啥忙，回到家还净给她气受。最后她愤愤地说，我这当妈的实在管不住了，她现在翅膀硬了，白天我要拼命赚钱，晚上还要给她管吃管喝，你们说让我咋办呢……还是麻烦你们老师多操操心吧，交书本学费我可从没二话说，要多少我给多少。她这样说事情好像全反过来了，好像阮灵根本不是她的女儿一样。我忍不住打断她的话，那阮灵的父亲就不能管一管她吗？黑皮肤女人像是被什么东西猛地给噎了一下喉咙，刚才说话时的豪迈和泼辣全藏了起来，她咬了咬下嘴唇，又把嘴唇吐出来，颜色淡了许多，跟那上唇很不谐调。我跟那个软骨头早就离掉了！她不无怨恨地对我们说。我和小白老师互相对视了一下，赶紧把话题支开。

这时，小白老师乘机把一直捏在她手里的练习本递给了黑皮肤女人。她没有立刻接，问是啥。我插嘴说，你女儿忘在教室里的东西。她才疑惑地接过去，那页狰狞的词句和古怪的涂鸦便摆在她眼前了。我注意到她的十根手指上至少套了三四枚亮灿灿的戒指，脖子同样套着两条闪光的紫珍珠项链。她盯着那页纸忽然怔了一下，嘴巴慢慢张开，又迅速合拢，使劲咬住下唇，像是要用力咬住满腔的愤怒和仇恨，捏在她手里的本子扑扑乱颤。接着，黑皮肤女人几乎是歇斯底里地怪叫了一嗓子，嘀，好个骚婊子，我让你写，我让你画！顷刻之间，那页纸连同那个练习本都变成一捧雪片，在我们面前飘飘扬扬，雪白的纸片落在脚下的锯末和刨花堆里，真的就像下起了雪。我又冒了一身臭汗，小白老师也有点手足无措了。

看来，真是不该让她看这种恼人的东西，这不等于火上浇油吗？至此，我们的谈话被迫中止了。最后，小白老师战战兢兢地请求黑皮肤女人最好先放下手里的事情，赶快去找一找女儿。可对方半天也没有吭气。我又提心吊胆地插了句，那昨晚阮灵放学回家了吗？对方依旧不答，或者，她压根就不知道。在我们转身就要离开时，却又分明听见她在那里骂骂咧咧，找她，想得美，让我去哪找？我他妈吃饱了肚子胀的！这种时候我们只好灰溜溜地走开了。我刚骑上车子，迎面驶来一辆很疯狂的黑色摩托车，油门轰得震天响，就像拴在门口的那条大狼狗一样威风八面。我瞥了一眼骑车的男人，戴蛤蟆镜，头发胡子一大把，活脱脱一个美国西部片里的牛仔，玩酷。直觉告诉我，这男人跟阮灵的母亲关系不一般。不过，我没有跟小白老师探讨这个话题，因为她此刻的情绪非常低落。我估计换了谁也好受不了的。

我们俩没有直接回去，而是把学校附近的几家网吧游戏厅小商店以及我们能想到的地方都挨个转悠了一遍，结果还是连阮灵的影子也没见着，倒是撞上了二班的马旺旺、潘永富和李双迎在网吧里玩《红警》（据说这个电脑游戏最近很流行），他们的眼珠子全都红了。我说谁叫你们钻在这里的，还不给我滚回去上课。马旺旺冲我又吐舌头又翻白眼，半天才说张老师现在已经放学了。我才回过神来，不过我还是沉着脸色把他从电脑跟前提溜起来，既然放学了就赶紧回家。这时，老板跑过来打圆场，说都放学了嘛，老师你就让娃娃们耍一阵吧，念书多苦啊，换换脑子嘛。我没好气地瞥了一眼尖嘴猴腮的老板，说，放学也不行，他们是未成年人你难道不知道！老板忙摸出一根烟笑眯眯递上来，我摆了摆手，表示自己不会吸，然后就把马旺旺他们硬撵了出来。

目送马旺旺几个一步三回头很不甘心地渐渐远去了，我才推起自行车，小白老师照样走在我旁边。我们谁也不想再说话，就像一对刚刚闹过别扭的恋人那样，各自想心事。快到学校门口时，我的思维终于活跃一些了。我说不知你注意到没有，我觉得阮灵在练习本上胡乱画的那个人就是骑摩托车的男人。小白老师想了想，慢慢张开嘴，冲我点了点头。我隐隐觉得阮灵这一天的所作所为似乎是有些预谋的，可当务之急是上哪里找到她人呢。

E

看看时间晚了，只好在外面对付着吃了点东西。小白老师几乎没吃两口，她的肠胃估计还没好彻底，又捂着嘴欲呕的痛苦样子，她脸色顿时紫涨起来，整个人疲倦得似乎连说话的力气也没了。我就想她身子太虚了，还需要好好休息。出了小饭馆，她建议把情况向校长汇报一下，我跟她意见不统一，我说干脆晚上再去一趟阮灵家，兴许她自己又回家了，那样的话我们反而被动。她听了就没好再坚持什么。

等回到学校，天色已经暗下来了。我捎着小白老师刚骑车拐到宿舍跟前，就被迎面而来的一幢黑影挡住了。没等看清这人的脸面，便听到兜头而来的一句抱怨，白梅你到底上哪去了，害得人干等了半天！我被他喝得一惊，赶紧刹车。小白老师早已经跳下车子，她跳得太急，趔趄着扑通一声栽倒了。那男的一直叉腿站着，只顾一眼一眼瞅我。我忙扔下车子，转身去搀扶还趴在地上哟哟着的小白老师。她连连说没事没事，好像不太情愿我帮她，但我还是硬把她扶起来了。她拍了拍身上的土尘，估计是摔痛了，一只脚一颠一颠地跳。那男的慢吞吞地走到她跟前，他的肚子朝外腆着，有发福的迹象，他一边的胳肢窝下夹着个砖头块大小的黑皮包，被路灯一照油光光地放着亮，另一只手神秘地揣在裤兜里，所以，他始终也没有腾出手去搀一下她。人家等你吃饭，肚子都快饿扁了！你到底跑哪去了……夹包的男人依旧不快地对小白老师唠叨着。她也没有理他，而是掉过头笑着对我说，张老师谢谢你，我先回去洗一把脸，待会儿咱们再一块儿去。然后，她就撇下夹包的男人自己一瘸一颠走回去了。这时我忽然发现，那男的好像又回头狠狠瞪了我一眼，目光很凶。我也没心情搭理他，扭头回宿舍。

可没过多久，便听见一阵吵吵闹闹的动静传过来，仔细听还是刚才夹包男人的声音，嗓门很高，话也说得很难听，好像还提到了我，间或有小白老师的辩解，她的声音也比平常高了好几度，可那男的嗓门终究是大，把她给压住了。很快，我就依稀听到了呜呜的哭泣从争吵声中委屈地挤出来，钻进我的耳朵里。我真想跑过去看看，或者劝劝他们，可转念一想，又收回来已经迈出门槛的脚。我估计那男人肯定误会了我跟小白老师。后来我听见重重的摔门声和噔噔噔的一串脚步声，我从窗户看见那个男人夹着包气冲冲走过去了。我站在书桌前终于长长地舒了口气。说心里话我不喜欢这个嘟嘟囔囔有些小家子气的男人。窗外，夜色在酽浓的余热中挣扎着弥漫开来。

我没有等小白老师来叫，自己先骑上车子走了。我觉得她该好好睡一会儿才是正经。尽管白天去过一趟了，现在走夜路还是觉得那么陌生，觉得路很远。能感觉到木屑和油漆的气味时，就快接近那片平房了，我下来推着车子走，生怕错过了阮灵家。刚走到巷口，远远就见一盏昏黄的路灯底下聚集着几个人影儿，一晃一晃地动着，叽叽喳喳说着笑着很快活的样子，而且好像都在抽烟，时不时有人发出干咳声。我多少有点转向，就想过去打问一下再说。他们大概也注意到了我，因为我的自行车链盒一直哗啦哗啦乱响。然后，就听到谁突然喊了一声，快看，是张老师！接着又有谁叫了一嗓子，张老师来啦，快跑呀！我一时也愣住了，不过马上就反应过来，因为那些喊叫声太熟悉了，刘七一、马旺旺几个，就是烧成灰这些声音我都分辨得出，要知道我给他们带班快有两年时间了。我随手就让车子躺到地上，紧跟着朝他们散开的方向撵下去，边跑边喊，刘七一给我站住，还有马旺旺你们几个，看都往哪跑！别看平时出操腰来腿不来的，关键时候这些家伙跑得跟兔子一样快，由于地理不熟，目标又分散，追来撵去，让他们全部溜掉了。我累得简直要吐血了。这狗日的天气呀，稍微一动就浑身流水。我又原路返回，心想跑了和尚跑不了庙，这几个兔崽子真是无处不在，看明天怎么收拾他们。

我刚喘着气把车子从路上弄起来，又蹲着把掉了的链子重新装好，小白老师就骑着车子到我跟前了，仿佛从天而降。见面就怪我不等她。我笑了笑。她说你怎么弄得满头满身的汗，说着掏出兜里的纸给我用。我没好意思说追学生的事，只是故作幽默了一下，老天爷惩罚不守信用的人，所以把一盆鲜美的洗脚水全浇在我一个人身上了。她咻咻地笑了，模样非常动人。我说以为你不能来了，所以就自作主张。她大概听明白了我话里有话，就说那是我男朋友，不过，现在已经不是了。我一惊，随便问你跟他经常吵吗？她摇了摇头，说也不是，他这人太自私了，刚才你都看到了。我不知道该说什么好了，因为到现在为止我还没有正儿八经谈过感情问题，只好保持沉默。可她好像很想把话题展开来，我听见她边走边说着她跟男朋友的一些事，说他俩当初怎么认识，说她男朋友做生意挺好的将来有发展，说他一直想让她离开学校跟着他一块儿干，还说她有时也想不当这个老师了，可有时又挺舍不得这份工作的，说着说着，她突然不说了，像是被什么东西哽住了。我悄悄侧过脸看了她一眼，发现她正用一只手背轻轻地蘸着眼角，又黑又长的睫毛忽然泛起了潮湿的亮光。就这样我们之间沉默了好大一会儿，直到确信眼前的小二层楼就是阮灵的家。

敲门。好像没人。再用力敲。隔壁邻居家的门吱扭开了道缝，一个中年妇女将头探出来猎奇般观望着。别敲了，八成不在。接着，妇女臃肿的矮身体也从门缝里挤出来了，你们是灵灵的老师吧，白天好像就来过。我们点头，问她知不知道阮灵家人上哪去了。妇女没好气地哼了一声，这黑灯瞎火能去哪，还不是找汉子去了。实在没想到她会这么口无遮拦。见小白老师不好意思地低下头去，我只好硬着头皮上前，你说的是阮灵的母亲吧。妇女把双手抱在胸前，一副知情人的洋洋自得。啥样虫子屙啥样屎，当妈的不要脸了，你想那丫头能好到哪去，惹得一堆混混子见天价来缠她，苍蝇不叮没缝的蛋！听她这样一说，我立刻联想到了刚才追撵刘七一几个的事，才豁然明了些了。妇女突然叹了口气，唉！要说阮大真是个好人啊，又慢溜又和气，怪只怪他摊上那么个贱婆姨！一个女人家整天抛头露面的，非卷了家里的积蓄去跟别人合伙搞啥厂子，这一合不要紧，家也给弄零散了，把个小丫头撂家里谁个操心管……正说得热闹，有个男人高声咳嗽着已经站到妇女身后，他接连用胳膊肘鬼祟地捅那女人，示意她不要再讲下去了。妇女极不情愿地白了白身旁的男人，闷哼着鼻子说，有啥怕的，若要人不知，除非己莫为……老不死的你胳膊肘下长蛆啦！

之后，我们只好又去了家具厂，除过看门的大狼狗和几个正在加班加点的匠人，没再见到别的什么人。一个油漆匠手里捏着一片发白的砂纸走过来跟我们搭话，他浑身上下都被腻子的白粉尘笼罩着，仿佛是从另一个世界走来的，模样多少有点诡秘。他斜着一只眼睛说，老板娘这两天火气壮得很哩，这阵儿怕是找窝窝子泻火去了！然后，就毫无理由地嘿嘿起来，其他匠人也都跟着他傻笑，嘴脸不无猥亵。小白老师扭头推起车子便走，把我丢在她后面。

F

兴许是忙糊涂了，竟忘了第二天是个礼拜六。我原本打算一早就要好好审问审问刘七一他们的，一睁开眼睛才发现校园里静悄悄的，只有一树麻雀在窗外不停聒噪，阳光把房间涂得煞白刺眼。忽然记起来上上个礼拜就答应母亲要回去一趟，听母亲在电话里唠叨父亲身体不太好，饭量越来越小，吃得跟猫一样多，还总嚷着这疼那不舒服的，可一旦让上医院检查，父亲又死活不肯，说扛一扛就过去了，他没那么闪。母亲拿他没办法，又放心不下，就想让我回去劝劝，做做父亲的思想工作。本想跟小白老师打声招呼，她恰好又不在宿舍，我就在校门口叫了辆黄包车直奔长途车站。到我们那座小县城的车隔一小时一班，起了票，又顺便买了份《参考消息》，坐在长条椅上等下一班车。

我注意到报纸二版上有一篇文章，是九十年代以来中学生自杀现象的调查分析报告。在广州等十几座大中型城市，1.9%的中学生都有过自杀（割脉、坠楼、卧轨、服毒等）未遂行为，有七成以上的学生则表示自己的生活和学习受到家庭和外界的压力很大。调查结果还显示，绝大多数青少年遇到困惑和烦恼时没有倾诉对象，即便是同辈间的朋友或同学，也只能给予微不足道的一点同情，根本起不到实质性的作用。强大的心理压力无法排解，学生经常表现出疲倦、焦虑和睡眠严重不足等症状，最终心态逐渐扭曲，走上极端不理智的自戕之路。文章提醒家长和老师（特别是经济欠发达地区的人们），要爱护身边的孩子，真心诚意地跟孩子们交朋友，教育学生不能过于功利和严厉，否则将会适得其反。此时此刻，嘈杂的候车厅里汗味和热浪横冲直撞，而我却有种不寒而栗的感觉，我合上报纸，开始坐立不安，广播已经通知我要乘坐的车次开始检票了，可我半天也无动于衷。最后，我觉得自己像一条透明的影子，虚脱脱地穿过人群飘到售票窗口，我不知道自己跟人家编造了什么样的理由，反正，对方拿冷漠的眼睛白了我几下，忽地将几元钱扔出窗口。人家必定觉得这是个无聊透顶的家伙，出门也不想好。

从车站出来我没有回宿舍，仍旧招来一辆黄包车把我拉到二班的马旺旺家。以前先后搞过两次家访，也就轻车熟路找对地方了。我之所以想找马旺旺谈谈，是因为比较而言，马旺旺年纪小些，不像刘七一那么奸，又那么老到。马家住在一栋很旧的单元楼里，一看就知是八十年代的建筑，外墙露出层层排排的青砖。我敲了半天门，才有人哼唧着应声，是马旺旺的父亲，光着油腻腻的宽膀子，身上只穿一条皱巴巴的大裤衩，左右脚还趿反了拖鞋，很别扭地站在我眼前。他冲我抠头揉眼打哈欠，好容易才想起来我是谁了，忙把我往里拉往旧沙发里塞，一边又敞开破锣嗓子叫马旺旺起床，看来父子俩都在睡懒觉。这也难怪，天热晚上睡不着，白天又不肯醒。他转脸又问我他儿子是不是又在学校干坏事了，我赶紧摇头，说自己只是顺便过来看看，没别的事。他又瞪着眼珠子说张老师这小子要是不听话，你可一定要告诉我，看我不揭了他的皮！然后，马旺旺就起来了，顾不上洗脸，先到客厅跟我打招呼。我见他一脸的痛苦和大难临头的诚惶诚恐，就抢先说你快去洗洗脸，老师想请你出去帮个小忙呢。他听了，将信将疑地望着我，半晌也不动地方。这时他父亲也穿了件汗衫，扣子没系就过来一把将马旺旺提溜进卫生间去了，嘴里还吼，狗日的，张老师跟你说话呢，你睡傻了，瓷不棱登的！我觉得这个做父亲的真逗，想笑，又忍了。

知道马旺旺肚子饿着，就带他到楼下的一家牛肉拉面馆。他吃得战战兢兢的，好像我在面里给他下了毒。等我们吃完了，我才问他昨晚到底怎么回事。他先是犹豫了一会儿，才吞吞吐吐说，张老师，我要是说了，你可千万别说是我说的，要不我死定了。我点了点头向他保证，而且也不会跟他父亲讲。他这才像吃了定心丸，又把板凳朝我这边挪了挪，说，张老师不关我的事，是刘七一非要我们去的。我说这个你不说我也能猜到，说说你们到底去那里干啥。马旺旺又略微思忖了一会儿才说，刘七一向阮灵收保护费，阮灵她妈开家具厂，她家好像挺有钱的，以前她都按时自觉地拿来，这个月不知为啥，她一直不肯交，所以，刘七一就带我们几个去家里堵她。其实保护费的事老早我就听过，没想到这事就发生在我自己带的班上。我强压怒火，问，一个月收多少？马旺旺眨巴着绿豆小眼说，也不一定，都是刘七一规定的，他说下个礼拜正好是党的生日，也是他自己的生日，自然要多收一点喽。我的肺简直快气炸了，他居然还有脸提党的生日。马旺旺肯定是见我脸色难看得要命，才不打自招地讲了另一件事，他大概想将功折罪。是前一天刘七一旷课的事，马旺旺说那天下午刘七一把一班的阮灵给堵在上学的路上了，威胁她说再不给钱就让李双迎和潘永富一起上她。我一时没听明白，问不给就怎么着她？马旺旺朝四下看看，凑过嘴来神秘地说，就像录像片里那样，干她，强奸。我吓得差点从凳子上掉下来。我着急地问，那后来呢？马旺旺说后来他先溜掉了，不太清楚。我盯着马旺旺的眼睛，觉得他没有理由说瞎话。

我让马旺旺带我去找刘七一，马旺旺一副为难的样子，好像是让他上刀山下火海。我好说歹说，答应到了那边就让他躲起来，我自己进去就是了。马旺旺又冲我吐舌头，他说张老师不是我不乐意，刘七一他……他好厉害的……我们都怕他。我拍了拍他的肩膀头说，别怕，天塌了有老师顶着呢。还是打黄包车不一会儿就到了，马旺旺始终躲躲闪闪地缩在我身后，我们又往前走了几步，他死活是不肯走了，生怕被谁发现。不过，他倒是很详细地告诉我路怎么走，自己才刺溜一下钻进旁边的一条巷道里去了。我觉得这家伙真好笑，既然那么怕还成天跟屁虫似的和刘七一打得火热。我也就不能强人所难。这以前我就了解到,刘七一家住郊区那种独门独院的旧土房,房子是跟附近农民租的。当初刘七一一家子从外地来,他爹蹬过二年黄包车,也到工地上零星打过一些短工,后来多少攒了点钱,给他妈在菜市场登记了个小摊位。他爹妈每天天麻麻亮就爬起来,蹬上三轮车先到郊区的菜农那里批菜,再赶回城里的菜市去摆摊零售。刘七一好像还有一个姐姐和一个小妹,姐妹俩都不上学(据说打小就没让上),只待在家里帮大人看门做饭洗衣物,闲了呢就拎只蛇皮袋去外面捡点破烂换钱。所以,我有时真的很纳闷,按理说像这样的家境,怎么也不该出刘七一这种孩子的,可一想,谁又能保证坏学生非得是富人或干部家的子女呢!

心里疑惑着,脚已经迈了进去。一爿不大点的小院里堆满了瓶瓶罐罐和纸箱板之类的东西,拥挤得无处落脚;拴在两棵杨树之间的绳子上晾着花花绿绿的衣物,我一眼就认出来有两件是刘七一平时穿的,还有校服(即蓝白相间的运动服,因为天热学校暂不要求学生统一着装,我还记得当时为收校服的费用差点让刘七一请了家长来)。有个小女孩,不满十岁的样子,又瘦又黑,肥大不合体的衣裳里面显得空荡荡的。她听见我的声音从屋里跑出来,我想她就是刘七一的小妹。我问她你哥在不在家,她懵懂地冲我摇头,我又问那你姐呢,她还是摇头,小身体紧贴在门板上,拘谨地冲我眨巴着黑黑的眼睛。不知为什么,这双懵懂生怯的眼睛一下子就把我吸引住了,她的眼神里似乎蕴藏着一种令人难过的恐惧和无法忘却的忧伤。按理说这么大的女孩子不应该这样,又不是在山沟里,这里虽说是郊区,可毕竟是城市的边缘,站在这里几乎可以听见汽车疾驶而过的轰轰声,可以望见城市林立的楼宇和直插云霄的铁塔和烟囱。这时我听见她说,俺爹在呢。哦,我迟疑地应了一声,说,我是你哥的老师，能让我进去跟你爹说句话吗？她不置可否，却慢慢转身把门推开了，她人依旧拘谨地贴在打开的门板上。

我就明白她是允许了。可我的脚还没有踏进去，人就被里面扑鼻而来的一股浓得呛嗓子的药味包围了。我犹疑地问，你爹病了？她无奈地点头，眼睛又黑又亮。我进屋她也跟着进来。房子虽狭窄，却收拾得井井有条，起码比院里整齐多了，只是光线十分暗淡，被烟熏得发黑的屋顶，压得人抬不起头来。我看见靠墙的一张旧木床上，一副薄扁扁的身体无力地摊开在上面，好像睡着了。我靠近，才发现那双眼睛是微动着的，鼻孔呼呼喘息，喉咙像被一只看不见的手卡住了。他似乎说不出话，瘦削的脸颊泛着青灰色的光，额头覆着一层水淋淋的汗液，胡须很久未刮了，下颌跟嘴唇就像染上了一层厚厚的煤灰。小女孩就捏了一团湿毛巾，趴过去悄无声息地给父亲擦了擦额头和颈窝里的汗，然后又抓起一把蒲扇呼哧呼哧给病人扇着凉快。我把自己的来意大声说给他听，他的神情多少有些变化，又像是正被一种我所不知的病痛折磨着，使他难以平静。幸好我没有说他家刘七一做了些什么，否则他也许会情绪激动而失去控制。我终于没有耐心继续等下去，里面闷得人喘不过气来，加上那些该死的药味，让我打了好几个喷嚏。

从房里溜出来的时候，我无意间在外面的窗台下看到一堆青蛙，至少有百十只那么多，横七竖八地扭曲在一只笸箩里面，大概全都死了，皮肤都抽巴了，连眼珠都失去了原有的光泽，有些是白肚皮朝天仰躺着，压在趴着的青蛙们的背上。一层密密麻麻的苍蝇浮在上面嗡嗡叫着，看一眼就让人觉得毛骨悚然，又恶心得想吐。我捂严鼻孔，慌忙往院子外面走，又停住，发现刘七一的小妹仍旧悄无声息站在我后面。我问她那些死蛙是怎么回事。她眼睛忽然一亮，很灿烂地笑了一下，那笑容转瞬就消逝了。她说，那都是药，能治好爹的病。见我一脸迷惑，她接着说，那是俺哥从稻田和水沟里捉回来的，他每天天不亮就出去，俺哥说趁着露水没退最好捉，青蛙夜里都吃饱了，肚子胀得跳不动。我注意到她说这些的时候脸上不无自豪和依赖，又似乎是对自己的哥哥充满了无限的敬意。我又好奇地问她青蛙怎么能当药呢。这次她几乎是有点卖弄地告诉我（她或许觉得老师应该无所不知的）：把青蛙活活捉来，肚里塞上巴豆，再活活憋死，晒干，擦成末子就能吃了……我惊诧极了，说实话我对于这个偏方一无所知，还没等我反应过来，又听见刘七一的小妹在那里自言自语着，他们说要捉五百只青蛙才能治好爹的肾病……她的声音跟个头一样无端地在我跟前矮了下去，不再像先前那样信心十足了。

G

小白老师不知从哪里打听到的消息，她说我们不用担心了，估计阮灵是找她父亲去了。话虽这样说，可我看她依旧心事重重的样子。我问那她什么时候回来上课，小白老师摇了摇头，可能下周能回来吧，她这样猜测道。我说那怎么行啊，小白老师只轻轻叹了口气，欲言又止。我想她肯定还有别的什么情况，只是不想告诉我罢了，或者，说给我听也没有任何意义，结果已是这样。我本来一肚子话要跟她说的，比如那些用来制药的死蛙，见她这样无精打采的，我也就缄默了。

这天傍晚前，我又坐上了最末班的一趟汽车，繁星布满夜空的时候，我见到了自己年迈的父母。父亲却比我想象中要硬朗些，见到我时鹤发童颜神采奕奕的，我的后顾之忧一下子消除了。母亲忙着钻进伙房给我弄吃的，一边埋怨我回来得太晚了让她措手不及。我知道她肯定感到遗憾，家里没准备些好吃的来迎接我。自己的儿子干吗那么客气呢！我对母亲说。可看着母亲进进出出絮絮叨叨的身影，心里不免还是生起一丝愧疚。自己做了二十多年的儿子，从来没有悉心地揣摩过母亲的心思。记得当初我念书的时候，家里条件也很不好，我家弟兄姊妹又多，我因是老小，家务活都由兄姊们承担了，母亲也是格外偏心我，总把好吃的东西悄悄留给我，或者，别人有的，在我这里都是要多出一份半份。家里的几只芦花鸡下了蛋，母亲是舍不得给大家吃的，藏着掖着，每次等我要期中期末考时，便给我开小灶，悄悄地煮荷包蛋挂面给我，说吃了就能考满分。我那时每每蹲在灶坑前做贼似的狼吞虎咽，却从来没有问过一次母亲想不想吃，好像觉得母亲是不需要吃这种东西的。今天也一样，母亲还是做了我爱吃的荷包蛋挂面，看着碗里漂着一层葱花油和煮得十分饱满的两只荷包蛋，我却怎么也吃不下去，筷子在碗里划拉来划拉去。母亲就一直固执地守在旁边，似乎非要亲眼看着我把饭吃下去才放心满意。我停下筷子揉眼睛，母亲着急地问是不是嫌辣了酸了，她嘀咕说知道你的口味淡妈只放了一点儿辣椒油和醋。我赶紧把碗端起来，顾不得烫硬喝了两口汤，哑巴嘴说真香啊。母亲的脸顿时笑眯眯地拧成一圈一圈，像起了涟漪的水面，说当心烫着舌头，又回头对父亲说咱老五子都是老师了，咋一点儿没变，还跟娃娃时一样哩。父亲不善言辞，这种时候也忍不住要多看我两眼，好像永远也看不够似的。

　　我在家只待了一个晚上。我觉得自己仿佛是中了母亲的圈套，根本容不得我劝父亲去医院检查身体，而是母亲唠唠叨叨地劝我赶紧考虑终身大事。母亲见把我说烦了，就开始吧嗒吧嗒掉眼泪。母亲说，我跟你爸都是半个身子埋黄土的人了……还想着抱抱孙子呢。不孝有三，无后为大。不管怎么说，我不能再让父母为这种事伤心动气了。离开前我向二老做了保证，下次回家一定领个姑娘来。

在回返的途中，我久久凝望着车窗外，麦子大片大片被烤晕了，低垂着沉甸甸的穗头儿，水稻田绿得泛出青波，明晃晃的水沟像银链条一样在广袤的绿野中时隐时现，间或，能看到那些忙碌的脊背和黑黑小小的脑壳。我的心忽然一震，毫无缘故地内疚和惭愧起来。我仿佛从那些农人的身影中依稀辨认出一个自己再熟悉不过的外乡少年，桀骜，冷漠，凶顽，无畏也不忌，但这一刻，他完全又是另一副样子，凄迷，执着，孤注一掷地为了捕捉那些据说可以用来下药的青蛙，正顶着炎炎烈日在一望无际的水田里苦苦寻觅。跟他相比，我简直快无地自容了。我试问自己二十多年来到底有没有真正为自己的父母做过哪怕一件类似的事情，答案是否定的，竟从来没有！有的只是不断的索取和一次次的应付。仅此而已。

H

礼拜天晚上，我正在灯下备课，小白老师敲门进来了。这好像是她第一次晚上来我的房间。我赶紧起身给她让座，她问我回家以及老人的情况，我轻描淡写地说了。她随手拿起我的教案翻了翻，夸我字写得好看，我说见笑了。其实我也没有正经练过。我以为她要跟我说阮灵的事，可自始至终她都没有提起，好像事情已经过去了。有很长一阵，我们之间沉默着，彼此都没有找话说，只是木讷地凝视着书桌上的台灯和摇头晃脑的电风扇。几只蛾子绕着灯罩起起落落乐此不疲，落下去的似乎再起飞不起来了，噗噗地躺在灯下无力地扇动翅膀。

　　我竟不合时宜地想起来跟母亲的承诺，我不知道自己将要带回家去的姑娘她究竟在何方。这样一想，便有些心神不定，觉得面颊也烧烫，额头不停地渗出虚汗来。怕她看出我的窘相，便问她病是不是好些了。她脸稍红了一下，目光跟往常一样注视着我。他今天又来宿舍找我了，说要向我赔礼道歉，小白老师说。我不知道她为什么要跟我讲她男朋友的事。她看着我继续说，我跟他讲学生的事，他一点兴趣也没有，他说这种烂学生有啥可教的，我就知道他还是不想让我当老师的，他骨子里根本瞧不起老师，在他眼里老师还是臭老九，没有前途，辛辛苦苦一辈子也挣不了几个钱。他的人生目标好像就是挣大把大把的钱，做生意是他最大的快乐。我愤然道，他怎么能这样。小白老师没有给予回应，而是又给我讲了一段故事，其实都是他男朋友过去的事。她说她男朋友做学生时老师都瞧不起他，嫌他嘴唇上一年四季都挂着清鼻涕脏兮兮的，嫌他脑子比猪还笨，嫌他字写得难看简直像狗爬，甚至嘲笑他跑步走路时两条腿跟鸭子一样一跩一跩的，滑稽得就像马戏团里的小丑……反正，从小学到中学几乎没有哪个老师正眼看过他，更没有同学喜欢跟他做朋友。听完小白老师的讲述，刚才的愤慨竟烟消云散了，我忽然意识到一颗曾被教育者无辜伤害过的心，会留下多么痛苦而又不堪回首的记忆。我后来斗胆问她，那他为什么还找你这样的女朋友呢？话既出口，连自己也觉得太唐突了。小白老师很迷茫地摇了摇头，含笑嗫嚅道，但愿不是出于报复目的吧。我不好意思地支吾道，那怎么可能呢。她不露声色地抿着嘴唇，风扇里的风不断地吹拂着她的刘海儿，两鬓缭绕的发丝在灯光的照射下熠熠生辉，犹如蝴蝶的薄翼在阳光里微微翕颤，她的面颊因为刚才的长时间谈话而略现出红晕，真的别有韵味。与此同时，风也将她身上淡雅的茉莉花香不断地送进我的呼吸中，直沁入心脾。我仿佛是喝多了醇香的米酒，神志都变得微醺起来，几次想对她敞露自己的心事，最终还是未能说出来。

周一早晨，学校按惯例举行升旗仪式。我在嘹亮的国歌声中隐约瞥见了阮灵同学，她若无其事地站在队伍中，让人无法知晓她在想些什么。我估计是她父亲起了某种作用，或者就是他亲自送女儿来学校的。小白老师就静立在一班同学旁边，我注意她的时候，她仿佛心有灵犀似的也侧过头来看我，我们相视一笑，那种感觉很美妙。我不知道她是怎样的心情，反正自己很是心花怒放了一会儿，经过前几天的接触，我越发觉得她是个很好的姑娘。我心里甚至险恶起来，但愿她能尽快跟那个夹皮包的家伙分手！

早自习我刚走进二班教室，刘七一就自动地站到我面前，他低着头说张老师我想请几天假。我没有立刻答应，而是把他叫到外面的走廊里。放在以往我会毫不客气地当着全班学生面，先狠狠刺他一通再说，可今天我没有那么做。我像不认识他似的从头到脚把他看了个遍，我注意到他跟平时多少有些不同，身体不再那么站立不定地胡乱摇晃，脑袋不再桀骜地往起高昂，眼睛也不再肆无忌惮地东张西望，脸被晒得黑油油的，眼窝有些凹陷，眼皮一味地低垂下来，像是早已知道我要收拾他了。我告诉他那天去他家的事，他点头，表示自己知道了。我说知道老师为什么去吗？他又点头。我说你别光点头，总得跟老师说说吧。他终于把头慢慢抬起来，看了我一眼，复又耷拉下去。接着，他又大声说（生怕我刚才没有听清）老师我要请假。我问请假做什么，是去抓——青蛙吗？他突然把头又昂起来，昂得很高，目光倔强地投向天空。我看见他的一只眼角滑下一串亮光，直觉告诉我如果一再追问下去，他可能会号啕大哭或做出别的突兀的举动。我眼前又浮现出他父亲躺在病床上单薄的身体，就说要是为了你父亲的事，老师准假，你的事咱们回头再说。他使劲点了一下头，用手胡乱抹抹眼角，转身回教室，很快就背着书包腾腾地跑出来。他声音很小地对我说声谢谢老师，便飞奔而去了。我听见一串响亮的脚步声渐渐远了，刘七一的客气反叫人心里竟有种说不出的感觉。

今天给一班上课，下面总是喊喊喳喳，让人心烦，每次只要我转过身在黑板上写字，学生就像一群耗子似的骚动起来，嘴里不停吵吵着什么。我不得不专门停下来维持纪律。可一点用处也没有，反而愈演愈烈了，后来终于让我抓住了一个正在传纸条的男生，我当即没收了他打算撕碎的赃证，展开纸团一看，我大吃一惊，上面用圆珠笔写着两行小字：告诉大家一个秘密，我们班阮灵是个烂货，她让二班男生睡过了！我一时愣住了，不知道该如何处理这个扰乱课堂秩序的学生。我愤怒地用教鞭戳着他的脑门，你好大胆子，谁让你上课乱写这些的！男生竟一点儿也不怕我，他噘着嘴说，反正又不是我一个人说的，你们二班好多同学都知道阮灵的事，不信老师你问去。说着，男生摆出一副自以为是的样子，冲我挑衅似的梗着脖颈。我用目光扫了扫下面，一眼就看见坐在后面的阮灵了，很多同学也都回过头把目光齐刷刷落在她那里。阮灵一动不动坐在自己的位置上，头发梳得整整齐齐，上身鹅黄色的圆领T恤也干干净净的，前胸微微凸起来，我觉得她里面可能是戴了女孩子的那种东西，她的身体已经明显在发育了。我迟疑了一下，马上意识到这种时候不能再追问，那将会适得其反，甚至能毁掉一个女生，于是，只好忍气吞声宣布继续上课。可我依然能清晰地感觉到，下面学生那种压抑不住的兴奋和令人恼火的窃窃私语。

课后，我匆匆忙忙扔下学生，揣着那张字条去找小白老师。离开教室的一刹那，学生们嗡的一下喧闹起来，个个像快被憋疯了似的。偏巧在走廊里碰上了校长，她说正有事要跟我商量，我就乖乖跟她一起去了校办。心里一阵乱颤，脖子后面直冒汗，以为校长又抓住了二班的小辫子。哪知进去后校长先夸二班最近操出得不错，让我要再接再厉（我简直受宠若惊），然后才从她的抽屉里拿出一份红头文件给我看。是教育局发的文，上面计划在暑假结束前举办一次初中物理竞赛，题目包括笔试和实验两大部分，每个学校要派三至五人组成代表队报名参加，主要是利用即将到来的暑假进行课外辅导和赛事准备，文件后面附着参赛规则及竞赛题目大纲等。我心不在焉地浏览文件，眼前却还时时浮现那张字条上的几行字。校长问我有没有信心，我才恍然回过神来，一时不知道该说有还是没有。因为又有别的老师进来找校长谈事，她就先让我回去考虑一下，看能不能在我代的两个年级里物色出合适的人选，我模棱两可地答应了一声。校长特意嘱咐这次是她费了很大劲才争取到的，获奖对学校对个人都有好处，哪怕是捧个三等奖回来呢。我明白她老人家的意思，假如能取得名次的话，至少我年底评中级讲师会大有希望了。我觉得这回再走出校办，跟上一次截然不同，心像一只小气球被吹胀起来，我有些飘飘然地径自回到宿舍里，脑子像电子计算器一样快速运转起来，前思后想，推敲再三，最后我趴在桌子上列出了一长串学生的名字，又在其中五人下面画了着重号。本想午饭时再跟小白老师说传字条的事，可她又没来灶上打饭，我端着饭盆去她宿舍敲门，才知道她不在里面。

午觉基本上没有睡踏实，烙饼样翻来覆去，脑子里一直在想该怎么找校长谈：如果说放心吧我保证完成任务，一旦最终得不上名次怎么办，话不能说得太满了；那就说我尽力吧，可这样说校长会不会觉得自己信心不大，有点搪塞或勉为其难的意思；要不干脆直说我心里也没有底，不过我们可以试试，至少让学生得到一次锻炼的机会，可校长毕竟是要看成绩的，再说得天花乱坠，不出成绩那还是等于零。想来想去，始终没有拿定主意。下午还有两节课，我讲得糊里糊涂的，连自己都被拗在一堆定律里面了，我估计学生肯定也听得云遮雾罩的。好不容易打铃了，我拿起教科书仓皇地去找校长。走到半路，又犹豫着止住脚步，忽然觉得自己有点操之过急，有点太沉不住气，俗话说心急吃不上热豆腐。这样一想，我便转身回宿舍，又把上午拟好的名单拿出来斟酌了好一会儿，最后用信笺端端正正誊了一遍，重新折好夹在教案里。

来灶上吃晚饭的人寥寥无几，才反应过来今天是七一，学校给党员教师包电影，好像是《生死抉择》，我不是党员，当然没资格去活动。小白老师同样没露面，她是不是党员我一点印象也没有。

|

家具厂失火是夜里的事。据说，当时火烧得很大，浓烟冲天，成堆的木料板材、整桶的油漆，还有库房里的成品家具全都着了，火势殃及了附近的那片平房，炽烈的火焰还烧焦了几棵大树。第二天，我给一班上上午的最后一节课，学生起立问好，刚坐下不久，校长就领着两名局子里的干警来了，指名点姓要阮灵同学出来一下。我才得知阮灵母亲的家具厂昨晚失火了，还严重烧伤了一名守

夜的匠人。我不知道那条吭吭吠叫的凶恶的黑狗让火烧死了没有，我对它印象深刻。

阮灵同学离开教室的情景我记得非常清楚。当时校长站在门口叫到她的名字时，她先很清脆地答应了一下，但并没有马上离开自己的座位，她开始很仔细地收拾桌子上的文具盒和书本，把手里的钢笔帽一下一下拧紧，再把钢笔放进文具盒里，盖上盖子，把已经翻开的课本（那是今天我将要讲的新课）合上，用手掌压了压，生怕书会自己张开，又从桌洞里取出书包来。这时校长不耐烦地说，这位同学你先出来一下，回头再慢慢弄吧。教室里突然鸦雀无声，所有学生都回头望着她，一个个目光呆滞。可阮灵依旧没有停下来，她继续一件一件把东西不紧不慢地塞进书包里，又很悉心地扣好带子，用力拽了拽。最后，我看见她好像还是不放心似的，又把头侧向桌洞，用目光扫了扫里面，唯恐会落下什么重要的物品。我听见校长又催了一声，能不能快点啊，磨磨蹭蹭的——人家民警同志还有任务呢。阮灵这才从座位上起身，没有忘记用两只手一左一右往下扯了扯白衬衣，把衣服弄平整，背好书包，一步步从后面走到教室门口，然后，猛地站住，迅速转身朝自己的位置看了一眼，才低下头从我的眼皮底下出去了。外面阳光白花花的，我没有看清她是怎么走掉的，我只注意到民警大檐帽上的警徽闪闪发亮，就像小太阳一样灼人眼目。

——出乎我的意料，情况很快就调查清楚了。阮灵对自己的纵火行为供认不讳。警察问她为什么放火，她说就是想。警察让她说得具体一点，她说她恨死家具厂，要是没有它，她家肯定不是现在的样子。警察问她知不知道自己犯了法，她说可惜的是没有把他（她）烧死。警察问他（她）是谁。阮灵没有直接回答这个问题，她说记得自己还小的时候，就感觉到父亲对母亲有多好了，那时父亲下班了就赶紧回家，扎上围裙钻进伙房忙着做饭，做好了饭等着她跟母亲回来，大家一起吃；冬天天气冷啊，家里买煤挑水倒炉灰这些事情从来都是父亲一肩挑的，母亲似乎什么也不用干，她每天都把自己打扮得漂漂亮亮的，她也没有正经工作，都是给别人看看店铺卖卖东西什么的，反正都不太长久的。晚上又总是很晚很晚才回来。有一次，她听父亲跟母亲叨叨了两句，大概是劝母亲不要回来太晚了，不要跟外面乱七八糟的人打麻将，母亲就大动肝火，使性子拌气的，好几天不跟父亲说一句话。父亲那时还有工作，就是在那家木器加工厂上班，做木工，后来，厂子不景气，被一个南方人承包了。南方人嫌父亲手艺太旧，都是老一套，钉是钉铆是铆的，人家用的基本上都是江浙一带的年轻新潮的小木匠，父亲就丢了饭碗。可让阮灵奇怪的是，父亲离开了那个厂子，母亲后来却莫名其妙地跟那个南方佬黏糊在一起了。阮灵说她能感觉到父亲现在有多伤感，他离开母亲以后，人一下子就衰老了，精神头很差，抽起烟来吓人，一根接着一根，一天至少能抽掉两包龙泉烟。他现在在一个家装公司里打工，做些刨刨锯锯的粗活，又总是给人家出差错，老板若不是看在过去跟他在一个厂里干过几天，怕是早把他辞掉了。一想到父亲跟母亲的婚姻最终是以父亲扫地出门而告终的，阮灵便一肚子火。阮灵最后对警察说，那个女的（在讲述中阮灵一直这样称自己的母亲）良心早让狗吃掉了。

就这样，阮灵同学永远离开了我们的校园和课堂。就在同一天，我无意中从自己的裤兜里摸出一小团揉得皱巴巴的纸来。那一刻我的心突然抽紧了，一种前所未有的后怕和深深的愧疚强有力地洗劫着我脆弱的灵魂。这一天，我觉得自己跟做贼似的躲躲闪闪，我甚至害怕走进任何一间教室，害怕接触任何一个学生的目光——
那些学生每每望向我的时候，我简直就无地自容。

直到周三我才匆匆见了小白老师一面，她又病恹恹的样儿，脸
色白得难看，瘦了一圈似的。我知道身为班主任，阮灵的事她肯定
很遗憾，也非常内疚，校长那边必定也要拿她是问。也许，只有我
才清楚，她是尽了力的，可往往事与愿违。我始终没敢跟她再提没
收字条的事，我知道有些话说了无益，不如埋藏在心里好。我对她
说，白梅（以前我很少这样称呼她）身体要紧，需要我帮你代课尽
管开口。她客气说你代两个年级的课也不轻松。我们都没去谈论阮
灵的事，都在有意无意地回避着什么，就像那些已经过去很久了。
我们小心翼翼地说着一些无关紧要的事。

因为有了一次教训，刘七一请假后连着三天都没来上学，实在
叫人放心不下，周三放学后我又骑上车子去找他。让我没有想到的
是，刘七一父亲已经病逝了，礼拜一上午他们一家子七手八脚把病
人送到医院，经过检查，大夫当天就下了病危通知书，肾功能已完
全衰竭，让刘七一家里准备后事。那天没等拉回家里，病人就咽气
了。天气热得要命，亡人不能停放太长时间，就在周三这天早晨送
到火葬场化了，刘七一把父亲的骨灰盒抱回来。我在他家里没有看
见死了人后的那种兴师动众，除了他们戴在胳膊上的黑孝箍和几双
哭肿的眼睛，以及一幅临时放大了的模模糊糊的遗像，觉不出特别
的悲痛来。我还注意到，窗台下面的笸箩空扣在地上，里面的死青
蛙已不翼而飞。

刘七一主动提出来要跟我到外面走走。我同意了，主要是不
便于在那种亡人的气氛下跟自己的学生谈话。我们一直默默地走到
他家后面的小树林里，刘七一从裤兜里掏出一盒龙泉烟，问我抽不

抽。我说不，但我也没有阻止他抽。我看他靠着一棵树坐下来，若有所思地吸烟，青烟在他的鼻孔和嘴角进进出出，他的面部轮廓变得模糊了。我忽然有种感觉，眼前这个嘴唇上已生出青须的中学生跟以前判若两人了。我也在他旁边蹲下来，然后问他知道一班阮灵的事吗。我多少有点抛砖引玉想让他开口的迫切。他像是没在听我说话，又狠狠吸了几口烟，呼的一下全喷出来，继而猛烈地咳嗽了两声。我发现他夹烟的两根手指也神经质地抖动了几下。张老师我都想好了，从今以后不上学了。我愕然。他的目光始终盯着远处的田野。刘七一说，他姐在老家早就订了婚，人家来人催了几次让他姐回去完婚，这两年家里的钱都给父亲看病花掉了，他妈也落了一身的病，他妹又小，往后他想自己出去干活挣钱，还想供小妹念书。我实在说不出什么来，只是频频冲他点头，这种时候我不知道我还能做点什么。

我看见他突然从地上跳起来，手里大概抓了一块小石头，他嘿地一挥手，石头就呼啸着飞向前方了，又高又远，划出一道优美的抛物线。接着刘七一又开始抽第二根烟，我不得不承认他打火点烟的样子已经相当老练。张老师，我有个秘密一直没有告诉别人，连马旺旺他们仨也不知道。他终于把目光拉回到我的脸上，这或许是我当他的班主任以来他头一次那么一眨不眨专注地望着我。其实，我、我、我一直，都很喜欢一班的阮灵！他仿佛是鼓足了所有的勇气才说出来。我完全怔住了，这一点我实在没有想到。那她呢，她也知道吗？我不无好奇地问。那还是初一第二学期开运动会时我跟她说过，她说她不喜欢我，她还说你也不撒泡尿照照你自己……我知道她嫌我家穷！我当时很恨她，觉得她是个坏女孩，打那以后，我们几个才隔三岔五就去骚扰她，还跟她要保护费，她的钱多半都买烟抽了。我似乎明白一点儿了，但我还是很义正词严地批评了他，你也忒混了，怎么能那么干！你是不是还让李双迎、潘永富对她……动手动脚（我没有说出那两个恶心的字眼）。他立刻辩解道，张老师我保证，真的没有，那天下午我只是想吓唬吓唬她，其实后来我带李双迎、潘永富他们到水田里抓青蛙去了，天太热了，青蛙都藏在水里不出来，一只也没抓上。我这才如释重负地舒了口气。

离开以前，我一直很想问问刘七一那些青蛙真的管用吗，可我终究没有勇气说出口来。送我出来时，刘七一又跟我说，只要她不嫌弃，等以后她出来了，他还会去找她的。真没想到他会考虑得这么长远，我实在是小看他了，我完全不理解他们这一代人的真实想法和行为方式。不过，我还是鼓励了他两句。我说这种话你最好能亲口说给阮灵听一听，她现在也许是最最需要朋友关心和安慰的时候。刘七一听了恍然大悟，他使劲冲我点着头，目光里充满了真挚的感激。可作为一名人民教师，我却拿不准自己是对或是错。我唯一的希望是，刘七一从此永远成为昨天的浪子。

J

阮灵同学出事后没几天，小白老师突然怒不可遏地找我大吵了一架。当时我们都站在走廊里，她的声音很高，我从来没见过她那么愤怒，语气完全被怒火燃烧着，她质问我为什么不把没收的字条给她看，为什么不告诉她有关阮灵的事，为什么要隐瞒事实，甚至骂我太自私了，不就是怕影响了二班的声誉吗……我哑巴吃黄连，一句话也说不出来。我只能解释自己忘了，忙糊涂了，天气太热了，或者，那些天我始终被一种莫须有的空想架着飘了起来，有点忘乎所以了。总之，那以后，我们几乎成了陌路人，很少说一句话，有时就连工作上的事她也是指派一个学生过来跟我传达，我也如法炮制。偶尔会想起古人的诗句，真是曾经沧海难为水啊！

物理竞赛的事后来也黄了，第一轮选拔赛下来，我带的参赛组就被强者如林的重点学校的对手淘汰出局。我的职称梦也随之化为泡影。第二学期开学没多久，学校正好有去南部山区蹲点扶贫的硬性任务和名额，我考虑了一下便主动请缨，校长大为赞赏，她说还是我思想境界高，说去艰苦的地方锻炼锻炼对年轻人大有好处。我无言以对，苦笑。直到春节前，我才灰头土脸营养不良地从穷山沟里跑回来。在山区执教的那些寂寞的日子里，我还是会时常想起小白老师的，想起她的眼神和她身上淡淡的香味，我觉得我跟她之间其实并没有那么大的隔阂，我应该向她解释清楚，也许除了工作关系之外，我们至少可以做普通朋友的。所以，在返回的途中，我就暗自下定决心，无论如何都要找她好好谈一次，要不然我迟早会被折磨疯的。

我回校的当天，就被一个噩耗击中了，我忘了当时自己是种什么感觉，只是愣呆呆地在宿舍坐了半天，连晚饭也没有去吃，丢了魂魄一般，直到有人来敲响房门。是传达室的老师傅，给我送来一封信，看样子信是让邮局退回来的，有些日子了，连封皮上贴着的退条都卷了角。我这才意识到天黑了，便打开桌子上的台灯。灯光陡然一亮，我的眼睛一下子就被信封上的两行娟秀的字迹吸引住了（尽管上面的收信地址有误），我不敢相信自己的眼睛，急忙小心翼翼地撕开封口，掏出信瓤来看，的确是白梅老师写给我的。那一瞬间，往事猛地像颗巨大的火球，从艳阳高照的七月飞速朝我滚来，眼下虽是严冬，可我依旧感到一阵肌肉被灼伤的隐痛阵阵袭来。她在信里说，我走了以后她也一直在反思，觉得很内疚，很对不住我，希望我能原谅她一时冲动；她说那些天她心情很糟，总想冲什么人发一通火；她说其实她知道我也不是故意的，她知道我一直在默默地帮她，可很多时候都事与愿违；她还说等我回来她要跟我好好聊一聊；最后她还提到了她跟男朋友的事，他俩的婚期初步定在春节前夕，可就这么放弃工作她实在有点不甘心啊……信不到两页，我翻过来掉过去看了又看，看到最后，眼中已是一片模糊了，信里的字似乎都变成了清晰的话语，字字句句，如闻其声，如见其人。我知道我们的心并没有什么隔膜，可我们彼此却被可怕的现实永远割裂开来。

我把自己关在宿舍里，一遍一遍设想着两周前的那个阴冷而又灰暗的冬天早晨，试图能够更加清晰地捕捉到小白老师最后的眼神和气息。估计那天跟往常一样（我对这样的生活再熟悉不过了），小白老师带班出操，当时天色非常暗，启明星还在天际闪烁，就像调皮的学生挤眉弄眼。学生们睡眼惺忪地跑出破旧而又狭窄的学校大门，他们在班主任老师的带领下很不情愿地打着哈欠缩着脖子，脚步杂沓地冲到校外的环城路上，眼前并不宽阔的沥青公路像一条黑油油的巨蟒朝前方延伸着，迎面或身后不时有一辆辆载货卡车和农用车驶来，它们紧擦着学生队列呼啸而过。小白老师总是不紧不慢地跟在学生后面跑着，当时她在想些什么我已无从知晓了，可那时一辆拉煤的东风车从她身后忽然疾驶过来，车速极快，那是一辆严重超载的汽车，它必须赶在天亮前将煤送到目的地，否则，极有可能会被当地交警扣住。最糟糕的是，车上的司机正睡意蒙眬，他的身体几乎快伏到方向盘上了，外面能见度又差，当卡车从后面驶向学生队伍时，紧跟在学生后面的小白老师大概是第一个发现险情，并失声尖叫起来的。她极力招呼同学们往路边躲闪，并竭力用她柔弱的双手连续拽开了离她最近的几名学生，但她自己已经失去了生还的可能。在昏暗寒冷的晨光中，那辆驾驶员尚在迷糊中的卡车顷刻之间就变成了十足的恶魔，朝着人群横冲直撞过来。小白老师整个人忽然弹了起来，在场的学生一片惊呼，他们看见身穿白色羽绒服的白梅老师真的像鸽子一样飞到了半空中，然后落在汽车的挡风玻璃上面，紧接着又从那里弹了出来。

后来学校就让我接管这个班，我能有什么意见，只是觉得任重而又道远。我听车祸发生时距离小白老师最近的几名女学生说，她们当时觉得脸上仿佛溅上了什么东西，潮湿而又冰冷，她们用手一抹，立刻吓得哭出声来……而我一次次在回想中，总是把它们当成了冬日里的点点红梅，因此也就不觉得那么恐怖了。

（原载《江南》2007 年第 5 期，《小说选刊》2007 年第 9 期转载，《作家文摘》2007 年 9 月分四期连载，入选《2007 中国中篇小说精选》及《中国小说学会 2007 中篇小说年选》，荣获宁夏第八次文艺评奖中短篇小说奖）

谁的眼泪陪我过夜

1. 后半夜

她醒了。

那个人在一旁呼呼沉睡。

这阵已是后半夜了。

她瓷瓶一样愣了好一会儿，仿若什么都记不起来了，她的神情跟一个弱智小孩一般，茫然无措，唯独感到头痛欲裂。

她想先穿好衣服再说，可转念一想，她的衣服早不知被那人扔到哪里去了。她身上只穿了一件浅粉色的背心。背心也黑乎乎的，一根吊带几乎残破了，仅连着点线儿悬在肩头。她把自己裹在令她异常厌恶但又毫无其他办法可施的脏兮兮的被子里。

昨晚那人好像答应过她，说等天亮以后会给她重新买一套校服的。她当时真的觉得有点可笑。他居然说了这样一句承诺。她不知道自己为什么会这样想，而且，她也几乎相信他真的会这样做的。其实，仅从面相上来看他并不太像坏人。

可她并不喜欢穿这种校服。

虽然这些年她一直在穿校服，从小学到初中再到高中，校服的颜色从红色到绿色，再到现在的这身海蓝色，她都不喜欢。可是，大家好像都这么穿，学校和老师要求的，没有人敢随便违反校纪。所以，大家每天上学都得循规蹈矩地穿那种有点土气的千篇一律的运动服，所有人好像都是一个样子，一种表情。有时候在操场上或别的什么场合集会，上千名学生站在一起，她当然也在其中，她总是有种快要被什么吞没和窒息的感觉，那种可怕的一模一样的颜色在眼前凶猛地展开，灾难一样，她觉得自己眼睛都被刺痛了。可怕的颜色。可怕的一模一样。可怕的互相重复。

她使劲咬着下嘴唇，那块都咬破了。她恨自己。

很多时候，她仅仅恨自己是一个女生。

她想自己若是一个男孩就好了，就不会碰上眼前的这种倒霉的事情。做一个男生可真好啊！她的心里不由得生出一些感慨来。也许爸爸妈妈也是喜欢男孩的，她只是阴差阳错地来到这个世界上的。

由于没有衣服穿，她只好将自己虫子样地紧紧地用被子裹着，坐在床上。

外面天空微微发亮了，窗户上有一层青灰色的光静静地投射下来。

她冲窗外发了很长时间呆。

外面好像有一两棵树，是槐树还是别的什么，她看不太清楚，只是看到有些发黑的树叶在窗前微微摇动，仿佛有无数小孩子的又脏又黑的小手在眼前不时挥摆着，又似在冲她祈求什么。

她一直试图回想起什么，可脑子里真的很乱，而且疼得厉害。一切都来得太快了，噩梦那样猝不及防。最致命的是，她的下身，仿佛被刀子狠狠地划开了似的。这是一种让她想也不敢多想的痛苦。

这种疼痛完全是她以前没有经受过的。这种疼痛有一种令她万分恐惧和备感羞辱的沉重。这种恐惧和羞辱从事情发生的那一刻，直到现在都分秒不停地折磨着她，使她感到痛苦和绝望，而且，她非常清楚这种感觉将会永远持续下去，直到她做出最坏的决定。

她甚至觉得，自己后来之所以睡着了，完全是被那种可怕的疼痛给长时间作用的缘故。她想自己一定是疼昏过去了。

除此之外，她感到浑身的每一个地方都疼得要命，后脑勺、脖颈、后背、胳膊，还有肘关节和两条大腿以及脚腕，一阵阵地肿疼难忍，那些地方跟钻进了一根根尖锐无比的而肉眼又根本无法看清楚的骨刺一般，只要她稍微一动，就钻心刺肺地痛。

借着微弱的光亮，她异常胆怯地将目光一点一点移向身边那个人。

此刻，那个人就平展展地躺在她身旁，打着响亮的呼噜，偶尔说一些模糊不清的梦话，或者，可恶地嗑磨着自己的牙齿，露出莫名其妙的半张笑脸，模样非常愚蠢。而这样看上去，他们俩的关系就有点暧昧不清的嫌疑了。

她甚至还发现，他睡着时的样子竟然一点儿也不可怕。这是她没有想到的，在她的噩梦里，他跟传说中的魔鬼一样令她惶恐不安。

昨晚，当有人突然跑步横穿马路并将她连人带车子一起撞翻在路旁边的时候，她丝毫没有防备。那时她脑子里的反应只是一次单纯的交通事故，至于接下来要发生的事情简直把她吓蒙了。就是眼前这个熟睡着的家伙后来二话不说将她从路旁架起来一阵风似的钻进路旁的一片黑色幽深的树林中的。

一想到这些，她感到一股伤心欲绝的东西突然从内心深处蹿涌出来，遭遇的一切仿佛水澄清后的那些污浊的杂质一览无余，又似一头痛苦挣扎中的困兽在血液中动荡起伏。她再也忍不住了。

她迟疑着终于将一只好脚（她的另一只脚现在动不了了）从被子里伸出来，棍子一样机械地捅那人沉睡中的后背。他的身体很瘦，她的脚踢到的地方像木板一样硬。

她看到那人懒懒地翻了个身，嘴里发出一串模糊不清的声音。看起来那人似乎睡得很沉，毫无戒备。

那人好像并没马上就有什么反应，他再度昏然睡去的样子使她感到愤怒。

她说你起来！你快起来呀！

她的脚再次用力踹向他的身体。

与此同时，她自己却呜呜地哭开了。

那人终于迷迷糊糊地醒了，先是待在被窝里愣了一会儿，接着一骨碌从被窝里坐起来，像是刚刚做完一场梦，汗水沁满额头，眼神里一片迷茫。

她吓得连连往后挪身，双手在被子里拼命抱紧自己。她开始发抖，像患了瘟疫的一条小狗，眼神在朦朦胧胧的青灰色亮光中闪烁不定。她几乎同时又后悔了，也许她不该将他弄醒。

你怎么不睡了？天还没亮呢！

那人接连打了两三个哈欠，一只手不停地揉着惺忪不堪的眼睛，好半天才勉强睁开半只眼，愚笨地看着她。接着，他就睁着半只眼摇摇晃晃地下了地，旁若无人样地光着脚，站在房门口褪下三角短裤撒尿。他还用一条腿将门支开一个三角，他撒尿的动静很大，门口的砖墁地被尿液冲出很响亮的声音。

尿声消失的时候那人才转身进房，问她，你尿不尿？

他的另半只眼睛似乎一时半会儿还睁不开，他边往上提着短裤，边摇晃着身体朝床边走来。他的样子有点漫不经心，从一开始就这样，好像他们俩是已经这样在一起生活了很多年的小夫妻，彼此早已心照不宣了。所以，她对他的漫不经心和大大咧咧感到无比愤懑和恶心。

现在，她倒是想乘机更清晰更全面地看清这个家伙。

他的个头并不高，身材也还算匀称和健康。他的皮肤有点黑，头发微微卷曲着，像个混血儿，两条小腿上有一层稀疏的汗毛，在灯光照射下闪着很奇特的亮光，这就使他的一双小腿显得极细，像患过小儿麻痹的那种。从他的脸上可以看出一些傲慢和野蛮的味道，青紫色的厚嘴唇在细密的两撇茸须下微微凸起，而且下唇微微往外翻翘着，给人一种不可一世的霸道感和赖皮相；灰色的眼底有一些不易觉察的血丝在静静游动，这或许跟他夜里经常失眠有关；他的眉毛又浓又黑，两眉之间的距离非常的短，仿佛要紧紧连在一起了，露着些许凶恶；在颧骨和下颌附近有零零星星的红色斑点，一看就知道是一些粉刺。最让她感到奇怪的是，他的那双眼睛，隐隐透着一种似曾相识的味道。她一时想不起在哪里见过他，但直觉分明告诉她，在昨晚以前她是见过这个人的。

她没说话，却对他保持着异常的警觉，尽管事情已经发生过了。

他进房后先开了一盏灯，声音响亮地喝干了茶杯里的凉水，才在床上死鱼一样躺下来。

她又往双人床的最边缘的地方挪了挪，依旧披着被子坐在那儿发着抖，脑子却一刻也未停止地回忆着。

你冷吗？冷就躺着吧，反正离天亮还早呢。

他的口气依旧是像在跟自己新婚的妻子讲话。

随后，他慢腾腾地从搭在床头的裤子兜里摸出烟和打火机，点上一根，有滋有味地吸着。他每吸一口都要深深地呼一口气，很陶醉的样子。

这样连续吸了几口，他忽然停下来问她，你要不要也来一根？

她一言不发，直愣愣地盯着他。

你总盯着看我干啥？你没见过别人抽烟吗！

她依旧目光决绝地死死盯着他。

天快亮了我想走……我知道你是谁了。

说这话的时候她的身体很强烈地抖了一下，打了个很厉害的寒噤，连她自己也感到有些害怕了，因为就在这一瞬间她依稀记起了眼前的这个男人。她跟他以前见过面的，好像就是在学校附近，具体的情景她一时还记不起来。但她确信就是他。

显然，他也怔住了，像是没有听清楚她说什么。接着，他故作潇洒地用劲连续吸了两口烟，那些烟犹犹豫豫地从他的两只鼻孔里飘扬出来，他又深深地吸了一口气，把一团浓烟全部吹散在她的身上。他的动作轻浮，却又无法掩饰慌张。

她没来得及躲避，被一团讨厌的薄烟笼罩着，喉咙里干咳了两下。

你刚才……是……什么意思？

你再说一遍……我没听明白。

她抿了抿嘴唇，孤注一掷地下定了决心，目光从对方的脸上淡淡地移开朝着窗外望去。

又沉默了一会儿，她说，天亮了。

我，认，识，你！

她一字一顿地说。

你想怎么样，去告我吗？老子可不怕！

她面对他，有些神经质地点着头。

他狠狠地瞪了她一会儿，眼睛鹰隼一般慢慢睁大。随即，他猛地掀开被子像一条赖狗一样冲她扑过来。

告我啥？告我强奸了你，哈——哈，那你就去告吧。

说着，他伸出右手一把薅住了她的马尾。

你他妈的要敢那样——我现在就宰了你！

他把口腔里的最后一缕浑浊的烟气一丝不落地喷在她的脸上。她又剧烈地咳嗽起来。

那一刻，她觉得自己的头皮都快被他撕起来了，疼得她连忙用双手护着头顶失声尖叫起来。

放开我！求求你放开我呀——

告了对你有啥好处，你这个傻丫头！到时候别人都会知道你跟我的事情了，你还有啥脸活着？你还怎么去学校念书！还有，我可以对人说是你主动来我这里的，别忘了我又没拿绳子绑你来！

他松开手的时候，顺便气急败坏地一带劲，她整个人重重地仰面跌在床上，没等她爬起来，他就势用膝盖顶住她的小腹。

她拼命想挣脱开，可他早就怒气冲冲地将整个身体压在她上面了。他的呼吸粗拙地笼罩着她因为挣扎和羞辱而变得通红的脸。

你不是要告我吗，好啊，好！我让你去告让你去告！

她的身体又开始剧烈扭动，她的脸看上去有些变形和狰狞。但很快，她像是耗尽了全部气力，或甘心投降屈服了他，不再挣扎了。他依旧蛮劲十足，兴奋异常地去剥她身上仅有的短裤和残破的背心。她吓得几乎忘了求饶，只是嘤嘤地流泪。

当对方的身体像一块解冻后的肉一样瘫软无力之后，她的眼神已渐渐变得散漫起来，那种被刀子捅破后的疼痛又伴随着一股难以言说的灼热感洗劫着她的身体。泪水仿佛从一眼即将干涸的泉眼里慢慢地渗出来。她倒是又想大声喊了，可嗓子眼像是被很粗粝的砂纸打过了似的，一点声音也发不出来。

又过了很长时间，她才默然地将自己的两条腿慢慢地合拢。

毫无疑问，这个动作又使来自她下身的那种无法比拟的灼痛感忽然加剧了，但她还是忍着痛努力这样去做。她就是要让自己的双腿紧紧地并拢。只有这样她才能甘心。

后来天快亮的时候，她似乎又睡着了。

当然，他比她睡得还沉。

2. 白天里

那些白天里来拾掇车的客人都管他叫小师傅，摩托车行的老板一直臭小子臭小子喊他，他当然也答应，因为老板是他舅舅。摩托车行就在这所中学的斜对面，不算大的一个门面，地板油腻腻的，里面的货架上到处都是乱七八糟的摩托零配件，门口一年四季总摆放着一堆被拆得面目狰狞体无完肤的旧摩托车，好像那些车永远也不可能修好似的，只是为了推出来摆在那里撑门面的。

他来这里做学徒已经有一段时间了，像拆洗化油器调节油门开关装个尾灯以及更换机油这类的简单活通常都是由他去做的。客人来了老板招呼他一声，他就悄无声息地蹲在客人的摩托车前按部就班地忙活起来。

从他干活的地方，可以清楚地看到那些成群结队的中学生每天从学校大门进去了又出来了，他觉得那些学生既可怜又好笑，跟一群被关在笼子里的鸟雀一般，尽管想四处乱跑，却又没有可能和足够的胆量。有时他甚至感到他们生活得很滑稽。

他当然也做过学生，那还是刚过去不久的事，也跟他们一样每天从学校里进进出出忙忙碌碌的样子，可他只勉强念完初中，高一读了不足一个学期就被学校撵回家去了。除了学习成绩太差门门功课都在三四十分上徘徊之外，他还另有一项重要罪状，老师从他的书包里搜出一副带蕾丝花边的玫瑰红色的胸罩，而这之前先后有两名住校的年轻女教师都丢过类似的东西。学校自然要扫除祸害以保安宁。

舅舅的车行缺人手，爹妈就把他送来了，一方面让他跟着舅舅做学徒有事可做，另一方面也好让舅舅来约束他。现在，他基本上能单独做一些简单的维修工作了。最重要的是，他想自己再也不用像犯人那样成天关在教室里小和尚念经——有口无心了。想到这些，他对自己所做的事情充满了信心。从本质上说，他彻头彻尾是个不爱念书的人。在学校的时候他并不算太坏，偶尔也会旷课逃学，或者躲在没人的地方偷着吸烟。当然，他也跟别的同学去网吧玩游戏聊天。打架的事也有过几次，但他也有被别人打得鼻青脸肿的记录。

其实，小学的时候他的成绩还不错，从来没有下过八十分的，可一上初中他就开始心不在焉，有事没事总爱趴在栏杆上看那些在操场上玩耍着的高年级的女生。而且，不知为什么，只要一看见女生们静静隆起的胸脯在他眼前一颤一颤的，他就感到浑身都不自在，上课时就会胡思乱想开小差。有时候晚上还做一些很荒唐的梦，白天干什么都无精打采的，学习成绩越来越差。再后来连他自己也不知道为什么会突然迷恋上女人的胸罩和裤头，他把偷来的东西深藏在书包的夹层里，躲在没人的地方偷偷取出来看一看或闻一闻上面残留着的淡淡香味。

刚到这里的时候，他并没有心思观察那些中学生，他很想洗心革面认认真真地跟着舅舅学修车，学一门手艺。舅舅以前一直骑摩托车，也总爱摆弄那些东西，他的单位好像不太景气，工资老是发不下来，后来就把工作辞了，在这所中学附近开了一家摩托车修理行。舅舅对他说臭小子你要好好学，过两年我给你弄辆嘉陵 125 骑骑。他做梦都想有一辆属于自己的摩托车，所以，他多少有点痛改前非的意思，一门心思做学徒。反正，他是没脸再去上学了。他也不想再上学了。

有时候活闲下来，他就骑坐在门前的某辆刚修复的摩托车上，觉得心情不错，梦想着自己正骑着嘉陵 125 在一望无尽的公路上飞驰，身后带着自己心爱的女孩，她正从后面紧紧地搂住自己的腰，嘴里发出细微的令人心悸而有又愉快的尖叫声。

有一天傍晚，她从学校里推着自行车出来，并穿过马路朝车行这里走来的时候，他的梦好像突然变得清晰起来，变得真实而又不可抗拒。她的样子几乎完全符合他梦想中的女孩类型。他不知道她是谁，他对她一无所知，但他知道她肯定是一个女中学生，她的脸蛋清纯得像一只挂满露珠的苹果。

他记得那天她推着自行车犹犹豫豫地站在车行门前的水泥地上，他愣怔着上上下下打量着她，她穿着那种最普通的运动服，但是非常好看，像电脑动画片上的日本女中学生那样清纯迷人。随后，他发现她的两条车胎都是瘪的。她说师傅我的车子没气了，可我找不到平时那个修车子的。那个修车摊的老头确实这一整天都没有出来。车行里有那种小型充气泵，是专门为那些摩托车服务的，平时很少给自行车充气。鬼使神差一般，那天他破例为她充了气，整个过程他的心都怦怦直跳。她问他多少钱的时候，他有些答非所问地回答，我们这里只修摩托车。他听见她接连说了几声谢谢，然后放下五角毛票骑上车子走了。他一直意犹未尽地望着她越走越远，舅舅喊他的时候，他还沉浸在她留下的某种气味当中。

那天他帮她充气的时候，他们彼此靠得很紧，他几乎不敢抬头正视她，她身上和头发里散发出的气味很特别，完全区别于他每天都要面对的那种机械和汽油的混合味道。在她甜蜜的气息笼罩下，他确实变得有些战战兢兢。他将她放下的五角钱反复捏在手心，就像是她专门留给他的一张字条或一张动人的相片。

自那以后很长时间里，一到学生上学或离校的时候他都会刻意朝学校门口张望一会儿，他一直期待她的再度出现。长久的默默期待必然使他在车行的学徒生活突然有了另一种意味，他甚至觉得自己就是为了这个陌生女孩才离开家到舅舅这里来的。生活的意味总是让人捉摸不透。

也许因为他的特别注意，她总是会时不时出现在他期盼的视野中。他也经常为此感到欣喜若狂，感到满足，感到生活充满阳光，他几乎快要忘却了自己从前的那段短暂而又不光彩的校园生活。

在他眼里，她是一个非常独特的女孩，尽管他始终不知道她叫什么名字。但他在心里一直把她像自己的同学或同桌那样看待。他甚至时常觉得他跟她早就认识并相熟了。

他越来越觉得自己之所以能在这里安心地跟着舅舅学修车，很大程度上是为了她的一次次出现。他原本就是这么想的。

所以，他时常为她夜不能寐，直到昨天晚上这件事情发生之前。

3. 一早

一早他就爬起来了，那时她反倒睡得很静，间或发出一两声令人爱怜的呻吟。这呻吟有时像小雨点从房檐空灵地滴落下来。她小猫一样蜷缩在被子下面，身体显得十分单薄。

他忽然看到晨曦穿过花布窗帘的缝隙落在她的额头上，她的脸色苍白，嘴唇即使在睡梦中也不堪忍受地紧紧咬在齿间。她的牙齿整齐而又洁白，他想不起来这种牙齿应该叫作什么才好，总之，他觉得她的一切都那么好看。

他没有去吵醒她，而是蹑手蹑脚穿好衣裤就下了床，出门前他把门轻轻反锁了。

这个地方很偏僻，靠近郊区，房子是七十年代盖下的那种平房，风吹雨蚀多年，外表相当残破了。一年前，他从外县来到这里投靠舅舅，舅舅就给他在这里找了一间房子，房租三十块，他跟另外一名学徒工一起住，各出一半房钱，当然他的房钱由舅舅负担。从这里到车行骑车子也就半个多钟头。

就在上个礼拜，跟他一起学徒的小伙子请假回去了，说要娶媳妇办喜事。总之，一切好像是天意，他之所以下定决心做这件可怕的事情，很大程度上跟那个学徒的忽然离开有关。或者，跟那个学徒回家结婚这件事有直接关系。他当然理解结婚的含义，特别是对他这样一个早熟的青年来说。

更直接的原因是，昨天车行里碰上一桩大活，他们为修一辆进口的雅马哈赛车干到很晚才关门，舅舅说家里有事先走一步，他留下来负责收拾工具，锁卷帘门，离开车行时快九点半了，那时天已经黑尽了。他无意间抬头发现她正一个人骑着车子从学校里出来。开始他以为自己认错人了，可借着路灯光仔细一看，他才确信就是她。那时他心里忽然萌生了一种难以抑制的模糊的冲动和渴望，所以，他稍微犹豫了片刻，甚至根本没有弄清自己出于何种目的，便悄悄尾随在她的后面了。那种动机是后来在跟踪过程中突然萌生的，仿佛不需要任何理由，说来就来了，一股脑似的。

刚把事情做了的时候，他多少有点后悔和害怕。他一直觉得他和她之间也许会有一种更好的方式来保持某种他想象中的亲密关系。但是，一切似乎都在故意违背他的意愿，完全不受他的支使和控制，一味地朝着他想都不敢去想的方向发展下去。他想自己也许真的疯了。

他注意到她至少有半年多时间了。这段日子他过得的确不同寻常，白天和黑夜总是在无数次的期待与幻想中艰难度过的，他一边要不停地帮着舅舅干这干那，同时还得左顾右盼地等着她的一次又一次出现。她的每一次出现对他来说都是平常生活中最灿烂的一缕阳光。但是，更多的时候他感到很自卑。他知道，像他这样一个浑身沾满油污的小小修理工，根本不会有哪个女孩会喜欢的。何况，她还只是一名中学生，何况她还那么漂亮那么与众不同。

半个钟头以后他悄悄返回住所，他从车把上摘下刚刚买到的一袋小笼包子和两份豆浆，包子和豆浆都是热的。他提溜着两只塑料袋用钥匙打开房门的一刹那，她忽然惊醒了，满头大汗目光呆滞地望着他。

你醒了，肚子也该饿了吧。

他用脚将房门重重地关上，然后走到床边坐下来，靠床的地方有一张非常破旧的桌子，他用一只手将桌子上的那些杂物拨开，腾出一片空地，才把包子和豆浆放在上面。之后，他又从裤兜里摸索着掏出那种袋装的消炎镇痛药和一盒麝香跌打贴，另外还有一瓶安眠药，他没敢让她看见，趁她不注意的时候悄悄地塞进桌洞里。

他说等吃过饭你把药吃上。

从他进门后，她一直披着被子坐在床上。他把包子递给她的时候她下意识地往后缩了缩，他径直坐在床沿上，嘴里已经塞进了半拉包子，咕咕哝哝不停咀嚼着，很费劲的样子。同时，他将一只包子硬是塞进她的手里，看她没有接住的意思，他就把包子轻轻地递到了她的嘴唇边。

听话快吃吧！

吃过了你还要上学去呢。

包子热乎乎的，紧贴在她的唇上。她半天也不动一下，就像女革命战士面对反动派的食物诱惑那样不动声色，但是，眼泪始终汩汩地往下落着。他只好无奈地拿开手里的包子，从挂绳上取来擦脸毛巾帮她揩眼泪。毛巾像铁皮一样硬邦邦的，她似躲非躲地接受了他的擦拭——其实是接受了来自毛巾在脸上的摩擦的痛。或者，并不是接受，只是无动于衷。

你不吃东西咋行？要么你把豆浆喝了吧。

说话的时候，他已经把买来的袋装豆浆倒进茶杯并替她端过来。

她依旧一动不动，一副大义凛然的冷漠和视而不见。

他没再勉强，自顾自地大口大口嚼着包子，发出十分响亮的吧唧声。吃完一只包子，他会停顿一下，脖子往里窝一窝，像是快被咽坏了似的，然后端起茶杯咕咚咕咚喝着正冒热气的豆浆。

等吃饱喝足了，他才回过头瞥了她一眼。

人是铁，饭是钢，你难道真的不饿？将就着吃一点吧，至少你也该把药吃了。

他已经把药片从药袋里取出来，笨手笨脚地掬在手心，像是掬着某种神圣的东西。她还是没有任何反应。他盯着她看了一会，随后用一只手粗野地卡住了她的下颌，手指一用力，她的嘴才算被捏开，她疼得差点叫起来。他二话不说硬是将那些药片一股脑丢进了她的嘴里，然后他拿过茶杯用更为强硬的方式将里面的豆浆灌进她的嘴里。

开始，她似乎没有吞咽的意思，豆浆汁顺着嘴角和脖颈溢出来，白花花地落在她的背心和被子上。他像是很有耐心地对待一个膏肓病人，又拿过毛巾轻轻地替她擦拭，接着又继续重复给她往嘴里灌豆浆，并用手捋她的喉咙。这样反复了几次，她终于吞下了那些药片，并喝光了剩下的半杯豆浆。

昨晚她被突然撞倒的时候，右脚严重地崴了一下，又隔了一夜，现在脚踝已经明显地肿了起来，那里好像瘀了血，颜色发青发紫。所以，一开始，她坚决不让他碰自己的脚，她尽自己最大的可能想把那只脚掖在被子里，可她根本不是他的对手，他的手劲很大，几乎没有费什么力气就把那条被子拽开了。

她虽然疼得龇牙咧嘴的，可还是像躲避一条毒蛇那样往后挪着身体。当他死死抓住她的脚脖子时，她绝望得想死，眼泪小溪一样汩汩流淌。脚踝确实肿得厉害。他不再跟她有一丝妥协的余地，而是倔强地扒掉了她脚上的弄脏了的白色袜子，用另一只手掌连续为她揉搓着，她的反抗完全被扭伤的疼痛淹没了。

她毕竟是个女孩。她很怕疼。揉了一会儿，他才用牙齿撕开了跌打贴的外包装袋，将麝香药膏准确地贴在她最肿痛的部位，并用力粘紧。

他像是做完了一件非常了不起的事情，额头和鼻尖上已沁出了细密的汗珠，他长长地舒了口气，带着欣赏的意味盯着呆若木鸡的她看着。

她已然不再动了，小孩一样默默地坐着，始终不再抬头，像是犯了什么错等待大人的训斥。

4. 临近中午

他喂她吃下的那些药里有两片是安眠药。所以，他走了没过多久她就昏昏沉沉入睡了，连梦也没有做一个。

临近中午的时候，他才匆匆忙忙从车行那边赶回来。离开车行前他没有忘记将那身油乎乎的工作服换掉，认真地打上香皂清洗了手和脸。他还跟舅舅请了一天半的假，撒谎说自己想回一趟家去。舅舅自然很不乐意，因为这样一来，车行里就只剩下舅舅一个人了，缺人手干活。可他一直死乞白赖地跟舅舅磨嘴皮子，他说天快凉了，想回家拿几件保暖的衣服，当然也想回去看看他妈。舅舅虽然不太高兴，可还是勉强答应了，舅舅叮嘱他快去快回。临走前，他还从舅舅手里拿到了预支的二百五十元工资。按理说，学徒工一般只管吃住，工资是没有的，可舅舅毕竟是舅舅，舅舅当然不想让他空着手回家去。

本来，一进门他就想把她弄醒的，可她睡得什么都不知道。他想了想就在床沿坐下来，眼睛一眨不眨地盯着她看。她睡着时的样子简直让他着迷。他把手在裤子上使劲蹭了又蹭，然后用右手轻轻地抚摩她光洁的脸蛋和额头。摸她的时候他觉得自己的手真是太粗糙了，他甚至因为疼惜她而变得于心不忍，因为她的脸蛋实在太细腻光滑了，就像一幅质地精良的锦缎，尤其是她微微合拢着的嘴唇，完全跟一对玫瑰花瓣那样柔软娇嫩。他一遍又一遍轻轻抚摩它们，并不停地将她的刘海儿以及鬓角的发丝缠绕在手指上然后再松开。重复这个动作使他感到非常愉快，他甚至想起自己很小的时候跟邻居的小女孩在一起玩，那时他经常用手抓她们的羊角辫。想起这些往事，他又觉得可笑。他不再满足于用手摩挲她，而是低下头来用嘴唇去亲吻它们。

就在这时，外面传来敲门声，先是两下，紧接着又是三下，间隔很短。他被吓愣了，整个人僵在那里无所适从，用来亲吻她的嘴唇神经质地抽动着，他尽量屏住呼吸，身体保持一动不动。因为只要稍微一动，屁股下面的床就会吱扭吱扭乱响。昨晚他有两次趴在她的身体上，好像床比她叫得更尖锐刺耳一些。

定了定神，他又想，绝对不会有人知道的！不过，他转念又想到了舅舅，因为这里除了那个回家去结婚的学徒之外，只有舅舅一个人知道，要是舅舅突然来了那该怎么办？他的脑子乱极了。惶恐之余，他想自己最好先别出声，因为舅舅好像没有这里的钥匙，而且，这之前他只来过一次，那次是舅舅专门用摩托车带他来住下的。

敲门声停顿了一会儿，他想外面的人也许离开了，可没过多久他听到更用力的咚咚声，显然外面的人耐心十足。他看了看躺在床上的她，顺手将自己的一件衬衫拉过来遮住了她的头脸，又着手将她身上的被子尽量铺平拉展。与此同时，他听见门外有人说，我刚才看见你回来了，快给我开门吧。他终于犹豫着朝门口走去，说话声已经告诉他门外不是舅舅，而是另外一个女人。这无论如何让他变得坦然一些了。他想也许是房东什么的。

但是，他还是十分谨慎地把门开了一道缝，露出一只眼睛朝外面瞧着。果然是一个女人，三十来岁，脸上化了很浓的妆，他最先看到的是一张鲜红的嘴。说实话他心里多少有些厌恶这张嘴。可他一时想不起来在哪里见过她。

红色的嘴唇开启了，绽出两排洁白的牙齿。他听见门口的女人说，怎么你不认识我了？我是前面开理发馆的曹姐呀……我的车又发不着了，你快过去帮忙看看吧。他这才恍然大悟，他确实经常去曹姐那里理发。她的美发店就开在前面的公路旁边，他每天来回都要路过她那的，生意好像很红火的样子。有时候即使头发还没有完全长长，他也偶尔会去她那里闲坐一坐的，胡乱跟她们说说笑，或者，请曹姐帮他刮一刮脖子后面的汗毛。

其实，他去曹姐那里还有另一个目的。他第一次去理发的时候碰到了一个跟着曹姐学理发的女孩，人长得挺清秀的，很会冲人眨巴眼睛，像个洋娃娃似的。他去理发多数都是那个女孩给他洗头。他觉得那女孩的手指真是太柔软了，每次她在他的头上揉来搓去，他就觉得特别舒服，有种犯困想睡觉的感觉。后来连曹姐也看出来了，只要他一进去，曹姐就打趣说人家回老家不干了，你恐怕再也见不到她了。他正犯糊涂呢，女孩已经从里面笑着走出来了，他的脸也就红了。后来他跟她们混熟了，成了常客，他才知道那个女孩家在甘肃平凉，她是一个人出来打工的，听说家里还有好几个妹妹，都上不起学，她在外头挣钱，除了自己花销外，多半是要寄回家去的。再后来他发现曹姐那里的学徒妹换得特勤，新的来了旧的去了，走马灯似的，可他喜欢的还是那个平凉女孩。他有一次听曹姐说这个叫小雪的可是她店里的摇钱树，她才不会轻易放她走呢。

正当他犹豫之际，看见曹姐已经用手拉开了他的房门。他吓坏了，连忙用身体将房门挤过去，使所留的缝隙只能伸进来一根手指。他听见曹姐在外面哟了一声说，怎么你怕我进来呀？你的房里不会是藏着个小妹妹吧。这次他真的给吓呆了，好像对方完全洞悉到了他房里的一切。他很紧张地让自己老鼠样从门缝里钻出来，并随手将门拉上。他有点不自然地说，不是的……我……我想现在就跟你去看车。说这些话的时候，他的脸已经很不争气地红了。好在曹姐并不再追问，自己先转过身笃笃地在前门带路，他又不放心地回过头朝房门看了看，掏出钥匙将门锁好，才很不情愿地磨蹭在那个女人身后。

曹姐骑的是那种深红色的新大洲摩托车，经常停在她美发店门口，他帮她弄过两回，都是一些不起眼的毛病，今天也不例外。他一直心事重重地帮她发车，电瓶的电量很充足，喇叭声很响，油箱也是满的，机油充裕。他用电启动试了几下，还是发不着车。他只好打开座椅去检查下面的化油器，接着又拆下火花塞检查，才发现是点火器被油淹透了。他掏出打火机用火苗炙烤点火头。蓝色的火苗在他眼前一跳一跳的，他总是无法让自己完全集中精力，直到火苗烧痛了手指他才猛地回过神来。再把火花塞重新装上，用脚拼命地踩发车器，有二三十多下，脚底板都踩麻了，排气筒终于慢吞吞喷出一股浓白的烟，车算是发动了。

整个过程他显得手忙脚乱又心不在焉，而且老是丢三落四的。这中间曹姐还让他帮忙调了调了刹车器和离合，说最近都不太好用。等车体全部装好以后，竟然多出了两三颗螺丝，若是平时他会认真再检查一遍的，可今天没有，他随手把多余的螺丝扔进了工具箱里完事。

曹姐满脸欢喜地从店里闻声出来，说我这破车只有小兄弟你能玩得转，快进来歇一歇吧。如果放在平日里，不用曹姐让他他也会进去坐一坐的。说实话，这里的几个女孩长得都不错，夏天的时候她们通常都穿得很少，裙子也很短，上身时不时露出诱人的肚脐眼，他看了心里就有种很奇怪的感觉。特别是那个平凉来的女孩，她替他洗头时，她的长发总是轻轻地垂下来在他的耳际春风一般摩挲着撩拨着，还有，她身上浆果一样甜甜的香气简直令他陶醉。

他正要推辞，曹姐上前拉住他的胳膊，说洗洗吧，看你手黑的。他嘴里说着我就不进去了，可双脚还是不由自主地跟着曹姐走了。每次来这里理发他觉得自己的目的都不是单纯的，这一点他非常清醒。曹姐径直把他拉到里面的一间小包厢里说，这阵没什么生意做，我让小雪好好给你按一按，放心好了，姐今天不收你的钱，算是谢你。他的心立刻像一只鲜红的气球被曹姐的话外之音噗地吹胀起来，有一种无法按捺的灼热在胸口蔓延。

在面盆里打香皂洗手的工夫，小雪已经懒洋洋地走进来了。曹姐说小雪按得可好了，然后就给叫小雪的女孩使了个眼色，就出去了。他还想跟曹姐说点什么，可女孩已经不由分说地将他推倒在那种很窄的按摩床上了。女孩好像刚睡醒的样子，有气无力地打着哈欠对他说快躺下吧，说着两只有些湿凉的手已搭在他的肩膀头上了。他感到胸口里藏着的那只红色气球依旧在不断地充气，随时都有爆破的危险。所以，他脸上起初裸露出的一些泛红的羞怯一下子就消失殆尽了，他毫不犹豫，觉得自己比世界上任何一个流氓恶棍还要嚣张疯狂。他顺势拉过她的身体一同倒在按摩床上。他想，去他妈的，白按谁不按！再说，自己毕竟帮老板修过车的，这叫有偿服务。而且，他确实打心眼里喜欢这个女孩。

等他一躺上去，那只窄床就很不友好地吱扭起来，好像随时会散架似的。他的心里又一紧，脑子里忽然又无端地想起她来。给他按摩的女孩好像很不情愿的样子，嘴唇红彤彤地噘着。他一直盯着她看，他发现她的眼神始终飘飘荡荡的，好像永远也落不到一个具体的位置上。他觉得自己似乎也跟着她这种奇怪的眼神飘荡起来。他还发现她给他做按摩的时候总是不停地咀嚼着口香糖，就像跟口香糖有深仇大恨一般，手指上的力气很不均匀，轻一下重一下，让他有点不舒服。后来他索性闭上眼睛，不看她，甚至将她想象成另一个人的模样，任由对方在他的脑袋脖子肩膀头和四肢上心不在焉地一通捏弄敲打。而他的脑子里一刻不停地浮现着昨晚的画面，学校门口，修车行，路灯，一段漆黑的小路，稀稀拉拉的路人，幽僻的树林，骑自行车的女孩以及一声声尖叫一串串眼泪，还有来自他身体里的那种奇妙的战栗……这一切在此刻都变得异常清晰和活跃，仿佛是他刚刚看过的一场惊险的电影，他清楚地记得每一个镜头和画面，还有男女主人公发出的浓浓的气味。

想着想着，他觉得自己身体似乎有了什么奇妙的变化，有种难言的东西在血液中迅速奔涌起来。他睁开眼又盯着小雪看，一只手开始很不老实地朝小雪的大腿上游过去，她一点儿也没有要躲开的意思。他放心了，更大胆地去捏她的屁股。她像蛇似的扭动着腰身，像是鼓励他这样做下去。于是，他的手更加宽松地移向她的腿根部，首先触摸到的是她短裤上的花边样的丝织物。这时，小雪的手突然碰了一下他的裤子，正好摁到已经鼓起来的地方，他像是失声叫了一下，随即一把将小雪搂过来压在自己身上，然后去亲她的嘴唇。可她的嘴闭得死死的。他听见小雪嚷着不能亲不卫生的！等一下我去那边拿个套儿。他愣了一下，什么套？小雪乘机挣脱了他的纠缠，用双手把自己的上衣随便往下拽了拽，可衣服还是捉襟见肘连肚脐眼也盖不住。她似笑非笑地回答，当然是那个套呀。她往外走的时候又回过头不放心地对躺在床上的他说，最低这个数，要么我可不做！说着，她冲他竖起一根细长的中指。那表示一百块，他当然明白这个意思。

小雪前脚刚一走，他就翻身从床上坐起来。

他像是担心谁会突然来打劫自己似的，很小心地摸了摸裤兜，舅舅上午发给他的二百五十块钱，那些钱正在里面呢。他把手很深地装在裤兜里，手心紧紧攥着那些钱。

最后，他还是从包厢里果决地走了出去。

他听见那个叫小雪的女孩在后面连声喊他，喂，你到底做不做吗？你他妈的跑啥！我又吃不了你！

他像是没有听见，来不及往裤腰里掖好衬衫就径直快步走出美发店。

中午时分，外面阳光刺眼，他觉得眼前白茫茫一片，甚至白得有点发黑，他什么也看不清了。依稀听见身后依旧有人在不停地咒骂他，骂得很难听，仿佛有一大群小姐在同时骂他。

他无心顾及这些，低着头大步流星离开了。

5. 他回来之前

她身体靠着墙，人显得十分虚弱。

在他回来之前她就这样枯坐着。这中间她下过一次地，门是锁着的，唯一的一扇小窗户上也安装着坚固的钢筋防盗栏，她使

劲敲了一阵门，又冲着窗户喊了几声，外面始终很安静，没有任何
回音。

她静静地坐着，像是等待体力恢复。她努力回想发生过的事
情，可她一点儿也不知道接下来该怎么办。她正处于一种十分龌龊
而又无奈的状况中。

她的头的确疼得厉害，额头不停往出渗汗，脊背却一个劲发
冷，恰似负着一整块冰，脚脖子肿痛难忍，走不得路。她蹲在靠近
门背后的地方撒了尿，尿的时候小腹间有股隐隐的痛，她还发现尿
里好像有一些红色。她站起身时感到头晕目眩，人差点栽倒了，然
后她才一瘸一拐地扶着墙重新回到床上。

她一直如难民那样披着被子靠墙呆坐。她不知道自己现在待在
哪里，也不清楚后面还会发生什么，除了剧烈的头痛和阵阵眩晕非
常清晰之外，她对眼前的情况几乎感到茫然和绝望。

这种事情她以前在电视里偶尔也看到过，所以她的脑子里自
始至终都浮现着"绑架"这个词，但她对绑架的理解显然太有限
了，那只不过是在电影或电视剧里看到的画面。可平常在家里，爸
妈一般不允许她看这类的节目，实际上她看电视的时间极少，偶尔
也会偷着看一看卡通片什么的，时间通常不会超过半个钟头。即便
这样，妈妈也时有干涉，说她的任务就是好好学习，还说等她将来
考上大学想看什么就看什么，可是现在不行。其实，她自己对考大
学并没有多少把握，她在班里的学习成绩一直是中等偏上，老师们
对她的印象还算可以，开家长会的时候他们跟她的爸妈有过一些沟
通。班主任老师的评语是她性格内向，不怎么爱说话，即便受了委
屈也不轻易说给别人听。所以，当她的脑子里不断出现"绑架"这
个词的时候，她或多或少觉得有一点兴奋，潜意识里甚至有点为爸

妈们感到幸灾乐祸。当然，这只是转瞬即逝的歪念头。其实，她完全给吓蒙了，他的动作和行为是她无法想象到的那种迅猛和猥亵。而她的一切反抗在他面前显得那么捉襟见肘且毫无意义。她想他一定是疯了，像一条发疯的公狗，她根本奈何不得他。她对两性之间的事也就稍稍懂得一些，从电视剧或电影里，从一些家庭类的书刊杂志里，还有从爸妈时常不检点的夫妻生活当中，总之，那种事情在她眼里还仅仅是羞涩朦胧的东西，是只可意会不可言传的。所以，当他突然出现并强迫她做那种荒唐事情的时候，除了尖叫和痛哭之外，她没有任何美好的感觉。那一刻，她非常痛恨自己是个女孩子。

或者因为恐惧的折磨与长时间的睡眠，现在她的思想渐渐活跃起来。从昨晚事发之后，她思想的车轮好像一下子刹死了，有的只是惊恐和一阵又一阵的战栗。当这间陌生的房子仅剩下她一个人的时候，思想的闸门才开始慢慢开启。事实上，她的想法很单纯，她最先想到的是，平常这个时候自己正在做什么，这样想的结果既让她感到担心，又生出一丝莫名的轻松感。在这间肮脏的小房子里，她与外面的世界像是完全隔绝开来的，她觉得自己像一个遭遇突然袭击的原始部落的野女人，蓬头垢面，伤痕累累，甚至没有像样的衣服可以穿，根本不会有人来帮她一把，更没有人站在旁边冲她指手画脚。所剩下的只是她正面对着的这间肮脏的房子和同样肮脏的床铺和被褥。

她所遭遇的是精神上的侮辱和肉体上的疼痛。越是这么想，她就越觉得自己已经变成了一个跟这房间同样肮脏不堪的女孩。因为自己身体的肮脏，所以她对肮脏一词的理解从来没有像现在这样深刻过。在一番苍白无力的砸门和冲外面哭天抹泪的叫喊试图得到帮助之后，她立刻意识到自己所做的是多么的愚蠢可笑。她想那样做也许对自己并没有多少好处，最关键的问题是她突然对自己的处境有点无所谓了。这种考虑很大程度上是来自于身体的。她想到另一个词，破烂。她痛苦地感受到破烂一词之于她的全部意义。她想即便自己叫破了喉咙，或叫来一个什么人，都已经于事无补了。这是一个铁定的事实！她已经不再是一个单纯的女孩子了。一旦有了这种极端的想法，她突然就变得平静下来，很快就不哭也不喊了，只是木木呆呆地坐着，连手脚也不愿意动一下，先前那种因为没有衣服穿所带来的痛苦和羞耻感明显减弱了，目光中流露出一抹若无其事的哀伤神色。而伴随着这种无所谓的空洞的精神状况，另一种模糊的意识渐渐浮出水面。

实际上连她也感到异常震惊，因为死亡对于她这样年龄的女孩子来说本来是非常遥远的话题。可此刻她真的萌生了一死了之的念头，死亡一词在她眼里突然就变得平淡起来，变得可以顺口而出随便使用。此刻，她最真实想法是：与其这样活着真还不如死了干净呢。

有时候她想这一切也许都是注定了的。

昨晚的自习课她没有上完就匆匆从后门溜出来了，她想早一点回家去陪一陪妈妈。因为这天中午爸妈刚刚很凶地吵过一架，爸爸还动手打了妈妈的脸。妈妈的脸上还有爸爸的手印。其实，妈妈并不需要她来陪，可她就是放心不下。她是家里唯一的女儿。她很小一点的时候爸妈都把她当作掌上明珠，可是，后来爸妈总是为一些琐碎无聊的事情吵来吵去摔摔打打，而这以前她一直认为爸妈是那种可以相敬如宾白头偕老的夫妻。他们最近都很少过问她的学习和成绩，就连过去一直坚持晚自习后准时站在校门口接自己回家的爸爸也不能再按时来了。爸爸说他这段时间很忙，他总说自己快被压得喘不过气了。她不知道是什么东西压得他喘不过气的。而妈妈这些天的情绪和脾气同样坏得令她心惊胆战。她早就听说了妈妈单位不景气的种种状况，妈妈现在成天待在家里，单位里给她放了长假，妈妈不用再上班了，每个月末去领不足二百块的最低生活费就可以了。当然，她看到的只是事情的表面，她还不能完全感受到妈妈的那种失落与空茫的心情，所以，有时她倒是觉得妈妈这样挺好的，至少她每天放学后家里都有人在。可是，妈妈已经很少跟她说说笑笑，也很少再督促她学习上的事情。有时候妈妈一整天都不跟她说一句话，她觉得妈妈跟换了个人似的，沉默、木讷、神经质，有时会蛮不讲理，为一点点鸡毛蒜皮的事情跟爸爸大吵大闹污言秽语，要么就把自己关在卧室里，一整天不吃不喝。这种情况下，她只好瞎凑合，一个人到街上的面馆去吃一碗一块五的牛肉拉面，或者，干啃一包方便面或一块面包，再喝一杯开水，就匆匆忙忙上学去了。

她是不经意间听见妈妈骂爸爸是陈世美喜新厌旧不要脸，妈妈还把他们的结婚纪念照从卧室的墙上摘了下来摔在地上。那天是她悄悄地扫去地上的玻璃碴子的，她的手指还被划了一道口子，鲜血像虫子一样在自己的手指蛋上蠕动，可是妈妈躺在床上根本不关心她。她记得那面墙壁上空余下很突兀的一框印记。妈妈跟爸爸势不两立的样子让她联想到以前学过的一个词，阶级。最近，晚上爸爸通常很晚才回家，过去一家三口在一起有说有笑吃饭聊天看电视的欢乐情形再也没有了。有一天深夜她起夜，发现爸爸竟然一个人蜷缩在客厅的沙发上，身上什么也没有盖。不知怎的，她觉得爸爸那时看上去很可怜，就像一条没人愿意管的老狗。其实，更多时候，她会觉得妈妈很孤独，买菜做饭洗衣服收拾卫生，妈妈的生活就是那么简单而又枯燥。总之，她渐渐明白了一件事情，那就是妈妈长久以来默默付出的一切也许要付之东流了，而爸爸也不会再像从前的爸爸了，因为用妈妈的话说爸爸的心已经不再属于这个家了，已经不再属于她们娘俩了。就像电视剧里经常上演的那样，也许，爸爸真的在外面有了别的什么女人。她不希望这些都是真的，可她分明已经意识到了这一点，她的苦恼并不比爸妈少，有些事情她还想不清楚，面对家庭关系的动荡，她能做的就是尽量多安慰安慰妈妈，跟她说说话。她只能做这些。

有一晚她已经睡下了，爸爸悄悄进来在她的床边坐了一会儿，一句话也没有说，只是盯着她出神地看。她始终没有睁开眼，她知道爸爸正看着她，她的眼泪很不争气地慢慢流出来。她希望爸爸跟她说点什么，可爸爸什么也没有对她说。又过了许多天，一次她放学回到家，以为自己走错了地方，家里烟雾缭绕的，三个女人和一个严重秃顶的胖男人正围坐在她家的饭桌前，哗啦哗啦地搓着麻将牌。妈妈的嘴里竟然叼着一根烟，看得出来她还没有学会吸烟，所以被烟呛得眼睛都睁不开，泪水直流。还有一个女人，手指始终优雅地翘着，几根手指上都戴了亮灿灿的戒指，看着刺眼。另外一个女人手指间也夹着香烟。那个男人见她进来，用眼睛的余光斜了她一下，似笑非笑的蠢样子。她讨厌这种男人的目光。妈妈见她回来，连头也没回，像吩咐丫鬟似的让她赶紧烧一壶开水给客人沏杯茶喝。她茫然地走进厨房，里面一片凌乱，用过的锅碗盆碟都堆在水池子里，案板上躺着菜刀和切了一半的发蔫的韭菜。从那以后，她放学回到家经常可以看到这些情景。妈妈有时候好像很高兴的样子，随手给她十块钱让她到外面吃饭；有时又显得非常沮丧，不跟她说话，眼皮也不抬一下，像是被麻将牌勾住了魂。那一刻她觉得妈妈是那么的苍老和疲倦，换了个人似的。

通常，他们在客厅搓麻将的时候，她只好一个人躲在自己的房间里写作业，可是，外面的声音太大了，房间隔音效果很差，她怎么也无法让自己安下心来读书。妈妈欠账的事情她是后来才知道的，妈妈不光在自己家里玩，她还时常跑到别人家去打通宵。这种情况下妈妈一般是第二天天快亮时才进家门，然后蒙头昏睡一整天，不吃不喝，更谈不上照顾她了。妈妈跟秃顶男人的事后来还是传到爸爸的耳朵里了，爸爸那天像一只发怒的狮子，在地上团团转，摔摔打打，边走边骂，而妈妈却把自己反锁在卫生间里半天也不出来，下水声哗哗地响。最后妈妈还是出来了，她没有哭，也没有流眼泪，一副理直气壮的样子，可两只眼睛又红又肿。她听见妈妈很平静地对爸爸说，我就算把自己输给别的男人了也不关你的事，以后你过你的，我过我的，我们谁也别管谁！她看见爸爸已经抬起的巴掌猛地停在空中，半天也不说一句话，刚才的威武一扫而光。她觉得妈妈竟那么容易就把愤怒异常的爸爸击败了。妈妈比她想象中厉害多了。

在床上休息了一会儿，她发觉下身有些异样，那种如期而至的潮湿与热烈一下子攥住了她的每一根神经。它来了！不管怎么说，每次当它汩汩到来时她都有一种难以抑制的恐惧和迷离，而此刻她完全失去了以前的那种感觉。与此相反，她感到万分忧伤。它的来临如同一泓溪流激起的冰冷浪花，正揭示着水底的阴暗曲折和种种无法预知的险恶暗礁，仿佛刻意要提醒自己所遭受的一切。

泪水再次打湿了双眼。掐指一算，它比上次来得早两天。接着，她想起了很多跟自己有关或无关的事情。她的老师、她的朋友、她的同桌，还有爸妈。她想他们现在也许正在四处找她，她从来没有彻夜不归的经历，她一直是那种比较乖巧的女孩，她甚至从来没有晚上十点钟以后还在外面的情形。这一切忽然让她产生了一种近似于背叛他们的想法，她想爸妈也许正在一遍一遍咒骂自己，这个死丫头究竟跑到哪里去了！等她回来看怎么收拾她！想到这里，她仿佛已经清晰地看到了他们的恼火而又惶恐的表情，她竟然破涕笑了，就像恶作剧中的顽皮小孩那样，尽管那种浅薄的笑容在她的嘴角浮现出的时候充满了悲伤和绝望，但她还是让自己在漫漶的泪光中默默感受到了这种恶作剧般的诡秘和快乐。同时，她也因此感到一丝奇特的幸福在心里流荡。她希望爸爸能按时回家，希望妈妈今天不再跟那些人昏天暗地地打麻将，他们正在想尽一切办法四处寻找她，而暂时忘记了一直以来的那些无聊的争吵和不睦。如果这样，她想自己就是死了也会很快乐的。

这之后她的精神又变得十分恍惚了，像是耗尽了所有的气力。眼神中没有一丝光泽，只是空洞地睁着双眼，泪水按照一贯的轨迹悄然滑下，还有身下会不时渗出来一些隐秘的液体，一切都在悄无声息地进行。

唯独她是僵硬不动的，像一具断了线的木偶。

她用手紧紧搂着双膝，把脸侧放在膝盖上，像是快要睡着了。

6. 他进来的时候

他进来的时候看到她这种样子，先是愣了一下，然后才慢吞吞地将手里拎着的一份酿皮子和三瓶啤酒放下来。

这次她没有拒绝吃东西，相反她吃得很专注。

　　她确实饿了。他问她要不要喝点啤酒，她照样没有反对。他用牙齿咔嚓一下撬开瓶盖，那种汹涌的白色泡沫蜂涌上来，落在桌面上，他自己也开了一瓶，一仰脖灌下几大口，他不停让她，你也喝，快喝呀。她想都不想，抓起瓶子也学他那样喝，可她毕竟没有这样喝过酒。以前她过生日的时候也喝过一两次啤酒，可每次都只是象征性地抿一口儿，此时她被呛得咳嗽不止。

　　他坏坏地笑了笑，用手掌帮她轻轻地拍着后背。她同样懒得躲闪。

　　吃过东西，她的那瓶啤酒也喝得差不多了，她的脸蛋微微红起来，有种妩媚的生动和可爱。

　　他一边傻傻地看着她，一边开始喝第二瓶酒。她好像听见他说，你长得真好看。

　　她想了想，也抬起头矜持地打量着他。她忽然有种想跟他说话的冲动，她连着打了两个难闻的酒嗝儿。

　　我都想好了，反正我要去告你的，除非你现在就杀了我。

　　他已略微有些醉意，其实他的酒量并不大，三瓶啤酒准能将他灌晕。

　　这次他没有像先前那样表现出过分的惊讶，好像知道她迟早会这么说的，于是若无其事地盯着她的眼睛。

　　过了一会儿他说，你就不怕我杀了你吗？

　　她又对着瓶嘴喝下一口酒。

　　他能看出来她的表情相当痛苦，她根本不会喝酒。可他又分明觉察出她脸上的痛苦大概跟酒无关。

　　她没有直接回答他的问题，而是犹豫着说，我把你的床单和被子都弄脏了，不信你看！说着，她掀开被子让他看。她的样子或多或少有点幸灾乐祸的快乐。他一眼就看见了那些斑驳狰狞的血迹，它们像一片不规则的黑色旋涡在他的视线里荡漾开来。

他立刻怔住了。

你……你流血啦！

他的口气有些大惊小怪的。

她已经慢慢地将自己的身体挪到床的另一个角落，好像故意让那些鲜艳而深沉的颜色更狰狞地裸露在他眼前。

你……你……不要紧吧？

他慌忙扔下酒瓶走过来，不无紧张和关切的表情以及瞪大眼睛查看床单时的样子让她觉得有点滑稽可笑。不过，她没有笑，她只是不屑地冲他抿了抿嘴唇。她想他一定是世上最愚蠢的家伙，他竟然连这种起码的常识都不知道。她由衷地为他的愚蠢感到好笑，因此，她对他的鄙视程度也超过了这之前的任何时候。

这里有卫生纸吗？我要用。

他的表情中顿时流露出无法掩盖的狼狈和诧异。

显然，他终于意识到了自己刚才的无知和失态。

房子里的确没有她想要的那种东西，即便最普通的卫生纸也找不到，他平时多半都是在车行里把问题解决掉才回家的，偶尔他也会用一些旧杂志什么代替。他的枕头下面就压着两本皱巴巴的地摊文学杂志，上面尽是些色情凶杀故事，纯粹是瞎编乱造出来的。他虽然不信那些东西，不过他每天睡觉前都会胡乱翻翻，有时挺管用的，翻着翻着就睡着了。除此以外，这里再也没有什么可供娱乐和消遣的玩意。以前他也曾从家里带来过一台随身听，后来听坏了，他一直懒得去修。他从十三岁起就有手淫的习惯，他通常借助那些肉麻低俗的文字达到某种幻想的目的。当然有相当长的一段时间，在他的幻想中，毫无疑问眼前的她都会如期出现。他也经常到街边的录像厅里花几块钱看通宵，枪战片功夫片色情片，他渴望看到那些男男女女搂搂抱抱的镜头。有时看着看着竟睡着了，天亮后他被清场的人唤醒，然后揉着惺忪的睡眼去车行干活。

他似乎终于醒悟了。

我还是出去给你买吧，附近就有家小卖店。

他的神态既卑微又不容她拒绝。

不知怎的，她第一次产生了这种奇怪的感觉，连自己也觉得吃惊。

就在他低头默然出门的一瞬间，她竟觉得他这个人其实并不那么可怕了。

相反的却是，她开始为自己感到担忧和困惑起来。

7. 去给一个女孩买东西

他从来没有这方面的经验，去给一个女孩子买那种东西。

这家商店很小，货架上和柜台里的东西几乎一目了然。他在柜台前佯装茫然地磨蹭了一阵，直到售货的女人拿眼睛瞥他的时候，他才低着头用蚊子一样细小的声音要了一包那种东西，另外还要了一盒烟，他递过去的是一张十元的票子，本来应该给他找几角零钱的，没等人家给他找好他就头也不回地离开了。

看商店的女人也没有再喊他，冲他消失的背影很奇怪地笑了笑，就将那几角零钱扔进放钱的纸盒子里了，女人继续目不转睛地看那台很小很小的黑白电视。又有几个小孩闹哄哄地挤进来，女人才把头稍微转一下偏过半束目光看着他们花花绿绿的衣服。而他早就消失了踪影。

一回来他就默默地把那包卫生巾放在她的眼前。

她没想到，完全没有，他买回来的竟然就是自己一直使用的那种牌子。

她立刻有种说不出的感觉。

在家的时候一般都是由妈妈买来给她用的，妈妈也用。爸爸好像也替她买过一两次，那也都是在非常特殊的时候妈妈硬派爸爸跑出去买来应急用的。在她的印象里，爸爸并不是一个很糟的人，相反，爸爸在大多数的时候还是很关心她的，不过爸爸的确很少在家，有时候一个星期她也见不着他两回，多半时间爸爸回到家她已经睡着了。很早以前，她一直以为爸妈很相爱的，因为那时候妈妈很少有怨言，总是默默无闻任劳任怨的样子。可是现在一切都变了，妈妈说爸爸不再爱她们娘俩了，妈妈说天下没有不馋腥的猫，妈妈说男人没有一个好东西，妈妈说爸爸是从农村出来的看着老实其实一肚子坏水。妈妈说这些话的时候咬牙切齿。她当然明白妈妈的意思。所以，她对爸爸的看法已经有了很大改变，不论什么时候她想自己都要站在妈妈这边，她觉得妈妈其实挺可怜的。

但是，她打骨子里讨厌妈妈跟那个秃顶的胖男人来往，因为那个胖子经常来家里，屁股沉得要命，来了就不肯走，膏药似的粘在妈妈的房间里很长时间都不出来。妈妈倒是跟她说过胖子的好话。妈妈说上次要不是人家肯帮忙，妈早就被人宰了。尽管这样，她还是异常反感这个又矮又胖的男人，她发现这个胖子总是肆无忌惮地用他同样油腻腻的目光盯着她的脸看。她记得有一次，胖子来了，妈妈中间好像出去过，她正在自己的房间里写作业，那个胖子就不经她的允许推门进来了，悄无声息地站在她背后，她回过头时发现他脸上堆着很奇怪的笑，当时把她吓了一跳。胖子随手从钱夹子里掏出一张五十元钱放在她的作业本上，并摸着她的后背说这是叔叔的一点心意。她当然没要他的钱。她把他的钱和人一并推了出去，然后反锁房门。她觉得他的钱和他本人一样令她厌恶。可是，她始终没有把这件事情告诉给妈妈。她觉得也许根本没有那个必要。她知道妈妈不会把这事放在心上的。自从胖子可以经常出入这个家以后，妈妈的情绪忽然就变好了，妈妈身上多了几套漂亮的衣服，还有金灿灿的戒指和项链戴。妈妈出门前开始对着镜子化妆抹眼影涂口红了。妈妈一下子变年轻了十岁。

就在几天前的一个夜里，她忽然听到了爸妈的谈话，那是很长时间以来他俩难得的一次平静交谈，自始至终没有吵闹，客气得有点让人不习惯了。她忽然想起书上说的那种暴风雨来临前的平静。这之前妈妈好像轻轻推开她的房门观察过她一次，她急忙假装睡着了。她听见爸爸说我们不要再吵了，没什么意思，时间一长会影响女儿的。妈妈不屑地说你还好意思提女儿，你在外头快活的时候想到过她吗？想过我们娘俩的死活吗？爸爸无奈地说今天我可不想跟你抬杠。然后他们俩都沉默了下来。爸爸又说这个家里的一切都留给你们，我什么都不拿，权当扫地出门，你和女儿的生活费我会按月给的。妈妈好一阵没有吭声。她知道妈妈肯定难受得要死，她真为妈妈感到难过啊。妈妈果然就呜咽起来。妈妈一边哭一边狠狠地说你想得倒美，我也不要她，你有本事把她也带走吧……接着，妈妈的哭声像一列火车突然从深夜呼啸而来，碾轧着她的每一根纤细的神经。开始妈妈似乎还尽量压抑着自己的声音，可后来就难以抑制了。爸妈的谈话也就此中断。而她一直在被子里抽泣，但她拼命不让自己发出任何声响，她的嘴咬住被子的一角。她知道此刻哪怕发出一丝声响都是多余的，她自己也不过只是一只多余的包袱而已。

就像过去每次那样，她非常精心地为自己垫好卫生巾，然后安静地平躺下来，任凭那些液体从身体里慢慢地溢出。

但是，此刻毕竟不同于以往任何时候。眼泪的流速在加快，心里有种说不出来的痛。她用双手掩住眼睛，很快，泪水就从指缝间渗出来了。她看到自己的指甲缝里有一些残留的血污。

她觉得自己不应该哭的，至少不能当着他的面痛哭流涕。可是，眼泪这东西又总是那么不争气。

8. 对话

……要是我真的放你走，你还会说出去吗？

会。

咱们可以好好商量一下。

为什么要跟你商量！

你知道……说不准我会弄死你的。

那你就杀了我，反正我不想活了。

可我不想那么做。

我不想坐牢！

这由不得你，他们迟早会知道的。

我不怕！我谁也不怕！大不了我们俩一起死。

那你先杀了我吧，要不我就说出去。

你敢！我掐死你——

我不想那样死，书上说被人掐死的样子很难看的，舌头会吐出很长。

他妈的你别逼我。

我上午看见你买安眠药了，干脆你让我把那些药都吃下去，那样我死了就跟睡着了一样……

好了！别说了！你别说了！！我不想跟你说这个。

我说的是心里话，我真的不想活了。

我说过我不想死我不想死你听明白了吗？傻瓜。

如果吃药死了别人不会怀疑你的，你没看过报纸吗？有好多中学生都是这么死的，他们不会发现的！我还可以留下遗言，说我怕自己明年考不上大学，所以才不想活的。

你不要再说了好不好！

……那你说我会不会怀上小孩？我要是怀上孩子我爸妈还有老师他们肯定都会气死的，他们肯定不让我上学了，那我该怎么办呀？还有，我那些同学他们肯定再也不理我了，谁也不会看得起我。呜呜。

我求求你别再胡说八道了好不好！啊？你他妈的是不是疯了？！

我真对不起我的好朋友啊。

谁？

你说谁是你的好朋友？

你不知道，他待我可好了，我们是中学的时候认识的，他一直把我当他的亲妹妹看待，经常给我买好吃的，还把他的课外书借给我看，放学后就在门口等我，然后陪我一起回家。他真的就跟大哥哥一样，从来不惹我生气，我不高兴的时候他会想方设法给我讲有趣的故事听。可我妈不喜欢他，说他是个不学无术的小流氓，整天就知道缠在女生屁股后面，长大了准没出息，他们不让我跟他做朋友，让我要离他远一点。妈妈说他要是再敢缠我就去学校找他的老师告状。

你喜欢他？

我也不知道，反正，我俩一直悄悄地做朋友，他的学习成绩其实挺好的，我经常去问他不懂的题目，他的篮球也打得很棒，我最喜欢看他投篮时跳起来的样子。他还说将来有可能的话他要跟我考同一所大学，这样我们还可以继续做好朋友……可我现在再也不能跟他做好朋友了，他会嫌弃我的！就算他不，我也会觉得自己根本不配做他的朋友。

傻丫头只要你和我都不说，谁会知道呢！再说，我也是真的喜欢你，要不我不会这样做的，我发誓，你一定要相信我。

你是坏人！你是流氓！我死也不会信你的话。

可我说的都是真的，要是有半句假话我出门就被车撞死！

呜——呜。

你能不能别哭了，只要你不计较，以后我也会像你的朋友那样待你好。

那你就把那些药全都给我。

不。不！

你想开点吧，反正我们已经这样了，你先把消炎药吃了，再睡上一觉，你会慢慢好起来的。

——可我一点儿也不想好了。

9. 整个午间

一直看着她再度进入午睡，就像大人盯着襁褓中的小孩。

他一筹莫展，连着抽了两根烟。第二根抽到一半的时候，他听见她在被子里喑哑的咳嗽声，于是他有点不忍地把烟掐灭了。房间里弥漫着烟雾，他的样子在其中显得捉摸不定。他费了很大劲才将门头上的一扇长时间未曾开过的小窗户打开透了透气，之后又将窗户关上了。

整个午间他一点儿睡意也没有，反反复复想着她说过的那些话。

不知怎的，只要一想起她说知道他是谁还要去告他，他浑身都不自在，就像有一根针芒从领口那块慢慢地刺入脊背。他觉得她真是一个奇怪的女孩子，看来舅舅他们所说的现在的女孩根本不把那种事情放在心上都是假话，起码她好像不属于那类女孩。他想她也许真的不想活了。开始他只是以为那是她随便说说吓唬他的，可现在他的想法完全改变了。看着她瑟缩在被子里娇小无助的样子，他不由也萌生了一丝怜悯之情，尽管这种感情对他来说只不过是转瞬即逝的，他感到非常危险。

他不得不开始思考接下来自己该怎么办。

干脆弄死她算了，还是放了她？他始终拿不定主意。

其实，如果不是她口口声声说要去告他，他是不会想到绝路上的，说不准他心血来潮会考虑放她回家。对于杀人这件事情，他做梦也不曾想过。从本质上讲，他并不是一个心狠手辣的人，在他短暂的二十多年的生活记忆当中，他做过的最狠毒的事情不外乎是弄死一只猫和几只麻雀之类的鸟儿，此外没有任何犯罪记录，至于跟别的男孩打架，倒也是家常便饭，但这种事情跟杀人连边也挨不上。

无法确定行动方案往往是最折磨人的事情，何况这还牵扯到自己跟别人的性命。他没有理由不痛苦。

他已经开始坐卧不安了。他觉得这样下去他也许会崩溃的。他必须尽快想出一个办法来。他像一只困在陷阱里的狐狸那样在原地转来转去。大脑水洗过一样空白一片。

他竟想起一个人，小雪。

他暗中将熟睡中的她跟小雪做了一番比较，他想如果她是小雪那种女孩就好了，只要给她钱，她就不会把事情说出去，而且会兴高采烈，说不定还会感激他的。他经常听那些玩摩托车的家伙说如今的女孩，只要肯花点钱，她们什么事都肯做的，而且还会提起裤子就不认账。她们一个个都实际得一塌糊涂。

可是，她怎么会是小雪呢？

她就是她！她不是小雪那种女孩。

当这个古怪的念头在他的脑海里浮现出来时，他立刻变得躁动起来。

于是，他满怀唯一的幻想强行将她叫醒了。

我可以赔给你钱的，只要你不说出去就行。

她惶惑地望着他。

我给你很多钱，你可以买漂亮的衣服裙子还有发卡。

说着，他把裤兜里的二百多块全都掏了出来放在她的手心里。

这些我都给你行不行……不够的话我还可以去凑的，你想要多少我就给你多少，只要你不说出去。

她像是没有听明白，依旧呆呆地望着他。

最后，她把手里的钱使劲攥了一下，接着用力抛在他的脸上。

他听见她说，我不会要你一分钱的！

你究竟要怎么样？！你可别把老子逼急了！！

那好，你快把那些安眠药给我吃了吧。

他的表情在短时间内变得异常复杂，像是贴上了一层层不同的面具，而那张脸又像是不堪重负地要从他的头颅上分离出来。他奋力将一只拳头砸在床上，床板猛地跳了一下。她吓得连忙往后缩身。

记住，这可是你说的！

话是从他嘴里一个字一个字蹦出来的，你千万不要后悔！他开始打心底里恨她。

很长时间她都不敢再看他的脸。

10. 下午两点半以后

下午两点半以后，他决定骑车子出去一趟。临走时他特意戴上一副黑色的太阳镜，依旧反锁好房门，摸摸钥匙和安眠药都装在裤兜里，才放心离开。

他离开时她还没醒来。他没敢往正街去，只在城边的环路附近找到一家门脸破旧的生资日杂店钻了进去。

从里面出来时他的手里多了一把铁锹一只很大的塑料编织袋和一卷细尼龙绳子。他的样子看上去很像一个刚刚进城来的青年民工。他买这些东西的时候始终戴着太阳镜，说话声音很小，好在这阵是初秋时节，似乎并没有人会觉得有多奇怪。他跟售货员说话时也尽量压低嗓音。而他的心跳快得几乎让他无法在原地站稳。快到曹姐的美发店时他低着头以百米冲刺的速度猛蹬车子，他不想让她们看到自己。还好，他用眼睛的余光扫了一下路边的美发店，那辆新大洲摩托车不在，这说明曹姐出去了。他心里一阵窃喜。

开门前他忽然忐忑起来，这种感觉非常强烈。他想如果她已经逃跑了那该怎么办？她说要去告他，警察会来抓自己吧！就是带着这种惶恐的心理拧开房门的，不过，他立刻就明白这是自己紧张过头了，她根本不可能逃走。她似乎毫无逃跑的意识，从昨晚到现在都是这样。他同样为此感到迷惑不解。

他进一步回想起昨晚的事，他用车子把她撞倒的时候，她就没有怎么喊叫。他把她抱起来跑进路旁的树林里的时候她只是嘤嘤地哭着像个孩子，后来他用手捂住了她的嘴，她就不那么哭了。再后来，他从她的身上爬起来，她一直坐在地上呜呜地抽噎着，外面太黑了，她的上衣和裤子不知被他胡乱撕扯到哪里去了，怎么也找不到。于是，他就把自己的夹克衫脱下来给她披在身上。本来他完全可以抛下她先跑开的，可看到她在黑暗的树林中瑟瑟发抖的样子，他的心忽然就软了。他只好不停地悄声安慰她，说你的衣服找不着了，要不你先跟我回去吧，等天亮了我帮你买身新的。

所以，他到现在也弄不明白，她为什么那么听他的话，竟然就跟他回来了。还有一个细节他也一直疑惑难解，就是他用车子带她往回赶的路上，尽管那条土路很黑，可一路上还是碰到过几个行人的，那些人都曾跟他俩擦肩而过，他当时心里七上八下的，万一她突然喊叫起来该怎么办？而且，她是完全有机会和理由喊叫的，可她始终保持沉默。其实，那一路他最担心的事情莫过于她向路人求救。此刻，他多少有点懊恼，他觉得自己真不该把她带回住所，他越来越发现她是一个非常奇怪的女孩子，他从一开始就把问题想得简单了。事到如今他越发恨自己太过于优柔寡断了，他觉得她是一个烫手的山芋，他惹的麻烦可不小啊。但冥冥中他又觉得她并不难对付，事实上她一直在他的控制之中，只要他拿定主意，他随时可以解决掉她。毕竟她只是一个女孩子嘛。

但他没有想到的是，此刻她正坐在床上像是一直在等他回来。

你答应过要给我买衣服的，我不想没衣服穿。

她用手指了指披在身上的被子。

如同挨了当头一棍，他一时无话可说了。

我想好了，不穿那种校服，我要穿漂亮的连身裙，最好是天蓝色的，我喜欢那种颜色。我喜欢天空那样蓝的颜色。

他嗫嚅着站在她面前，神情中不无歉意。

我……忘了买，不过我一定说话算数。

他把铁锹绳子还有叠得四四方方的编织袋放下来。

她一直注视着他，好像他们第一次见面那样。

你能不能再答应我一件事？

他不假思索地冲她点了点头。

我从小就不喜欢被人约束，所以……她扭头看了看他刚才放在桌上的那团绳子，她说你千万别拿绳子捆住我，那样我会很难受的。

他低下头，一副羞愧难当的样子，鞋尖不停地蹭着地板。

好吧。他小声说。

那你打算把我埋在哪里？

这个么……我还没有想好呢。

最好是能靠近田野，有花有草，躺在那里就能听见风吹树叶和小鸟唱歌的声音……

难道你真的一点儿也不怕吗？

怕什么？

当然……是死……了。

她没有马上说话，眼眶里涌动着泪水，闪闪烁烁，很好看。

那你怕吗？

　　他像是没有听清她的问题，也沉默不语，木鸡样地呆坐着。

　　她看见他从裤兜里摸出一根烟，手指有些哆嗦，往嘴里塞烟的时候把烟嘴弄反了，他嚓嚓嚓地搓着打火机，可半天也打不出火来。

　　他怒气冲冲地将烟和打火机都摔在地上。

　　接着，他使劲摇了摇头，散漫的目光最终凝聚在她那张苍白柔弱的脸上。

　　她也很奇怪地望着他。她看到他的目光渐渐变得阴郁起来，他的脸色的确很难看，有些发青。这让她既感到恐惧又滑稽。她觉得无论如何他应该高兴才对。她忽然冲他浅淡地一笑。

　　他的表情更加古怪了。他愣了一下，然后缓慢地朝她一步一步走过去，他的双膝虔诚地跪在床上，然后伸出双手去摸她的脸。

　　她的脸蛋和他的手都是凉的。泪水从眼眶里明晃晃地闪出来，一行，两行。他用手掌轻轻地抹开那些温热的眼泪。

　　最后，他一下子将她紧紧地搂在自己的怀里。来自她身体里的气味简直让他着迷，他像贪婪的孩子扑进久别的母亲的怀里那样将脑袋拱来拱去，拼命闻着她的气味。而她没有丝毫表情，也没有感觉，一味地待在那里，任由他在自己的身体上亲吻。

　　刚开始，她有点不相信自己的耳朵。不过，她还是听清了他的哭声，他抱着她仿佛使出了最大的力气号啕大哭起来。她的身体跟着他的哭声一起动摇着。自始至终她没有做任何反抗，就像恋人那样被对方拥抱。

　　她依稀听见他说，为啥会弄成这样啊，我们本来可以不这样的。

　　那时，她觉得他们俩这样真的很荒唐。

　　除了荒唐之外，她实在想不出一个更恰当的词来。

　　她还很奇怪地想起以前看过的一部电影，她记不得叫什么名字了，但电影的结尾她记得很清楚。那是一对相爱着的情侣，他们双双决定以死来捍卫他们的爱情，于是，在一个黄昏来临的时候，这对情人对饮下有毒的红葡萄酒，然后紧紧地拥抱在一起，流着眼泪等待黎明慢慢到来……

　　想到这里，她不再觉得荒唐也不觉得孤单了，死亡对于她来说依旧显得那么渺茫和陌生，就像那场古老的爱情电影在她眼前渐渐变得模糊起来。女孩们大多都喜欢胡思乱想，她自然也不例外，她曾经甚至也很无聊地设想过自己的爱情，但那种不着边际的想象总是摆脱不了片面的悲情色彩，眼下的情形倒是在某种程度上有点接近于她的理想。理想中的事物总是美好的，也让人憧憬。

　　所以，她竟然下意识地用双手抱紧了他，她的脸在他的胸前摩挲着，她感到自己的心跳强烈起来。他已经不再有哭声了，像是在极力迎合她的种种温存，两只手在她身体的重要部位上摸来摸去，动作非常轻柔，不再有一丝粗野了。

　　她也更紧地拥抱他。她的内心变得空旷起来，像是能容纳一切。在一阵相互无言的抚摸之后，她感到脸热心烧，感到阵阵耳鸣和晕眩袭来，感到一种从来没有过的焦虑和渴望，而他恰到好处地将嘴唇移到她的微微开启的唇上。四瓣嘴唇刚一碰触，她忽然一下就咬住了他，死死地咬住。他虽然没有叫出任何声音，但她已清晰地感觉到他要叫喊的欲望在喉咙里涌动。于是，她带有报复性地更狠更深地咬住了他。她听到自己发出的快乐的呢喃声。

　　他终于挣脱了她的牙齿，事实上是她自动松开了口。他用舌尖轻轻舔了舔下嘴唇上被她咬出的血。他没生气，反倒觉得很好，随即又将她摁倒在床上。他的嘴唇热气腾腾地在她的胸前探索。她始终在沉迷中扭动身体，但她的双手一直无力地揽在他的脖子上。她的身体似乎在极力闪开，可她又像是耗尽了所有的气力，任由他将全身重量压向她自己。

她听见他含混地说着我喜欢你我喜欢你……我是真心喜欢你的。

那时，她的身体完全松弛下来，仿佛在等待什么。与此同时，她的内心忽然萌生出一种需要被紧紧抱住直到窒息了才好的愿望。

他们就那样抱在一起迷糊了好一会儿。

11. 将近昏黄时分

将近黄昏时分，他为她买到了她想要的连身裙，正是她所说的那种天蓝色，裙摆有许多褶皱，最下沿还有一圈别致的蕾丝花边。另外，他还额外给她买了一件米黄色的背心一条白色的短裤和一双薄棉袜，舅舅给他的钱几乎花光了。买东西的时候他想起舅舅叮嘱过他的话，舅舅说小子不要乱花钱，早去早回，代我问你爸妈好。他记得自己当时没敢抬眼看着舅舅，而是低头含糊地答应他的。所以，花钱的时候他多少有些难过，但又像鬼使神差非买不可，好像不这样做良心会受到莫大的谴责。但更多时候，他确实打心底里觉得她挺可怜的，不管怎么说他觉得自己毕竟喜欢过她一场，只是他跟她注定做不了朋友。他甚至于也曾做过这样的梦——尽管那些梦既荒唐又难以确定，大凡有点镜中花水中月的意思——他要永远跟她在一起。

她换衣服的时候，他一个人蹲在门口默默地抽烟。这种情形下，他的样子在她的眼里也许并不完全是可恶的，具体是什么她也说不清楚，她就是觉得他这个人真是奇怪得可以，他做的事情一多半都让她感到费解。比如，他总是不多说话。这一点就多少招她喜欢，在班上也有一些男生喜欢她的，可他们都有一个最致命的问题，那就是他们都太爱说话了，太善于表白，却又显得张牙舞爪的。这对于她是不能接受的。还有，在她的想象中，他完全属于坏男孩那种类型，可他有时好像也不那么令人憎恶，他总对她表现出一些难得的耐心和忠诚（当他蹲在门口吸烟的时候多像一只忠实的狗在等待主人的口令），她发现他总是尽可能满足自己的一些要求（也许这些全是他的良心发现和不得已为之），这虽然并不能完全说明什么，然而她还是有一点感激的成分在里面，哪怕这份感激对她来说是非常不情愿的，她不想正面地给予他，她也不时在心里抗拒着自己的这种感情用事。

过了一会儿，她敲门示意他进来，他才起身进去了。

好看吗？

她站在床上用双手轻轻拽着裙摆让他看。她很瘦，裙子稍微显得大了点。

他不置可否地笑了笑，笑得很勉强。

这一天里他时常有种错觉，好像眼前的女孩根本不是外人，而是跟自己好了许多年的女朋友，而现在他们不得不分手了，她要去一个很远很远的地方，远得今生今世再也不能相见了。情况大致就是这样。

她有点撒娇地对他说我做梦都想穿这样的长裙子，可我们老师不允许的，老师说谁违反学校的规定就要请家长来还要在全年级里通报批评。

你有镜子吗？我想看看自己漂不漂亮。

他的脸上立刻露出很窘的样子。

她看见他好像很不耐烦地先后拉开两只抽屉，弯着身体在一堆杂物里哗啦哗啦地翻找着什么。过了一会儿他从里面拿出一只废弃的摩托车后视镜，他先往镜面哈了口气，再用衣襟把镜面使劲擦了擦。他说就用这个照吧，我这里没有那种镜子。她很拘谨地从他手里接过那个对她来说很陌生的东西，她发现镜子里面的自己很小，而且有点像哈哈镜似的让自己的脸面变得古里古怪的。不过，她还是基本上看清楚了自己。新的连身裙使她眼前一亮。她不再顾及那只奇怪的镜子了，而是像所有的女孩子那样沉迷于照镜子的快慰之中。

趁她欣赏裙子之际，他默不作声地将另一只塑料袋里的食物取出了，两罐娃哈哈八宝粥，两块奶油面包，几根火腿肠和一大瓶可乐。

我们吃饭吧。

他和气地说。

她的胃口似乎特别好，吃下了多半块奶油面包两根火腿肠和一罐八宝粥。他却吃得很少，只象征性地吃了半块面包，喝了点儿可乐。随后，他一根接着一根吸烟，直到抽完盒子里的最后一根。他把烟盒用手揉成一团，随手丢在门背后的角落里，那里一直静卧着几十只暗黄色带滤嘴的烟头，如同一堆肮脏扭曲的虫子。

天色已渐渐昏暗下来。

房子里呈现出某种不和谐的静谧氛围。

他俩谁也没有抬头，各自想着心事，又或者都在发呆。慵懒因为咀嚼食物而爬满面孔。

她突然又哭了起来。

她说我有点想我爸我妈了。

她说他们一定会急死的。

她说我死了他们怎么办啊！

她说我要是能再见他们一面就好了。

说完这些话时她早已声泪俱下泣不成声。

可他像聋子一样，半天一句话也不想说。

她只好缄默了。她忽然觉得他俩此时的情形就像爸妈他们，好像已经走到尽头了，一切都不可挽回，彼此无话可说，只等天明以后各奔东西了。

想到这里，她一头扑倒在床上，用被子捂住头和脸，身体一抽一抽的，像只困圈在草窠里的兔子找不到出口。

你当我是傻瓜吗？

他突然站起身用脚狠狠地将床前的一只木头凳子踢翻了，凳子散架似的歪斜在地上。

小丫头你他妈的最好给我放老实点，别想得寸进尺！

说完，他从门背后拿起那把铁锹愤愤地走了出去。

出门的时候他依稀听到她的哭声仍在继续。

12. 一片荒地

这个地点他下午回来时特别留意过，比较偏僻，离公路还有一段路程。一片高低不平的荒地，上面长满了杂草，毫无头绪地葳蕤滋生着，有个别的地方地势低洼，打那里渗出一汪一汪的绿水，水中是一簇簇半人来高的芦苇在暮色中静默着。其实，这里原先也是一片庄稼地，几年前就被开发掉的，但短期内又没有任何利用规划，就被撂荒了。靠近路边的地方堆积着大大小小的建筑垃圾，垃圾早就堆成山了，从公路方向看过来，除了那些垃圾和芦苇丛再什么也看不到。

现在他独自走过来，脚步沉重，像孤魂野鬼似的在这片荒地上趔趄摸着，寻找他觉得最适合行动的地方。

说心里话，从走出房门那一刻一直到现在他的心情都乱糟糟的，心里长满了草，一个劲不停疯长着，胸口都快被那些看不见的草尖撑破了。腿脚好像已不属于他自己了，出了门像是被风从身后吹拂着朝这里一路走来。有时候他也想，假如一切都没有发生过那该多好啊！一切都像从前那样，他还是无忧无虑地做他的学徒工，她也照常每天上学放学回家，只要他想随时都可以停下手里的活看上她两眼……可现在一切都改变了，甚至连他自己也改变了，他觉得他已经不再是他自己了，他完全变成了另外一个人，非常陌生。尤其是当他把自行车扔在一片杂草丛里，然后逃荒者一样拎着铁锹一步一步走进这片陌生而又荒僻的土地上时，他觉得这个拎着铁锹面目冰冷目光缥缈神情怪异的青年根本就是个没心没肺的家伙，是只冷血动物。

有许多次，他试图说服自己，让脚步停下来，赶快停下来！可是，他的耳边总会响起她的声音，她懦弱又倔强的样子跟一团纠缠不清的丝线一样网住他的视线。他转念又想，她也许正是自己前世的一个冤家，她的出现就是为了来向他讨还什么，所以，他立即变得无比亢奋和愤恨，他无法忍受她所带来的一切焦虑和痛苦。于是，他再次拿定主意，他想在这个世界上也许他俩之间只能留下一个人，而另外一个必须永远消失。想到这里，他又变得轻松起来。首先，他肯定自己的选择和决定是正确的，他不想给舅舅惹麻烦，更不想让远在外地的父母担心；其次，他仿佛已经看到了事情结束的时候，一切又恢复了原来的模样。明天一早他又可以像往常那样出现在舅舅的车行里，穿上那身沾满油污的劳动布工作服，那身衣服虽然大了点，是舅舅以前穿过的，可他还是很满意的。特别是此刻，当他想起自己穿着那身旧工装在店里进进出出忙这忙那的时候，他觉得自己从来没有像现在这样迷恋过那身工作服的味道，迷恋过修理工这门行当。他甚至打算要好好地跟舅舅学手艺，过几年他也像舅舅那样回家去开一间修理铺。

在距离公路最远的地方他停下脚步。这里地势相对低洼，最重要的是，这里还有一棵小白杨，不算很高大，但它至少是一棵树，他抬头看了看，枝头的叶子些微发黄了，树叶随风轻轻摇摆，发出沙沙的响音，几只无聊的麻雀落在树枝上恓惶地叫着。

他很自然地联想到她下午说过的话，他想这个地方再合适不过了。

以前上学的时候，每年三四月份学校都要组织师生义务植树的，他挖过许多个树坑，还得到过老师和同学们的表扬。他们都开玩笑说他挖得又深又大，简直能放进一口棺材。想起这些，他觉得可笑，又似乎有了一种被过去一语应验的慌张，他不敢再胡思乱想了，就很迅速地投入到挖掘工作中。

先用铁锹将最上面的一层杂草一一铲除，然后他像模像样地在上面画出一个长方形框。他端详了一下，觉得大小刚好够躺下一个人，然后他像一名训练有素的民工那样卖力地开挖起来。这里的土质相对比较松软，挖起来并不怎么费劲，他主要用铁锹将潮湿的泥土撬动后再扔到离他圈定的位置稍远一点的地方，随着铁锹一起一落地挥舞，坑渐渐有了深度，而且下面的泥土越来越显潮湿，甚至开始变得泥泞了，他的腿脚也慢慢地深陷下去，他索性将鞋和袜子脱掉，汗水也淋漓地爬上额头、胸口和后背，最后他把衬衫也脱了，只穿一件背心。这时，铁锹遇到了一些麻烦，很难深入下去，因为那些像冻僵硬的蛇一样的树根不断出现，他感到有点棘手。所以，他不得不停止了挖掘工作，而是用手里的锹头奋力去砍断那些讨厌的树根。他骂骂咧咧地将那些粗细不一的树根一一扔出土坑，像扔一条条僵硬的蟒蛇。接下来，他再用锹继续深挖下去。不知不觉中，他发现天色已完全昏暗了，自己的身体有一半陷在坑里了。这种时候他倒有了更能放得开的洒脱，他甚至迷恋在黄昏里无拘束的劳动。

从坑里爬出来的时候他谨慎地朝四周看了看，四周一片寂静，没有一丝声音，连风也没有。因为过于安静反而增加了某种恐惧感。他颤抖着将铁锹重新放回坑内，他听到铁锹落地时的一声闷响。之后，他用双手撑着疲惫的身体哆哆嗦嗦地爬出来。在黑暗中，他很奇怪地凝视着眼前那堆他刚才丝毫不吝惜气力才挖出来的泥土和几块十分突兀嶙峋的石头，好像不知道它们是从哪里钻出来的，好像它们来自另一个星球。他的双手、小臂、脖子、脸，还有两条卷起的裤腿上都沾满了泥浆，特别是紧贴在皮肤上的那些，已经有点僵硬了，此刻正拨拉得皮肤难以忍受，并且奇痒无比。

最后，他蹲在一丛芦苇边撩着水洼里的水清洗了手脚和脸，还没来得及穿好鞋袜，却不小心扰起一群蚊虫，它们至少有一万只那么多，呼隆一下乌云一般朝他扑围过来，吓得他捂住头脸奔跑起来，好像跟在他身后的不是蚊虫，而是一群凶猛异常的野狗。尽管他跑得飞快，还是被蚊子凶狠地叮咬了几处，皮肤上顿时起了数个硬疙瘩，又痒又痛。他一气跑到放自行车的地方，停下来大口大口喘气。喘了一会儿，突然，他竟莫名地感到冷了，那种从里往外渗透着的凉意一下子将他的身体紧紧攫住了，他禁不住接连打了两个激灵，他觉得尿意潮水一样汹涌地席卷了自己的下身。他尿得很痛苦，仿佛身体被什么东西堵塞了。他从来没有这样长时间地撒过一泡尿，哩哩啦啦地没完没了，而且，有一些是眼睁睁尿在裤子上的。

往回骑车子的时候他总是忍不住回头张望一下，就像有谁紧紧地跟着他使他难以摆脱，而他正拼命蹬着车子。其实后面连个人影儿也没有，直到上了公路，才有了零星过往的车辆。这条路没有路灯，每当别的什么车迎面驶过，他被车灯强烈地照亮的一刹那，他还是急忙低下头，内心的惶恐丝毫不受自己的控制。有时候，他觉得快喘不过气来了，就像自己还深深地陷在那个黑漆漆的土坑里。即便骑在车子上，他还是能感觉到来自阴部的某种隐约的痛，像是被挤压，又像是一种尿道炎症，总之，这是一种非常奇怪的痛苦，他很难说得清楚。他不由得回想着跟她做那种事情时的感觉，仿佛也有这样的感觉。就在他胡思乱想的当口，车链条忽然掉了，车轮失控似的飞旋，脚蹬变得轻飘飘的，他觉得自己失去了驾驭车子的能力，身体和车身一起趔趄着倒向路边。

重新安装链条至少用去了半个钟头，好像那根链条突然缩短了，任凭他怎么努力都安不上去。他简直想把车子扔进路沟里自己一走了事。还好，在他万般无奈的情形下，链条又奇迹般挂在飞轮上了，车子恢复了原有的活力。像是得到了某种鼓励，他的心情明显好转了。他想到天无绝人之路的说法。

一旦想到这里，他觉得一切就快结束了。

他的脑子里出现最频繁的词就是，结束。

赶快结束吧！

13. 梦

好不容易回到住所，他早已累得筋疲力尽了，两条腿面条一般软绵绵的，脚下一点力气也没有。他甚至不知道自己是怎么跑回来的，不用想他完全是一个农民工的样子，话也懒得说一句，进了房间就牲口一样疲沓地倒在床上呼呼直喘。在他有生以来，好像从来没有那样卖力地做过一件事情，而且中途连歇也没有歇一下，为了尽快挖好那个坑，他几乎连吃奶的气力都用上了。

他不知不觉间迷糊着了。

好像还做了一个梦。

梦见外面下着瓢泼大雨，天上打着锃明瓦亮的巨闪，每打一下就从乌黑的云层里探出一双阴郁可怕的大眼睛，雨水也从那双眼瞳里汹涌地喷出来。接着，他看到了一张阴森恐怖的脸，在闪电中那张脸白得像一层冻结的湖面，而那张脸竟一直笑着，仿佛那种笑容与生俱来。他吓得再也不敢抬头看它。他又好像站在一片荒地上，他刚刚埋好的土坑也被暴雨冲得开始陷落了，很快他发现脚下一片汪洋，天上的那张可怖的笑脸浮现在水面上，随着水波起伏不定。他吓坏了，可腿脚深陷其中难以自拔，可那张脸却像生了腿脚一般追过来，他回头张望时发现那脸上已没了笑容，而是张着血红的大嘴朝他的脚后跟咬来……

他从梦里惊醒，浑身热汗淋漓，大口大口喘着粗气，好半天嘴巴都合不拢。

这时，他竟发现房子里只有他一人。

她不见了。

他妈的她给跑了！

他弹簧一般从床上跳起来。

那一瞬间，他觉得眼前突然一片漆黑，天旋地转的。

随即他疯子样冲出房子，没头的苍蝇一样四处乱撞。

他想喊她，可这时他才发现自己根本不知道她叫什么名字，他觉得自己完全是一个白痴。

就在他近乎绝望的时候，猛地发现一团黑影正静静地蹲在对面的墙根下。

他简直不敢相信自己的眼睛，以为眼前的东西只是他的幻觉而已，所以，他急忙用手使劲揉了揉双眼，才看清楚蹲在那里的正是她。

本来是要扑过去冲她发一通火的，或者揍她一顿，却依稀看见她的眼珠在前面一闪一闪的，发出一些幽幽的微光，充满了忧伤和凄凉。他站着没动，脸上一阵燥热，两只拳头在黑暗中捏紧了又悄悄松开，直到她从墙根下慢慢地立起身来。

后来是他搀扶着她重新走回房里的。

那一刻他清晰地感觉到她又瘦又小，身体非常虚弱，连走路都摇摇晃晃的。他反倒冷静了下来，他暗中思量着她这种样子能跑到哪里去呢？所以，他又对自己刚才的惶恐和震怒感到好笑起来。

进去后他没有让她坐下来，而是顺势将她紧紧地搂住了，他的后背贴在门板上。她竭力挣扎着，可还是被他抱了个满怀，他的那块已硬撅撅地顶在她的小腹上。她的身体渐渐地很无奈地松弛下来，任由他霸道地抱紧。

　　他几次试图亲吻她，但她自始至终紧咬牙关，嘴唇死死地抿在
一起。他一直努力却未能得逞。他终于有点恼羞成怒，顺手扇了她
一记耳光，下手必定重了点，她的鼻孔慢慢地溢出血来，他们俩似
乎都怔住了。她木讷地望着他，半天也没有用手去揩那些血，而是
由着它们穿过人中流到嘴唇上，苍白的嘴唇因此变得生动起来。

　　又过了好一会儿，她才木然地用舌尖轻轻地去抿那些血。她
抿血的样子显得异常凄美，让他实在没有勇气多看一眼。她并不
是他所想象的那样，完全被他驯服了，实际上刚才她的确是想逃
跑的。

　　经过长时间的思考和身体的逐渐恢复，她还是决定寻找时机
逃走，尽管她还没有想好逃走以后又该怎么办，也许她不会立刻回
家的，也许她会从此去到处流浪，也许她会选择一条不归之路。总
而言之，她对后面的生活没有任何打算。她只是注意到他疲沓地进
来，浑身沾满泥土，汗臭味十分刺鼻，她不知道他在外面做些什
么，但她明显地感觉到他已经相当疲惫了。她看着他死猪一样倒在
床上，然后打着断断续续的鼾声，时而沉闷，时而响亮。她讨厌男
人的鼻孔发出这种该死的声音。她已经清醒地意识到这将是一次非
常难得的机会。

　　但是，等她蹑手蹑脚溜出房子忍着脚踝的隐痛在黑暗中摸索了
一阵，她忽然对眼前的黑暗产生了更大的恐惧和迷茫。

　　她很清楚此刻她最不想做的事情就是回家，因为她完全可以想
象妈妈会以怎样狐疑的目光和极不信任的口气一次次逼问她，并且
直到她说出事情的真相为止。否则，妈妈一定会喋喋不休然后恼羞
成怒然后怨天尤人然后哭天喊地。妈妈百分之百会这样做的，她太
了解自己的妈妈了。而问题在于，她还没有想好该不该把这一切都

说出去。或者，她会保持沉默直到永远永远……她不是一个可以把自己的痛苦和屈辱一股脑讲出去跟别人分享的女孩。她想她才不会那么傻呢。如果非要让她说出一切，除非让她立刻去死。

她也从来没有意识到夜晚是如此的深不可测，尤其是她完全不清楚自己身处什么地方，她对这个城市的认知度非常有限。她的生活总是在简单中不断重复的，十几年来，她已经习惯了从家到学校再从学校回家这种固定不变的单一生活模式。她不知道这座城市到底有多少条马路，有多少人口，有多大面积，她甚至无法判断自己此刻是不是还在这座城市里。她身边所有的亲人老师都苦口婆心地对她强调学习和考大学的重要性，却从来没有一个人告诉她这些最基本的东西。当她突然独自面对这巨大而又陌生的黑暗的重重包围时，逃离的欲望忽然就消失殆尽了。

这里远离城市，没有楼房和路灯，没有汽车的喇叭声，甚至根本看不到一个人影，到处都是一片漆黑，偶尔几声断断续续的狗叫悠悠传来。这里的一切距离她的生活模式太遥远了，远得好像根本不在这个地球上。而她居然出现在这荒僻的地方。她的脑子里忽然浮现出一幅令人恐怖的画面：一具赤裸的女尸，上面沾满了泥浆和草叶，伤痕处汩汩地溢出血水，脸面扭曲而又丑陋不堪。随着这种突兀的印象反复出现，终于，她停止不前了。她站在黑暗中张望，四周除了黑暗就是黑暗。她犹犹豫豫地又摸回到原来的地方，好像被什么东西暗中牵引着，完全由不得她自己。她的无望很大程度上来自于过分的胆怯与慌张，她从来没有这样胆怯地面对过自己。

而此时，当她静静地站在他面前，那么无畏无惧地盯着他看的时候，她的目光中有了一种洞穿黑暗洞悉一切的清醒。

他倒像犯了某种重大过失，手足无措地僵在她面前。眼神里透出一种自我检讨的羞愧。

之后，他俩不再说话，沉默中，彼此生分着各自想心事。

14. 被夜色笼罩着的小城

改变主意也就是一瞬间的事情，后来连他自己也不敢相信哪来的这么大勇气。事实上当他在野外处心积虑地挖完那个土坑之后，他的心情已经开始有所变化了，内心坚硬的部分变得像那些松软的泥土，只是当时他并没有心情停下来思考这些细枝末节。可随着时间的悄然推进，他越来越觉得她是一个可以让人信赖的女孩，这是一种直觉。尽管直觉也有错误的时候。

从昨晚到现在，或者，从很早以前直到今天，她在他的心目中始终充当着一个不可或缺的角色。他早就把她当作是自己的女朋友看待了，他对她的认知程度也因此出现了前所未有的迷惘和困惑。这种想法的一再出现，使刚刚过去的将近二十个小时的时光变得如此漫长和不堪忍受，正是这种漫长的煎熬让他更清晰地看清楚了她和他自己。所以，他忽然萌生出一种想冒险的念头，一种豁出去的冲动，就像他昨晚发现她从学校独自出来后立刻不假思索地跟踪上去。

他要带着她出去一趟，让她最后一次看看这个被夜色笼罩着的小城。他甚至允许她站在离家很远的地方朝家里张望一下。

当他把这个决定告诉她的时候，他看见她在昏暗的房间里慢慢抬起头，目光像是被点燃了一般闪烁不停，那些细小晶莹的液体，一颗一颗汇成小溪无声流淌着。她用哽咽的抽泣向他表达了自己的一时感激，又好像不全是感激，而是由衷的鼓励和赞美。

那一刻，他感到浑身簌簌地麻起来，他甚至能感觉到米粒般大小的颗粒骤然间爬满身体。抑或他根本感觉不到自己的存在，而在她泪眼迷蒙的凝视中，他忽然又觉得自己简直无地自容了。

一路上她都安静地坐在后座上，他骑得很谨慎，不紧不慢的，就像一对赶夜路回娘家的小夫妻那样自然，丝毫觉察不出有种冒险的味道。出门前她对着那面后视镜认真地梳了头，过去的许多年里她一直是扎马尾的，今天没有，她把长发梳理顺了，然后抖一抖随意披在肩上。她觉得自己现在这种样子很好看。身上是他为她买的蓝色的连身裙，连袜子也是新的。不管怎样，新鲜的感觉总是很好。

这种感觉实在久违了，让她忽然想起很久很久以前的六一儿童节，或一年一度的春节，总之，这些节日是离不开漂亮的衣服的。而且，每到这种时候她都有一种做小公主的味道，因为爸妈通常也会表现得既亲和又融洽，而她也会因此感到无比快乐。她从那块破损的摩托车后视镜里看到的是一个鲜活的自己，是一个看起来跟节日跟快乐跟幸福密切相关的女孩。所以，她对着镜子里的自己微笑了几秒。

她家住在一栋靠近路边的非常普通的单元楼里，外表看上去很旧了，或明或暗的灯光填充着黑夜带给楼房的落寞和空洞。站在马路对面就可以看到她的家了，不过，现在里面黑乎乎的，没有亮灯，也许大人们还没有回来。

她多么希望能够看到家里正亮着一盏温暖的灯啊，那样至少说明爸妈正在家等着她回来呢。她伸手摸了摸胸口，那串家门钥匙还在。她很不情愿地联想到此刻妈妈或许正跟那个令她厌恶的胖男人在一起打牌，而爸爸必然又去约会他的心上人了。这样一想，她立刻就禁不住泪水横流起来。她发现自己从来没有像现在这样恨过他们恨过这个家。但她尽量把脸撇向黑暗中，不让身后的他看到一丝一毫痕迹。她尤其不想在他面前暴露什么。

她悄悄把钥匙串从脖子里摘下来，然后奋力扔向马路中去。呼啸而过的车流声足以掩盖一切。也许，只有她自己能听得到钥匙串落地时的清脆声响。接下来，她转身对他说，我们走吧，我还想去看一个人。

他显然愣了一下。

他立刻想到她要去看谁了。

但他想错了。她用眼睛盯着他说，我一直不想知道她是谁，可现在我改变主意了，我想看看她究竟长什么样，她是不是真的比我妈妈好看！

他愕然了，一时有点不知所措，脸绷得很紧，表情愤然而又冷漠。好像她想去见的那个人跟他有什么瓜葛。他本来想说不行我不同意，可嘴唇动了动什么也没说出来。他朝四周看看，然后死死盯着她的眼睛，像是要让她做出某种必要的承诺，又好像是后悔自己根本就不该带她出来。

算我最后一次求你了，要不我会死不瞑目的。

她说得很坚决。眼神更是毋庸置疑。

我保证听你的话！

说完，她用手朝另一个方向指了一下说，她家就在那个方向，离我爸单位很近。妈妈有一天晚上非要带我去那里，妈妈让我到那里跪下来求爸爸回家，我害怕得要命，我真怕妈妈会跟那个女人打起来，幸好敲了很长时间门也没有人出来。

他仿佛在故意回避什么，很长时间也不看她一眼。

她注意到他手里的半根烟不听使唤地抖着,火星在黑暗中拖着红色的尾影飘曳着。她想象着一只萤火虫在夏夜中飞来飞去,样子很美。他使劲吸了两大口,犹如要做出一个重大的决策,然后不等那些烟雾从嘴里喷出,一边不停咳嗽着一边跳上车子,他含混地示意她快点上来然后离开。

车子骑得飞快,按照她刚才所指引的方位,他们三拐两拐就来到那条街上。

这条街又窄又长,像钻进了一条毫无前途的死胡同里,倒是三三两两的面街的小店正亮着或粉或绿的灯光,透过玻璃门或窗可以瞥见一些同样粉粉绿绿的女人在里面晃动。他变得有点胆怯起来,左顾右盼了半天才停下车子。

她幽幽地对他说,你在这里等我。说完她自己一步步走了进去。没走几步,她忽然又回过头朝身后的他看了一下,街道很暗,他看不清她的脸。他只看到她蹒跚的背影渐去渐远。他还依稀听见她说,你站着千万别走开。

对于她的这种安排他竟然没有表示异议,只是觉得有一丝好笑。刚才一番卖力地蹬车使他的脸色憋得通红,他将身体紧靠在街边的一棵槐树上,继续孤注一掷地抽烟。眼神阴郁而又复杂,就像面对他一生里最后的一局赌博。她走得很慢,等她走远了他才扭过头看着她消失的方向。

那时秋风散漫不羁地吹过来,落在地上的槐树叶纠缠着飞旋着向别处奔跑开去。他又茫然地朝街边那些亮灯的店铺看了看,他这时才意识到这条小街上竟然会有那么多家美发店。

不知怎的,他忽然有些讨厌这个地方,讨厌那些花花绿绿的灯光。内心也随即萌生出一种类似于悲壮的东西,这种感觉有点来势凶猛，令人不及防备。他禁不住打了两个寒噤，接着又是一记响亮的喷嚏。

第三根烟快抽尽的时候，借着昏暗的路灯光他看到她由于急迫而一瘸一瘸地快步走来了。尽管他相信她会回来的，可当她出现在视野里的一瞬间，他还是感到异常惊讶。他急忙扔掉烟头，并准备好自行车随时出发。那时，他隐隐感觉到一股潮湿不可抵挡地蒙上双眼。他有点感动。他觉得这个女孩真是让人不可思议。

她来了，他二话不说就扶她坐上车后座，然后鼓足了气力沿着原路返回。他的血液里始终激荡着那种来自冒险后的庆幸。

老半天他才听见她在后面嗫嚅着说，其实我最怕晚上走路，可不知为什么今天一点儿也不害怕。

他没有接她的话茬，而是漫不经心地吹着口哨。

她也静静听着，不知道他在吹什么曲子，只是觉得有点突兀。

车子通过一只井盖时很厉害地颠了一下，井盖在下面发出咣咚一声闷响。她吓了一跳，仿佛遭遇了陷阱，情急之间伸手揽住了他的腰。

最先不是她开的门，是个瘦条男人，穿着那种柔软的真丝睡衣，嘴里喷着臭烘烘的烟酒气，看上去比我爸爸年轻多了。我好像听见她在里面说话，她的声音又细又软。她说你别搭理，这些上门推销的像狗皮膏药粘上就甩不掉。她让他赶紧打发我滚开。可我就不走，等门刚关上后我又使劲敲起来，我听见里面传来骂骂咧咧的声音，我继续敲。这次门一开，一股很特别的香味和她的半拉脸从门缝里钻出来了，她瞪着眼睛张开嘴很想臭骂我一通，可不知为什么，她盯着我上上下下看了几眼，然后神色慌张地将门关上了。我再敲，门也没开。

口哨声不知不觉消失了。

她没有松开手，一直从后面那样揽着他。

她始终像在自言自语。

我不知道爸爸为什么会喜欢她，反正我觉得她没有妈妈好。她身上有股妖气……我后悔刚才没有带上你去，我真想让你帮我狠狠地揍她一顿，打她个鼻青脸肿，再不就给她毁容。我恨她。我就是死了也会恨她的！

他像个聋子，半天一言不发。

她说到恨的时候他的身体还是微微颤动了一下。或者，他根本什么也没有听到，只顾车夫似的卖力蹬车，有种落荒而逃的仓皇。

车子经过那片荒地的时候，他用一只脚叉住车身，让她下来。他说要带她到那边看看。她没有反对。他把车子扔在路边的泄洪沟里，然后搀着她深一脚浅一脚朝他挖坑的方向摸黑走过去。

回来的路上她提出来想坐在前面。她说很小的时候爸爸每次带她上街或送她上学她都是坐在车子的横梁上的。那时候爸爸一边骑车子一边压低胸口跟她说话，逗她高兴，还经常拿下巴颏摩挲她的脸蛋或脑心。那时候妈妈也总是坐在爸爸的车子后面，用右手紧紧揽着爸爸的腰，路上一家三口有说有笑很快活。她说小时候可真好呀，人要是永远都不长大就好了。

他答应让她坐在前面了。

有几次，他很想低下身体把自己的下颏也放在她的肩上，可不知为什么，他始终没敢那样去做。他想着她刚才说过的那些话，字字句句都异常清晰。夜风把她的头发一丝一缕吹拂起来，在他胸前和脖颈上来回缭绕着，越发使他心猿意马。

快到住所的时候，路上的车突然多了起来，大大小小的汽车长蛇一样首尾相接着，恼人的喇叭声在夜色中此起彼伏，许多司机的后脑勺从驾驶楼的窗户里伸出来，有人冲前面不无愤怒地骂骂咧咧。摩托警车呜呜地驶进去，车头闪着耀眼的红灯。

他的神经立刻绷紧了，像警犬嗅到了某种恐怖可疑的气息，仓皇地推着车子朝前面张望着，腿肚子却一个劲打晃。

从那些偶尔由身边挤过来的行人嘴里得知，前面刚发生过一场车祸，一辆摩托车在横穿马路时被迎面来的大卡车撞了，大概死了一个女人，警察正在进行现场勘查。他这才如释重负，长长地舒了一口气，那种做贼心虚的惶恐稍稍得以抚慰。他有点讨好似的对站在身旁的她说，我们还是赶紧过去吧。

他俩当然没有那种围观的心情，绕得远远的从路旁的绿篱带溜了过去。路过曹姐的理发店时，他特意往那边张望了一下，还好他没有看见那辆红色新大洲。

15. 听我说话

有一段时间，两个人都静默着。

人静下来，觉得房间格外明亮，就像有一只轻盈的玻璃罩子那样罩着他们。树的黑影依旧在窗前若有所思地摇晃，这种摇晃使得空间有了某种纵深感。

简单地吃过一点东西以后，他们一直没有开灯，也没有开口说话，好像都在很有耐心地等待着什么，好像是在等某个早就约好的朋友的到来，并随时听从那人站在门外的一声悠长的招呼，他们俩就会背起行囊果决地跟着那个人出门上路去。可又好像不仅仅是这些。这显然不是今晚的全部内容。对他俩而言，今晚的时间停留在一种很难说清楚的状态中，既漫长又短促。

你想听我说话吗？

她突然侧过脸一眨不眨地看着他。

没等他做出任何回答，她又幽幽地说，这是我最后一次跟别人说话了。

他迟疑地抬起头来，看得出表情极不自然。

她不再看他，而是很执着地望着窗前的层层树影。

他看到月光透过窗户洒在她的脸上，她的眼部以下渐渐变得水光溜滑的。

她一直在默默流眼泪。

每过一会儿，她会用手背揩揩眼角。她说有件事情我一直没有跟别人说过，包括我最要好的那个朋友我也没有讲，不过现在我想把它说出来。

像是为了表示对她的尊重，他在黑暗中慢慢调整了一下自己的坐姿。他说我听着呢你说吧。

那时我刚读小学五年级，我喜欢玩滑梯，平时下课玩滑梯的同学都很多，我抢不过他们。我的身体一直很弱，被人轻轻一推就会摔个跟头。我爸妈也总是怪我太腼腆太内向太懦弱了，他们还说像我这种性格将来在社会上根本吃不开的，注定是要受人欺负的。可我还是喜欢去溜滑梯。课间活动时一般轮不上我，有一次好不容易轮到我，却被两个坏男生倒抓着脚脖子从滑梯上面硬推了下来，脑袋磕出好大一个包，疼了几天。

她停顿了一下，像是要极力回忆起那些往事。

而他正心无芥蒂地仔细聆听，就像面对一位久别重逢的老同学。

我只好等放学以后别的同学不玩了，再去那里。这种时候滑梯上就我一个人，可以好好玩上一会儿。我喜欢那种人从高处往下冲的感觉，心一下子提到嗓子眼里，像是快要从胸口飞了出去。我通常只在那里玩一刻钟左右，因为玩的时间长了，回到家里妈妈会不高兴。可那次，是夏天，那天放学老师拖堂了，那天我本来不应该再去，我该听妈妈的话放学按时回家。

我不知道他是什么时间来的，我坐在滑梯最高处正准备往下滑的时候，猛不丁看见下面的滑梯出口处蹲着一个大大的脑袋，我从上面看到的就是一个大脑袋，头发又黑又密。他的两只手抓着滑梯的扶手，蹲在下面朝上直愣愣瞅着，我不知道他蹲在那里盯着我有什么好看的，只是觉得他的目光怪怪的。那天一早起床时我才换上的新衣服，妈妈还叮嘱我要爱惜衣服保持清洁，说要是弄脏了就别回家吃饭。我从小就爱干净，我溜滑梯的时候总是尽量将裙子团起来抱在小腹上，这样就不会把裙子弄脏了。

那个大男生一直蹲在那里看着我呢，我从上面溜下来，他主动过来拉了我一把，还帮我拍了拍屁股上的灰尘。他拍得很轻，不像爸爸有时给我拍灰尘我都疼得喊出声了。

我本来不想理他，可他硬缠着我，他说他没有别的意思，就是也想来溜一会儿滑梯。我说那你一个人溜吧，我要回家了。他说我不喜欢一个人玩，你能不能陪我玩一阵。他还说两个人一起溜比一个人有意思。

那时校园里很静，天色不知不觉暗了下来。我不知道自己为什么没有拒绝他。反正他在上面，我在他下面，溜的时候他用双手搂着我的身体，我的屁股也被卡在他的两腿之间。跟他溜了一会儿，他的两条腿中间好像有什么东西硬硬地伸出来顶着我了。我开始害怕起来，我说我要回家不想玩了。他像是没有听见，突然拉过我的一只手放在正硬邦邦顶着我的那个地方，他把嘴贴在我的耳根说，你想不想摸一下。我竭力想缩回手，可手已经被他按在那块了，那东西竟然露在外面，热乎乎的比我想象中更硬也更可怕，我不知道他是什么时候将那里的拉链拉开的。我想喊，却被他用一只手捂住了嘴。我听他说别喊别喊，你就是喊破嗓子也没有用的，学校里根本就没有人了。他这样一说，我就不敢喊了，我吓得哭了起来。就在这时我觉得自己像是从天上一下摔到地上，我是跟他一起摔下来的，滑梯下面是沙子，沙子被太阳烤了一天很暖和。我一直在哭，可声音怎么也发不出来，他用我的红领巾反捆了我的双手，又用他的红领巾塞住了我的嘴，他的红领巾有股很腥气的怪味，就像他本人一样，我都恶心得快吐了，我想自己可能快死了……

他后来跑得没影了，临走时拿错了红领巾，他把我的那条拿走了。我在滑梯下面的沙子上又躺了很长时间，我看见头顶的星星正一闪一闪的，月亮也出来了。我从地上爬起来，发现短裤上湿乎乎的，一开始我只以为那是自己摔破了流的血（后来我才知道并不是），就抓起沙子使劲擦了又擦，直到觉得干了才穿上。

路过学校门房，看大门的老师傅戴着老花镜在窗户里冲我很严肃地打量了一下，然后继续津津有味地看他的黑白电视。门房里没亮灯，老头儿的脸一阵灰一阵白，他看上去很老了，好像根本没有精力来看管学校大门。我低着头走出校门，迎面正好碰到妈妈风风火火赶过来。她停好自行车拉过我劈头盖脸地当街骂我，坏丫头！你死到哪去了？这么晚了还不回家，看我回去怎么收拾你！我本来想告诉妈妈的，看她脸色那么难看我就不敢了。我一直很担心发生过的事情，可我又不敢去跟别人说，特别是妈妈。

你还在听吗？我已经说完了。昨晚被你撞倒的时候，我忽然就想起了那个坏男生，我甚至觉得你跟他一模一样，你们连身上的气味都是一样的，虽然从那以后我再也没有见过他，可我忘不掉他身上的味。我知道你不是他，但我又觉得你就是他。

你快闭嘴！我不想再听下去了……

那好，现在你可以把药给我了，等我吃了那些药就再也不能说话了，我想好好睡一觉。我真的有点困了，眼皮都抬不起来了。

还有一个秘密，我干脆也告诉你吧，要不再也没有时间了。

……打那以后，我害怕看见红领巾和所有红颜色的东西，我记得妈妈很快又给我新买了一条，可我一戴上它就觉得喘不过气来。我那阵经常被老师罚站，你知道为什么吗？因为我总是不按要求佩戴红领巾，我把它揉成团藏在自己的口袋里。

16. 一枚戒指

风又硬又疾，雨点碎石头一样细密地敲击着窗户和门板。房顶上也破鼓皮似的一阵阵闷响。不多一会儿，雨水从上面汇聚成很粗的泥柱哗哗地冲下房檐。

粗粝的雨水声终于将他从睡梦中唤醒。那确实是一场噩梦，他从来没有做过这么恐怖的梦。他梦到自己一开始是在丛林里追赶一只野兔，兔子在幽暗中拼命奔跑，兔子的两只眼睛红红的像是刚刚哭过。后来快要追到兔子的时候，他一失脚整个人轰然跌进一个陷坑里，正当他惊魂甫定时，忽然听到一种咝咝咝的怪响铺天盖地而来，他猛地发现自己的脚下和四周净是盘结在一起的蛇，白花花地缠绕扭曲着向他逼移过来，无数只蛇头正冲他高高昂起，它们咝咝地张开三角形的嘴巴，不停吞吐着摄人魂魄的芯子。

待他急促喘息着慢慢平静下来后，才想起来该看一看她了。

他发现她的呼吸已相当微弱，他像医生们通常为病人履行检查那样将手指搭在她的鼻孔下面，半天也没有一丝热气从她那里散发出来。他的心往下一沉，双手战战兢兢地捧起她的脸，使劲摇晃了一会儿，即便用手掌很响亮地拍打她的脸，她连眼皮也没有眨巴一下。接着，他又有点绝望地用拇指和食指分别掰了掰她的两只眼睛，她依旧没有任何反应。

不知怎的，他忽然觉得眼圈一阵酸涩，竟无法自抑地将她的头紧紧地搂在自己胸前，并将自己的头埋进她蓬乱的发丛中，然后疯狂地摇晃着她的身体。

你醒醒你醒醒！

你他妈的快醒一醒啊！

你说话呀你咋不说话了你哑巴了吗我让你说话你快说呀你这个害人精……

可不论他怎么用力摇晃，怎么呼唤她，她都不可能醒过来了。

又过去了大约一刻钟时间，他依旧执着地抱着她，仿佛他所面对的只是一只躺在怀里熟睡着的小狗。

窗外的雨声小一些了，他终于沮丧地将她平放在床上，然后开始哆哆嗦嗦地为她整理头发和衣裙。他终于意识到她也许再也不会醒来了。

这时，他发现她的两只耳垂上各有一只很小的孔，就像洁白的玉坠上的两个极不起眼的斑点，他知道这孔是作什么用的。

以前他曾设想过，她要是做了他的女朋友，他首先要送给她一

枚戒指，如果她喜欢的话他还要买给她一条项链或一对耳钉，他喜
欢看女孩子们佩戴这些东西。可现在，他只能用嘴唇轮番亲吻着她
光洁的耳垂，他觉得她的耳垂也已经变得有些冰冷了，如同两块很
纯粹的玉坠。

正是这种类似于怜香惜玉般的感觉让他忽然又有种难以忍受的
冲动，这种感觉来势异常凶猛，他觉得梦里的那些白色的蛇又一股
脑地在他的体内纠缠翻涌起来。他的下身一阵燥热，他甚至能感觉
到血液在体内快速奔流时碰撞血管内壁的声音。想到一切就快结束
了，想到她很快就要离开这所房子，想到从今往后他再也见不到她
了，顷刻间，竟有种无法补偿的遗憾和由此产生的强烈的不甘心猛
地攫住了他。

窗外雨声漫漶。

他落寞地靠墙而坐，冲动后的疲惫还未曾完全消除，他很想找
根烟抽，可烟盒里却是空的。他把烟盒揉成一团捏在手里，想扔到
什么地方去，又感觉浑身没有一丝力气，只好那么毫无意义地捏着
它，就像那烟盒天生就粘在他的手上。

这时他多少有点眷恋地瞥了一眼躺在那里一动也不动的她。他
多少有点憎恨自己以及自己刚刚在她身上所做的那种龌龊的事情。
他不知道该怎样控制自己。事实上，每次跟她那样之后他都会很奇
怪地产生这种类似追悔莫及的感觉，而且，他从来没有像现在这样
憎恨过自己。

发了一会儿呆，他终于强打精神坐起来，重新为她整理弄乱的
头发和皱褶的衣裙，他的手无意间触到了她下身一摊冷湿的东西。
是血。很黏稠的血。他蓦然想起晚上她讲给他听的故事，他记得她
说过，她不喜欢红颜色的东西。

所以，他突然很想弄点水，可他知道房里没有，犹豫了一会，他才捏着一条干巴巴的毛巾决定到外面去看看，这里还没有通自来水，平时是靠那种机械压井供水的。这种时候他当然不敢惊动什么人。

门一开，一股清冷的空气裹挟着水星扑到他的脸上，他连着打了两个激灵，人彻底清醒过来，身体不可控制地打着寒噤。有几汪明晃晃的雨水银盘似的淤积在院子里，他就近蹲下来，捏着毛巾一角轻轻地蘸那些雨水，等毛巾完全湿透了，他才起身，站在门口用劲将毛巾拧干，又在黑暗中用力抖了抖。

之后，他回到房间用湿毛巾很仔细地替她擦身。

他注意到她躺在床上的时候胸脯比平时要小很多，只微微隆起那么一点儿。她的皮肤也比他想象中白，那几处青紫色的伤痕此刻显得非常醒目。还有，她的臀部那里有一块指甲盖大小的红色胎记，花瓣一样娇艳地盛开着。他用手指轻轻摸了一会儿，感觉她的皮肤已变得冰凉了。

这时他注意到自己手指上戴着的一枚戒指，这还是他初中毕业时一个很要好的同学送给他的，当然非金也非银，只是很一般的合金工艺品，戴上它的时候手指上就像爬着一只熠熠发光的黑蜘蛛。这一发现明显让他感到欣喜起来。可没想到指环竟死死扣住了他那根手指，他用尽各种办法，甚至粗暴地动用了牙齿，连牙龈都咬出血了，才好不容易将它褪下来。戒指被他珍宝似的拿在手里用衣襟擦拭了半天，最后他表情庄重地将它轻轻地套在她右手的无名指上，戒指明显大了许多。他又取下来将戒指环用牙齿往里紧了紧，然后重新替她戴上。

做完这一切之后，他的目光渐渐变得明亮温和起来。

17. 直到午夜

直到午夜，天空依旧阴沉沉黑黢黢的，雨渐渐止了，阵阵凉气袭人。

他不记得自己是怎样跌跌撞撞将编织袋驮到这里来的。反正一路上他栽了无数个跟头。快到达目的地的时候，他依旧像白天那样，将自行车撂在路边的泄洪沟里，然后把鼓鼓囊囊的袋子扛在肩头，踩着泥泞不堪纠缠着杂草的土路一步一步朝着那棵在夜色中张牙舞爪的树挪去。

问题很快就出现了，他又一次感到尿急。

紧跟着他还发觉袋子里面的东西好像动了一下，接着，又动了一下，像一只垂死的兔子那样本能地抽搐着。

本来，他觉得这里只有他一个人，她的这种微动使他忽然感到一种比死亡更加令人恐怖的东西。他吓得一松手，编织袋轰然落下，砸在脚下的一摊水里，顿时溅了他满身满脸的泥斑。这种潮湿黏稠的滋味让他感到恶心。

可他已顾不得擦脸，便急不可待地转身撒尿，一股一股地喷射出去，断断续续，毫无节制，下身始终在不停抖颤，尿完了却没有往常那种一泻而空的舒畅感觉。

他还没有完全系好裤子，又隐约听见身后的一记喘息，有些含混不清，仿佛是从地缝里一点点钻出来的。随后是第二声，第三声。他嘴里的两排牙齿剧烈地碰撞起来，他犹犹豫豫地最终还是在那只袋子前蹲下来，用一根哆嗦着的手指戳了戳它。这次他听清晰了。

她竟然醒了。

她在编织袋里痛苦地呻吟。

他已无法区分自己是惶恐或是惊喜了。

他不假思索地打开袋口，将袋子慢慢往下褪着。他最先看到了她蓬乱的头发和全无血色的脸。她的脸色薄铁皮一样发着青白的光，而且，那种颜色还在发生着变化。她的呼吸虽然虚弱短促，但足以让他感受到了。像是完全失去了主张，他一屁股跌坐在地上。他浑身上下早就湿透了，一点儿也不在乎地上泥水的冰凉。

他让她的头枕在自己的大腿上，他轻轻地托着她的上半身，像爬雪山过草地的革命小战友那样相互依偎在一起。

天空又开始飘雨了，先是水雾一样沾在脸上，不一会儿就吧吧吧地打在身上了。

他不知道自己是不是流泪了，视线变得模糊起来。他一直紧紧地搂着她的身体抓着她的手。他还摸索到那枚箍在她手指上的戒指，比她的身体还要冷。

与此同时，他恍然注意到眼前的这片荒地。杨树的枝叶在雨中毫无表情地飘摇，下午就挖好的那只土坑已无处寻觅，或许早被大雨冲陷了，现在看上去一片汪洋，那只坑像是随时要从地上漂浮起来的一面镜子。

很快，天地就迷迷茫茫连在一起了。

他跟她仿佛坐在一艘大船的甲板上，在茫茫的海面和风雨交织中无奈地漂泊。他轻轻地扯过那条编织袋苫在她身上替她遮雨。

他又很奇怪地想起来舅舅说过要给他弄摩托车骑的事了。他甚至能听到摩托发动机轰轰轰的巨响。他极力想象着自己骑上那种125型的越野车的神气样子。他想如果真的有了车骑，他一定会在后面带上一个女孩子的，但他还不知道那个女孩子是谁。

夜色渐渐变白变亮了。

眼前的水面上忽然浮现出一张笑着的女孩的脸，青春昂然，朝气十足，正随着汹涌的水波起伏不定。

他下意识地抹了抹她脸上的雨水，就像抹他自己一样，然后抱紧她摇摇晃晃地站起身来。

（原载《上海文学》2006年第8期，《北京文学·中篇小说月报》2006年第9期、《小说精选》2006年第10期相继转载，入选《2006年中国中篇小说经典》）

坚硬的夏麦

上

在暑期到来的时候陆小北做了一件蠢事。

起初，我一点也不知道这件愚蠢事情的来龙去脉。那时临近中午，我正躺在自己的房里看书，是海明威的中短篇小说选，书的纸页早已发黄，散发出一种很古老的腥膻的时间气味，而且书的前后都损失了若干页，所以，我总是把它宝贝似的压在枕头底下，生怕哪天被某个登门造访的学生家长顺便当作废纸拿回家卷了纸烟抽掉。我正在看的是那篇已经读过很多遍的《老人与海》。我还记得曾把这本书借给陆小北去看，他只用了两天的时间就把书读完并归还给我，我问他怎么样，他说这是他读过的最好看的一本书，他还很崇拜地说了句他非常喜欢海明威。因为他说他喜欢老海，所以我觉得我们之间的距离一下子就近了。

其实，我身边并没有带多少闲书，我到这里来不是来看闲书的，这一点我自己最清楚不过。都说书是引睡的媒，我就是想抱着这样一本好书踏踏实实地午睡一会儿。所以，在我的许多次梦里，总有一条巨大无比的大马林鱼翻腾跳跃不休，好像非要把我的单人床弄翻不可。顺便说一下，这间所谓的办公室也是我的宿舍，是一间不足十个平方米大的简陋平房，靠床的一面墙壁上贴了一张《元素周期表》和一张《世界地图》，地面是他们拿工地上捡回来的半拉砖头墁过的，依旧是坑洼不平，房内仅有一门一窗，好在门和窗都靠南边，书桌就紧挨着窗台下面放置，阳光可以直射到桌面上。桌面上凌乱不堪，课本、教案（实际上并没有什么教案，只是提醒我上课时别跑题太远）、半盒子白粉笔头，还有学生们的破破烂烂的作业本叠摞在上面，这里所有简单而又混乱的一切就基本上构成了一个民办教师的生活。

这时，陆小北的父亲像个被太阳追赶的无处可躲的影子一路匆匆地赶来了。

陆小北的父亲并没有直接敲我的门或窗子，他只是把自己的两只手和鼻子紧紧地贴在窗玻璃上，他举手的样子跟影片里日本鬼子投降似的难看。他这样古怪地朝我的房里看了一会儿，大概确定我已经睡着了，他才迟疑而又笨拙地轻声敲响了我的门。

他像是怕被人听见了似的（其实住在学校的教师只剩下我一个）压低嗓门说，小张老师你醒醒你醒醒啊，我有话跟你说呢。我讨厌别人在这种时候来打搅，这个时间应该属于我和书和瞌睡。我依稀听出对方是谁，可我依旧不耐烦地侧过头冲门外问谁。小张老师，是我啊我是老陆啊，我……我就是想来问一下，你先头看见过我家陆小北了吗？门外的声音带着一种迷茫和无可按捺的焦急从门缝隙间挤进来。我依然不想动弹。没有！我没有见过陆小北！我没好气地冲外面喊着说，我希望对方能从我的回答中听出所有的不满和责备并且迅速离开这里。

果然，片刻的宁静后，窗玻璃上的两只粗糙的大手犹豫着一前一后挪开了，最后连那只被挤压得有点变形的鼻子也不见了，房内的光明顿时恢复如初。我侧过头继续午睡，隐约听见陆小北的父亲吧嗒吧嗒的脚步声和莫名的叹息声离我的房子越来越远。这很好，我觉得不能对他们太客气了，否则我会不得安宁。可就在我的眼皮再度要合上的节骨眼，外面又传来一些相似的声音。

陆小北的父亲大概又想起了什么，我听见他好像在抱歉地叮嘱着我，小张老师打搅你了，若见着他人你一定帮我……把这个贼逮住……这个小狗东西！

没错。陆小北的父亲的确用了"逮"这个在我听来十分严重的词，而且，后来我回想正是这个很突兀又显得很严重的字眼彻底打消了我的一丝蒙眬睡意。为什么是"逮"呢？为什么要用"逮"呢？而且谁又是贼呢？是陆小北吗？

——当然是陆小北。

陆小北的父亲离开之后，我的脑子里反复出现的都是这些奇怪的东西，没有圣地亚哥，也没有巨大无比的大马林鱼。我在那本旧小说里重新折了一个备忘拐角。我正读到这里：

> ……他不再梦见风暴，不再梦见妇女们，不再梦见伟
> 大的事件，不再梦见大马林鱼，不再梦见打架，不再梦见
> 角力，不再梦见他的妻子。他如今梦见了一些地方和海滩
> 上的狮子……

陆小北的父亲和所有到他那种年岁的农民一样，黑瘦憔悴，脸脖子胸膛和脊背黝黑并且皱褶叠复，泛黑的褐斑毫无规律地爬上额头脸颊鼻梁和太阳穴，那是照射在黄土地上的阳光最引以为骄傲的

丰功伟绩。如果说有分别，他和别人唯一的区别是，他的背看上去更驼，更弯，像这片土地上最古老最常见的那种枯柳，总是卑微地佝偻着，像是永远也直不起来或从来都不曾直起来过。

陆小北还有一个哥哥和两个姐姐，姐姐们已相继出嫁了，家里现在就剩下陆小北一个上学的。因为陆小北的哥哥自打前年成家以后，他媳妇整天都在跟老陆和陆小北明争暗斗，搅得全家鸡犬不宁。老陆一狠心就将他们两口子分了出去单另过活。其实，在陆小北看来，父亲是多么的愚蠢，因为父亲正中了那两口子的诡计，他们闹腾来闹腾去不就是为了有朝一日分开家过舒心的小日子吗？现在，家里就剩下他们一老一少，还有一匹一大把年岁的老骡子，而那几只下蛋的芦花鸡和一只整天专门为母鸡们服务的霸气十足的红公鸡，则在分家的时候拨给了陆小北的哥嫂。

陆小北的父亲后来还有一项顶艰巨的工作，这跟我或多或少有点关系，那是为了偿还陆小北拖欠书本费而校长不得已想出的办法，他每个礼拜都要按时来学校清理教工们的粪便池。这大概是让陆小北觉得最没有光彩的事情。

还好，陆小北的父亲总是起早贪黑地来完成这项工作，估计他是为儿子着想的。我因为要住校，所以总难免要碰到这种龌龊的场面。因为这个黑夜来干活的农民就是我学生的父亲，我多少是有些尴尬的，原本那是让自己去放松的事情，可由于他的出现，我一下子紧张起来，为此我还便秘过很长一段时间，我尽量调整自己的规律，最好不要和他相遇在那样一个特殊而又难言的场合。但是，有好几次肚子偏偏不听我的话，好像非要强迫我去和陆小北的父亲见一面才好。每当这时候陆小北的父亲总是使劲朝里面大声或佯装咳嗽，我听到了也急忙冲外面回声口哨或唱句歌子，外面的人知道是我，也忙连声说小张老师你先忙你先忙着……随后便悄无声息地候在外面的操场上。等我出来以后，陆小北的父亲才默默地进去干活。时间一长，我倒也习惯了，有时候还跟他坐在操场上的石头上闲聊上几句家常，我觉得老陆人勤快本分，话不多，能吃苦。

我真正认识陆小北是在给他们代了快两个月课以后。刚到这里来当民办教师，我个人的情绪和心理是极其复杂的，说心里话，只有疯了或傻了才情愿来这里教书。对于我来说这是退而求其次的权宜之计，谁让我连续复读了两年也没本事考上大学呢？家里人劝我再复读一年，他们说难道下一年功夫还挣不回来五分吗？我不太愿意相信这种理论，因为第一年高考我只差两分，第二年再考又差两分，到第三次却整整差下五分多，谁能保证下一次不差个十分或八分呢！我是我们乡里出的第一个高才生，而且是在县中学一口气读完的初中和高中，所以，当乡里找到我的时候，我几乎毫不犹豫地点头同意。

乡中学的老校长跟我讲了他们的种种难处，学校里有点路子的老师都先后调走了，有头脑和资本的也跑出去做买卖倒腾生意去了，剩下的老师多半都面临退休，而他们中有的教了大半辈子书，临了也还是个民办的。不过，校长还是用打包票的口气对我承诺，只要上面一有指标，一定先考虑我的转正问题，因为学校缺的就是像我这样年轻的教书匠。我并不是被校长的什么优先条件说服的，我暗自有自己的一套打算，我整天待在家里自己烦家人也不舒心。再说，我完全可以一边教书一边复习功课准备来年的高考，这叫一颗红心两手准备，不显山也不露水，将来也好为自己留条退路。

我一来校长就要求我给三年级的学生代课，校长的理由是我年轻而且有丰富的考场经验（我不知道这是否包含着羞辱的成分），我当然没有拒绝，实际上我也没有充足的理由拒绝，我来这里就是教书的，就像一个放羊的，他并不在乎放的是哪群羊或哪种羊，重要的是有羊可放，这就足够了，我不想操别的心。

还要说明的是，学校其实统共只有三个班，即初一、初二和初三，我教的班上有五十几名学生，听说以前并不是这样，后来因为老师越教越少，学生也是越学越少，学校就把原来的班级合并了，这样可以节约师资力量。我和另外两个老师带这个毕业班，其中一个老师正是我们的校长。我主要负责物理和化学，校长讲语文和政治，另外一名女老师讲数学并兼顾英语，后来听说中考英语成绩只占总分的20%，也就是说就算英语考满分也只能算二十分，校长很明智地决定放弃，那个女老师倒是极力争取过，可她无法说服年迈而又顽固的校长，她也只好一门心思把她的数学讲好。值得一提的是，只有校长和这个女老师属于非民办的，从师资力量的分配上可以看出来学校对我还是很重视的。

我就这样糊里糊涂代了快两个月课，有一天，校长来宿舍找我，我以为是自己在教学上出了什么娄子，因为我总在课堂上对学生胡说八道，我的话题多半时间跟物理化学风马牛不相及。我就不打自招地对校长说我以后尽量不在课堂上胡乱跑题。校长的样子有点莫名其妙，他说你这个班主任是怎么当的，陆小北是你们班上的学生吧！我这才恍然大悟，我竟把校长最先让我当班主任的事情忘在脑后了。校长说，陆小北的学费到今天还没交上来，你这个班主任得下去问一问。

我跟陆小北的谈话就是这样开始的。

当时，我坐在书桌边的椅子上，陆小北站在我的床前的空地上，我让他坐他就是不坐，他的样子拘谨却又透露着些许不羁。依我看来，陆小北比较符合一个乡村学生的模样，朴素、执拗、卑怯又不失敏感和自尊。在我尚未发问之前，他竟然先发制人，他用近乎逃避似的目光看着我，而当我开始打量他的时候他却不再看我，目光睪睪地投向我身后的窗外，他嘴里嗫嚅着，家里真的没钱交学费……反正我混一天是一天，实在不行了就不念了回家种田算了。陆小北说完这些话，才如释重负地把目光重新落回到我的脸上，这次不再是逃避的，而是面对和追问，意思是剩下的事情该由我来评判。

说实话，我一时竟被眼前这个十三四岁的学生给弄蒙了，因为我根本不知道接下来自己该说什么或怎么说，我总不能说那你就回家好了。就在那一瞬间，我突然体会到做一个民办教师的苦衷，因为连你自己都是民办的，都是干完今天不知道明天干什么，你有什么资格强硬地对学生讲话呢。所以，接下来嗫嚅着的人是我。我大概说了这样的话，噢，原来是这样……那就不太好办了！我想听听你自己是怎么想的。

于是，我注意到陆小北又看了看窗外，目光迷茫一片。他说我不知道！不让念我就不念了，反正念也是白念！那一刻，我忽然感到自己被什么东西给狠狠地击中了，我快有点坐不住了，这的确是个问题，而且是我自己一直以来不敢面对的问题，是我始终在逃避的问题，然而，却从比我小五六岁的陆小北的嘴里冒了出来，我真的有些汗颜。我不想再跟他说什么了，我知道那些动听的鬼话只能用来欺人或自欺。

同陆小北谈话后的那个晚上，我睡得很差。我强迫自己静下心来复习一会儿功课，可我总是心不在焉，这令我十分烦恼和痛苦，后来我索性躺在床上，从枕头下面摸出那本小说，我胡乱翻开一页看了起来：

老人在黑暗中感觉到早晨在来临，他划着划着，听见飞鱼出水时的颤抖声，还有它们在黑暗中凌空飞翔时挺直的翅膀所发出的咝咝声。他非常喜爱飞鱼，因为它们是他在海洋上的主要朋友。他替鸟儿伤心，尤其是那些柔弱的黑色小燕鸥，它们始终在飞翔，在找食，但几乎从没找到过，于是他想，鸟儿的生活过得比我们还要艰难，除了那些猛禽和强有力的大鸟……

翌日，我如实向校长汇报了我跟陆小北的谈话情况，校长说这个学生的情况他已经有所耳闻，但他说自己不能开这个口子，否则学校往后会很被动。校长希望我能进行一次家访，了解了解具体情况，然后学校再具体研究。

校长还把陆小北前后拖欠学费的清单抄一份给我，情况如下：

姓名：陆小北

性别：男

年级：初三（　）班

家庭住址：××乡××村

欠费总额：275.50元，

备注：该生所欠款中包括上两个学期的书本费70元，本学期的书本费35.50元和学杂费65元整。

最后，校长用一种征求式口吻问我，你觉得这个学生怎么样？我说陆小北人很聪明，如果他肯多下点功夫是个考学的好苗子。校长不置可否地叹了口气，随后把那页清单递给了我。校长的眼神和叹息告诉我，学校也很难，至少学校不是收容所。

有关那次家访的情况我不想再多说什么，它对我而言不啻是一次令人伤感的经历。我在家访后给校长递交了一份书面材料，大概内容是：

> 经调查我班学生陆小北同学学习成绩属中上等且聪明好学，但家境确属贫困，其母两年前因患盲肠癌病故，她生前的住院治疗费和陆小北哥哥结婚成家时所借亲戚及乡邻们的钱共计 8000 余元，至今尚未偿还……希望校领导能酌情考虑减免陆小北同学的学杂费。

之后，学校为此召开了一次全校大会，原则上同意减免陆小北的学杂费 65 元，但书本费还是要交回来的，因为这部分费用学校也无力承担。后来，书本费到底还是没能交上。再后来，我又几次三番去找校长说情，才勉强同意让陆小北的父亲给学校做杂工，抵充书本费。

校园里空荡荡的，艳阳白花花地在操场上晃动，偶尔会有一群清瘦的麻雀和几对草鸽子扑啦啦地飞过来又飞过去，多数时间天空空无一物。学校已经这样空荡了有好些天了，学生们被提前放回家收割夏麦去了，老师们也是，这个时候没有什么比粮食更重要的事情。中考的日期在 7 月的 12 日、13 日、14 日三天，这是雷打不动的。我作为毕业班的班主任，校长要我留在学校里，随时恭候那些需要辅导的学生。其实，我的心里比学生平静不了多少，8 日、9 日、

10 日这三天正强盗一般朝我逼近，屈指一算，也只剩下几天时间。然而，我却一点也急不起来，好像这次考试跟我没有一点关系，我不紧不慢地等待着高考的再次来临，我居然每天还有心思看那本枕头下面的闲书，我甚至不能完全确定到那一天我会不会勇敢地走进考场。

陆小北的父亲离开不久，我从床上爬起来想复习了一阵功课，世界历史上的一堆乱七八糟的年代简直要把我的脑子搅成一锅粥。我放下书的时候突然想起某个重要的词，这跟世界历史毫无关联，那是陆小北的父亲刚才依稀叮嘱过的话，他让我帮他"逮"住那个"贼"。

我赶到陆小北家的时候，老陆正把一蛇皮袋麦子扛起来往平板拉车里码着，车上已经码了四五袋，院子里还晾晒着一层没褪尽壳的麦谷。有几只麻雀悄悄地落在院子里很贪婪地啄着地上的麦粒，它们见我走进来，才呼啦一下飞起来，鬼祟地站在院里的一株没有结苹果的苹果树上，叽叽喳喳尖锐地叫着，以表示对我这陌生的闯入者的不满。老陆见我来了，并没有立刻停止他手里的活，他继续把地上装满麦子的蛇皮袋往车上码着。他浑身都在出汗，眼窝里都聚集着细密的汗珠，布衫和裤子紧紧地裹着他嶙峋的身体，衣服的前襟和后背上净是地图一样一圈一圈不规则的白色的盐印子，我稍微一靠近他就能闻到那股酸涩的刺鼻气味。

这当间老陆又问我是不是见到陆小北了，我急忙摇头，并告诉他自己正是为这事来的，我很想知道陆小北去了哪里。哪知老陆猛地就恼怒起来，他一边拿一根麻绳固定装在车里的粮食袋子，一边没好气地咒骂着，别让我逮住那个贼娃子！我愕然。我正思谋着该怎样让他消消气并从他嘴里探听出陆小北究竟干了什么事情而惹得他大发雷霆时，他却闷声闷气地拉起板车往出走了，车里装了足有十多袋麦子，压得两只车胎已有些瘪了，往前走的时候发出吱扭吱扭的噪音。他的一只肩膀上挂着拉车皮绳，它好像早已深深地镶在老陆的肉骨之中了，随着他前进的步伐，那皮绳似乎越陷越深了，最后只露出极细的一条黑线，好像跟他的后背连成一体，而他的背此刻正佝偻着就要贴在地面上。

我只好一路跟在车后尽力帮他往前推着车子，经过学校门口的时候，他把车子停下，接连冲我说了好几声感谢的话。他说小张老师你快回去忙你的事情吧，我又打搅了你半天。随后，他埋着头一佝一佝地拉着车子朝县城的方向去了。我知道现在正值到县粮库交纳公粮的时节，想必他是上县城去的。看着老陆缓慢又艰难地朝前一下一下移动着的背影，我终于还是不忍心了，我急忙悄悄地跟上去，我尽可能轻地帮他在后面推着车子，以免被他发现。

陆小北的父亲和我就这样一前一后一老一少往前默默走着，按理说，这时候走在我这个位置上的人应该是陆小北，可我和老陆都不知道他去了什么地方，而我更想知道陆小北突然去向不明的原因。于是，我被一种叫作预感或猜想的东西长时间地困惑着。

这时，我们不知不觉爬过了一个很陡的路坡，刚一下坡车子就突然停下了，陆小北的父亲一定是发现有人在车后暗中出力，我想躲闪已经来不及了，我一直在想关于陆小北的事情。见老陆停下来用充满感激而又不无责怪的目光盯着我看，我急忙骗他自己正好要到街里去一趟，只是顺路帮他一个忙。老陆又木讷地望了我一阵，这才释然地叹了口气，说我就觉得不对，上这个坡哪有这么容易的呢！我们又走了一会儿，他的话才渐渐多起来，像是碰到知心人似的把窝在心里的事一件一件掏了出来。

中

就在头天晚上，老陆曾把陆小北的哥嫂叫到自己屋里，那时，陆小北正在家里复习功课。最先，那两口子迟迟不肯来，老陆只好站在院子里隔着墙（分家后他们在原来的院子里隔了一道墙）一遍一遍喊他们，又过了很长时间，两个人才疲疲沓沓地进来了。老陆开宗明义地明说了家里的情况，欠着人的账债也该还一还了，陆小北马上又要考学，考上考不上都是两说的事情，一旦考上了家里就得拿钱供他上学，可欠人家的钱总是不能再拖了。陆小北的哥哥始终不言语，哑巴似的耷拉着脑袋，倒是他嫂子先开了口，说这个钱我们恐怕也是没能力还，再说已经各自分开过生活，原先的账也不该由他们来背。

老陆沉默了一阵，他看了看儿子窝囊的样子，再看看儿媳妇一副当仁不让的架势，最后他的目光停留在桌子上老伴的遗像上。他回过头问陆小北的哥哥，依你看这钱该谁来还呢？儿子依旧老鼠怕猫似的低着头，当他稍稍抬起头来的时候，媳妇正用严厉的目光盯着他，他终于又低下去，只是蚊子似的哼了声，你们大家看吧。媳妇立刻把话接了起来，你到底还是不是个男人？什么叫大家看？要看你自己看，我反正一分钱也拿不出来！说完，她怒气冲冲地掉头走了。

最后，老陆用喑哑的声音对两个儿子说，账是我借下的理所当然该由我来偿还，我今天就是想听听你们意思。随后，他转过头凝视着老伴的遗像，嘴角抽搐着自语，还是老婆子你好啊！一个人躺在那里消消停停的，该有多好啊！说着，一串泪簌簌地闪下来。

那时，陆小北抬起头用生硬的目光瞪着他哥，他说我要是你就把那个臭婆娘的 × 嘴撕烂！他的话音未落，就被老陆突来的一记耳光重重地扇在脸上。

老陆用极其严肃的目光看着陆小北。

陆小北委屈地摸着自己的脸，目光中同样是愤怒的火焰，他半天也说不出一句话。

老陆把老伴的相框子拿在手里静静地看了一会，又用衣服袖子把上面的灰尘悉心地擦了又擦。最后，他把相框子又很庄重地放回原来的地方。那时，陆小北正用自己手中的钢笔在草稿纸上毫无思想地胡涂乱画着，纸被笔尖划出滋滋沙沙的愤懑的声音。陆小北最终在草稿纸上写了这样几个歪歪扭扭的字：

都去死吧你们！

老陆并没有看见陆小北在纸上写的那几个形状怪异的充满诅咒和仇恨的字，事实上即使他看见也跟没看见是一样的，因为他根本就不识字。在老陆看来，陆小北只要安生地坐在那里就是在写字，形式上等同于学习、做作业和复习功课。对于读书这件事，老陆一辈子只会用一句简单得不能再简单的话去督促陆小北，去，写字去。

当屋子里只剩下老陆和儿子陆小北的时候，老陆多少感到一阵莫名的不安和歉疚，自从老伴走了以后，只有陆小北和他朝夕相处相依为伴，记忆中他已经很长时间没有这样呵斥过儿子了，更别说动手打他。因为陆小北母亲去世的那天，老陆一个人守在医院里，老伴的盲肠癌已到了晚期，癌细胞扩散到她的身体中，剧烈的疼痛无时无刻不在折磨着她。老伴是个坚强的女人，这一点老陆深有体会。其实，老伴在没住进医院做检查和治疗以前的很多年里就被这种病痛折磨着，她只是不愿意对别人说，也包括老陆和儿女们。她疼得厉害的时候就趴在床上把后背弓得高高的，头埋在被子里，嘴里咬着枕巾。再不，她就接连吃那种叫作去疼片的白色药片，她把这种很苦的药嚼碎慢慢咽进喉咙。直到后来她连饭也吃不进去了，才不得已到医院做检查。

当时，医生告诉老陆，让他回家赶快准备后事，老伴顶多只能维持几个月了。老陆一下子就蒙了，他不相信，让他怎么能相信呢！那几个月的时间像坏了的水龙头似的怎么也关不住了，时间水一样哗啦啦地在他眼前流走了。那几个月里老陆表现出前所未有的固执和倔强，他不相信老伴的病是无望的，他坚持不让她出院，他就差跪在地上求他们了。他一直守着老伴直到她脉搏和呼吸完全停止消失，在她生命的最后一刻，她用他从来不曾看到过的不放心的眼神告诉他：老陆你要好好供养陆小北上学，你要对咱们儿子好。这些没有声音的语言就从那一天起深深刻在老陆的眼睛里。

有一次，老陆淘完粪池，我坐在学校的操场上看书，他走过来静静地坐在离我稍远一点的地方，我说你过来一起坐坐吧。他摇头。我知道他怕我嫌弃他身上的味道臭。我就走过去和他坐在一起，我们很随便地聊着一些事情，当然更多的话题是关于陆小北的。他曾对我说，只要小北他能争气，能把书念好，让我老汉干什么都行，就算用头顶也要把他顶住啊。我相信老陆能说到做到。

老陆觉得自己打儿子是不对的，而且，他也意识到陆小北之所以那样还不都是为了他。不过，他还是听不惯陆小北那样跟哥哥讲话，他不希望儿女们之间没大没小或闹出什么生分的事情。

　　见陆小北低着头不再看他，像个木头似的，老陆便不忍心了，他试探着咳嗽了两声，又咳嗽了一声。儿子根本不理睬他，只是一味地沉浸在昏黄的灯光里。老陆也不出声，暗里凝视着儿子。他发现陆小北似乎是比以往瘦削了，脑袋和上半个身子在灯光的照射下聚缩成一团。小北这娃娃真的瘦了。老陆在心里默默地说。他想，儿子这些日子成天抱着书本，天不亮就爬起来看书，晚上有时也要熬到一两点，他有些担心，担心儿子的身体会支撑不住。这种体恤的想法让他竟莫名地伤感起来，他又兀自想起了老伴。老伴若是在着就好了，天底下只有女人才能真正懂得怎么对娃娃好。老陆这样边想边看着陆小北的样子，过了一会儿，他悄悄地走出屋子。

　　老陆径自去了一趟陆小北的哥哥家。他进去的时候，屋里根本没有人拿好脸色看他。他没有坐，只是弯着腰紧靠着门站在屋里。他一时竟不知道该怎么开口，就在刚才出门的时候，他还信心十足的，可这会儿他全然不知所措。陆小北的哥哥很突兀地问了声爸你咋不进来坐，媳妇就把话接了起来，进来也没有用……反正我们一分钱也拿不出来。老陆很尴尬地僵在那里。老陆觉得脚下的地突然变得软乎乎的，两只腿怎么也站不稳。他索性靠着门蹲下来。他像是在对自己小声说着，你弟弟念书苦着呢，家里也拿不出个像样的吃头，我想着给煮上个鸡蛋补补身骨……让他硬硬强强地把学考了。那时，儿媳妇的面色由紧变松又绷紧了。

　　老陆给我讲这件事情的时候，突然停住脚步，他腾出一只手胡乱在脸上抹了抹，黑紫的脸色在汗水涂抹后的光泽中显现出难以抵抗的焦渴。他说今天的日头毒得很，随后又拉着车子继续往前走，他的脸上始终水渍渍的。我问老陆他们到底给你鸡蛋了吗？老陆却把我的话支开，他说那是两个又大又圆的红皮鸡蛋，他很久没有看到过这么好的鸡蛋了，他知道那蛋就是他家以前的一只芦花鸡下的，那些鸡都是他老伴在世的时候饲养的。那阵老伴每天都会笑眯眯地从窝里捡回六七个鸡蛋，可是，她并舍不得吃，她总是把那些蛋整整齐齐地塞进粮食柜里谷物中间，过上一阵子，她才从柜里刨出几个，炒得黄黄亮亮的让娃娃们吃。老伴说娃娃们身体贪长，需要这个。

老陆问我喜不喜欢吃鸡蛋。我笑了。我说我就是因为鸡蛋吃得太多才考不上大学的。老陆也张开嘴嘿嘿地笑了，说，小张老师会说笑得很。但他的笑容很快就收敛了，那笑容转瞬即逝。老陆说鸡蛋可是个好东西呀！女人养了娃娃就得多吃鸡蛋，吃了鸡蛋才补身子才有奶水来喂娃娃吃……那阵子他妈养小北的时候家里穷啊，连只下蛋的鸡都没有，到哪里弄鸡蛋去呢？等后来日子好一点，他妈就张罗着捉来小鸡娃子，夜里用纸箱子放在炕上养着，生怕冻死了。有一天旁人家的老猫把一只活脱脱的母鸡娃子给叼走了，他妈好一通哭啊！说老猫把多少鸡蛋给娃娃们叼走了呀！他妈前脚一走，小北的嫂子就闹着要分开过，死活看上了院里的一群下蛋鸡，一只不落全捉走了。捉走倒也零干了，就是苦了小北一个人。

我紧跟在车后面听着，老陆浑身上下都被汗水泡醉了，有几次我想替他拉一会车，他死活不肯，他说我年轻的时候能拉四十麻袋粮食一天来回跑两趟县城呢。但是，此刻我分明感到他毕竟有些力不从心，伏天的太阳炙烤着他的脊背，滚烫发软的柏油路踩上去人不禁要龇牙，大汗淋漓的他走得也越来越慢，车子很不听使唤地发出吱扭吱扭的怪响，好像正不怀好意地暗中看他的笑话呢。

我们头顶的太阳像蛋黄的颜色那样光芒耀眼，路上一丝风也没有。我能听见从车子前面传来的连续不断的吭哧声，带着坚强和永不服老的农人本色。

下午快两点钟的时候，我和陆小北的父亲一同来到县城粮库。粮库的大院里已经挤满了从各乡各村赶来交粮的农户，装满粮食的板车横七竖八地摆在院里，也有人是赶着驴车或马车来的，交粮的人稀稀拉拉地躺在各自的粮车或墙壁下面的一小块阴影里乘凉。有的农户正把自家的麦谷平铺在粮库院里的水泥地上晾晒，骄阳把新鲜的麦子烤得饱满金黄，稍微静下心就可以听见麦粒发出的滋滋的微小声响。

我和陆小北的父亲挑了一块有树荫的地方将车子放下，他和我面对面坐在两边车辕上歇着。我起身到门外的小卖部买回两瓶娃哈哈矿泉水，天着实太热了，一瓶水几乎被我一仰脖子就喝光了，喉咙依旧渴得发紧。我把另一瓶水拧开盖递给老陆。老陆看着我半天也没想去接，嘴里接连嗫嚅着张老师你花这钱干啥呢，我又不渴。我见他嘴茬边净是白色的沫子和爆起的干皮，就把水硬塞给到他手上，估摸着粮库上班至少在两点半以后，我决定去趟新华书店看看。老陆连忙不无歉意地说张老师你快去你快去，就不打搅你办事情了。

其实，我还是惦记着陆小北的事情，这也许跟我是他的老师和班主任有关，况且再过几天他就要参加中考，这对他太关键了，老陆一直希望儿子能考上个中专，哪怕是考个最普通的师范也行，总比一辈子窝在农村强得多吧。就在前些天我还跟陆小北交换过看法，我能感觉到他的内心是相当矛盾的，考学这件事情的确把他煎熬着，他既向往着考一个好学校，又无时无刻不被家境的窘迫所困扰，前面的路对于像他这样的学生无疑充满了迷茫和两难。我时常能感觉到陆小北的与众不同，从主观的角度上说，他非常清楚自己的处境，他不像其他学生那样对于未来无所谓，他不善于自欺，而他们中绝大多数人都抱着大不了回家种地的想法，陆小北虽然也这样说过，但他的内心跟这截然相反，他的敏感和矜持不允许他这样做。

所以，我确信老陆刚才所说的一切。当老陆把从陆小北的哥嫂家讨要回来的两个红皮鸡蛋高兴地拿给陆小北看的时候，他一定被那两个用老陆的话说又大又圆的红皮鸡蛋给猛烈地刺伤了，他尽量用一种视而不见的眼神看了一下那两个鸡蛋——它们在父亲的手里乖乖地躺着，像是一对睡着了的胖子，模样还有些贱，根据鸡蛋的色泽和模样他同样想到了它们的出处，尤其是他父亲那种讨好般的面容，他不习惯父亲这样看着他，他觉得自己在精神的层面又领教了父亲的一记耳光，为什么关爱有时候跟挨耳光的感觉那么相似呢？陆小北选择了垂下头继续看书，他轻蔑父亲手中的那两个鸡蛋，就像轻蔑自己的生活处境一样，哪怕是装出来的他也愿意这样。后来，他闻到了一些气味，这些气味袅袅而来并在昏暗的屋内飘荡，仿佛一只芦花鸡悄悄溜进屋内并乘人不经意的时候排下两个正散发着温热和腥腻的蛋。这种弥散着的味道同样具备杀伤力。尽管陆小北压低了自己的目光并聚神于书本，但他还是感觉到父亲正朝他走来，同时还有一种气味朝他招摇而过。

老陆用难得一见的慈祥面对儿子，他说小北你先停下，把这两个鸡蛋趁热吃了吧。陆小北不得不看着父亲，他看到父亲的脸正因他手里端着的热气腾腾的碗而朦胧缥缈着，他觉得父亲一下子离自己远了，样子都有些险恶，端在他手里的东西有种毒药般的诡秘莫测，而且父亲的手正毫无理由地抖着（是心虚吧），像是那只碗有千斤那么重。

接下来，陆小北明知故问地瞥了一眼父亲，他问哪来的？

老陆的双手还在抖着，他看了看碗里的蛋又期待地看着儿子，让你吃你就吃管它是哪来的总不是偷来的吧！

我不稀罕！

吃了它就不信它能咬你娃娃的嘴！

要吃你自己吃吧！

陆小北的确是这样说的，老陆刚才讲述到这里的时候依旧无法按捺内心的愤怒，他接连晃着头一副莫名其妙的样子，张老师你给评个理，这狗日的咋就这么犟呢？后来，老陆硬把碗再度推到陆小北的眼前，他重复刚才的话，鸡蛋不咬你的嘴。陆小北最后的回答是，我不像你那么没骨气！随即，他的手一摆，老陆手中的碗就白花花地飘了起来，然后砰地落在地上，依旧是白花花一片。

那个晚上，父子俩再也没有多说一句话，整个夜晚都被沉寂和沉默填充着，异常的平静使得父子之间突然变得虚幻和遥远起来，彼此的隔阂被黑夜神秘而又无限地延展和拉伸。直到第二天上午，陆小北的嫂子凶神般闯进来才打破了这种不正常的宁静。

我在三点以后又赶回粮库，来交夏麦的人早迫不及待歪歪曲曲站成一支长队，验粮官是个肥胖的小个子男人，正站在队伍的最前面粗声粗气地吆喝着什么。我粗略扫了一眼，老陆不在里面。我很纳闷，回头朝大院里张望，却发现稍远一些的太阳地里有个黑瘦的影子弯曲地晃动着，像一匹孤独的牲口正在默默犁地。我急忙走过去，板车里原先的粮袋子只剩下不到一半，老陆正在将手里一袋麦子袋口朝下拖着往水泥地上倒，麦子从袋口随着人的脚步移动奔涌出金黄色的谷浪。老陆自己赤着脚板，地上已经铺了一大片麦子。

老陆无奈地站在那片麦子中间，神情沮丧却又沉默着，他告诉我，验粮官说他的麦子没干透让他在一边先晒着。眼前的麦子发出坚硬的光芒，我从地上捻起一撮，随便朝嘴里放进几粒，一嚼，硬绷绷地硌牙，怎么能说没干透呢！我说老陆你先别忙着往出倒呢，咱们再跟他好好说说，我知道这些人就爱欺软怕硬。老陆冲我直摇头，说算了多晒一晒也没啥坏处，再说粮食又不是交给他个人的，晒干点将来不坑害公家么。我还想说什么，见老陆倒完一袋子又去车上背另一袋了，我也只好过去给他打帮手。一共是十七袋麦子，全部铺在地上，黄朗朗一片，看过去都有点壮观和耀眼了。

我和老陆席地而坐，屁股下面的水泥地滚烫，太阳光烤着麦子也照着我们，我们和地上的麦子一般默默不语，我甚至有点昏昏欲睡。老陆满腹心事，他自语着我咋就没见过这么犟的娃娃呢，他到底随了谁呀！我觉得这个时候的老陆其实对儿子已经没了先前的怒和恨，有的只是不解和担心。我对陆小北的所做倒是心有怨责，我觉得他身上的确有一种尖锐的东西，但那种东西又是极脆弱的，它也许伤害不了别人却恰恰注定要伤害自己。实际发生在上午的事情已经证明了这一点。

陆小北起了一个大早，那时老陆还没有醒来。院子里铺满了新鲜的麦子，陆小北踩着麦粒到外面树林里去背书。等他回到家的时候，老陆正在院里用一只木头耙子翻梳地上的麦子。陆小北还站在那里出神地望了望地上的麦子和低头干活的父亲，然后跟没事人似的走进屋里。老陆依稀觉得儿子的心情比头天晚上似乎好了很多。不管怎么说，儿子的心情好了，老陆也觉得宽慰起来。

后来的情景却是，中午时分，老陆看见陆小北的嫂子夜叉似的破门而入，她的两只手各拎着一只奄奄一息的芦花鸡，她一进来就将手中的东西狠狠地扔在老陆面前，随即她也蹲在地上拉警报般号啕起来。她说有人看见陆小北在门前给鸡撒了一把麦子。接着，她用指头指点着老陆，是陆小北毒死了我的鸡！肯定是你教唆你儿子这么做的吧！你想吃鸡蛋我给你嘛，你为啥非要让他弄死我的鸡呢！你们一老一少就知道合起来欺负我，你们陆家没有一个好人！后来，村里的许多人都看到，老陆手里高高举着一只木头耙子，一副恨铁不成钢的样子，他在后面穷追不舍，陆小北在前面一路狂奔。细心的人甚至发现，老陆是光着两只脚跑出来的。后来老陆终究没能追上儿子，而且，从今往后他恐怕再也别想追上陆小北了。

终于挨到老陆交粮了。我们把倒在地上的麦子又用簸箕连簸带筛地一袋一袋装好，麦子干透了，装满的袋子瓷瓷的，扛在肩上像根圆滚滚的石头。那是一间巨大的仓库，粮食呈斜坡状一直垛到仓库顶上，人的两只脚通过不足两脚面宽的长木板从地面一直爬到最高处的粮食堆上，从门口看去人就像只蚂蚁渺小地攀缘在沙漠中。老陆扛着一袋麦子走进库房，在门口他得先把粮食袋放在台秤上，任由站在门口的验粮官用一根很细的空心铁扦子朝粮袋里面胡乱戳上那么三两下，他要把钻进扦子里面的粮食倒在手心看一看是不是干燥，里面有没有超标的尘土，等过秤之后，才能准许扛进去。

过了这一关，老陆才将袋子口解开并重新背在身上，小心地踩上那块又长又细的木板，一脚一脚稳稳当当往上走。因为身上负着重物，重心偏离得很厉害，稍微不小心，就会一脚踩进粮食堆上，整个堆体就会顷刻间下滑，这是交粮人的大忌，不但要遭受严厉的呵斥，而且弄不好还会扭伤了腰脊。这个时候，人的腰就成为关键，力量全部压在腰上，腰不能太弯更不能直：弯了，走不了几步就会往前栽跟头；而直着，根本就撑不到最后。这里面有一个重要问题，这时人不比在平地上行走，身体几乎处在一个近似于四十五度的斜面上，犹如登山，重力发生了改变，背五十斤的东西就远比平地扛一百斤还要吃劲。

我在底下看着老陆一步步走上去，自己的手心直冒汗。刚开始，老陆上得不错，他的腰身平常就是佝偻着的，这是有利条件。他的两只脚都是呈外八字状上迈并尽可能横着走，肩膀头向左侧扭着，全部的力量都集中在腰板上，人还得屏住气，气沉丹田，气一旦泄了，腰就算控制得再好也是前功尽弃。当人走到最顶上，静静地稳住，换一口气，把肩膀上的粮袋慢慢地朝胸前出溜，不宜急，袋口尤其要抓紧，身体也跟着侧向木板一边，随即松开袋口，两只手迅速配合着控制住袋底往出倒粮。老陆整个人顿时被麦子中升起的一柱烟尘笼罩住了。

可是，连着几趟下来，老陆的脚底子就明显地踟蹰着，腰身也打起晃来，走到一半的地方就无奈地稳住身体，然后再吃力地往上爬。扛到第十六袋的时候，我有些不忍了，可老陆死活也不同意我替他，他又故作轻松地说起自己过去最多一次背过四十多袋，而且是豌豆，死重，一袋子就是两百来斤，当时他连牙都没龇一龇。

事情就是这样发生的，那时我正把老陆扔在地上的十六只空蛇皮袋子一片一片捡起叠放在一处，我一转脸，发现粮堆上面没有老陆，地上也没有他的人，好像突然从粮食堆里蒸发掉了。斜倚在门口的粮官没好气地瞥了我一眼，他用下巴颏冲上面指了一下，你老子跌倒了，还不上去看看。我听出来他在指责我这个做"儿子"的人。我二话没说急忙顺着长条木板爬上去。

老陆果然深陷在临近顶上的麦堆中。他就那样十分无助又无奈地仰躺着，粮袋子压在他身上，我发现他的牙龇得很痛苦，头发、鼻孔和嘴里净是麦粒。我急忙把粮袋挪开并伸过手去拉他，他哆嗦着给我递来一只手，神情扭曲而又尴尬，大概怕我笑话他，他几乎不敢抬眼看我，只是不停喘着气。我连着拉了他两下，他就是不能站起来，而且，痛苦的呻吟随着我拉他的动作越发响亮。

后来，我隐约意识到问题的严重性，我几乎不敢往深处去想，只是勉强地背起他。我强烈地感到老陆在我的背上就像只装了半袋子的空麦壳子那样松松垮垮，同时，也立刻体会到自己的腰在负重出力，我尽量挺住并让自己往后仰着不至于一头栽下去。我发现自己的腰劲实在很差，我就是那样拖拖拉拉停停走走地将他背了下来。人和动物的区别也许正在于此，挺不直腰杆就只能像动物那样爬着行动了。

我坚持要把老陆送进县人民医院去，这是县里最好的也是唯一的一家大一点的医院。我从粮官的手里并没有拿到现钱，那只是一张写着交粮人名字、粮食斤重和等级的纸片，上面还盖了一枚粮库的公章，俗称白条子。我问他为什么不给现钱，那个矮胖的家伙居然反问我，你问我我他妈问谁去！他还用一种不屑的眼光看着我，好像在说亏你他妈还是儿子呢！眼看着你老子累尿成那熊样。他将手中的一瓶矿泉水仰着脖往嘴里咕咚咕咚地灌着，我发现它跟我刚才买的水牌子一模一样，娃哈哈的。我知道我说不过他们这种人，而且我也没有时间跟他理论，老陆正躺在板车上痛苦地呻吟呢。

老陆坚决不同意去医院，他说张老师求你把我送回家吧，我睡上两天就没事了。我当然没有听他的话，他一路都在唠叨，有一阵他甚至往前爬着试图阻止我，却险些摔下车子。我被他惹火了，我严厉地警告他，老陆你一定要去医院拍个片子，你的腰若真的扭坏了，你下半辈子只能躺在炕上！老陆终于不再闹腾了，取而代之的却是呜呜地干哭——我敢打赌这是老陆大半生中为数不多的一次痛哭，而且是当着一个外人的面——哭声中偶尔叫着陆小北的名字，他突然脆弱下来，就在不久前他还是那么坚韧地背着粮食往高处走的庄稼汉子呢，可才一会儿工夫他就变成一个无助而又可怜的孩子了。

下

我把空车子送回陆小北家里，可他依旧没有回来。我只好去找陆小北的哥嫂，我必须把老陆的情况如实告诉他们。

陆小北的哥哥到外面的建筑工地上打短工去了，只有他嫂子在家。我能觉察出她很不欢迎我的到来，因为打一开始她一定误认为我是来替陆小北说情的，当她知道老陆的病情后，先是吃了一惊，不过，她很快就让自己镇定下来并啰七八唆地诉说着自己分开家过日子的种种艰难。一句话，她拿不出多余的钱来给老陆治病。最后，她建议我去找陆小北的两个姐姐想想办法，她还说有一个姐姐嫁给石嘴山的一个包工头了，家里钱多得花都花不完。我连连摇头，远水解不了近渴，鬼才知道她们究竟嫁到什么地方去了。

可我必须尽快凑到足够的钱，因为老陆已经住进医院，他的情况很糟，医生说他的腰椎骨很有可能是折断了，当然这得等片子出来才能最后确诊。现在最关键的问题是，没人管他，要是陆小北在就好了，可我根本不知这家伙的去向。总之，我大概不能撂下老陆一个人在医院不管。

我回到学校宿舍把自己这一年中积攒下来的六百多元钱（这里面有家里给我的钱，我那点可怜的民办教师工资已连续拖欠有几个月了）全部装在身上，我还有一辆破旧不堪的自行车（这还是我学生时代的东西），我骑着车子又急急忙忙返回县医院。

临出门前，我写了一张字条用图钉摁在门上，是特意留给陆小北的，我希望他看见后能及时到医院照看他的父亲。

等我赶到医院的时候，天色早已昏暗了，酷热也渐渐平息，但病房里依旧很热，老陆被安排在一间大病房里，有近二十个床位，大多数病人都躺在床上，疼痛使他们发出的呻吟此起彼伏。

老陆比刚才的情形还差，医生给他的下身插了一根导尿管——这种时候我特别理解活人能让尿憋死的话了——他人几乎一动也不能动了，面色青虚，汗珠子一串接着一串顺着脖子往下淌。我没有向他提及家里的事，我劝他安心养着，并告诉他大夫说只是稍微扭了一下不碍事，住几天就没事了。我又去找护士询问病情，护士说先给他用一些镇痛和活血化瘀的药，等明天大夫上班了再说。

第二天一早，我先直接去了县粮库，我想找他们把老陆的卖粮钱领回来，根据那张条子上的斤数粗略算了一下，至少能领回一千多块，可以先拿来救救急。一早上我找了好几个部门，几乎磨破了嘴皮，不厌其烦地解释病人需要钱，可他们的答复莫衷一是，说现在是交粮的高峰期，粮款一时半会儿还到不了位，他们让我回家再等等。我问要等多久，答复是也许十天，也许半个月或更长一些时间。真他妈的见鬼！这是什么世道啊！

等我赶到医院，老陆已经被送进了手术室，听护士说他的腰椎的确扭断了，现在大夫正在为他做矫正手术，然后在腰部打上厚厚的石膏，这样老陆在以后的若干时日里就基本上变成一块僵硬的石头。我觉得情况糟糕透了，我忽然有种被卷入一场风波的莫名嫌疑，从昨天中午老陆到宿舍来找我到我们一起去交粮一直到此刻我木偶一样坐在医院走廊里的长条椅子上发呆，一切都好像精心安排好的。不过，我很快就为自己的这种想法感到惭愧，怎么说我也是陆小北的老师——一日为师终生为父啊。况且，现在陆小北下落不明，老陆又需要人来照顾。我知道就是硬着头皮也得撑下去。

这时，护士站在走廊里问谁是老陆的家属，她喊了至少三四遍，我才反应过来，我急忙迎过去说我是我是。她有些不耐烦地瞪了我一眼，顺手把一张单子塞给我，说你到底想什么呢？赶快给你爸交钱去！

我拿着单子来到一楼交费窗口排队，前面有五六个人，我只好无聊地站着等。这时，医院的门突然被一股巨大的力量撞开了，紧接着一大群男男女女大呼小叫地闯了进来，厅内的气氛骤然异样起来。

我好奇地转过身去观看，那些人多半竟然都是湿淋淋的，裤腿和鞋上沾满了泥浆，好像外面正在下着瓢泼大雨（事实上外面天气晴朗而又酷热），他们踩过的地方留下弯弯曲曲的泥水痕迹。这群人慌慌张张从我身边经过，然后潮水一般向楼梯涌去，我听见他们嘴里发出嘈杂的呼喊和哀泣。我的视力不太好，当他们已经背对着我爬楼梯的时候，我才看清有三个像雨淋湿样的男人身上都各自背着一个同样湿漉漉的身体，转眼间从我视线中消失。排在我前面的一个人正在同身边的另一个人交换看法，我听见他们的话题像是跟天热、孩子、游泳或死亡有关。我没心思考虑这些，因为该轮到我交钱了，而我还不知道划价后我要交给他们多少钱呢。

情况就是这样糟，我身上的钱全掏空也仅够医疗费的一个零头，我只好去找大夫说情，我必须告诉他们老陆不是我父亲，我只是他儿子陆小北的老师。大夫将信将疑，他问我为什么不去把老陆的家属找来呢？我不知道该怎么回答这个问题，我就说他老伴几年前得癌症死了，他儿子都不在身边，女儿又嫁到很远的地方。

还是大夫精明，他说这事你得尽快去找老陆所在的乡或村上的领导，最好让他们出面解决。我觉得不无道理。

我先回到学校，贴在宿舍门上的字条原封未动，纸的四个角被太阳晒得往中间卷起来，种种迹象表明，陆小北根本没有来过。我开始暴躁起来，这跟此刻我对陆小北的看法有关，我的情绪坏到了极点。我觉得自己以前对陆小北的认识存在偏差，至少，我没有料到他做事情竟然如此不顾后果，做了坏事难道就能一跑了之吗？我开始在心里一遍一遍咒骂这个该死的陆小北，跑了和尚跑不了庙，你究竟能跑到哪里去呢？而且，我不能肯定一旦陆小北得知他父亲的消息后，他会是什么样子，他会不会痛哭一场，他会不会追悔莫及，或者，他根本就无所谓。

我稍微收拾一下正准备出门，透过玻璃窗却隐约看见一伙人正穿过操场匆匆忙忙朝宿舍这边走来，走在最前面的人竟是我们的校长。

我从来没有见过校长这样严肃过，严肃得甚至有些悲壮，他的模样，特别是脸部僵硬的表情使人一下子就能跟天塌下来的情形联系在一起。他站在门口连着喊了我几声，说，张老师你可回来了！快快快出来……快跟我们走吧！其余的几个人也都绷着脸一筹莫展，他们的影子瑟缩在各自的脚下，一小坨一小坨晃动着。

午间的操场依旧空空荡荡，放假前那面晒得发白的国旗就被摘下来了（它就搁在我房里），我还记得当时是我让陆小北和班上的另一个学生去摘的，我还对他们说这也许是你们为这个学校做的最后一件事情。此时，操场中央只空余着一根高高的木头杆子，放眼看上去显得突兀而又孤寂。

校长他们的到来使我立刻感到释然了，我像是盼来了救星，事情总算有了转机。

后来，我和校长他们坐上一辆从县城开过来的三轮蹦蹦车。车子发动之前，校长始终一言不发，严肃的表情使他看上去有点大难临头的架势。

……也许，事情得从昨天上午说起。陆小北为了逃避父亲的追赶，他一口气跑出了村外，回头看看父亲已经被他远远地甩在身后了，他才放慢了脚步。他像个飘荡着的影子，或者更像一个无家可归者，他的眼神中充满了惊厥和不羁，他溜溜达达地走着，当他经过学校门口的时候，他站住了。他也许向里面张望了一会，他知道我还在学校，他想进来找我谈一谈，谈谈父亲谈谈家事，或者，随便谈一谈自己将来的打算，因为他一直把我当作他的朋友，但他又不知道该怎么向我开这个口。他大概逐渐意识到自己做了一件滑稽而又愚蠢的事情，他肯定不知道自己为什么要那样去做，可他的确那样做了，他从家里找到一些耗子药，他还把毒药和麦粒掺杂在一起。

他毕竟没有勇气走进我的宿舍，或许，他曾在我的窗前徘徊过一阵，他感到孤独和无助，他一定看到我正躺在床上看书（那本书他也相当熟悉），他的脑海中想必泛起一些跟《老人与海》有关的思绪（我不知道他是否想起那个坚韧的老渔夫圣地亚哥和只剩下鱼头鱼尾和一条脊骨的大马林鱼的残骸，可这些我将永远也无法知道）。但是，很快他就觉察到父亲已经一路朝学校这边追来了，他几乎听到了父亲的粗粝的喘息和愤怒的脚步声。于是，他只好转身离去，整个中午他都在外面漫无边际地游荡。

陆小北后来径自去了他的一个姐姐家，姐姐家离这里很远，步行需要近两个钟头的时间。他的不速而至或许令姐姐疑心过，他故作轻松地谎称是父亲让他来看一看她的。他在姐姐家里只住了一个晚上，夜里他睡得很不踏实，他翻来覆去想着白天发生的事情，想着天亮以后该如何回家面对自己的父亲，他还被一个可怕的噩梦惊醒（是姐姐急忙轻轻拍着他的身体哄他再次入眠的）——也许梦中他看见父亲变成一个筋疲力尽的老渔夫正在苍茫的大海上随风漂泊：

> ……鲨鱼飞速逼近船艄，它袭击那鱼的时候，老人看见它张开嘴，看见它那双奇异的眼睛，它咬住鱼尾，牙齿咬得嘎吱嘎吱响……他听到那条大鱼的皮肉被撕裂的声音，这时他用鱼叉朝下猛地扎进鲨鱼的脑袋……他扎它，并不抱着希望，但是带着决心和满腔的恶意……

早上一觉醒来，姐姐悉心地询问他夜里是不是做过一个可怕的梦，他迷惑不解。他先是摇了摇头，接着又使劲点了点头。姐姐亲手为他做了一碗荷包蛋，他吃得津津有味，可吃着吃着他的眼睛却莫名地潮湿起来。他急忙低下头来，唯恐被姐姐看到眼里。

上午十点钟以后，陆小北愉快地告别了姐姐一家，并开始准备原路返回。这个时候，我估计陆小北的心情已经慢慢地好了起来，至少，他已经淡忘了昨天发生的一切不快。对陆小北来说，今天才是重新的开始，他应该有了直面父亲的勇气和坚定，他甚至已经想好了要当面给父亲承认错误，并请求和解。

但接下来发生的事情，对于我而言却有着最致命的打击：我几乎无法想象，更无法去面对。

那时，陆小北顺着回家的路不停地走着，脚步离家越来越近。他的内心一定是复杂难解的，他的心跳逐渐加速，血液在少年的身体中前所未有地涌动跌宕。那时，陆小北已经接近了他所生活的村子，他正行走在一座土木结构的小桥上。

那是一座十分简易的桥，桥面极窄，两旁没有任何扶手或桥栏，它在宁夏川区的渠道上随处可见，桥下是奔流汹涌着的暗黄色的渠水（现在正值灌溉高峰期，水量是平时的几倍）。这种颜色的水流往往会给人一种焦渴和无望的印象，甚至让人忽然就感到了绝望——只要是亲眼见过这种水的人都会产生近乎难过的冲动。在我看来，陆小北是那么敏感又是那么的脆弱，那一刻他的内心也许有了一种被肆虐的泥沙瞬间洗劫和蒙蔽的伤痛，眼前汹涌的渠水正浑浊地涌向前方。而陆小北却忽然间又意识到长久以来困扰着自己的低回暗淡、无法摆脱的困窘生活了，水面上的那些混沌不清的波光似乎正映射着他人生的全部景况。

就在陆小北的前方，有个颤颤巍巍的老头，他的两只手各拉着一个半大的小男孩和小女孩，两个孩子正瑟缩而紧张地朝中间的老人挤靠着缓行。

这种时候，陆小北整个人正被一股莫名而来的焦虑和冲动紧紧攫住，他似乎感到快透不过气来了——他多想抢先一步超越前面那一老二小，然后拼命地漫无目的地一路狂奔而去，也许只有快速奔跑的力量才能遏制此刻他潦草的心跳。可正在那一瞬间，走在前面的老人不知怎么突然跌倒（或许是孩子们绊了他的脚）了，两个孩子紧跟着向桥的两边滚落下去，老人呼喊着伸出手试图去抓住孩子们，可他却不慎连同自己也翻身栽进水中……

时间在这一刻究竟意味着凝固，或是飞转，我不得而知。陆小北在惊愕之间究竟想到了什么，永远也不会有人知道。

唯一可以揣测的是，一个乡村少年十多年的焦虑、无助和忧愁完全变成一种来自体内的加速度，或者，正是这种迅疾而本能的力量，让这个懵懂少年彻底得到了某种最有效、最直接的自弃和解脱！

反正，陆小北纵身跳进干渠里的一瞬间已成为他短暂生命的永恒，他纵身入水的那道最后洋溢着青春光彩和少年气息的优美弧线永远分割了陆小北和父亲和我们和学校和他身边所有一切事物的联系。

陆小北真的绝望过吗？……

我和校长他们风风火火赶到医院，从水里被搭救出来的一老两小中，年纪最小的女孩已经停止了呼吸，而老人和另一个男孩基本脱离了危险。令我震惊的是，被救出的人里唯独没有我这两天来一直想见到的陆小北。

据当时先后赶到出事现场并参与营救的两个路人叙述，他们最后一次看到陆小北时他已经被水冲出距离那座桥很远一段了，他的头和两只手露出水面一下，接着又露出来一下，后来就再也看不见了，他们奋力朝陆小北消失的方向游过去……他们在水中游过来游过去，从上游到下游，一个多钟头过去了，终究没能找到陆小北。

我不知道该怎么跟老陆说这件事情，校长的意思是先让他安心养病，等他病好些再说。

老陆一次次追问我小北回来了没有。

我支吾着怎么说今天也该回来了吧。

老陆嘀咕这个坏蛋到底能去哪里呢……

我说也许他去他姐姐家也说不定。

老陆疑惑起来，他总不是跑到石嘴山去了吧，过两天他就要考学呢，你说这个娃娃……

我说他就是去石嘴山了！

我实在受不了了，就从病房溜出来，一个人站在走廊里闭上眼睛想象陆小北的样子。奇怪的是，我一点儿也想不起来。我究竟是怎么了？走廊里的来苏水跟各种药液混合的气味几乎令人窒息。

很长时间，眼前总有一片金黄色的麦浪在汹涌翻滚，仿佛《老人与海》中鲨鱼最后疯狂追击小船时的波诡云谲。但我忽然又想起校长给我布置的新工作，让我尽快准备一份材料，校长连题目都想好了，他说就叫《陆小北同学的英勇事迹》吧。我记得自己当时很颓废地摇了摇头说，校长这份差事我恐怕干不了了。

（原载《天涯》2006 年第 4 期，《北京文学·中篇小说月报》2006 年第 9 期转载，获第二届《北京文学·中篇小说月报》作品奖；入选《21 世纪文学大系中篇小说 2006 年卷》及林贤治主编大型文选《2006 文学中国》；荣登 2006年中国当代最新文学作品排行榜，后入围第四届鲁迅文学奖全国优秀中篇小说终评）

图书在版编目（CIP）数据

蛇吻 / 张学东著． -- 北京：作家出版社，2018.10
（文学宁夏丛书）
ISBN 978-7-5212-0187-1

Ⅰ．①蛇… Ⅱ．①张… Ⅲ．①中篇小说 - 小说集 - 中国
- 当代 Ⅳ．①I247.5

中国版本图书馆CIP数据核字（2018）第197892号

蛇　吻

作　　者：张学东
责任编辑：丁文梅
装帧设计：意匠文化·丁奔亮
出版发行：作家出版社
社　　址：北京农展馆南里10号　　　　邮　　编：100125
电话传真：86-10-65930756（出版发行部）
　　　　　86-10-65004079（总编室）
　　　　　86-10-65015116（邮购部）
E-mail:zuojia@zuojia.net.cn
http://www.haozuojia.com（作家在线）
印　　刷：北京玺诚印务有限公司
成品尺寸：152×230
字　　数：260千
印　　张：22.75
版　　次：2018年10月第1版
印　　次：2018年10月第1次印刷
ISBN 978-7-5212-0187-1
定　　价：45.00元

"文学宁夏"丛书书目

《眼欢喜》	石舒清 著
《我们心中的雪》	郭文斌 著
《行行重行行》	季栋梁 著
《父亲与驼》	漠 月 著
《一条鱼的战争》	金 瓯 著
《换骨》	李进祥 著
《蛇吻》	张学东 著
《嘉依娜》	了一容 著
《头戴刺玫花的男人》	马金莲 著
《核桃里的歌声》	阿 舍 著
《稻草人》	赵 华 著
《塔海之望》	杨 梓 著
《西域诗篇》	杨森君 著
《篝火人间》	单永珍 著
《山歌行》	马占祥 著
《知秋集》	钟正平 著
《在一座大山的下面》	梦 也 著
《守护风沙中的一盏灯》	郎 伟 著
《张贤亮的文学世界》	白 草 著
《话语构建与现象批判》	牛学智 著